国家社科基金
后期资助项目

# 现代汉语互文研究

## Analysis of Intertextuality in Contemporay Chinese

徐赳赳　著

北京师范大学出版集团
BEIJING NORMAL UNIVERSITY PUBLISHING GROUP
北京师范大学出版社

# 国家社科基金后期资助项目
## 出 版 说 明

  后期资助项目是国家社科基金设立的一类重要项目，旨在鼓励广大社科研究者潜心治学，支持基础研究多出优秀成果。它是经过严格评审，从接近完成的科研成果中遴选立项的。为扩大后期资助项目的影响，更好地推动学术发展，促进成果转化，全国哲学社会科学工作办公室按照"统一设计、统一标识、统一版式、形成系列"的总体要求，组织出版国家社科基金后期资助项目成果。

全国哲学社会科学工作办公室

# 序

　　徐赳赳研究员的《现代汉语互文研究》，选题精当，具有很高的理论和应用价值。书中讨论了互文理论的所有重要方面，涉及内容十分广泛。作者按部就班，将有关内容处理得井井有条。我预期这本书会成为汉语互文研究领域里的一部重要著作。

　　现代文学、哲学、文化和语言研究中的"互文"概念，是出生于保加利亚的学者克里斯蒂娃（Kristeva）在 1966 年提出来的，初衷是针对索绪尔（Saussure）结构主义理论的局限性，更准确地揭示文本意义到底由何而来。根据索绪尔结构主义理论的基本原理，文本的意义主要由文本系统内部语言成分之间的相互关系决定。而克里斯蒂娃则主张，读者对于文本意义的解读，并不单纯取决于文本内部所含的语言成分，同时牵涉其他相关文本，文本和文本之间的相互指涉、相互参照、相互激发、相互影响是构成文本意义的基本要素之一。用索绪尔结构主义的语言来讲，这是一个文本分析所依据的系统范围大小的问题，索绪尔将系统范围限制在该文本之内，而克里斯蒂娃则将系统范围扩展到其他相关文本。互文理论提出后引起其他研究者的热烈响应，经过半个世纪的发展，在文学、哲学、文化和语言研究领域产生了广泛的影响，互文性在今天已经成为相关领域里大家耳熟能详的概念。

　　从语言研究的角度来看，互文理论为深入理解语言的意义问题提供了一个有用的视角。语言研究的最大难点，主要不在于语言的抽象形式结构，而在于语言所表现的千变万化的意义。词语的意义向来是包括语言学在内的认知科学研究的核心课题之一，看似平淡无奇的日常语言交流，实际上往往涉及人们对于周围世界种种事物、属性、行为、事件及其相互关系的理解，涉及巨量的知识储备和十分复杂的处理机制。相对而言，我们对于词语的意义研究得比较深入。近来已有脑科学实验证明，词语成分根据其意义上的关联，在人脑中集群聚合、集群激活，同语言成分的习得、储存、理解和使用密切相关。这些发现也为语言学家和心理学家早已提出的许多理论概念，如 frame、script、scenario、file、domain、schema 等，提供了实证依据。迄今为止，这些研究和实验大都集中在词语身上。对于整个文本意义的理解机制，我们仍然所知甚少。根据互文理论，我们有理由认为，文本的理解，同词语的理解一样，所涉范围不仅是单个文本，而是要扩展、延伸到其他相关文本。从这个角度来看，互文理论对全面揭示语言的意义具有很高的价值。

除了选题精当之外，徐赳赳研究员的这部著作还有另外两个值得称道的特色。首先，视野开阔，对互文理论的主要方面都做了详细的介绍，可以说是目前互文研究领域里内容最详细的一部力作。其次，这部著作延续了徐赳赳研究员一贯的研究特色，对重要的相关文献做了详尽的梳理和归纳，在解释重要理论和概念的同时进行了大量的实例分析，将理论阐述和实证检验有机结合起来，真正做到了有理有据。

我向广大读者推荐徐赳赳研究员的这部著作，相信大家会从中受益。

陈　平

# 目 录

# 第一章 导 论①

　　互文这个概念是由克里斯蒂娃在 20 世纪 60 年代提出来的，在后人的不断推进下，形成了一种互文理论。② 这种理论最早在文学中受到极大关注。由于互文在本质上涉及语言的使用，早在 20 世纪 80 年代，篇章语言学家德伯格兰德(De Beaugrande)和德雷斯勒(Dressler)就在自己的专著中，专门讨论了互文在语言学研究中的状况。③ 此后，从语言学的不同角度研究互文的成果不断问世。本章回顾了互文概念和互文理论的形成和发展历程，较为系统地介绍了国内外互文的研究情况，同时简单介绍了互文在中国传统研究中的定义和发展状况。从现在的研究来看，到目前为止，互文还是一个不确切、不稳定的概念，需要大量的深入研究来使其完善。互文进入中国语言学界的时间不长，总的来看，还处于引进和吸收阶段，下一步的任务就是在借鉴的基础上开展大量实证研究，使其系统化和规范化。

## 第一节　互文理论的发展脉络

　　要研究互文，就应该了解互文理论形成的条件和背景，了解其发展的历史脉络，这样我们才能准确理解和把握互文概念，为语言研究，或者说为汉语的互文研究奠定基础。本节主要讨论两个问题：一是回顾互文理论的历史渊源，二是讨论互文理论的形成基础。

### 一、互文理论的历史渊源

　　对互文理论的历史渊源的探讨，是国内学者比较关注的一个问题，有不少论文谈及这方面的各种观点，但是，从人类历史发展的角度来讨

---

① 本研究是国家 973 项目课题"互联网环境中文言语感知与表示理论研究"(2013CB329301)的阶段性成果。
② Kristeva, J.："Word, dialogue, and novel", in *Desire in Language*：*A Semiotic Approach to Literature and Art*, ed. L. S. Roudiez, trans. Thomas Gora et al., New York, Columbia University Press, 1980, pp. 64-91.
③ De Beaugrande, Robert-Alain and Wolfgang Ulrich Dressler：*Introduction to Text Linguistics*, London and New York, Longman, 1981.

论互文理论的发展尚较为罕见。阿尔法罗(Alfaro)等人比较系统地考察了互文理论的来龙去脉。他们认为，尽管"互文"这个术语只有近 30 年的历史，但是，互文现象至少与人类历史一样悠久，因为只要有关于话语篇章的地方，就有互文的现象。他们在系统地梳理了与互文相关的概念的发展历程后发现，互文概念最早可以追溯到古希腊时代。①

根据阿尔法罗的研究，我们归纳了互文形成和发展的不同时期。

**(一)古希腊时期(公元前 800 年—公元前 146 年)——互文的酝酿时期**

阿尔法罗认为，在柏拉图(Plato)和亚里士多德(Aristotle)的作品中，我们可以看到三个与互文紧密相连的概念：话语、意识形态和模仿。

其一，话语。巴赫金的对话概念，其实最早是由柏拉图提出的。到了苏格拉底(Socrates)时代，对话形式和功能的研究越来越多元化，人们总结出话语的同情性、激情性、讽刺性、挖苦性等。

其二，意识形态。柏拉图在著作中强调了"互文"关系。例如，他认为篇章是意识形态的潜意识的"承办商"，可以影响、改变人和人的思想。

其三，模仿。柏拉图、亚里士多德、西塞罗(Cicero)和昆体良(Quintilianus)都提出了模仿的概念，但他们提出的模仿内容很多，不仅仅是对自然的模仿。模仿其实是"互文"的一种形式。

柏拉图认为，诗歌是对过去创造行为的复制，而创造行为本身已经是一种复制了。

亚里士多德认为，人们是通过模仿来学习的，学习模仿是人类与生俱来的能力。戏剧创作就是一个诗人和听众熟悉的巨量话语篇章的还原和集约化过程。这些巨量话语篇章源于文学作品、口头传说、小丑角色或社会规则等。后人认为，亚里士多德对模仿和创造的描述，可以被看作近似于"复调"(polyphony)和"对话"的概念。

西塞罗和昆体良都特别强调模仿不仅是打造个人话语的手段，而且是有意识的"互文"活动，这种活动造就了个体的定义。在他们看来，模仿不是重复，而是一种解释行为。因此，从理论到实践层面，模仿都预设了一个实在的、同时出现的阅读和写作的过程。模仿还可被看作一个转换的过程，因为模仿本身就预设了与之前存在的"现实"之间的关联。这种现实既是具体的，又是篇章性的。

**(二)中世纪(5—14 世纪)——互文的萌芽时期**

到了中世纪，人们开始从多个角度解释话语篇章的意义，并且开始

---

① Alfaro, M. J. M.："Intertextuality: Origins and development of the concept", *ATLNIS* XVIII, 1996(1-2).

认识到话语篇章的意义是有可能发展变化的,尽管这些延伸的意义必须满足于一定的预设范畴。教父和神学家都认为,上帝创造的世界是按照一定的顺序和等级存在的,是上帝具有符号意义的巨著,因此,组成这个世界的物体都是代表上帝之意的"词典"。上帝写了《圣经》,而对《圣经》的解释取决于"互文"。当时,文学是服从于神学的,神学篇章可以延伸到世俗篇章中,所有的作品都可以在《圣经》中找到起源,这就是后人把《圣经》称为"文学巨作"的原因。

**(三)文艺复兴时期(14—17世纪)——互文的雏形时期**

到了文艺复兴时期,在西方文学中,人们第一次意识到话语篇章是开放的、未完成的,是可以进行各种解释的。以前的话语篇章可以通过引文、暗示等方法进行再现,如我们可以从培根(Bacon)、莎士比亚(Shakespeare)等人的作品中看到这一点。他们相信,某种文化具有整体性与无穷的潜能,正是这种丰富无穷的文化孕育了这些作家的创造能力。因此,这些作家在处理前人的作品时,相信自己可以对原始文本进行无限模仿,而这种模仿就是一种解释和重写。蒙田(Montaigne)的理论就是"自我"的发现源于在写作和阅读中对他者的模仿。

**(四)17—19世纪——互文的形成时期**

从16世纪中期开始,人们致力于将自己的作品与前人的作品区分开,并开始注意自己的创作空间。此前,主导文学界的人对原创缺乏兴趣。在这一时期,人们开始重视原创性,并把原创当成评价个人才华的标准。人们提出了"影响"(influence)这个概念,但它与"互文"的概念并不完全相同。从"互文"的角度来看,当时作者和读者并没有把原创当成一个宝贵的特点,不过"互文"的特点已经开始凸显。

**(五)20世纪——前互文时期**

进入20世纪后,文学创作更多的是有意识地模仿、引用、抄袭和戏仿,20世纪文学创作的特点就是对以往题材和作品的重写。"互文"不再是某个时代所特有的概念了,很显然,在不同的阶段互文现象的活跃程度亦有所不同。互文出现在各个领域中,如文学、艺术、音乐、摄影等。后现代主义表明,互文还出现在电影和建筑之中。

于是,我们这个时代的艺术和文学创作就成了一个基于过去作品的再循环行为。互文理论重新定义了这种篇章创造方式及其创造者,并使其合法化。例如,如果用互文理论来考察文学批评,那么文学批评的范围就应超越某个作品本身,应考察与这个作品有关的整个文学系统、文化、历史和社会的关系。

## 二、互文理论的形成基础

黄念然①、罗婷②、秦海鹰③、徐赳赳④等都提到，克里斯蒂娃互文概念的提出受到很多先驱者的影响，其中巴赫金是最有影响力的学者之一。实际上，跟所有理论的发展一样，克里斯蒂娃的现代互文理论也离不开对前人的继承，索绪尔⑤、皮尔斯（Peirce）、艾略特（T. S. Eliot）、巴赫金等学者的研究，都为互文理论的形成打下了坚实的基础。

### （一）索绪尔的符号学理论

米什拉（Mishra）认为，互文的概念源于符号学。索绪尔在《普通语言学教程》中提出了"符号学"一词，指的是对符号的研究。在索绪尔看来，语言就是一个符号系统，包含了整个世界的符号。在语言系统中，每个词都与其他词关系密切。语言有两个基本的构成要素：语言与言语。语言指的是将词语组成句子的语法或原则，言语则指的是个体的说话（表达方式）。⑥

语言是言语在情境中的运用，言语是活生生的语言。在索绪尔看来，每个符号都有两个成分：能指（声音、图像）和所指（概念）。这种约定很任意。无论能指获得了什么意义，它都是规范性的，能指和所指之间不存在必然关系。简言之，语言是一个系统，其中每个符号都与其他符号存在关联。语言是自我指示的，每个出现的符号中都有缺席符号的痕迹。每个符号都是凭借其特异的潜在意义而获得意义的。索绪尔的观点明确表明了语言符号之间的互文关系，他提出了缺席和出席的概念，这为篇章之间的互文关系奠定了基础。

### （二）皮尔斯的符号说

皮尔斯认为，所有语言都是有符号象征意义的，因为在单词与其所指之间不存在有机关系。我们依据习俗对符号指派意义，因此，符号意义也是任意的。但是，与索绪尔不同的是，他认为存在两种符号：图标

① 黄念然：《当代西方文论中的互文性理论》，《外国文学研究》1999 年第 1 期。
② 罗婷：《论克里斯多娃的互文性理论》，《国外文学》2001 年第 4 期。罗文将克里斯蒂娃译为克里斯多娃，下同。——编者注
③ 秦海鹰：《互文性理论的缘起与流变》，《外国文学评论》2004 年第 3 期。
④ 黄国文、常晨光：《功能语言学年度评论》第 1 卷，北京，高等教育出版社，2010，第 197～211 页。
⑤ Saussure, F. D.：*Course in General Linguistics*, eds. Charles Bally and Albert Sechehaye, trans. Roy Harris, La Salle, Illinois, Open Court, 1983.
⑥ Mishra, R. K.："A study of intertextuality：The way of reading and writing", *Prime Research Education*, 2012, 2(3), pp. 208-212.

符号和索引符号。图标符号是在能指之后的，如图片。索引符号是与能指随意结合在一起的，如冒烟就是火灾的索引符号。后解构主义者更进一步认为，符号与其说指的是绝对实体，倒不如说指的是永无止境的其他符号，因此，"除了篇章别无他物"①。

克里斯蒂娃在谈到皮尔斯的研究时，介绍了皮尔斯的符号学观点：符号或者标记能够用某物来指代某人。如果给人们提供一个符号，当某物或事实不在场时，它可以唤起人们对该物或事实的联想。因此，人们说符号就是再现不在场的客体现场，也就是说，符号在再现的客体与其再现的语音形式之间建立了一个规范的、约定俗成的关系。符号在客体、指代项和解释项三者之间建立了关系。②

**（三）艾略特的"神话方法"**

艾略特可被看作互文理论的先驱者。他的"神话方法"跟互文理论的基本思想不谋而合。③ 艾略特的"神话方法"指的是历史和现代并存的观点。他认为，传统首先具有历史意义，而历史意义不仅包含对过去过时性的感知，更包含对过去存在的感知。他还认为，诗人和艺术家都不能独自创造完整的意义，他所传递的意义和他所欣赏的其实是他自己与故去的诗人和艺术家之间的关系。实际上，艾略特暗指的是"故去诗人和艺术家"对后人创造性思维的影响。艾略特是这样想的，也是这样做的。他在《荒原》中就采用了互文策略。他作品中的很多内容都源于前人的作品。此后，人们在阅读和评论文学作品时，开始关注两点：第一，有什么作品在本作品之前问世；第二，在后人的作品中，去世的诗人的作品是怎样改变并不断丰富自己的内容的。这就是为什么人们说艾略特具有准互文思想。④

**（四）巴赫金的会话理论**

黄念然认为，互文理论跟巴赫金的研究关系密切：

实际上，在朱丽娅·克里斯蒂娃提出这一术语之前，"互文性"

---

① Peirce, C. S.: "Chapter 2", in C. Hartshorne and P. Weiss eds., *Collected Papers*, vol. 2, Combridge, Harvard University Press, 1931.

② Kristeva, J.: *Language the Unknown: An Initiation into Linguistics*, London, Harvester Wheatsheaf, 1989, p. 12.

③ Eliot, T. S.: "Tradition and the individual talent", in Hazard Adams, *Critical Theory since Plato*, trans. S. H. Butcher, San Diego, Harcourt, 1971. pp. 784-787.

④ Eliot, T. S.: "Tradition and the individual talent", in Hazard Adams, *Critical Theory since Plato*, trans. S. H. Butcher, San Diego, Harcourt. 1971, pp. 784-787.

概念的基本内涵在俄国学者巴赫金诗学中已初见端倪。巴氏在《陀思妥耶夫斯基诗学问题》一书中，提出了"复调"理论、对话理论和"文学狂欢节化"概念。巴赫金认为陀氏的"多声部性"小说创作改变了传统小说中作者和主人公的关系，偏向于在共时性状态下平行地展开多种意识，从而形成各个主人公的意识、视野和声音的一种共存关系和相互作用……可见，"文学的狂欢节化"这一概念实际已具备"互文性"的基本内涵。①

秦海鹰也介绍了克里斯蒂娃的互文理论和巴赫金话语理论关系：

> 如上所述，互文性概念是在法国 20 世纪 60 年代末的特殊理论背景中诞生的，与当时的结构主义—后结构主义思潮有着千丝万缕的联系，同时这个概念又是克里斯特瓦在阐释俄国理论家巴赫金的过程中提出的，是对"对话主义"的一种解释，因此它与巴赫金的思想也有着千丝万缕的联系。如果说马克思主义、精神分析、转换生成语法以及"第二个"索绪尔的字谜理论是克里斯特瓦建构其后结构主义"文本科学"的主要方法论坐标，那么巴赫金的对话理论则是她借以构思互文性理论的直接范本。克里斯特瓦的互文性理论与巴赫金的对话理论恰好构成典型的互文关系，后者是前者的"互文本"，前者是对后者的"吸收、借用、置换和移位"。②

由此可见，从索绪尔开始发展的符号学对克里斯蒂娃的互文概念的形成和发展产生了重要的基础性的影响。

### 三、互文理论的发展路径

克里斯蒂娃提出的互文概念被很多学者接受，并不断得到发展。阿尔法罗认为，20 世纪 70 年代以后，互文理论沿着以下三条路径发展起来。

其一，解构主义路径，代表人物是巴尔泰斯（Barthes）。巴尔泰斯认为，从某种意义上讲，话语篇章是作者意图自发的和坦率的表达，但该话语篇章必定包含其他话语篇章的要素。他坚信，每一个篇章，从本质

---

① 黄念然：《当代西方文论中的互文性理论》，《外国文学研究》1999 年第 1 期。
② 秦海鹰：《人与文，话语与文本——克里斯特瓦互文性理论与巴赫金对话理论的联系与区别》，《欧美文学论丛》2004 年第 0 期。该文将克里斯蒂娃译为克里斯特瓦，下同。——编者注

上来讲，都是一个缺席的互文篇章，因为其中一定会有其他篇章进行不同程度、不同形式的展现，因此，如果采用语言学—结构分析的方法，就会看不到这种互文现象。巴尔泰斯还特别强调了互文中引文"来源"的匿名性。他认为，某个篇章中有些引文是匿名的、无法追溯的，但篇章的作者显然是看过的。①

其二，解释性路径，即运用互文来解释必然，代表人物是里法泰尔(Riffaterre)②、卡勒(Culler)和热奈特(Genette)③。他们关注的是从互文的角度对文学话语篇章进行阅读和文学批评。

里法泰尔不仅关注话语篇章之间的关系，还关注阅读的过程。他认为，互文不仅是文学现象或话语篇章现象，还要考虑读者对话语篇章的所有反映。他提出了阅读的两个阶段：逐字的线性阅读与比较性阅读。比较性阅读包括追溯性阅读和互文阅读。追溯性阅读指的是读者不断回顾和比较同样的结构，发现重复内容和变化的内容；而在互文阅读中，从一个篇章到另一个篇章，读者可以感知到相似性。只有互文阅读是正确的阅读方式，因为互文可以引导读者找到自己的解释。读者的预设就是，只有互文的话语篇章才会给作品带来结构和语义统一性。文学阅读的前提是要考虑到读者，话语篇章应清楚地表达互文的预设，这样一来，话语篇章就不仅仅是词语的结合体了，而是系列预设的综合体。

卡勒④进一步发展了有关预设的概念。他提出要研究互文性，就必须从语言的角度切入，要考虑两个预设：逻辑预设和语用预设。"你是否不再打老婆"这个问题的预设就是某人过去习惯性地打老婆，这就是逻辑预设；"很久以前"这样的句子，在逻辑预设方面很弱，但在语用预设上内容却很丰富，它将一个故事与另一个故事有机联系起来，并且符合语体规范。卡勒认为，可以用两个方法来研究互文：第 个方法就是研究某个篇章的具体的预设，研究它是如何建构前篇章的，即一个互文空间，其中的填充物可能与某个真实篇章相关，也可能不相关；第二个方法就

① Barthes, R. : "Theory of the text", in Robert Young ed. , *Untrying the Text : A Post-structuralist Reader*, London, Routledge and Kegan Paul. 1987, pp. 1-47.
② Riffaterre, M. : "Text Production", trans. Terese Lyons, New York, Columbia University, 1983, p. 3.
③ Genette, G. : *Palimpsestos : La Literatura en Segundo Grado*, trans. C. Fernandez Prieto, Madrid, Taurus, 1989.
④ Culler, J. : "Presupposition and intertextuality", *Modern Language Notes*, 1976, 91(6), pp. 1380-1396.

是研究修辞或语用预设，它不太关注互文空间是如何形成的，尽管形成互文空间的内容可以帮助我们理解作品，它更关注的是话语行为（修辞和语用）的规范。

其三，文化唯物主义者的社会—政治路径，即将互文运用到社会政治领域，主要代表人物是福柯（Foucault）。福柯的互文概念不仅强调话语的作用，还强调非话语的结构作用，如机构、行业和专业等。他关注的是什么力量会限制和影响篇章的流传，特别强调在话语形成过程中作者的力量和评论的力量。[①]

福柯认为，每个篇章都有无数个交互点，与其他篇章发生关联。这些联系将某个作品置于现存的权力网络中，同时建构和限制话语篇章表义的能力。他坚持认为，我们在建构话语篇章时分析了权力的作用，在建构权力时分析了话语篇章的作用。这意味着我们要密切关注我们所处的社会政治机构，要了解这些机构是如何推动和规范我们建构话语篇章意义的。尽管他把话语篇章当成了一个"匿名"场所，认为作者在话语篇章中有"角色功能"，但他还是不同意巴特（Barthes）所谓话语篇章与历史和意识形态分离的观点。他认为，文化即有趣的话语，这就反映出互文作为概念形式，强调的就是意识形态的作用。

## 四、小　结

本节介绍了互文理论形成的历史渊源、基础以及发展路径。我们需注意以下三点。

第一，学术的历史传承性。学术的发展是个过程，我们今天所做的任何研究，都和前人的研究有着千丝万缕的联系，都是在前人的基础上进行的，也可以为后来的研究提供借鉴。克里斯蒂娃提出的互文理论也是在前人研究的基础上形成的，这个理论的提出给后来的研究奠定了重要的学术基础。

第二，互文理论准确地解释了该理论的形成。从互文的角度观察互文理论的形成，可见其本身就是一个互文现象。互文理论发展历史本身就是一个复杂的互文事件，柏拉图、亚里士多德等人的著作可以是巴赫金等人理论的互文篇章，克里斯蒂娃与巴赫金的理论又成为拉康（Lacan）、德里达（Derride）等人的互文篇章。

① Foucault, M.: "The discourse on language", in *The Archeology of Knowledge and the Discourse on Language*, trans. A. M. Sheridan Smith, New York, Harper & Row, 1972, pp. 215-237.

第三，互文理论的应用性。互文理论被提出后，在文学和文学评论方面最早得到应用，接着其他学科也开始对其有所吸收。对于阿尔法罗总结得是否到位，人们可能有不同的看法，但目前看来，互文理论的确具有广泛的解释力和应用性。①

## 第二节　互文的定义

下面，我们将介绍比较有代表性的几位学者对互文的定义：克里斯蒂娃，热奈特，德伯格兰德和德雷斯勒，哈蒂姆（Hatim）和梅森（Mason），费尔克拉夫（Fairclough）。这些学者的研究，基本代表了这一时期学界对互文定义的看法。②

### 一、克里斯蒂娃的定义和解释

1966—1968 年，克里斯蒂娃在《词语、对话和小说》和《封闭的文本》中首次提出了自己创造的一个新词：互文（intertextuality）。她对这个词的解释和定义是：

Text is constructed as a mosaic of quotations; any text is the absorption and transformation of another. The notion of *intertextuality* replaces that of intersubjectivity, and poetic language is read as at least *double*.

任何文本的构成都仿佛是一些引文的拼接，任何文本都是对另一个文本的吸收和转换。"互文"概念取代了互主体性概念。诗性语言至少是作为"双重"语言被阅读的。

Dialogue and ambivalence lead me to conclude that, within the interior space of the text as well as within the space of *texts*, poetic language is a "double". ③

对话和二重性让我得出这样的结论，在某一个篇章的内部空间

① Alfaro, M. J. M.: Intertextuality: "Origins and development of the concept", *ATLNIS* XVIII, 1996(1-2).

② Fairclough, N.: "Discourse and text: Linguistic and intertextual analysis within discourse analysis", *Discourse & Society*, 1992, 3(2), pp. 193-217.

③ Kristeva, J.: "Word, dialogue, and novel", in *Desire in Language: A Semiotic Approach to Literature and Art*, ed. L. S. Roudiez, trans. Thomas Gora et al, New York, Columbia University Press, 1980, pp. 66-69.

和众多"篇章"的空间中,诗性语言具有双重性。

阿尔法罗是这样解读互文理论的:在克里斯蒂娃看来,书面的词语就是"面和面的交互,而不是点(固定意义)的交互,是若干作品之间的对话","每个词(篇章)就是其他词(篇章)的交互,其中,至少可以读到其他词(篇章)"。① 因此,互文视角下的篇章就是一个动态的场所,其中分析的重点不是稳定的结构和结果,而是关系性过程和实践。克里斯蒂娃提出的互文概念有两个特点:第一,篇章的引文性,即任何篇章的构成都仿佛是一些引文的拼接,任何篇章都是对另一个篇章的吸收和转换;第二,社会历史性。在某一篇章中,我们总是能够看到其他文字和篇章。克里斯蒂娃的互文概念表明,我们在理解篇章时不能把它当成一个独立系统,而应该把这个篇章看作一个具有差别性、历史性的系统。这个篇章有他者的轨迹和痕迹,因为它受到了其他篇章结构的影响,是对其他篇章的重复和转换。篇章不可能是一个独立的自立系统,它不能像一个封闭系统那样发挥作用。

克里斯蒂娃的互文概念引起了很多学者的关注,人们对互文的解释和定义逐渐丰富起来。

## 二、热奈特的观点

热奈特认为,"互文"的概念不准确,应该用"跨篇章性"(transtextuality)这个术语取代"互文"这个术语。跨篇章性能够说明一个篇章与另一个篇章之间的所有关系。他坚持认为"跨篇章性"这个术语具有全面性和完整性,同时提出了互文的五个次范畴。②

互文(intertextuality):两个或更多篇章之间的并存关系,也就是说,某个篇章以抄袭、引用或暗示的方式出现在另一个篇章中。

副互文(paratextuality):篇章主体与其标题、副标题、题词、插图、注释、初稿和所有与篇章有关的附件甚至评论之间的关系。

元互文(metatextuality):将一个篇章与另一个篇章联系起来的关系,有时称为"评论、解说",但通常是对另一个篇章的评论,只是没有引文甚至没有提及出处,这是最典型的批评关系。

---

① Alfaro, M. J. M.: "Intertextuality: Origins and development of the concept", *ATLNIS* XVIII, 1996(1-2).

② Genette, G.: Palimpsestos: *La Literatura en Segundo Grado*, trans. C. Fernandez Prieto, Madrid, Taurus, 1989, pp. 10-15.

主互文（archtextuality）：篇章所属的通用类型。篇章可能没有确定自己的通用特质，这需要读者和评论家来决定；但是，这种通用性感知在很大程度上决定了读者的"期望水平"，因此也决定了读者对作品的接纳度。

超互文（hypertextualtiy）：后来篇章（超篇章）与前篇章（次篇章）之间的关系。

我们暂且不论热奈特对互文概念的质疑是否合理，但至少他对互文现象做了进一步的分类，为后人的进一步研究提供了一个很好的分析框架和思路。

### 三、德伯格兰德和德雷斯勒的观点

德伯格兰德和德雷斯勒认为，互文表示对某个特定话语篇章的建造和接受过程，它与参与者对其他话语篇章知识的掌握水平密切相关。

与之前的学者不同，德伯格兰德和德雷斯勒在定义互文时将其纳入了话语篇章建构的过程中。他们强调的是话语篇章建构和解释过程中互文的表现形式和作用，这为后人从话语篇章过程的角度研究互文提供了很好的指引。[1]

### 四、哈蒂姆和梅森的观点

哈蒂姆和梅森认为："互文是篇章组织的方式，篇章通过与其他相关篇章之间的依赖关系组织起来。互文远远不是一个简单的篇章的暗示过程。一个篇章是如何与现存篇章之间建立联系的？是通过某种符号，让人们与自己过去的篇章经验联系起来。这就是互文。"[2]

哈蒂姆和梅森的定义进一步说明了互文在篇章表现形式、意义和篇章解释中的作用，使得人们对篇章中的互文形式的分析变得可操作。

### 五、费尔克拉夫的观点

费尔克拉夫对互文定义的贡献在于，他特别强调互文概念，强调篇章与篇章之间的关系。他提出，互文意味着篇章不是孤立存在的，而是

---

[1] De Beaugrande，Robert-Alain and Wolfgang Ulrich Dressler：*Introduction to Text Linguistics*，London and New York，Longman，1981，p. 182.

[2] Hatim，B. and Ian Mason：*Discourse and the Translator*，London and New York，Longman，2001，p. 120.

与其他众多篇章存在各种关系。① 他从特性、历史性、分布性和阅读性四个方面来看互文。

首先，互文是篇章的特性，指的是篇章中充满其他篇章的片段。它们在篇章中可能是明显区别开的，也可能是融入篇章之中的。某个篇章可能会吸收其他片段，也可能与其他篇章产生冲突，这可能产生讽刺性的效仿等效果。其次，从篇章建构的角度来看，互文视角强调了篇章的历史性，反映了历史性篇章如何通过"言语沟通链"给现存的篇章增添新的内容。再次，从分布的角度来看，互文视角可以帮助我们解释篇章发展所经历的稳定的网络过程，篇章从一个类型向另一个类型转变时的可预测性，如政治演讲常常会转化为新闻报道。最后，从阅读理解的角度来看，互文视角强调了这样一个问题，即不仅仅是"这个篇章"，不仅仅是互文构建的篇章会影响人们对篇章的解释，其他篇章的解释者也会将自己的东西带入解释过程。

福柯可以说是最早将互文分析引入话语篇章分析的学者之一，他本人也就如何将互文分析运用到话语篇章分析中做了很多实证研究，发表了很多论文。他提出的互文概念是最具体、最全面的，涉及话语篇章语言层面和社会层面的内容，对后来从互文角度分析话语篇章奠定了扎实的理论基础。②

## 六、小　结

从这些学者的研究中，我们可以看出，在克里斯蒂娃提出互文理论后，研究者们并没有停留在她的定义上，而是在其基础上不断探索，从不同的角度对互文理论进行了讨论，提出了自己的观点。这些观点充实和丰富了互文理论的内涵，同时，对将互文理论引入语言学研究，特别是话语篇章研究提供了很好的理论指导和基础。

## 第三节　互文的相关概念

互文强调的是篇章与篇章之间的关系，那么，如何界定和说明这些

---

① Fairclough, N. : "Discourse and text: Linguistic and intertextual analysis within discourse analysis", *Discourse & Society*, 1992, 3(2), p. 84.

② Foucault, M. : "The discourse on language", in *The Archeology of Knowledge and the Discourse on Language*, trans. A. M. Sheridan Smith, New York, Harper & Row, 1972, pp. 215-237.

关系呢？本节我们将讨论与互文相关的系列概念。

## 一、互文篇章和原始篇章

克里斯蒂娃所用的术语是"互文篇章"（intertext）和"原始篇章"（ur-text）。"互文篇章"指的是"当前篇章"，也就是正在讨论、分析的篇章。"原始篇章"指的是跟互文篇章有关的篇章，具体说来，就是互文篇章中提到的、引用的相关篇章。[①]

## 二、主篇章和客篇章

罗非普-萨迪（Lotfipour-Saedi）和阿贝斯-伯纳博（Abbasi-Bonab）在互文的研究中，提出"主篇章"（host-text，简称 H-text）和"客篇章"（guest-text，简称 G-text）的概念。主篇章就是克里斯蒂娃讲的"互文篇章"，客篇章就是"原始篇章"。[②]

跟主篇章和客篇章有关的概念还有"主话语"（host-discourse），跟主篇章意思基本相同；"客成分"（G-elements），指的是引进主篇章的其他篇章的成分，其子概念还有"客名词、客名词词组"（G-NPs）、"客词"（G-words）。

## 三、主篇章和前篇章

哈蒂姆和梅森用的是"主篇章"（host text）和"前篇章"（pre-text）这一对概念。前篇章是指主篇章中引用的"来源"（source）。[③]

他们还提到"互文"（intertext）的概念，认为下面这些情况都可看作"互文"：①参考文献，人们通过表明引文题目、章节等来说明引文的来源；②陈词滥调，一种刻板印象式的短语，如果引用过度，就会让人觉得没什么新意；③书面暗指，引用或参考名著；④自我引用；⑤约定俗成，反复引用而找不到出处的内容；⑥谚语或格言，大家耳熟能详；⑦静思，将某人的解释性经验用文字进行表达。

---

[①] Kristeva, J.: *Language the Unknown: An Initiation into Linguistics*, London, Harvester Wheatsheaf, 1989, p. 13.

[②] Lotfipour-Saedi, Kazem and Abbasi-Bonab: "Intextuality as a textual strategy: Explorations in its modes and functions (part two)", *International Journal of American Linguistics*, 2001, 5(1), pp. 36-54.

[③] Hatim, B. and Ian Mason: *Discourse and the Translator*, London and New York, Longman, 2001, pp. 132-137.

### 四、小　结

本节介绍的几位学者所用的术语，基本可以概括互文研究领域所用的两个主要术语的基本意思。本书采用的是"主篇章"和"客篇章"这对术语，其中主篇章指的是当前讨论和分析的篇章，客篇章指的是所引用的篇章。主篇章和客篇章是互文理论中的核心术语，其他术语都是围绕这两个术语展开的。

## 第四节　互文的特点

互文是特殊的篇章现象。作为一个语言现象，互文会在不同的语境中表现出不同的特点。

### 一、开放性

阿尔法罗认为："我们在理解话语篇章时不能把它当成一个独立系统。它是一个具有差别性、历史性的系统，它是他者的轨迹和痕迹的体现，因为它们受到了其他话语篇章结构的影响，是对其他话语篇章的重复和转换。互文理论反对新批评学派提出的篇章自主的原则，坚持认为话语篇章不可能是一个独立的自立系统，不能像一个封闭系统那样来发挥作用。"①

阿尔法罗讲得很到位。我们认为，这种开放性可以从作者和读者两个方面来观察。

从作者的角度看，他所引的客篇章是没有限制的，当然这是从理论上来看的，实际上，有些内容由于各种原因是不便引用或者无法引用的。一般来说，只要客篇章的内容能支持主篇章主题，都可列入引用范围，这也是开放性的一种表现。

从读者的角度看，下面的内容也体现出话语篇章的开放性：①读者看到主篇章的作者，如果熟悉这个作者，就会跟这个作者以前发表的文章联系起来，跟这个作者的生平等各种内容联系起来；②读者读到某个主篇章，可能会把这个篇章和写这个篇章的时代背景联系起来，这样就会对其有更为深刻的认识；③读者读到某个篇章，可能会跟类似内容的

---

①　Alfaro，M. J. M.："Intertextuality：Origins and development of the concept"，*ATLNIS* XVIII，1996(1-2).

篇章联系起来,而主篇章的作者并未引用这些篇章的任何内容;④读者读到某个篇章,就会跟自己头脑中储存的信息联系起来,这些信息可能是读过的有关篇章的信息,也可能是自己的经历、听到的话甚至某些想象;⑤阅读某个篇章的次数以及阅读时间相隔的长短都会影响读者对主—客篇章的联想。

## 二、双重性

这里的双重性指的是互文意义的双重性:一重意思是被引的客篇章的内容在原来篇章中的意思,另一重意思是被引进篇章后产生的新意义。

陈平认为:"传统语法分析往往脱离语境来研究词语句子,而对于话语分析工作来说,密切联系语句的使用环境是它在方法论上最重要的特征。可以说,脱离了话语环境,也就谈不上话语分析。这里所说的语境,一般可以分为三种。一是局部的上下文环境,限于同分析对象前后毗连的语句。二是话语微观使用环境,包括整段话的主题、目的、当时当地的情景、对话双方的关系,等等。三是话语的宏观使用环境,指的是范围更广泛的社会和文化背景。这三种语境中的有关因素都会对话语的组织、生成和理解产生这样那样的影响。因此,从原则上讲,进行话语分析时要将这三类语境因素全部考虑在内。不过,在实际研究中,往往依具体分析对象的不同而对某一类语境有所侧重。例如,在主动句式与被动句式的选择问题上,我们的注意力较多地集中在第一类语境上。在重音的配置、调型的选择等问题上,需同时注意第二类语境。"①

陈平这里讲了两重意思:一是语境分三种;二是在考虑句子的意思时,要考虑语境。用这个观点来分析互文,我们认为,被引用的成分处于原文的语境时,自然有自己的意思。"语境"一旦改变,被引进的内容的意思就可能随之改变。如果采用"间接引语",那么意思的变化可能会更大。但是进入主篇章的内容,也一定会继续保留某些原来的信息。这样就形成了双重意思:既有客篇章中原来的意思,也有进入主篇章后产生的新意思。

## 三、非线性

秦文华介绍了里法泰尔的观点,认为里法泰尔是"狭义互文性代表人

---

① 陈平:《现代语言学研究——理论·方法与事实》,重庆,重庆出版社,1991,第64~65页。

物"。里法泰尔提到互文的一个特点是"非线性"："他认为互文性是一种非线性的、无时序性的阅读手法，读者通过对文本高质量的阅读，唤起了相关记忆和文化直觉，同时也抓住了文本在类型与形式上的重复和类似，从而勾画出文学关系的分类图，在理解文本的相关性的基础上解读作品。"[1]

非线性可以从两个方面来看。从作者方面来说，引进的材料是非线性的，通常来自不同的时期、不同的社会、不同的内容。从读者方面来说，不同读者读了某个主篇章后，与客篇章产生的联系也是不同的，有的联系多些，有些联系少些；有些深刻些，有些简单些。

## 四、兼容性

兼容性指的是客篇章的内容进入主篇章后和主篇章融为一体，主篇章和客篇章和谐、兼容。具体来说，不同来源的客篇章进入主篇章之后，通常要在主篇章中经过修改、调整，从而融入主篇章，形成新的篇章。

这里要注意的是，从作者的角度来看，如何采用合适的方法把客篇章的内容融入主篇章中，使主篇章和客篇章混为一体，这是作者的主要任务；从读者的角度来看，如果发现引进主篇章的内容和方式很唐突，那就需要考虑是否主篇章的作者没有很好地处理兼容性。

## 五、传承性

我们这里讲的传承性，指的是在主篇章中总能看到客篇章的内容，也就是其他文字和篇章。我们要强调的是，相对而言，客篇章是历史的，主篇章是现时的，而现时的主篇章又可能成为未来主篇章的客篇章。从互文方法的角度来看，主篇章是对历史的记载和传承。

## 六、社会性

我们在前文中谈到，福柯认为，引文在篇章中只有"角色功能"，这实际上反映了互文作为概念形式，涉及社会因素和意识形态生产。[2]

范迪克(van Dijk)是比较关注话语篇章的社会作用的学者。多年来，在范迪克的研究中，"话语和社会"一直占有重要地位。他在研究"谈话、新闻话语、教科书、议会辩论话语、公司话语、名流话语"等不同类型的

---

[1]    秦文华：《翻译研究的互文性视角》，上海，上海译文出版社，2006，第 28 页。

[2]    Fairclough, N.："Discourse and text: Linguistic and intertextual analysis within discourse analysis", *Discourse & Society*, 1992, 3(2), pp. 193-217.

话语时，发现话语通常表现出很强的社会性，社会中不同的人群所采用的话语会表现出各自不同的意识形态。他认为，对话语篇章的研究要注重"社会话语分析"（social discourse analysis）：话语分析不仅要研究句子、连接、言语行为、对话的话轮、话题的转换，还要看到话语是社会行为这一事实，从社会层面来理解和研究行为。这就是社会话语分析，社会话语分析更能看出话语的社会性。①

互文是组成话语篇章的一种形式，我们在分析话语篇章时需要考虑其社会性；在分析互文时，同样需要考虑到互文的社会性。

## 七、小 结

上文谈到的几种特点，只是一些初步分析。通过这些特点，我们可以看出互文的本质及其魅力。

## 第五节 互文在语言研究中的应用

综上所述，对互文的研究源于文学理论。它研究的是一个文学作品怎样与先前的文学作品发生关联，同时考察这个作品与整个文学系统、文化、历史和社会之间的关系。这种理论形成之后，很快被应用到其他学科。阿尔法罗认为，互文理论提出后在话语分析等领域得到应用，互文理论将这种话语篇章创造方式及其创造者合法化，并赋予它们新的定义。② 帕纳吉提多（Panagiotidou）认为，最早将互文概念引入语言学界的人应该是卡勒③。尽管卡勒本人不是语言学家，但他在对预设的研究中用了互文这个概念来描述诗学。他特别关注深藏在话语行为背后的规律，而不是从评论或解释的角度来运用这个概念。④

本节我们将介绍互文理论在语言研究中的应用，特别是在话语篇章研究中的应用。

① van Dijk, Teun A.: *Ideology: A Multidisciplinary Approach*, London, SAGE Publication, 1998, p. 10.
② Alfaro, M. J. M.: "Intertextuality: Origins and development of the concept", *ATLNIS XVIII*, 1996(1-2).
③ Culler, J.: "Presupposition and intertextuality", *Modern Language Notes*, 1976, 91(6), pp. 1380-1396.
④ Panagiotidou, M. E.: "An introduction to the semantics of intertextuality", *JLS*, 2012, 41(47), pp. 47-65.

## 一、德伯格兰德和德雷斯勒的研究

1981 年，德伯格兰德和德雷斯勒出版了《篇章语言学导论》(*Introduction to Text Linguistics*)。在这本书里，他们把互文的概念引入语言研究中。①

在第一章，他们先介绍了"篇章"的定义，即篇章指的是具有七项篇章要素的交际事件。也就是说，只要缺少这七项要素中的任何一项要素，那它就不再具有交际性，也就称不上是篇章。这七项要素是衔接、连贯、目的性、可接受性、信息性、情景性和互文。他们把互文列入七要素之中，显示了互文在篇章研究中的地位。

德伯格兰德和德雷斯勒对互文的理解是：对某个篇章的理解是以一个或多个先前所接触过的篇章知识为基础的。他们举的例子是，如果某个司机开车时见到路边的警示牌"重新加速"，那么这个司机对"重新加速"的理解是建立在他先前看到过的警示牌"减速，前面可能有孩子在玩"的基础上的。如果这个司机之前没有见过有关减速的警示牌，那当他看到"重新加速"的警示牌时，就会感到不解：没有叫我减速，我也没减速，现在怎么要我"重新"加速？

德伯格兰德和德雷斯勒认为，篇章中的互文指的是将一个篇章建立在一个或更多的已知篇章之上的过程。这个概念关注的是篇章类型如何演变成为带有典型特点的"篇章集"(classes of texts)，这个"篇章集"强调某个篇章的接受和生成依赖于篇章的参与者，依赖于对其他篇章的了解程度。在某些篇章类型中，互文会显得特别重要，如戏仿、批评、评论、反驳、报告等。这些篇章制造者必须不断回应旧篇章，而篇章的接收者也需要熟悉这些旧篇章。

杂志上曾出现过这样一则广告，即一个性急的年轻人对画外的人说："只有你出现，就给我拿一瓶格兰特(Grant's)饮料。"一个正在做研究课题的教授将这则广告从杂志上剪了下来，略做修改，贴在了自己的办公室门上："只要你出现，就要给我一个基金(Grant)。"广告词中的"Grant's"和教授话语中的"Grant"非常相似。在广告词的背景中，年轻人要的是一款饮料，如果不了解这个背景，我们就很难理解教授的幽默：研究基金的发放是需要大量准备的，不可能"只要你出现"就能发放。要真正理解

---

① De Beaugrande, Robert-Alain and Wolfgang Ulrich Dressler: *Introduction to Text Linguistics*, London and New York, Longman, 1981, pp. 113-136.

教授的话，就需要了解旧篇章的知识及其意图，而新篇章呈现的是其信息性和有趣性。新篇章虽然缺乏直接的语境相关性，但是却反映了新篇章制造者幽默的意图。

德伯格兰德和德雷斯勒通过一系列的认知实验，发现篇章互文具有以下六个明显的特点。

第一，如果篇章信息跟接受者大脑中储存的信息相匹配，就容易理解和回想。

第二，如果篇章信息跟某个模式、图色、计划、脚本等主要内容相近，就容易理解和回想。

第三，篇章信息可能被修改，以更好地跟储存信息相匹配。

第四，篇章信息的各个部分如果跟储存在接受者头脑里的知识联系紧密的话，那么篇章各个部分之间的信息可能融为一体，也可能造成混乱。

第五，如果篇章信息在世界知识中具有偶然性和多变性，那么它们可能会消失或不可恢复。

第六，刺激和推断所带来的世界知识中的信息的增加、修正和改变，难以与篇章信息区别开来。

他们认为，在研究篇章或者研究通过篇章进行的知识传递的过程中，需要特别关注互文现象。不管在何种情况下，沟通都有很多的目的，人们经常会采用经济的方式，但有时也会出现干扰和误解。其中一个极端是，我们不能肯定语言的功能能够适用于所有可能想象到的情境；另一个极端是，我们不能简单地总结说，每个情境都很特别，无法提炼出系统的规则。篇章科学的核心任务就是根据语言实际运用的规范性功能，找出这些规则。篇章性的整个概念就是要探索互文的影响，找到其在沟通活动中过程控制的机制和作用。①

## 二、费尔克拉夫的研究

费尔克拉夫是最早将互文分析引入篇章分析的学者之一，他认为互文的特点是通过语言特点来体现的。他采用的一个词是"互文分析"（intertextual analysis）。他认为，篇章分析应该被严格分为两种形式：语言学分析和互文分析。语言学分析关注的是从篇章结构的角度分析篇章的构成，但是，这种方法远远不能反映出篇章的社会性和历史性，不能把

---

① De Beaugrande，Robert-Alain and Wolfgang Ulrich Dressler：*Introduction to Text Linguistics*，London and New York，Longman，1981，pp. 113-136.

篇章与语境结合起来。因此，应该加入互文分析的内容。互文分析应涉及篇章分析的三个方面：语境分析、篇章制造和解释过程分析、篇章分析。①

（一）语境分析

互文分析协调了语言与社会环境之间的联系，有助于将篇章与语境有机结合起来，在连接篇章与语境时发挥了中介作用。总结和综合语类或话语，实际上受到社会语境的制约。因此，一个相对稳定的社会领域以及一系列社会关系和认同会预测根据话语顺序总结出的相对规范的内容，也就是那些包含了特定语类和话语类型规范的方法。例如，现在人们可以通过手术进行性别转换，与此相对应的是，话语系统中也出现了很多具有创造性和首创性的表达方式，传统的男女两性关系反倒可能成为"有问题的关系"。如果我们不了解这种社会现实，那么，对篇章的理解就会出现问题，而互文分析可以帮助我们发现篇章话语与社会现实之间的关系。

（二）篇章制造和解释过程分析

互文分析关注的是篇章制造者和解释者涉及的话语过程。具体来说，就是篇章制造者是如何总结出话语秩序内部的话语和类型的，如何发展出不同来源信息的结构，从而构成篇章的，这是一般的篇章分析无法发现的内容。从解释的角度来看，确定篇章中的文体和话语类型结构实际上是一个解释性的实践，取决于分析者对话语秩序的经验和敏感性，以及人们的解释性和策略性的侧重点。实际上，这里福柯想强调的是，互文分析不仅可以帮助我们解构作者是如何创造篇章的，还可以帮助我们从读者的角度解释和理解篇章。

（三）篇章分析

互文分析与语言分析一起使用，能够打破形式和内容之间的界限。"框架、脚本、步骤，策略和论点"等概念，都可以用在话语分析中。两者的有机结合能够将能指（形式）和所指（内容）统一起来，因为如果单方面关注所指（内容），实际上就看不见意义的真正物质层面的内容，单方面关注能指（形式），也会看不到形式的真实意义。

福柯系统提出了一个话语分析模式，即首先分析不同的篇章，找出互文特点；然后对互文进行分类，找出其类型和功能；最后，将这些互

---

① Fairclough，Norman：*Discourse and Social Change*，Malden MA，Blackwell Publisher，1992，pp. 101-136.

文特点放入结构图中，来看每个篇章的组成要素和细节，找出其互文行为，并分析这些互文行为，以发现其社会实践上的意义和本质。这个模式成为后人研究篇章中的互文现象的一个主要理论框架。[①]

### 三、其他学者的研究

近年来，互文理论的运用在篇章研究中拓展到了很多领域。

互文在法律语言中的应用：巴蒂亚（Bhatia）、马特仙（Matoesian）、科特里尔（Cotterill）、张利平（Liping Zhang）等。

互文在商业语体中的应用：范尼凯克（van Niekerk）、沃伦（Warren）等。

互文在学术论文写作中的应用：艾拉（Eira）、拉贝（Labbé）等。

互文在翻译中的应用：法拉扎德（Farahzad）、韦努蒂（Venuti）等。

互文在大、中、小学教学中的应用：哈斯特（Harste）等、罗（Rowe）（1986）、沃尔夫（Wolf）等、查普曼（Chapman）、达哈（Dahal）等、库普拉宁（Kumpulainen）等、瓦瑞拉斯（Varelas）等、斯德泊尼（Sterponi）、柯克兰（Kirkland）、阿姆斯特朗（Armstrong）等。

### 四、小　结

从本节介绍中，我们可以发现，语言学从 20 世纪 80 年代就开始吸收互文理论，用于话语篇章研究了。互文理论进入篇章分析之后，至少给我们带来了以下新变化。第一，我们对篇章实质的理解更为深入，篇章不再是一个简单的语言现象，更是社会现实的反映和回声。第二，篇章建构不再是简单孤立的文字行为，它更是一种历史行为，建立在历史之上，是历史的传承和延续。第三，从互文研究中，我们可以发现很多以前没有发现的语言使用的规律。

## 第六节　中国传统语言研究中的互文

本章第二节至第五节，讨论的是克里斯蒂娃所提出的互文理论（西方互文），本节主要讨论中国传统语言研究中的互文概念（汉语互文），并分析两者的异同。

---

① Pulungan, Anni Holila, Edi D. Subroto, Sri Samiati Tarjana, and Sumarlam: "Intertextuality in Indonesian newspaper opinion articles on education: Its types, functions, and discursive practice", *TEFLIN Journal*, 2010, 21(2), pp. 137-152.

## 一、西方互文概念和汉语互文概念

西方的"Intertextuality"译作"互文",而汉语研究中也早有"互文"一词的存在。其实这两个"互文"的意思并不完全相同。西方关于互文的概念已经有很多种解释了,我们来看一下汉语中对"互文"一词的解释。

《语言学百科词典》对"互文"的解释是:

> 互文又称"参互""互文现义""互体""互言""户辞"。修辞学上辞格之一。两个相对独立的语言结构单位,互相呼应,彼此渗透,相互牵连而表达一个完整的内容。同一句中某些字、词的互见,是常见的方式,如王昌龄《出塞》"秦时明月汉时关"句中的"秦""汉"为互文,"明月"写"秦"而省"汉",讲"关"则写"汉"而省"秦",但"秦""汉"牵连而文意不足,即"秦汉时的明月秦汉时的关"。也有上下句牵连互见而文意始足的,如岑参《白雪送武判官归京》"将军角弓不得控,都护铁衣冷难着"。实际是说边塞苦寒,将军和都护的角弓都拉不开,铠甲也难于披挂。互文各举一边,故使语言表达经济、婉曲。

《古代汉语词典》对"互文"的解释是:

> (1)上下文义互相阐发,互相补充,即互文见义。《礼记·中庸》"吾说夏礼,杞不足征也;吾学殷礼,有宋存焉。"孔颖达疏:"《论语》云'宋不足征也',此云'杞不足征',即宋亦不足征。此云'有宋存焉',则杞亦存焉,～～见义。"(2)指互有歧义的条文。白居易《论姚文秀打杀妻状》:"其律纵有～～,在理终须果断。"

《辞海(第六版)》对"互文"的解释是:

> 修辞学上辞格之一。上下文各有交错省却,而又相互补足、交互见义。如复句互文"战城南,死郭北"(汉乐府民歌《战城南》),应理解为"战、死城南,战、死郭北",或"战城南、郭北,死城南、郭北"。又如单句互文"秦时明月汉时关"(王昌龄《出塞》),要理解为"秦、汉时明月,秦、汉时关"。互文多用于对偶句式,一定程度上是让语义内容服从表达形式的对偶造成的。

甘莅豪认为：

> 中国学术传统中的"互文"历来也有不同的称呼：互文、互言、互备、互体、互参、互辞、互其文、互文见义。东汉经学大师郑玄在《毛诗笺》中对"互文"的称法有互辞、互文、互言、互其文等。唐孔颖达在《毛诗正义》中除称"互文、互言"外，还称"互相足、互见其义、互相见、互相发明"等。唐贾公彦《仪礼注疏》："互文者，是两物各举一边而省文，故曰互文。"清俞樾《古书疑义举例》称此类语言现象为"参互见义"。杨树达在《汉文文言修辞学》中称之为"参互"，包括"互备"和"举隅"。
>
> "互文"在中国最早是训诂学上的术语，其理论的核心概念为"参互成文，合而见义"，就是"两个相对独立的语言结构单位，互相呼应，彼此渗透，相互牵连而表达一个完整的内容"（《语言学百科辞典》第39页），或者"在结构相同或相似的上下文中，上文里隐含着下文里出现的词语，下文里隐含着上文里出现的词语，参互成文，合而见义"（《大学修辞》第280页）。也就是训诂学家在注解古人著作时，指出古人在著书时会在上下文中各省去一部分有关词语，互相包含，互为补充；今人在理解古人著作时，应该对上下文中有关词语进行互换，补足省去词语的含义，这样才能准确把握古人著作的精神实质。顾炎武在《日知录·说卦杂卦互文》中就说："古人之文，有广譬而求之者，有举隅而反三者。今夫山，一卷石之多，今夫水，一勺之多。天地之外复言山水者，意有所不尽也。坤也者，地也，不言西南之卦。举六方之卦而见之也，意尽于言矣。"意思是古人在造文的时候，常常举一反三，言不尽意。①

也有研究认为，"互文"可以大致分为三种。

其一，同句互文，即同一句子中前后两个词语在意义上互相解释，互相渗透，互相补充。例如："秦时明月汉时关"（王昌龄《出塞》），从字面理解，这句诗是"秦时明月照耀汉时关塞"之意，实际上，应该理解为"秦汉时的明月照耀秦汉时的关塞"。

其二，偶句互文，即前后两个句子构成的互文。前后两个句子互相呼应，互相补充，彼此隐含，往往下句含有上句已经出现的词，上句含

① 甘莅豪：《中西互文概念的理论渊源与整合》，《修辞学习》2006年第5期。

有下句将要出现的词，理解时必须把前后两个句子拼合起来。例如，"叫器乎东西，隳突乎南北"（柳宗元《捕蛇者说》）这两句应解作："在东西南北呼叫，在东西南北骚扰。"又如，"谈笑有鸿儒，往来无白丁"（刘禹锡《陋室铭》），这是两个相对的文句。如果只从字面上看，就会理解为"和我谈笑的都是博学之士，和我往来的没有无知的人"；如果把两句联系起来看，"谈笑"和"往来"就构成了互文，它的意思应该是"谈笑往来有鸿儒，谈笑往来无白丁"，即"和我谈笑往来的都是博学之士，没有无知的人"。

其三，多句互文，即三个或三个以上句子中的词语交互成文，合而见义。以"东市买骏马，西市买鞍鞯，南市买辔头，北市买长鞭"（《木兰辞》）为例，句中的"东市""西市""南市""北市"构成了互文。如将其概括一下，则为"到各处的市场上去买出征的骏马和马具"。这里使用排比句式，突出木兰操办急切而井然有序，使诗文音调明快，增强了音韵美。

从上面的介绍可以看出，后结构主义背景下的"互文"概念跟传统汉语研究中的"互文"概念有所不同。

## 二、西方互文和汉语互文的异同

### （一）西方互文和汉语互文的不同点

西方互文与汉语互文不同，表现在以下几个方面。

第一，篇章内和篇章外的不同。西方的互文主要指篇章和篇章之间的各种关系；传统汉语研究中的互文主要是指篇章内"互相解释，互相渗透，互相补充"的各种关系。

第二，研究的领域不同。西方"互文"概念被语言学吸收后，主要出现在篇章语言学研究中；汉语的"互文"概念主要出现在修辞研究中。

第三，发展路径不同。目前，西方的互文在话语篇章研究中是一个热点；相反，汉语中现在不大提到这个概念，2012 年出版的《现代汉语词典》（第 6 版）没有收入"互文"这个词。

### （二）西方互文和汉语互文的相同点

在前文，我们介绍了阿尔法罗的观点：互文现象至少与人类历史一样悠久，只要有关于话语篇章的地方，就有互文。按照这个观点，汉语研究中不可能没有西方式互文。

从中国修辞研究的成果来看，有些汉语中提到的修辞现象跟西方的互文完全相同。下面，我们举两个修辞格的例子。

#### 1. 引　用

引用是修辞中的一种辞格，陈望道对它的解释是："文中夹插先前的成语或故事的部分，名叫引用辞。引用故事成语，约有两个方式：第一，说出它是何处成语故事的，是明引法；第二，并不说明，单将故事编入自己文中的，是暗用法。两者的关系很像譬喻格中的明喻和借喻：一方明示哪一部分是引用语；一方就用引用语代本文。"①

他举了两个例子：

王船山先生说"督子以孝不如其安子；督弟以友不如其裕弟；督妇以顺不如其绥妇。魄定魂通而神顺于性，则莫之或言而若或言之：君子所为以天道养人也"，就是上边所说的第一层道理；孟子所说"不诚未有能动者也"和"至诚未有不动者也"，就是上边所说的第二层道理。（显克微支《你往何处去》译序）

稼轩何必长贫？放泉檐外琼珠泻。乐天知命，古来谁会，行藏用舍？人不堪忧，一瓢自乐，贤哉回也！料当年曾问：饭蔬饮水，何为是，栖栖者？（辛弃疾《水龙吟·题瓢泉》）②

陈望道认为第一个例子中用引号引起的句子是"明引法"，第二个例子用的是"暗用法"：

所谓"乐天知命"是引用"乐天知命，故不忧"（《易经·系辞上》）；所谓"行藏用舍"是引用"子谓颜渊曰：'用之则行，舍之则藏，惟我与尔有是夫'"（《论语·述而》）；所谓"人不堪忧，一瓢自乐，贤哉回也"是引用"子曰：贤哉回也！一箪食，一瓢饮，在陋巷，人不堪其忧，回也不改其乐。贤哉回也'"（《论语·雍也》）；所谓"饭蔬饮水"是引用"曲肱而枕之，乐亦在其中矣'"（《论语·述而》）；所谓"何为是，栖栖者"是引用"微生亩谓孔子曰：'丘何为是栖栖者与？无乃为佞乎'"（《论语·宪问》）。以上句子都是暗用成语或故事。③

**2. 仿 拟**

陈望道对仿拟的定义是："为了滑稽嘲弄而故意仿拟特种既成形式的，名叫仿拟格。仿拟有两种：第一是拟句，全拟既成的句法；第二是仿调，只拟成腔调。这两类的仿拟，都是故意开玩笑，同寻常的所谓模

① 陈望道：《陈望道学术著作五种》，上海，复旦大学出版社，2005，第291页。
② 陈望道：《陈望道学术著作五种》，上海，复旦大学出版社，2005，第292页。
③ 陈望道：《陈望道学术著作五种》，上海，复旦大学出版社，2005，第292～293页。

仿不同。"

仿拟以家喻户晓的词、成语、谚语、诗词、公文等为本体，以不同的语义为仿体，并将二者巧妙地结合了起来，造成某种喜剧效果。短信的仿拟既有词句仿拟，也有文体仿拟。

其一，词句仿拟，即根据已有的词或仿照前人的句式，造出新词新句，以表达新的内容。例如：

> 满纸废号码，一把辛酸泪。都云彩民痴，谁解其中味？

这句话是仿拟"满纸荒唐言，一把辛酸泪。都云作者痴，谁解其中味"而作。将"荒唐言"换成"废号码"，"作者"换成"彩民"，换得比较恰当、贴切，很形象。

其二，文体仿拟。有些短信通过模拟古诗词、天气预报、公文文体等制造幽默，传递滑稽的内容。例如：

> 尊敬的用户：
>
> 您好！您已欠费，请您在近日内卖鞋卖帽卖大米，砸锅卖铁卖点血，卖房卖地卖自己，把手机费交上，谢谢合作！

这段话仿拟网络服务的通告文体而作，语言生动俏皮。这种文体仿拟形成了题旨情趣与言语体裁的强烈反差，让人忍俊不禁。

## 三、小　结

本节讨论的是西方互文和汉语互文有联系，但又不是一回事。[①] 西方所讲的互文在汉语里是放在修辞里讲的，"引用、仿拟"等修辞格就是典型的西方互文的讨论范畴。当然，西方在修辞中也和互文结合起来研究，如罗恩（Ronen）[②]就研究了仿拟和互文的关系。陈望道讲的"明引法"和"暗用法"的观点跟我们在前文讨论的显性互文和隐性互文有异曲同工之妙。

我们这里要强调两点。

一是汉语中对克里斯蒂娃提出的互文这种语言现象，并不是没人发

---

① 在福建泉州召开的中国修辞学年会（2014）上，陆俭明和胡范铸认为，西方式互文在《文心雕龙》和《管锥编》中都有所体现。

② Ronen, O.：" Emulation, anti-parody, intertextuality, and annotation", *Linguistics and Literature*, 2005, 3(2), pp. 161-169.

现，没人讨论，只是称呼不一样。例如，吕叔湘称之为"背景知识"：

> 现在的年头儿，看小说也得有点儿背景知识。最近看了一篇《约
> 会》(作者刘剑，载《小说选刊》1985 年 10 期)，有几处，如果没有有
> 关背景知识就看不懂。小说是用第一人称讲一个矿工的恋爱故事。
> 有一处，他说："即便是这辈子摘不了光棍帽儿，下辈子再做个王老
> 五，我们也宁可不屈不挠。"——这就得知道从前有一个嘲笑光棍汉
> 的民谣："王老五，王老五，行年二十五，衣破无人补。"
>
> 接下去说到矿山的医务室来了个姓姚的年轻女医生，因为她，
> 两个矿工的关系恶化了，常常闹摩擦，小说的主人公(他是作业班
> 长)劝也没有用，只好一声长叹："好一个姚岚！好一个百慕大三
> 角！"——这百慕大三角是什么呀？它是北大西洋百慕大群岛附近的
> 一片水域，常常有船只经过那里会无缘无故沉没，连飞机也会失踪。
>
> 后来听说这年轻的医生已经有了对象，于是矿工们和解了，"我
> 们的部落又悄悄恢复了生气……我们有福同享，有难同当。我们才
> 是地道的货真价实的快乐的单身汉！"——这倒没什么难懂，然而作
> 者在这儿可是有意用到了一部早两年上演过的电影的名字：《快乐的
> 单身汉》，不过那部电影的单身汉不是矿工而是造船工人。①

二是同一种语言现象可以从不同的角度来研究。例如，中国修辞中
的"仿拟、引用"等语言现象，既可以从修辞的角度来研究，也可以从互
文的角度来研究。当然，两者的称呼不一样，重点也不一样；说明的问
题不一样，得出的结论也不一样。

## 第七节 结 语

本章中，我们了解了互文理论形成的背景，讨论了互文的定义以及有
关概念、特点、在话语篇章中的应用等，介绍了汉语传统的"互文"研究。

总起来看，可以看出有两种"互文"：第一种是篇章组织的手段，或
者说是构造篇章的方法；第二种是引进主篇章中的有关客篇章的具体材
料，如某个引文。当然，这两种概念联系得很紧密，在应用这个术语时，
有时需要特别强调是指哪个意思，有时可以同时指两个意思。

---

① 吕叔湘：《语文杂记》，北京，生活·读书·新知三联书店，2014，第 56～57 页。

　　我们还发现，互文概念和理论之所以很快被引入语言学研究，成为语言研究的一个重要视角，根本原因在于，它能够将话语篇章转化为社会文化历史的载体和意识形态的舞台。从中，我们可以看到社会变化和文化传承的路径，从而极大地丰富话语篇章的内涵，给话语篇章研究提供新的思路和视角。

　　此外，需要特别说明的一点是，本书中所采用的"互文"一词是西方语言学研究中常用的互文概念，与传统汉语研究中的互文概念是有明显区别的。

# 第二章　互文的类型

## 第一节　引　言

对多种内容进行合理归类，这既有利于人们对内容的理解，也有利于研究者的分析。前人在研究中从不同的角度总结出一些互文的类别。

第一，显性互文和结构互文。费尔克拉夫认为，互文可以分为两种：一种是显性互文；另一种是结构互文。显性互文指在篇章表面可以很清楚地看出来，如引号，某些有关报告的动词（reporting verb），还有采用重写原句的方法等。结构互文在表面上没有明显的标记，它是话语的各种成分的混合，涉及话语的社会性、结构性、类型等。①

第二，热奈特的五分法。黄念然介绍了热奈特对互文的五分法：①互文性，指引语、典故、原型、模仿、抄袭等；②准文本，指作品的序、跋、插图、护封文字等；③元文本性，指文本与谈论此文本的另一文本之间的评论；④超文本，指联结前文本与在前文本基础上构成的次文本间的关系；⑤客篇章，指组成文学领域各种类型的等级体系。②

第三，叙事结构互文和他人话语互文。王文忠认为，互文涵盖面很广，主要有两个部分：一是叙事结构互文；二是他人话语互文。叙事结构指的是话语结构、话语风格、情节构架等。例如，在长期发展的过程中，俄罗斯的一些文学样式形成了独特的话语风格、句法手段和意向表现。文体式样的借用可以达到很好的修辞效果。他人话语互文包括三个方面：一是成语互文；二是名言熟语互文等；三是形象象征互文。③

第四，强势互文性和弱势互文性。辛斌介绍了詹妮（Jenny）的观点，即把互文分为强势互文和弱势互文。强势互文指的是一个语篇中包含明显与其他语篇相关的话语，如引言、抄袭等；弱势互文指的是篇章

---

① Fairclough，N.："Discourse and text：Linguistic and intertextual analysis within discourse analysis"，*Discourse & Society*，1992，3(2)，pp. 193-217.
② 黄念然：《当代西方文论中的互文性理论》，《外国文学研究》1999 年第 1 期。
③ 王文忠：《互文性与信息接收》，《中国俄语教学》1999 年第 2 期。

中存在语义上能引起对其他语篇进行联想的东西，如类似的观点、主体思想等。①

第五，水平互文和垂直互文。辛斌介绍了克里斯蒂娃的观点，即把互文分为水平（horizontal）互文和垂直（vertical）互文两种。水平互文指的是一段话语与一连串其他话语之间具有对话性的互文关系；垂直互文指的是构成某一语篇较直接或间接的语境，即从历史或当代的角度看，以各种方式与之相关的那些语篇。

第六，广义互文和狭义互文。秦海鹰介绍了前人研究中的广义互文和狭义互文："所谓广义就是用互文性来定义文学或文学性，即把互文性当作一切（文学）文本的基本特征和普遍原则（正如把隐语性、诗性当作文学的基本特征一样），又由于某些理论家对'文本'一词的广泛使用，因此广义互文性一般是指文学作品和社会历史（文本）的互动作用（文学文本是对社会文本的阅读和重写）；所谓狭义，是用互文性来指称某个具体文本与其他具体文本之间的关系，尤其是一些有本可依的引用、套用、影射、抄袭、重写等关系。"②

第七，被动互文和主动互文。啜京中认为，被动互文指的是语内互文性，涉及话语上下文之间的关系；主动互文指的是语外互文，指的是文本之间的互文关系。③

## 第二节　显性互文和隐性互文

费尔克拉夫采用过显性互文这个概念④，拉贝（Labbé）等人的互文研究也提到过这个概念⑤。这些学者在谈论显性互文时观点虽大致一样，但也有所不同。受到前人研究的启发，我们把互文分为显性互文和隐性互文。显性互文指的是有"提示语"显示某个语言成分来自某个客篇章，隐性互文指的是没有"提示语"显示某个语言成分来自客篇章。

① 辛斌：《语篇互文性的语用分析》，《外语研究》2000 年第 3 期。
② 秦海鹰：《互文性理论的缘起与流变》，《外国文学评论》2004 年第 3 期。
③ 啜京中：《交传的互文性解构模式及运用》，《外语与外语教学》2007 年第 1 期。
④ Fairclough, N.："Discourse and text：Linguistic and intertextual analysis within discourse analysis"，*Discourse & Society*，1992，3(2)，p.104.
⑤ Labbé, Cyril and Dominique Labbé："Detection of hidden intertextuality in the scientific publications"，in *11th International Conference on Textual Data Statistical Analysis*，Liège，Gelgium，2012.

## 一、显性互文

提示语指的是读者在读主篇章时，能看到所引用的客篇章内容的出处。

例1(a)：

据新华社电 27日，重庆市第一中院对广东省政协原主席陈绍基情妇、广东卫视原主持人李泳受贿案做出一审宣判，认定李泳犯受贿罪，判处有期徒刑三年，并处没收财产10万元，同时追缴李泳受贿所得"路虎"牌越野车一辆，上缴国库。

法院经审理查明：2003年，李泳与时任中共广东省委副书记的陈绍基(已判刑)相识，后发展为情人关系。经陈绍基介绍，李泳与香港某公司董事长杨某认识。2006年7月至2008年3月，陈绍基利用担任广东省政协主席职务上的便利，接受杨某请托，为其公司取得粤港两地客运直通车营运指标等事项提供了帮助。2008年上半年，李泳向陈绍基提出想购买越野车，陈绍基表示可以让杨某出资。2008年4月，李泳选定购买"路虎"牌越野车后，杨某即以广州良鑫贸易发展有限公司名义签订合同，并陆续为其支付购车款、车辆购置附加税、车辆保险费共计136万余元，将车交付李泳使用。2008年11月，该车从广州良鑫贸易发展有限公司过户到李泳父亲名下。

（《京华时报》2011年1月28日）

例1(b)：

《男子聚会饮酒后死在车中》追踪
两酒友担责10％赔家属3.5万

本报讯（记者刘藏） 王先生和三名朋友聚会饮酒后，独自一人待在车中，最终因乙醇中毒死亡，家属随后起诉三名酒友赔38万余元(本报11月9日曾报道)。记者昨天获悉，顺义法院一审判决其中的两名酒友担责10％，赔偿王先生的家属3.5万元。

此案开庭时，三名酒友辩称，王先生喝多后没有摔倒。饭后，他们中的张先生先行离开。刘、李二人见王先生自行上车后，以为他回家了，就去找张先生唱歌了。他们认为王先生死于酒精中毒，与他们无关。

　　法院审理后认为，王先生作为完全民事行为能力人，应当意识到酒后产生的后果，其本人应对死亡负 90％的主要责任。刘先生、李先生在王先生大量饮酒后，没有很好地尽到劝阻、通知、照顾等义务，反而放任其自行在车内睡觉，两人应负 10％的次要责任。张先生虽然也与王先生共同饮酒，但他中途离开，不知道王先生一直在车中等情况，不应担责。据此，法院判决刘、李二人赔偿王先生家属 3.5 万余元。

（《京华时报》2010 年 12 月 26 日）

例 1(c)：

　　第二天一早睁开眼，我最爱的牛肉粉已经被买回来放在桌上。
　　"吃吧！"她给我打包，"时间太紧，没什么可给你带的。"她装了一兜干汤粉，又装了一袋子豆丝，这些都是我爱吃的土特产。她把行李箱塞得满满当当的。

（《和你在一起》，《读者》2012 年第 2 期）

　　例 1(a)中，根据提示语"据新华社电　27 日"及刊登这篇报道的日期"2011 年 1 月 28 日"，读者可以判断出这篇报道来自"新华社"。
　　例 1(b)比例 1(a)复杂，其中有五个提示语显示主篇章的来源。
　　一是标题《男子聚会饮酒后死在车中》追踪"。读者通常是这样理解的：报纸曾作《男子聚会饮酒后死在车中》的报道，现在这篇报道是"追踪"报道。
　　二是"（本报 11 月 9 日曾报道）"这行用括号括起来的字，说明前面的陈述"王先生和三名朋友聚会饮酒后，独自一人待在车中，最终因乙醇中毒死亡，家属随后起诉三名酒友赔 38 万余元"是《京华时报》11 月 9 日报道过的。
　　三是"记者昨天获悉"，说明后面的内容是记者昨天得到的信息。
　　四是"三名酒友辩称"，说明后面的内容是酒友辩称的内容。
　　五是"法院审理后认为"，说明下面的内容是法院的观点。
　　从互文的内容看，例 1(a)和例 1(b)相似的是两个篇章的内容都是主篇章，没有作者自己的内容和观点。不同的是，例 1(a)中主篇章的内容是单一的，整个篇章都来自"新华社"，而例 1(b)中主篇章的内容来自不同的渠道。
　　例 1(c)的情况是，由于修辞等原因，虽然篇章中没有直接的提示语

"某某人说"，但根据上下文，可以推测出出处，这也可以看作"指出出处"。例如，例1(c)中的"吃吧!"和"时间太紧，没什么可给你带的"这两句话，按上下文推断，我们都可看成"她"说的。这里的"她"指"老妈"(引文前文提到过)，即把老妈说的话引进了这个主篇章。

在理解显性互文时，我们要注意以下几点。

第一，常见的提示语。我们观察到，常见的提示语有："说"(张某当庭出具欠条说)，"表示"(李某的儿子也表示)，"诉称"(贺女士诉称)，"发表声明"(柬埔寨外交和国际合作部28日发表声明)，"先前报道"(一些媒体先前报道)，"称"(声明称)，"据报道"(据报道)，"据……报道"(据柬埔寨多家电视台28日报道)，"按……的说法"(按检察官办公室的说法)，等等。

第二，来自客篇章的引文出现的位置不同。客篇章可能出现在提示语之前，也可能出现在提示语之后。例1(b)中的客篇章"王先生和三名朋友聚会饮酒后，独自一人待在车中，最终因乙醇中毒死亡，家属随后起诉三名酒友赔38万余元"都来自客篇章，但出现在提示语"(本报11月9日曾报道)"之前。而例1(a)中的客篇章出现在提示语"据新华社电　27日"之后。其中，客篇章出现在提示语后为多。

第三，作者和读者一致。这里的一致指的是不管从作者的角度还是从读者的角度来观察"显性互文"，两者看法都是一致的。也就是说，只要作者用提示语来显示主篇章的内容，读者就能正确理解作者的用意。

第四，书面语中的显性互文和口语中的显性互文。我们所举的例1(a)和例1(b)都是书面语。实际上，显性互文既表现在书面语中，也表现在口语中。

第五，客篇章可能是书面语也可能是口语。如果主篇章是书面语[如例1(a)和例1(b)所示]，那么客篇章可能是书面语，也可能是口语。例1(a)中"据新华社电　27日"显示，读者可以判断主篇章内容都是来自书面语。例1(b)中的提示语"(本报11月9日曾报道)"前的引语，也可确定是书面语；提示语"记者昨天获悉"的客篇章，可能是口语(法官宣判的话)，也可能是书面语(看到的宣判书)；提示语"三名酒友辩称"后的客篇章，据推测，口语的可能性大(该提示语前"此案开庭时"这句话给人的理解是作者所见到的情景，不像判决书等书面语中的话)；提示语"法院审理后认为"后的主篇章，口语的可能性大(在宣判书的文本中，通常的用词是"经审理查明、本院认为"等)，当然也可能来自判决文本，内容可能有些取舍，所以没有直接用提示语"判决书说"等。

第六，从书面语来看，显性互文有直接引语和间接引语之分。

## 二、隐性互文

隐性互文指的是主篇章所采用的客篇章的内容，但没有任何表示来源的信息，包括熟语（成语、谚语、歇后语及惯用语），流行语，名人名言，抄袭。

### (一) 熟语互文

熟语指成语、谚语、歇后语和惯用语。熟语是由词构成的常用而定型的现成语句，是大于词的语文单位，但又具有词的特性。熟语是由短语或句子组成的，经过人群长期沿用，结构基本定型，不能随意改动其组成部分。值得注意的是，熟语中的谚语、歇后语和惯用语之间没有明确的界限，有时候属于交叉关系。

#### 1. 成语互文

成语是汉语中一般概念的固定词组或短语，是比词大而语法功能又相当于词的语言单位，常带有历史及哲学意义。绝大多数成语由四个字组成，也有三个字的或者五个字及以上的成语，如"破天荒""一不做，二不休"。成语的来源为历史故事、寓言故事、神话或其他传说、古典文学作品等。成语的特点是结构的相对定型性，意义的整体性，时间和空间的习用性，形成的历史性，内容和形式的民族性。截至 2011 年 1 月 31 日，"在线成语词典"共收入成语 13001 个。下面例 2 中的"逃之夭夭"就是成语。

例 2：

此后姚某拿着名片四处招摇，自称认识部队高官。去年 6 月到 7 月，周某和吴某通过朋友找到了姚某，并请求她帮忙将两名应届考生介绍进北京装甲兵学院和解放军艺术学院。姚某满口答应，骗取了办事费数十万元后，便关闭手机逃之夭夭。

（《京华时报》2011 年 1 月 31 日）

#### 2. 谚语互文

谚语是口头流传、通俗易懂的短句或韵语，其特点是用简单通俗的话反映深刻的道理。例如，"人是铁，饭是钢，一顿不吃饿得慌"；"人争一口气，佛争一炷香"；"冬吃萝卜夏吃姜，不劳医生开药方"；"一寸光阴一寸金，寸金难买寸光阴"。例 3 中的"一个篱笆三个桩，一个好汉三个帮"就是谚语主篇章。

例 3：

我们不难看出"一个篱笆三个桩，一个好汉三个帮"对一个人事业的重要性。国家需要核心领导，企业董事局同样需要核心力量。这个核心力量浓缩到"三个桩"，并不会降低力度，而是升华了境界、品质，变得更加简洁、有力、紧密，更有战斗力与竞争力。

（中财论坛，2011 年 2 月 1 日）

**3. 歇后语互文**

歇后语是人们在生活实践中创造的一种特殊语言形式。它一般由两个部分构成：前半截是形象的比喻，像谜面；后半截是解释、说明，像谜底。在一定的语言环境中，通常只要说出前半截，人们就可以领会和猜想出它的本意，所以称它为歇后语。截至 2011 年 2 月 1 日，"在线歇后语词典"共收入歇后语 18000 条。截至 2011 年 2 月 1 日，"歇后语大全"共收入歇后语 24132 条。下面例 4 中的"秃子头上的虱子——明摆着"就是歇后语。

例 4：

有一种情况例外，那就是"秃子头上的虱子"。中国人几乎人人都知道这句歇后语：秃子头上的虱子——明摆着。有些腐败现象，真就是秃子头上的虱子。一名普通的机关干部，属于工薪一族，既没继承巨额遗产，又没因炒股暴富，却住豪宅，养私车，除了腐败之外没有别的答案……

（《中国青年报》2011 年 2 月 1 日）

**4. 惯用语互文**

惯用语是民间一些约定俗成的词组或短语，以三音节为主，具有比较灵活的结构和强烈的修辞色彩，通过比喻等方法获得修辞转义。其特点是：人们一般比较熟知，比较大众化；多在口语中运用，用起来自然、简明、生动、有趣；比较短小；活泼生动，常用来比喻一种事物或行为，相当于一个词或词组，其意义往往不能简单地从字面上去推断；虽然是一种较固定的词组，但定型性比成语差些。例如，碰钉子、挖墙脚、乱弹琴、吃大锅饭、唱对台戏等。例 5 中的"拍马屁"就是惯用语。

例5：

　　拍马屁在中国家喻户晓，众所周知。元朝时，人们平日牵马与人相遇时，总是互拍对方的马屁股称赞道："好马！"但有些人谄媚讨好，趋炎附势，巴结权贵，无论他人的马是优是劣，都拍马屁股连声赞赏："好马，好马！"久而久之，"拍马"和"拍马屁"就成了阿谀奉承的代名词。

**（二）流行语互文**

流行语，顾名思义是某段时间流行的语言，可以是词，也可以是句子。不同时期有不同的流行语，而不同的流行语作为社会一根敏感的神经，可以反映出社会的变化。现在网络的普及给流行语的快速"流行"创造了前所未有的条件。

不同的领域有不同的流行语。例如，2011年中国新闻网发布的流行语共分综合类、国内时政类、国际时政类、经济类、科技类、教育类、文化类、娱乐类、体育类、社会生活类10类，此外还依据当年社会热点设置了"世博、楼市、环保、灾害、社会问题"等年度专题。

不同的年代有不同的流行语。下面例6至例10是媒体盘点的2008年至2012年的流行语。

例6，2008年流行语：

　　①为什么呢？②农民工挣钱不容易，出钱更难。③后来呢？④手铐在门口，就等你伸手。⑤结婚之前要彩礼，结婚之后要理财。⑥你这小模样长得就有点犯法。⑦两口子不一定住一起，住一起不一定是两口子。⑧找准自己的位置！⑨感谢所有TV！⑩每一个成功男人的背后都有一个多事的女人。

例7，2009年流行语：

　　①躲猫猫。②嫁人就嫁灰太狼，做人要做懒羊羊。③不差钱。④70码（欺实马）。⑤贾君鹏，你妈妈喊你回家吃饭！⑥不要迷恋哥，哥只是个传说。⑦哥吃的不是面，是寂寞。⑧曾哥纯爷们。⑨信春哥，不挂科。⑩杯具啊。

例8，2010年流行语：

①给力。②神马都是浮云。③围脖。④围观。⑤二代。⑥拼爹。⑦控。⑧帝。⑨达人。⑩穿越。

例9，2011年流行语：

①不要迷恋哥，嫂子会揍你。②上班的心情比上坟还要沉重。③别说我很高傲，只是我拒绝与禽兽打交道！④姐从来不说人话，姐一直说的是神话。⑤世上只有妈妈好，爸爸也不错。⑥你是我的优乐美，这样我喝完就可以把你扔掉咯。⑦对不起，你拨打的用户已结婚。⑧"90后"的你有着一颗"80后"的心和一张"70后"的脸。⑨如果我能原谅你的庸俗，你能容忍我的装×吗？⑩暗恋是成功的哑剧，说出来就成了悲剧！

例10，2012年流行语：

①你幸福吗？②屌丝。③××Style。④我能说脏话吗？⑤随时受不了。⑥我再也不相信爱情了。⑦累了，感觉不会再爱了。⑧正能量。⑨中国好××。⑩元芳，你怎么看？

**(三)名人名言互文**

名人名言是指名人说的话(名言名句)。

例11：

青，取之于蓝而青于蓝；冰，水为之而寒于水。（荀子）

天将降大任于斯人也，必先苦其心志，劳其筋骨，饿其体肤，空乏其身，行拂乱其所为。（孟子）

天下兴亡，匹夫有责。（顾炎武）

业精于勤，荒于嬉。（韩愈）

人们在用这些名言名句时，可能并没有考虑或者不需考虑具体是谁说的，只知道这是名人说的，是名言。

**(四)抄袭互文**

《现代汉语词典(第7版)》对抄袭的定义是："把别人的作品或语句抄

来当作自己的。"我们这里讲的抄袭互文，指的是采用了客篇章的内容，但并未注明出处，给读者的印象是这是主篇章作者自己的东西。

萨莫瓦约(Samoyault)认为：

抄袭是逐字逐句地重复，但不被标明，而且也没有指出互异性。这种完全地据为己有也说明了由此发生一些法律问题的原因，因为它或多或少在法律意义上就文学产权的问题发生疑义。所以俄罗斯诗人奥西普·芒德斯坦(Ossip Mandelstam)1929年被指控抄袭，那是一部《直到欧棱斯皮哥尔》(*Till Eulenspiegel*)的翻译，他根据两部现存的版本完成这篇译作，该作在他不知情的情况下以他的名义被出版了。①

我们看出，在共存的手法里，只有引言毫不遮掩两篇不同文本之间的差别。参考资料、暗示和抄袭往往是不明确的互文。②

从互文的角度看，抄袭也是一种互文，萨莫瓦约称之为"不明确的互文"，我们这里称之为隐性互文。

## 三、几个注意点

### (一)熟语和流行语的异同

熟语互文和流行语互文有相同的地方，也有不同的地方。

两者有两点相同之处。一是熟语和流行语都可能是词，也可能是句子。二是作者在使用熟语和流行语时，不管是日常使用的话语篇章还是正式文本和学术论文，通常不注明出处，除非专门研究熟语和流行语时才会探究其来源。读者在读到熟语和流行语时，通常也不一定知道其来源，只要知道其意思，达到交流的效果就可以了。

两者有四点不同之处。第一，熟语使用的时间通常比较长，而大多流行语只在某个时段使用。第二，从使用者来看，不同年龄段的人都会使用熟语，而流行语的使用者多为青年人。第三，熟语的意义比较固定，代代相传，属于"老词"，比较好理解；流行语流行很快，属于"新词"(或新义)，有的流行语要经过"学习"才能被理解。第四，熟语在官方的正式报刊和民间日常使用的话语篇章(特别是网络)中都会出现，而流行语通常在民间(如网络)使用。

---

① 〔法〕萨莫瓦约：《互文性研究》，邵炜译，天津，天津人民出版社，2003，第39页。
② 〔法〕萨莫瓦约：《互补生研究》，邵炜译，天津，天津人民出版社，2003，第40页。

**（二）熟语、流行语和抄袭的关系**

客篇章指某个主篇章中所引用的文本。对熟语和流行语来说，不管是读者还是作者，他们都很难确定哪个是具体客篇章。这些熟语和流行语已像"字词"一样储存在作者的大脑里，使用者可以不了解该引文来自哪个具体的客篇章而直接使用。另外，该客篇章使用的人多，使用的频率高，也导致难以确定哪个文本是具体的客篇章。抄袭不同，抄袭的作者肯定知道客篇章的来源，而读者可能知道，也可能不知道。

我们来看一个具体的例子。对熟语和流行语来说，读者或作者不一定知道具体的客篇章，但是这并不影响其使用，因为只要知道"当前的使用义"（也就是"引申义"）就可以了。表 2-1 是在线成语词典对"逃之夭夭"的解释。

表 2-1　"逃之夭夭"释义

| 词目 | 逃之夭夭 |
| --- | --- |
| 发音 | táo zhī yāo yāo |
| 释义 | 本意是形容桃花茂盛艳丽。后借用"逃之夭夭"表示逃跑，是诙谐的说法。 |
| 出处 | 《诗经·周南·桃夭》："桃之夭夭，灼灼其华。" |
| 示例 | 撞人者～，众人向他投去愤怒的眼光。 |

客篇章：《诗经·周南·桃夭》的"桃之夭夭，灼灼其华"。

本意：形容桃花茂盛艳丽。

当前使用义：逃跑，一种诙谐的说法。

也就是说，作者就算不知道该成语的出处，不知道其本意，但只要掌握了其当前使用义，就能使用该成语。当然，理解客篇章会让我们对某个熟语和流行语的理解更加透彻，使用时会更加贴切。

抄袭跟上面提到的熟语和流行语不同。抄袭者对他所抄的客篇章是一清二楚的；熟语和流行语使用者对客篇章的来源并不一定了解，但并不影响他使用这些词语。

**（三）引号的使用**

我们在研究中发现，作者在使用成语时通常不使用引号；使用谚语和歇后语时，有时用有时不用；使用流行语时倾向于使用。如图 2-1 所示：

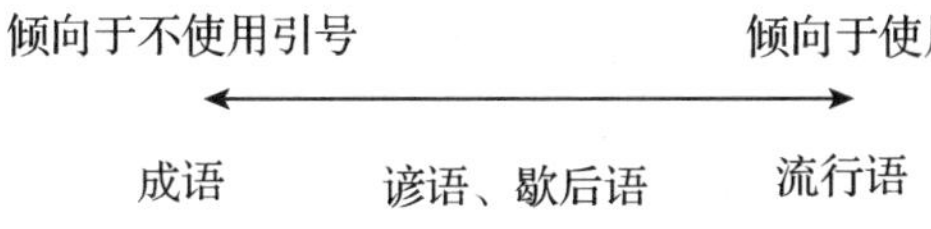

图 2-1　引号使用倾向

至于抄袭，就谈不上引号了，因为对抄袭部分，抄袭者是不会特地标出引号的。

## 四、小　结

显性互文标明出处，隐性互文不标明出处。在篇章组织时，使用得当，各有各的好处。当然，作为隐性互文的一种，抄袭是不道德的剽窃行为，应该受到打击。

按照克里斯蒂娃对互文的定义，某些专有名词，如重大的事件（"二战""文化大革命"等），名人（"黑格尔""孔子"等），著名的地名（"北京""纽约"等），用书名号引起的书、文章、戏剧的名字（《读者》《辕门斩子》《三国志》等），都应该归入隐性互文的范围。模仿、套用、风格、表达方式、前人观点加上自身观点的再表达等，也应列入隐性互文的范围，本节暂且不予讨论。

## 第三节　作者互文和读者互文

奥特（Ott）等人认为，应该从作者和读者两个方面看待互文。从作者角度来讲，互文起到了编码的功能；从读者角度来讲，互文起到了解码的功能。①

陈平谈到过互文的现象：

> 词语由于经常用在某些场合中而获得的附加意义，往往会带到其他使用场合中来，这也是所谓互文（intertextuality）研究的一个重要方面。例如，日常新闻报道中常常听到"国际社会"（international community）如何如何，这儿所用的所谓"国际社会"，从字面上来理解，似乎指的是亚非欧美大洋洲所有大国小国强国弱国组成的国际群体，如果真这样理解，那就未免太天真了。将这个词语天天挂在嘴边的，基本都是牢牢掌握国际上主要话语权的几个西方大国的政府发言人和外交官，因为在媒体上使用这个词语的，主要是这些西方大国的代表人物，因此"国际社会"这个词的情景意义，往往就等同于西方发达国家。另外，同一个词语的潜在情景意义对于不同

---

① Ott，Brian and Cameron Walter：Intertextuality："Interpretive practice and textual strategy"，*Critical Studies in Media Communication*，2000，17（4），p. 430.

地域、社会和历史背景的人群来说，可以很不相同。①

　　陈平这里主要谈的是情境互文：相同的话语在不同的情境下有不同的理解。陈平的观点给了我们很大的启发，对同一个词、同一个篇章，我们也可以从作者和读者的角度来理解。我们还是拿陈平举的这个例子来看，"国际社会"这个词，从读者的角度看，应该是"所有大国小国强国弱国组成的国际群体"，从西方大国的作者的角度看，主要是指"西方发达国家"。

　　克里斯蒂娃认为："每个说话者既是信息的发出者，又是信息的接受者，因为他会同时发出信息，并对信息进行解码。原则上讲，如果他无法解码信息，就不能发出信息。这样，给'别人'发出的信息，发出者必须自己'首先'明白其内涵，这就是所谓'说话者首先是说给自己的话'。""同样，接受者—解码者按照自己所听到/理解的内容来进行解码。"②

## 一、作者互文和读者互文的概念

　　后结构主义时期，克里斯蒂娃提出了"互文"的概念，这一概念使得语言学家对作者和读者在篇章建构中的作用进行了再思考。也就是说，互文概念的提出使得人们开始思考一个新的问题，即到底是谁创建了篇章（见奥特等人的研究）。③

　　此后，学界关于作者互文和读者互文一直存在两种不同的观点。一种观点强调作者在互文中的主导地位④，另一种观点强调读者在互文中的主导地位⑤。

### （一）作者如何建构篇章

　　考林（Collins）认为，互文是由作者建构的。他把互文看作篇章内在固有的成分，是作者特意所为。在他看来，互文就是作者有意识使用的

---

① 陈平：《话语分析与语义研究》，《当代修辞学》2012 年第 4 期。
② Kristeva，J.：*Language the Unknown：An Initiation into Linguistics*，London，Harvester Wheatsheaf，1989，p.8.
③ Ott，Brian and Cameron Walter："Intertextuality：Interpretive practice and textual strategy"，*Critical Studies in Media Communication*，2000，17(4)，pp.429-446.
④ Collins，J.："Television and postmodernism"，in R. Allen，ed.，*Channels of Discourse，Reassembled：Television and Contemporary*（second edition），Chapel Hill，University of North Carolina Press，1992，pp.325-353.
⑤ Barthes，R.：*Image，Music，Text*，New York，The Noonday Press，1988，p.131.

一种工具，要求特定的读者参与回应。①

哈特曼（Hartman）谈到了作者在互文建构中的作用。他从主篇章的内容和作者身份两个角度分析互文现象。②

从篇章的内容看，其中很多内容（包括话语、图案、影像等）都是二手的，采用的方法是"借用、调整、选择、转换"等。这些二手的内容各自有自己的写作风格，也各自有自己的情感。作者通过互文这种方式，将一个符号系统转换为另一个符号系统，最后构建了自己的"篇章世界"，也就是构建了自己的主篇章。

从作者的身份看，他是主篇章的创造者，这个主篇章是属于他的，他对这个篇章负责。从另外一个角度看，这个作者应该被看成是复数的，因为这一篇章不是完全一个人所为，实际上是"合作"的产物。也就是说，既然主篇章中通常有多个客篇章作者的内容，那么作者不仅仅是主篇章的那个作者，主篇章的形成是集体所为。把主篇章看成多个作者的观点表明：作者尽管是一个人，但是，他还是反映了多元的社会声音，他们通过自己进行对话。作者是社会性派生物，他们之所以存在，是因为我们都是社会派生物，都是作者。

**（二）读者如何解构篇章**

德里达、巴尔泰斯、克里斯蒂娃、菲斯克（Fiske）等人强调读者在解构篇章中所起的作用。

德里达认为，读者在建构篇章时，首先是将该篇章提出来，然后根据自己已有的文本知识进行比对和联想（犹如一个文本拼图游戏）。在理解和甄别作者的这个篇章时，读者往往会给它划定一个界限。例如，根据它们的文体或篇章形式类划定一个限制，而界定的划定与读者所处的文化背景密切相关。接下来就是将该篇章归类，明确找到它们与哪些篇章有关，与哪些无关。最后，读者会根据自己的文化解码系统以及从其他篇章中学习到的规则来阅读篇章。③

巴尔泰斯认为，读者阅读某个主篇章时有两个特点。一是"创造性"。读者在阅读时会在主篇章和多个客篇章之间形成一个网络，这时读者就存在于一个永无止境的不断扩展的互文建构的矩阵中。每次重新阅读自

---

① Collins, J.: "Television and postmodernism", in R. Allen, ed., *Channels of Discourse, Reassembled: Television and Contemporary* (second edition), Chapel Hill, University of North Carolina Press, 1992, pp. 325-353.

② Hartman, D. K.: "Intertextuality and reading: The text, the reader, and the context", *Linguistics and Education*, 1992, 4, pp. 295-311.

③ Derrida, J.: *Of Grammatology*, Baltimore, John Hopkins University Press, 1976, p. vii.

己曾经读过的某个主篇章，读者都会发现原来那个被阅读过的主篇章已经不复存在，再次阅读会把新的客篇章带入他们主篇章的阅读之中。重读的过程就是一个主篇章"重写"的过程。巴尔泰斯认为，互文造就了篇章的无穷性。正是这种无穷性使得读者无意识地随时给篇章带来新意义。从这个角度来观察，篇章的解构是一个周而复始、不断循环、呈螺旋式上升的过程。也就是说，对某个话语篇章阅读的次数越多，对该话语篇章的理解就会越深刻。二是"双重性"。读者在阅读时，既需要一般人都具有的世界知识，又需要个体感受和经验。由于不同读者拥有不同的篇章知识，这种独特性会产生个性化的阅读。但是，由于读者在某种程度上拥有共同的文化，他们又会将共同的文化内容和篇章知识带入话语篇章阅读中，所以又是非常独特的。

　　巴尔泰斯强调读者解构话语篇章的重要性。他认为，话语篇章是一个多面向的空间，其中，很多作品都不是完全原创的，而是互相融合和冲撞的。话语篇章是来自无数文化中心的引文的一个组织。主篇章涉及很多其他作品，它们来自不同的文化，进入了一个彼此对话、仿拟和辩论的关系。是读者，而不是人们长期以来所说的作者，真正体会了这种多元性。[①]

　　克里斯蒂娃与巴尔泰斯的观点比较接近，她认为，所有篇章都是通过引文片段来建构的，篇章就是对其他篇章的吸收和转换。篇章既不是独立的，也不是个性化个体创作的，它们都是由社会集合组成的，而这些集合本身就是一个篇章集合。她将互文看作一个无意识工作中的基本过程，其中几个符号系统被转换成为另一个系统。克里斯蒂娃认为，篇章的产生同时涉及对文化建构的符号系统的重读、缩写和混合。克里斯蒂娃同样强调读者解构篇章的重要性。[②]

　　菲斯克认为，读者(听者)在互文意义解构中发挥了重要作用。他运用互文这个概念描述读者是怎样使用自己广泛的文化知识取得意义的，即把自己从其他篇章中学到的知识运用到对某个特定篇章的理解中。在菲斯克看来，互文是读者的一种阅读形态。他认为："互文理论的提出给人的启示是，任何一个篇章的理解都必须从寻找该篇章与其他篇章之间的关系入手，这个过程就带出了很多有关篇章的知识。这些关系不一定会表明或暗示一个篇章的内容会进入另一个篇章，因此，也没有必要要

---

① Barthes, R.: *Image*, *Music*, *Text*, New York, The Noonday Press, 1988, p. 28.

② Kristeva, J.: "Word, Dialogue and Novel", in T. Moi, ed., *The Kristiva Reader*, New York, Columbia University Press, 1986, p. 37.

求读者在理解互文时需要对某些特定的篇章非常熟悉。"①也就是说，读者在阅读时，可能并不懂"互文"的理论，但是读者会遵循话语篇章所表现的"暗示"，运用自己的专业性知识进行"互文"。②

上述诸观点可以说明一点，即互文可以从作者的角度来分析，作者把篇章当成互文的工具，邀请读者在不同篇章之间进行文字联想。同时，对读者来说，他们是不知不觉地用互文来发挥解释性功能的。读者在解读篇章时，会自然地将其与其他篇章联系在一起，以达到理解主篇章的目的。

综上分析，我们赞同奥特和沃尔特（Walter）的观点：互文既是一种策略性的编码过程（作者互文），也可以看作一种解码过程（读者互文）。③

## 二、作者互文和读者互文的不一致性

我们介绍了作者互文和读者互文的不同之处，那么是什么原因造成了两者的差异？

### （一）对不一致性的理论探讨

早在 1971 年，裴多菲（Petöfi）就发现在研究语言使用时，需注意作者（说者）和读者（听者）的区别。④

我们可以这样来理解裴多菲提到的说者和听者的区别：说话者大脑里先有想表达的意义，然后再选用合适的句子表达出来；而听者是先听到句子，然后通过大脑分析得到意义。从说者的角度看，如果他想要表达某个意思，他可选不同的句子来表示，如图 2-2 所示：

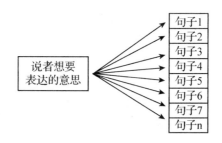

**图 2-2　说者表达模式**

从理论上讲，说者可以选择多个句子（从句子 1 到句子 n），但实际上

---

①　Fiske, J.：*Television Culture*，New York，Routledge，1987，p. 108.

②　Fiske, J.：*Understanding Popular Culture*，Boston，Unwin Hyman，1989，p. 5.

③　Ott, Brian and Cameron Walter："Intertextuality：Interpretive practice and textual strate-gy"，*Critical Studies in Media Communication*，2000，17(4)，pp. 429-446.

④　De Beaugrande, Robert-Alain and Wolfgang Ulrich Dressler：*Introduction to Text Linguis-tics*，London and New York，Longman，1981，p. 25.

说者大脑中关于句子的储存量、说者的表达方式和习惯、说者对听者的考虑、说话的环境以及听者可能在等着说者发话等，这些情况使得说者倾向于首选某个句子或几个句子，而非所有可能的句子。大脑的这种选择一般是瞬间完成的，通常说者自己并未感到有"选择句子"的过程。只有在少数时候，说者会通过停顿、改口、体态语等方式显示出他正在选择恰当的句子。

我们设想，如果说者选择了图 2-1 中的"句子 1"来表达他想要表达的意思，那么从听者的角度来说，从句子到意义就如图 2-3 所示：

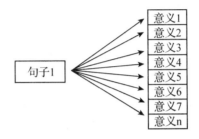

图 2-3　听者接收模式

我们还可以从理论和实际两个方面来分析。理论上讲，听者听到"句子 1"时，可以推导出多种意义，如从"意义 1"到"意义 n"。但实际上，听者受到各种因素的制约，瞬间便会确认说者想要表达的是哪种意义。

这种说者和听者之间产生的从意义到句子，又从句子到意义的过程是一个复杂的推理过程，在大部分情况下应该判断准确。也就是说，当说者想表达什么意思时，听者能正确理解说者想要表达的意思。但在实际交流中，也可能出现推理困难或推理错误，如误解、听不懂、很难理解、吃不准等。

还有一种情况是对同一句话，不同的人会有不同的理解，如图 2-4 所示：

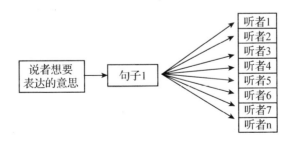

图 2-4　多位听者接收同一句话

图 2-4 说明，"说者想要表达的意思"通过"句子 1"表达出来，如果听者有两人以上，他们同时听到这个句子，那么不同的听者对"句子 1"的

理解可能相同，也可能不同。

以上分析说明，这种编码和解码可能不一致，这直接影响到作者互文和读者互文的特征。

**(二)实　例**

我们从理论上探讨了说者、作者、听者、读者在日常生活中表达和理解的不一致性，下面来看几个实例。

例 12：

> 朋友讲过一个故事，我至今难忘。原中国煤矿文联主席梁东带艺术家去沂蒙山区体验生活，在当地饭店"打尖"，店家姥姥十分热情，围着饭桌连声问招待是否有不周之处。梁东看着饭菜间麇之即去、去了又来的成群苍蝇，无奈地说："您看这苍蝇，老在饭菜上落……"可他话没说完，姥姥便满脸认真地答道："咦，它又吃不了多少！"那真诚的劝说与宽慰，以及话语间隐存的对京城客人悭吝不容物的嗔怨，逗得满桌艺术家惊诧复粲然。
>
> 作家董桥也说过一个故事——
>
> 记得在古老的小镇，说话声音响得像锣鼓的唐三姨常来串门子。一天，城里来的文明先生跟大家一起围着三姨聊天，三姨噼里啪啦大谈三姨丈当民兵的英雄往事。文明先生听得过瘾，脱口问道："三爷现在该七八十了吧?"三姨盯了他一眼说："早翘辫子啦!"文明先生的脸一下子红得像米缸上贴的红纸。"对不起。"他嗫嚅着说。三姨侧一侧耳朵问道："你说什么? 对不起? 莫非我男人是你干掉的? 真新鲜!"
>
> 生活经历相异，教育程度参差，文化背景不同，人们语言交流、行事往来难免产生隔膜，理解上萌生阴差阳错，交往间出现事与愿违，自是不可避免。董桥由此故事引申说："听了唐三姨那一顿教训，这一辈子做翻译，译到英文'sorry'这个词时，总是想起她冒着青筋的大方脸，总是避用'对不起'，避用'抱歉'，生怕洋派礼教翻脸变成杀人口实。"
>
> 这当然是玩笑话，董桥自己都未必当真，但在生活中，此类由语言引起的尴尬并不鲜见。
>
> （《语言交流中的尴尬》，《读者》2013 年第 3 期）

例 12 讲了两件事，先看第一件事。梁东说苍蝇老往饭菜上落的时候，梁东是说者，他说的话是主篇章。根据整篇文章所提供的信息以及我们对这个事件的正常理解，我们推断，梁东可能的客篇章是有关"苍蝇叮过的食物不卫生"的介绍。姥姥是听者，听了梁东的话后，她产生了"苍蝇个子小，吃的东西不多"这一客篇章。

再看第二件事。如果把文明先生的"对不起"看成主篇章的话，那么文明先生脑海里出现的可能的客篇章是："因为他提及了三姨的伤心事，也就是三爷去世，因此感到内疚。"文明先生期望的是，他讲了"对不起"后，三姨能理解他的内疚。而三姨听了文明先生的篇章后，脑海里出现的可能的篇章是："只有杀了我老公的人才会对我说'对不起'，不是杀手就没有必要讲'对不起'。"所以，三姨说："你说什么？对不起？莫非我男人是你干掉的？真新鲜！"

这两件事都显示出作者互文和读者互文两者之间的不一致性。

例13：

　　"批林批孔"时，几个乡间老汉正在乡下的墙角闲聊，公社的高音喇叭突然大叫起来——内容是林彪如何"披着马克思主义外衣"，又怎样"和孔老二穿一条裤子"这些"生动浅显"的词句。

　　于是，几个老汉就喇叭里吆喝的事儿大发议论，以表示自己"位卑未敢忘国忧"的高尚情怀。

　　甲老汉感慨万千："你们看，林彪这家伙，真是没出息，那么大的官，一人之下，万人之上，还偷人家马克思外衣穿——真是越有钱越小气。怪不得毛主席要把他赶到温都尔去出汗——那里热，他总不会偷人家外衣吧？"

　　乙老汉听了，赶忙点头："就是就是，这家伙是小气！"

　　丙老汉却不以为然，他磕磕手中的烟锅道："你们知道啥？这林彪虽然官大，可他家里穷着呢。"

　　乙忙问："你怎么知道的？"

　　丙老汉很认真地说："我怎么知道的？你们要认真听了广播，你们也知道。广播里不是说嘛：林彪和孔老二穿一条裤子！他要不穷，至于跟别人穿一条裤子吗？"

　　　　　　　　　　（《老百姓的理解》，《读者》2012年第19期）

如果我们把例13中广播讲的话看成作者互文，把几个老汉听了广播后相互的对话看成读者互文，则作者想表达的是一种意思，听者理解的是另一种意思。表2-2具体体现了作者互文和读者互文的不同点：

表 2-2　作者互文和读者互文

| 作者互文 | | 读者互文 | |
| --- | --- | --- | --- |
| 说者 | 真实意思 | 听者 | 理解意思 |
| 林彪如何披着马克思主义外衣 | 林彪明一套暗一套 | 甲老汉 | 林彪偷了马克思的外衣 |
| | | 乙老汉 | 同意甲老汉观点，得出结论：林彪小气 |
| 林彪和孔老二穿一条裤子 | 林彪和孔老二观点一致 | 丙老汉 | 林彪穷，所以跟孔老二穿一条裤子 |

例 14：

　　记者采访一位老奶奶。记者问：“您对在城市随便燃放鞭炮这个问题怎么看啊？”老奶奶：“我还能怎么看啊？就是趴窗户上看……”

　　就记者提问中的“您怎么看”这四个字来看，人们通常有两种理解：一是“您的看法和观点是什么”，二是“具体看的方法”。在例 14 这个语境里，记者想要得到的是第一种意思，人们通常理解的也是第一种，而老奶奶的回答是第二种理解。这就造成了作者互文和读者互文的不一致。

　　下面再来看图 2-5 中的四篇短文：

## “老弱专车”是不是浪费

用专车的形式解决老弱病残孕幼乘车难，意识上是可喜的。但是，专车的设置却也会带来一些问题：会否让人认为，正是因为老弱病残孕乘不上车、坐不到座位，才有专车存在？如果大家都尊老爱幼，主动让座，我们还需要专车吗？如果有了专车，普通车老弱病残孕幼还好意思上吗？普通人也更有理由不让座了，来一句“要坐？坐专车去”——这样显然更不利于不同群体和谐相处。

——吉林省长春市设置“老弱病残孕幼”专乘，被指浪费公共资源。论者汤志勇指出，和穷人富人“分区居住”一样，把不同人群进行“隔离”化的社会管理，是需要仔细思量的事情。弄不好，就会产生反面效果。

## “书包很重”也需被倾听

一涉及公德，问题就难免“爆炸化”。要么高举“道德”大旗，罔顾具体情况，扣帽子、打棍子；要么扩大范围，把个别事件上升为“集体意识”，动辄曰“××后”，或曰“国民性”。“90 后”多是未成年人，他们的意见，社会也应倾听。学会倾听、学会宽容，也是一种公德。

近日，网上一组江苏南京 7 名中学生在公交车上面对老人“集体不让座”的照片，引发广泛关注。有学生跟帖说“书包很重”“我们比老人累多了”。论者王传涛指出，“书包很重”的声音，反映出很多问题：为什么中学生书包沉重？为什么减负喊了多年却不见效果？这涉及整个教育观念的变化，涉及整个社会管理的转型。

## 期待警务机制改革改出实效

传统的警务管理模式逐步凸显出基层警力不足、管理层级过多、警力资源浪费等弊端。推动警务机制改革，改变传统的大机关、小基层“倒三角”警力配置结构，充实基层警力已是势在必行。从这一点来说，郑州等地的改革是务实之举，符合现代警务发展的实战化要求。

——郑州市公安局宣布将该市 124 个公安分局、派出所整合为 29 个派出所，启动以警力下沉到一线、减少指挥层级等为特征的新型警务管理模式。论者邹伟指出，各地的警务机制改革举措不一定相同，但评判改革的标准只有一条，即能不能长久保持且不断提升公安队伍的战斗力，能不能有效维护社会长治久安和保证人民安居乐业，能不能让人民群众满意。

## 食品质量不能“内外有别”

国家质检总局局长支树平近日披露，中国食品出口合格率多年来一直保持在 99.8%以上，远远高于进口食品合格率。近年来，食品安全方面可谓丑闻迭出，看到披露的数据后才知道，原来中国早就有了将食品质量控制到合格率达 99.8%以上的能力。

——论者郭之纯指出，食品质量合格与否，既涉及人身安全，又涉及人格尊严，于此决不能“内外有别”。以管理出口食品质量的办法，管理一下国人的盘中餐？以此而论，对“食品合格率”问题解决得越快越好，任何人、任何部门都不得找任何理由推诿。

据《人民日报》《扬子晚报》《华西都市报》新华社

图 2-5　《京华时报》2010 年 11 月 9 日 A03 版

我们先来分析图 2-5 的最后一篇短文，题目是《食品质量不能"内外有别"》。正文共两段，第一段用楷体，第二段用宋体。第一段第一句是"国家质检总局局长支树平近日披露"，而根据廖秋忠的管界问题研究①，我们可以判断出"中国食品出口合格率多年来一直保持在 99.8％ 以上，远远高于进口食品合格率"这句话是"支树平"说的，它下面那句话是"本文作者"说的，但"本文作者"是谁，没有标明。

第二段就比较复杂了。"——论者郭之纯指出"后面的管界管到哪里好像不容易确定。一种可能是"食品质量合格与否，既涉及人身安全，又涉及人格尊严，于此决不能'内外有别'"，之后的话是作者自己的观点。另一种可能是"指出"后面全是"郭之纯"指出的内容。按照第一段的模式，先引某人的一句话，然后作者评论，那么第一种可能大，但也无法排除第二种可能。

这就涉及作者和读者不同的角度。这篇文章的作者应该清楚地知道"为什么不以管理出口食品质量的办法，管理一下国人的盘中餐？以此而论，对'食品合格率'问题解决得越快越好，任何人、任何部门都不得找任何理由推诿"这句话是不是"郭之纯"说的话，读者则无法确定。

这里还有一个更为复杂的问题。仔细的读者会注意到，这四篇文章的最后有一行字："据《人民日报》《扬子晚报》《华西都市报》新华社"。也就是说，上面四篇文章是从四个地方收集来的，这给人的信息是：这四篇文章的作者不属于《京华时报》，它们是被"摘编"来的。从互文的角度看，这四篇文章都是"互文"来的。

这样，我们可以得到图 2-6、图 2-7 两个模式：

| 作者所采用的<br>互文手段 | ＝ | 读者所理解的<br>互文手段 |
| --- | --- | --- |

图 2-6　作者和读者一致

| 作者所采用的<br>互文手段 | ≠ | 读者所理解的<br>互文手段 |
| --- | --- | --- |

图 2-7　作者和读者不一致

图 2-6 说明"作者所采用的互文手段"和"读者所理解的互文手段"是一致的，图 2-7 说明两者不一致。

---

① 廖秋忠：《廖秋忠文集》，北京，北京语言学院出版社，1992，第 92～115 页。

在互文研究中，我们有时需要从作者的角度来观察，有时需要从读者的角度来观察。例 12 中的两件事，一是由于梁东的话比较婉转，姥姥并没有听出梁东真正想表达的意思；二是作家和三姨文化背景不同所造成的不同理解。例 13 是当时农民文化程度比较低，对人物背景和形势背景不了解，无法理解中央宣传篇章想表达的真正内容。图 2-5 中是摘编文章，作者在摘编时，应该很清楚哪些内容是从哪里摘来的，哪个人讲了什么话，哪些是其他人讲的，但读者读后可能有不同的理解。

### 三、不一致的可能的原因

我们谈到了读者和作者不一致性的一些原则，并具体分析了几个例子。下面，我们具体探讨不同的读者在读同一个篇章时会有不同理解的原因。

#### （一）主观性

萨莫瓦约认为，主观性使不同的读者对同一篇章有不同的理解。他说："读者必须具备的深层挖掘能力，这种要求一方面使得阅读不再像传统的方式那样承接和连贯，另一方面使得作者可以对含义有多种理解，甚至改变和扭曲原义。每一个人的记忆与文本所承载的记忆既不可能完全重合，也不可能完全一致，对所有互文现象的解读——所有互文现象在文中达到的效果——势必都包含了主观性。"[①]这段话的意思是说，读者跟读者之所以会有不同的理解，就是由主观性造成的。

#### （二）知识性

萨莫瓦约强调知识在理解篇章时的作用。他说："互文性要求读者不'健忘'，就像蒙田定义的那样，他必须在适当的时候以适当的顺序调动自己的知识。"[②]他把读者分成三种。其一，玩味的读者。他服从文本的指示，服从于明确的标志，从而能够找出出处并确认迂回的手段。其二，释义的读者。这类读者不满足于找出参考资料，还要研究意义，把两者相关的文本放在一起来确立意义。其三，非时序论的读者。这类读者暂且不谈那种认为艺术作品应该具有无时序性的有欠缜密的想法，他们提倡的理念是在连续的阅读中将文本非时段化。

萨莫瓦约认为，每个人所掌握的知识不同，每个人阅读的方式也可能不同。这两点都可能造成作者想要表达的真实内容跟读者所获得的理

---

① 〔法〕萨莫瓦约：《互文性研究》，邵炜译，天津，天津人民出版社，2003，第 83 页。
② 〔法〕萨莫瓦约：《互文性研究》，邵炜译，天津，天津人民出版社，2003，第 85 页。

解不一致。正如例 12 的作者所分析的："生活经历相异，教育程度参差，文化背景不同，人们语言交流、行事往来难免产生隔膜，理解上萌生阴差阳错，交往间出现事与愿违，自是不可避免。"①

**(三)场景性**

陈平提到的场景性，给了我们很大的启发。场景性指两个方面的内容。一是同一个作者在不同的时间阅读同一个篇章时的理解可能不同。例如，某个读者少年时阅读了某个篇章，对该篇章有一个理解，几十年后，这个读者如果再次读这一篇章，可能会有新的理解。从另一个角度来看的话，少年读者和成年读者在很多方面发生了变化，可以看成另一种"不同的作者"。二是某个读者在读某个篇章时，正处于某个环境中，比如说战争年代、最艰难的时段等，这个时候他对某个篇章的认识是一种理解；如果这个读者处于另一个环境中，比如和平年代、自己各个方面的发展都极为顺利的时段，这个时候他对同一个篇章可能会有不同的理解。②

## 四、小 结

人们的日常交际在绝大部分情况下都会顺利进行，但有时也会因为交际双方的各种原因而"失败"，当然这种"失败"在程度上有所不同。从互文的角度来看，我们对某个篇章的理解靠的是作者和读者的趋同性，之所以不一致，可能是作者造成的，也可能是读者造成的，还可能是两者共同造成的。本节谈到的一些现象，是从不同的角度观察到的。主篇章作者所采用的"引文"经过再三权衡，考虑篇章的结构、内容、引文的长短、潜在的读者，其目的是为其想要表达的主题服务。而读者在阅读该篇章时，是否能达到作者预期的目的，这就因人而异了。我们强调的是在理解互文时，需考虑从作者和读者不同的视角来观察，这样才能更加深刻地理解"互文"的含义。

## 第四节　格式互文和内容互文

格式互文指的是写某些文本时所需遵循的格式，内容互文指的是主篇章引用客篇章内容的情况。

---

① 〔法〕萨莫瓦约：《互文性研究》，邵炜译，天津，天津人民出版社，2003，第 85～87 页。

② 陈平：《话语分析与语义研究》，《当代修辞学》2012 年第 4 期。

## 一、格式互文

我们在写某个篇章时，需要遵循某种形式、格式的规定，这就是我们这里讲的"格式互文"的意思：要想写地道的、标准的文体，就必须遵循该文体典型的特点和要求。

常见的文体有记叙文（叙述文）、说明文、应用文、议论文、诗歌、小说、散文、戏剧等。每种文体都有自己的特点和模式。如果从应用领域的角度来看，我们还可以看到通常在行业中使用的文体，如法律文本、商业文本等，这些文本我们暂且称为"行业语"。

考虑到记叙文是话语分析中典型的分析文体，行业文是具有鲜明行业特色的文体，下面我们将简要讨论记叙文和行业文。

### （一）记叙文

百度百科（2013 年 8 月 28 日）对记叙文有如下解释（仅供参考）。

所谓记叙文，是以叙述表达方式为主，描写、抒情、说明和议论表达方式为辅，以写人物的经历和事物发展变化为主要内容的一种文体。

记叙文有如下模式：

①记叙文的六要素：人物、时间、地点、事件的起因、事件的经过和事件的结果。

②记叙文的人称：第一人称（真实可信）、第二人称（更加亲切）和第三人称（更加广泛）。

③记叙文的线索：以时间转移为线索；以一人为线索；以一事为线索；以一物为线索；以感情为线索。

④记叙文的顺序：顺叙、倒叙、插叙、补叙。

⑤记叙文的划分：按事件的发展过程、空间转换、内容变化、人物、场景变化、感情变化、表达方式的变换来划分。

⑥记叙文的表达方式：叙述；描写（肖像、语言、动作、心理、环境等，正面或侧面）；议论；抒情；说明等 。

⑦记叙文的语言的特点：准确、生动。

⑧记叙文的表现手法：描写、衬托、渲染、对比、伏笔、铺垫等。

下文例 15 是一个记叙文的例子。

例 15：

9 月 3 日凌晨，赣州一男子因怀疑其妻与同村村民有不正当关系，便劫持 3 名未成年人，放话要杀人报复社会。经过约 2 小时的对峙，唐某某被当地公安武警官兵制服，3 名儿童被成功解救。

当日凌晨零时许，赣州市安远县欣山镇永丰村村民唐某某(男，30 岁，1 米 7 左右)因怀疑其妻与同村村民唐某胜有不正当关系，便手持菜刀潜入唐某胜家中，将睡在 3 楼的唐某胜的 3 名未成年子女劫持，并反锁门窗。据了解，唐某某劫持 3 名未成年人后，要求当地村干部核实其妻子与唐某胜之间的情况并进行处理。唐某某当场扬言，如村干部不解决问题，将杀害人质，报复社会。

事情发生后，安远警方迅速封控现场，请求武警支援。武警赣州支队接到处置命令后，指派安远县中队中队长温保根带领 5 名官兵，携带 88 式狙击步枪 1 支、03 式自动步枪 5 支、防弹衣、钢盔和相关作战工具迅速到达现场，配合公安民警进行先期处置。随后，武警赣州支队支队长陈玉川同参谋长万昌鸣及特勤排 10 名官兵赶至现场增援处置。

1 时 25 分，先期到达现场的 6 名武警官兵与公安民警混编为 3 个组，一组由武警 2 名狙击手和 2 名公安占领劫持楼对面房屋制高点进行严密观察，二组由公安民警从正面实施佯攻，吸引犯罪嫌疑人注意力，同时第三组由武警中队长温保根带领 3 名战士从房屋西侧和西南侧隐蔽接近，占领有利地形，视情况实施抓捕。

2 时 03 分，公安武警一边实施佯攻，一边利用政策与唐某某进行谈话攻心。在公安武警的压力下，犯罪嫌疑人思想动摇，主动从窗户扔出凶器，与此同时，公安武警果断实施强攻抓捕行动。担负抓捕任务的 4 名官兵在公安民警的协同下，迅速破门突入，成功解救 3 名未成年人质，并将犯罪嫌疑人唐某某制服，无一人伤亡。

(《京华时报》2013 年 9 月 4 日)

按上述记叙文模式来看例 15：

①记叙文的六要素：人物(唐某某)、时间(9 月 3 日凌晨)、地点(赣州市安远县欣山镇永丰村)、事件的起因(怀疑其妻与同村村民有不正当关系)、经过(劫持 3 名未成年人)和结果(犯罪嫌疑人唐某某被制服)。

②记叙文的人称：第三人称。

③记叙文的线索：以一事为线索。

④记叙文的顺序：顺叙。

⑤记叙文的划分：按事件的发展过程来划分。

⑥记叙文的表达方式：叙述；描写（肖像、语言、动作、心理、环境等，或正面，或侧面）等 。

⑦记叙文的语言的特点：准确。

⑧记叙文的表现手法：描写等。

### (二)行业文

在本书中，我们在套用互文和不同领域的互文时，都会提到行业文。行业文相对于记叙文来说，有更高的按模式套用的要求，也就是说，个人"创造"的机会更少。

下例是民事起诉状样本。

例 16：

原告：姓名，性别，年龄，民族，籍贯，文化程度，职业或职务，单位或住址。

法定代理人(或委托代理人、指定代理人)：姓名，性别，年龄，民族，籍贯，文化程度，职业或职务，单位或住址，与原告关系(如果委托律师代理诉讼，不需写律师基本情况，只写"委托代理人：姓名，某律师事务所律师")。

原告：……(有共同原告的，按照权利大小接着排列，所列项目同前)

被告：姓名，性别，年龄，民族，籍贯，文化程度，职业或职务，单位或住址，与原告的关系。

被告：……(有共同被告的，按照义务大小接着排列，所列项目同前)

第三人：姓名，性别，年龄，民族，籍贯，文化程度，职业或职务，单位或住址。

诉讼请求：＿＿＿＿＿＿＿＿＿＿＿＿＿＿＿＿＿。

事实和理由：＿＿＿＿＿＿＿＿＿＿＿＿＿＿＿＿。

例 16 中列出的各项，都需"填"满。在行业文中，如果不按模式走，就会使人感觉"不正宗"，是外行。

格式互文需注意以下几个要点。

第一，格式互文是在长期使用中形成的。这些格式都是在长期使用中形成的，人们对其不断地进行规范。随着需要，其格式也可能有所变化。

第二，格式互文在不断地发展。这些文体处在不断的发展和变化之中。这种变化表现在两个方面。一方面，有些随着时代的变化，少用或不用了。如古体诗、赋、骈体文、词等，现在都很少用了。另一方面，有些随着时代的变化，格式也发生了变化。例如，我们日常用笔写信，会采用一定的书写格式，现在有了电子邮件，也可称之为"信"，不过此信跟彼信有所区别。从格式看，电子邮件比以前书信的格式自由多了，但也有自身的格式，如有主题词，有内容，转发时也有转发的标记。

第三，格式互文是懂行的标志之一。写什么样的文本，就按此文本的要求写，这是"懂行"和"入行"的标准之一。

第四，格式互文有严格和非严格之分。从格式互文的角度看，它有严格和非严格之分。例如，从例 15 的记叙文和例 16 的民事起诉状就可看出，民事起诉状要比记叙文严格。

## 二、内容互文

内容互文指的是主篇章引用客篇章内容的情况。本书从不同角度提到的直接引语、间接引语、显性引语、隐性引语、抄袭以及文章的缩写、改写、摘编、翻译、编译等都可归入内容互文。

## 三、小 结

格式互文和内容互文的相同点是对前篇章的模仿和遵循，其不同之处有以下几点。第一，相对来说，格式互文比内容互文更抽象。格式互文是在整休框架上对某一类文本的再现；而内容互文显得更为具体，如某句话、某个词的采用。第二，通过格式互文，读者有时可以判断主篇章的作者是否"内行"，篇章写得是否"地道"；而内容互文无法进行这类判断，只能确认主篇章作者的"引文"是否得体。第三，格式互文没有必要，也无法注明出处；而内容互文中有些必须注明出处，特别是学术论文。有些文章在引用文献时不注明出处，就有抄袭的嫌疑。

# 第五节 结 语

对互文类别的研究还处在探讨阶段，这是因为现在对互文这个词本

身的定义并未完全清楚，或者说，还没有取得一致的意见。萨莫瓦约认
为，互文是"一个不定的概念"，但这并不影响人们从各种角度对互文类
型进行热情的探讨。① 实际上，正是这个不定的概念给人们提供了探讨
和研究的空间。

　　本章在前人研究的基础上，探讨显性互文和隐性互文、作者互文和
读者互文、格式互文和内容互文，实际上是从另外一个角度探讨互文的
特点和本质。我们希望看到互文的类别探讨在人们不断的努力和推进中
变得越来越合理，越来越清晰。

---

① 〔法〕萨莫瓦约：《互文性研究》，邵炜译，天津，天津人民出版社，2003，第 1 页。

# 第三章 互文的功能

## 第一节 引 言

前人对互文的功能已有许多讨论。巴蒂亚从法律语言的角度，提出了互文的四大功能：表明篇章的权威性，提供专业术语的解释，协助篇章的筹划形成，界定法律范畴。[①] 普鲁根（Pulumgan）等人对互文的形式和功能进行了研究，认为互文有十种功能。其中五种是涉及话题的功能，即介绍文章题目、介绍文章的次标题、总结文章的讨论、提供建议、总结文章的次标题。另外五种是涉及句子的功能，即提供相反的意见、提供附加说明、提供资料、提供例句、描写资料。[②]

前人对互文功能的讨论，给了我们很大的启发。本章主要讨论互文构建篇章、加强主题和体现修辞的功能。

## 第二节 构建篇章

任何篇章中都有互文，我们研究发现，互文在篇章中起着构建篇章的作用。主篇章作者在组织一个篇章时，需考虑引文进入篇章后放在什么位置；以什么样的形式引入，是直接引语还是间接引语；如何把引文和作者自己的内容融为一体。这些都涉及互文构建篇章的作用。

### 一、共建功能

共建功能指的是客篇章的内容进入主篇章后，成为主篇章构建篇章的一个"材料"。这样，这些来自不同话语篇章的引文材料和作者自己的内容就共同构建起篇章。

---

① Bhatia, Vijay K.: "Intertextuality in legal discourse", in http://jalt-publications.org/old _ tlt/files/98/nov/bhatia.html [accessed 1 August, 2013], 1998.

② Pulungan, Anni Holila, Edi D. Subroto, Sri Samiati Tarjana, and Sumarlam: "Intertextuality in Indonesian newspaper opinion articles on education: Its types, functions, and discursive practice", *TEFLIN Journal*, 2010, 21(2), pp. 137-152.

　　直接引语具有"同一性功能"（solidarity）。同一性功能指的是，记叙文所引内容往往是作者叙述的整个事件的一个部分。这样，作者在引用某人的某句话时，往往考虑到读者的背景。也就是说，作者相信读者能理解引文的内容，即"我所引的东西，我们双方都能理解"①。

　　我们这里讲的互文的共建功能与同一性功能有些相似。两者都把引进的客篇章的内容看作主篇章的一个部分，不过同一性功能考虑的重点是读者的理解，我们这里强调的是如何使引文成为主篇章的一个和谐的组成部分，重点在作者。共建功能强调的是引文成为主篇章的组成部分之后，两者形成了一致的关系，共同推动篇章的形成。

　　请看摘自《京华时报》的例1（画线部分是互文实例）：

例1（a）：

　　　通过我爱我家中介公司，买房代理人张金凤购得多套房产后未付尾款。此事一波未平，一波又起。昨天，又有卖房人透露，去年年底，张金凤还通过中原地产购得多套房屋。记者了解到，她至少有2套房产在过户后尚未支付尾款。

　　　卖房人杨先生介绍，<u>去年12月27日，经中原房地产公司季景沁园店经纪人雷某介绍，张金凤前来买房，"因购房限制，她说要用表弟的身份买这套房"</u>。

例1（b）：

　　　4月7日上午，海淀区东升乡双泉堡一栋公寓南侧夹道内发现一名弃婴，当时婴儿已身亡。有知情者称，<u>6日下午一名女子在该公寓二层女厕产下女婴后，将其顺窗抛弃</u>。昨天，海淀警方称，<u>婴儿的母亲已被刑事拘留，目前案件仍在调查</u>。

　　例1（a）和例1（b）的画线部分，都是互文实例。读者可以感受到，这些互文实例起到了很好的承上启下的作用，已经与主篇章融为一体。所不同的是：从形式上看，例1（a）中，"卖房人杨先生介绍……"在篇章中以一个独立的段落出现，而例1（b）中引进客篇章的内容和主篇章处于同一段落；从来源上看，例1（a）中的互文是单一来源"卖房人杨先生介

────────────

① 　徐赳赳：《叙述文中直接引语分析》，《语言教学与研究》1996年第1期。

绍"，例1(b)中的互文来源是两个，一是"知情者"，二是"海淀警方"；从互文的方式上看，例1(a)采用间接引语和直接引语两种方式把客篇章的内容引进主篇章，例1(b)采用的是单一的间接引语的方式。

从例1可以看出，若把互文实例看成篇章的材料，我们要如何把这个材料与其他材料融合在一起，组成新的篇章。主篇章的作者所要考虑的问题有六个：①什么客篇章的内容值得引进？②引进后的材料放在主篇章的什么地方最为合适？③突出还是不突出？④详细引进还是简略引进？⑤如何使读者在读到这些互文时不感到唐突？⑥采用什么互文手段，直接引语还是间接引语？这些问题直接影响主篇章的整体结构与和谐，如何在篇章中将互文的这种融合安排得最完美，确实能体现主篇章作者谋篇布局的能力。

## 二、再创造功能

再创造(reproduction)功能指的是，读者删减改动客篇章中的语言后再将其引用到主篇章所表现出来的功能。

再创造是主篇章作者经常采用的一种手法，是构建篇章的需要。对于引进的客篇章内容，是详述还是简述，哪些内容需详细介绍，哪些内容需简要介绍，这些都是根据整个主篇的需要来考虑的。

顾名思义，再创造含有主篇章作者的劳动。实际上，直接引语和间接引语都附有再创造的劳动。直接引语的再创造表现在作者两方面的劳动上："引什么"和"引多少"。间接引语的"再创造"更为明显地体现出作者的劳动，因为作者对原来的话语有可能进行了程度不一的改动。下面，我们重点看几个间接引语的例子。

例2：

> 王亮告诉民警，<u>当年，他因自己的赌摊被砸，通过哥们儿找来4人帮忙报复，并在殴打中将王某砍死。</u>为了争取立功，王亮还向民警供出了其中一个打人者陈威的手机号。
>
> (《京华时报》2013年2月28日)

例2中，王亮告诉民警的内容是"当年……将王某砍死"。如果用王亮的原话的话，"他因自己的赌摊被砸……"中的"他""自己"都得改动，可能的话语就是："我的赌摊被砸……"由于难以核对王亮的"原话"，所以，读者有理由认定，主篇章的作者可能对王亮当时讲的话有所改动。

也就是说，主篇章作者可能对原话进行了再创造。

但是有一种情况跟例 2 不同，参见例 3：

例 3（a）：

王军霞的致辞只用了 30 秒钟，说了三句话。她说：我的名誉归于我的祖国。感谢国际业余田径协会授予我的这个荣誉。我一定发扬欧文精神，争取更好的成绩。

例 3（b）：

此间，姚晓东在信中称，记得初到常州之际，我曾借《每月一告》向大家说过："我会珍惜'市长与网民'这一有效形式、有益桥梁，坚持'网民就是市民，网友就是朋友'的认识，走近市民、倾听呼声，采纳良策、推进工作。"这一年多来，广大网民朋友提出了大量宝贵的意见和建议，丰富了我对常州的认识，推动了政府的工作。只可惜，这一良好的互动短暂了一些。在此，我要真诚地向大家表示感谢！衷心希望大家能一如既往地支持常州发展，积极建言献策，合力建设幸福常州。

（《江苏常州市市长离任　网上发表公开信与市民告别》，中国新闻网，2013 年 2 月 27 日）

例 3（a）中，"她说"后没有引号，是间接引语的形式，但指示代词并非是"她的名誉……"，而是"我的名誉……"，一共出现了三个"我"。例 3（b）中情况相同，"姚晓东在信中称"后，出现的不是"他曾借……"，而是"我曾借……"，这个例子里也出现了三个"我"。

这类引语即"自由间接引语"，是间接引语的一种。本书讨论的间接引语，既包括一般意义的间接引语，也包括自由间接引语。因此，例 3（a）和例 3（b）是间接引语再创造的范围。[①]

再创造功能有以下几个特点。

**（一）信息来源不同**

在研究中，我们发现，从理论上讲，再创造的权力属于主篇章的作者，作者可以在详略上有所取舍。对于不同来源的引语，作者再创造的

---

① 　徐赳赳：《叙述文中直接引语分析》，《语言教学与研究》1996 年第 1 期。

内容可以有所取舍。

例4：

前天晚上六点左右，家住西城区广安门外大街蝶翠华庭小区一名业主的私家车后挡风玻璃被砸碎。警方称是钢珠打到玻璃所致。小区物业称，去年8月起便多次发现有钢珠"袭击"小区轿车玻璃、家中窗户及居民的情况，怀疑有人用钢珠枪或弹弓。

"我正开车，听见'砰'一声，回头一看，后车窗破了一个小洞。"据车主回忆，前天晚上六点左右，他正将车开进小区打算找地方停车，在等门口的停车杆抬起时，后车窗玻璃被打碎了。"幸好当时后座没有坐人，所以没有伤到人。"

据当天值班的保安回忆，在该车主报警后，民警在该车内找到了一颗小钢珠，大约黄豆大小。蝶翠华庭小区物业相关负责人称，自从去年8月开始，此类事情便时有发生，不仅轿车的玻璃，包括家中窗户以及居民都曾被钢珠打到过。

例4是《京华时报》报道的小区内汽车被砸事件。文中对同一事件进行报道的来源多样，一是"小区物业称"，二是"车主回忆"，三是"保安回忆"。三个人分别介绍这个事件的一个部分，各自的内容相对独立，这样把不同来源的话语组合在一起，读者对事件的经过就有了大致的了解。这种结构的安排，都取决于作者对整个篇章的掌握，体现了主篇章作者对再创造的详略的构思。

**（二）对原话的解释不同**

如有需要，主篇章作者会采用间接引语的方式对原话等进行解释，这种情况体现了作者的再创造特性。

例5（a）：

古往今来，凡事成于真、兴于实，败于虚、毁于假。盛唐时期的姚崇，历任武则天、睿宗、玄宗三朝宰相。他临死前，有人问他有什么为政经验，他只讲了四个字"崇实充实"，意思是说，为政只有崇实，国库才能充实。战国时期的赵括，只会"纸上谈兵"，以致40万赵军全部覆没，赵国从此一蹶不振直至灭亡。此类正反例子不胜枚举，令人深省。

（《实干兴邦》，《求是》2013年第3期）

例5(b)：

"七年之痒"是个舶来词，意思是说许多事情发展到第七年就会超出个人意志地出现一些问题，婚姻当然也不例外。结婚久了，新鲜感丧失。从充满浪漫的恋爱到实实在在的婚姻，在平淡的朝夕相处中，彼此太熟悉了，恋爱时掩饰的缺点或双方在理念上的不同此时都已经充分地暴露出来。于是，情感的"疲惫"或厌倦使婚姻进入了"瓶颈"，如果无法选择有效的方法通过这一"瓶颈"，婚姻就会终结。

例5(a)中，"为政只有崇实，国库才能充实"是对"崇实充实"的理解和解释。例5(b)中，"许多事情发展到第七年就会不以人的意志出现一些问题"是对原话"七年之痒"的理解和解释。例5(a)和例5(b)相同的是，都用"意思是说"引出解释的话；不同的是，例5(a)的"意思是说"后用了逗号，例5(b)没有用，而是直接往下说。这些对原话解释的话语，都体现了作者的再创造。

**(三)对同一事件的看法不同**

我们来看下例。

例6：

正式审判开始后，在开庭陈词时，检方指控辛普森预谋杀妻，作案动机是嫉妒心和占有欲。离婚之后，辛普森对妮克与年轻英俊的男人约会非常吃醋，一直希望破镜重圆，但希望日益渺茫。案发当天，在女儿的舞蹈表演会上，妮克对辛普森非常冷淡，使他萌动了杀机。戈德曼则属于误闯现场，偶然被杀。法医鉴定表明，被害人死亡时间在晚上10点到10点15分之间。辛普森声称，当晚9点40分到10点50分，他在家中独自睡觉，无法提供证人。

……

辩方认为，妮克有可能被贩毒集团或黑手党杀害，因为妮克有吸毒历史。如果她大量购买毒品之后未能按时支付，就有可能被黑手党暗下毒手，而割喉杀人正是黑社会惯用的凶杀手段。另外，戈德曼与妮克之间也不是一般关系，有人曾看见他驾驶妮克那辆价值15万美元的白色法拉利在街上兜风。更令人生疑的是，1993年到

1995 年，戈德曼打工的那家意大利餐厅竟然有四位雇员被谋杀或神秘失踪。

这是百度百科中对辛普森涉嫌杀妻案的报道，显示出对同一个事件，即辛普森前妻遇害，不同的人有不同的看法。例 6 介绍了"检方"的观点，即辛普森杀妻；也介绍了"辩方"的观点，即辛普森没有杀妻。

例 6 对双方观点的报道都用了间接引语，说明作者总结了双方的观点，用最经济的报道把双方的看法介绍给读者。这里面就凝聚着再创造。

## 三、小　结

我们讨论了构建篇章功能的两个子功能，共建功能和再创造功能。

互文理论认为，每一篇文章都是客篇章加上新内容组成的新篇章。"在《大百科全书》(*Encyclopaedia universalis*)‘文本理论’(Théorie du texte)这一词条里，巴特由一段引言开篇便提到互文性：‘每一篇文本都是在重新组织和引用已有的言辞。’这与本书开篇引用的马拉梅(Mallarmé)的看法辉映成趣：‘所有的书多多少少都融入了有意转述的人言’。"①

但是，进入新篇章的内容，并不完全是客篇章原来表达的意义："联系(relation)、动态(dynamique)、转变(transformation)、交叉(croisement)等，对语言的变化做这样的定义使得互文性暗含了引申的概念(conception extensive)。一个词有着自己的语义、用法和规范，当它被用在一篇文本里时，不但携带了它自己的语义、用法和规范，同时又和文中其他的词和表述联系起来，共同转变了自己原有的语义、用法和规范。"②

卫真道认为："除非作者完全抄袭，一个篇章总要有自己的新东西。当然，这个篇章是建立在旧信息之上，在某种程度上，转换了其他篇章的东西。但是，这个篇章还是有自己新的东西。也就是说，这个篇章可被称为具有信息性。"③

客篇章的内容加上新的内容，两者共同构建起新的篇章，这就是"共建"的含义。在引进客篇章的内容时，主篇章作者有时会对其进行改造，这就是"再创造"的含义。

---

① 〔法〕萨莫瓦约：《互文性研究》，邵炜译，天津，天津人民出版社，2003，第 12 页。
② 〔法〕萨莫瓦约：《互文性研究》，邵炜译，天津，天津人民出版社，2003，第 4 页。
③ 〔美〕卫真道：《篇章语言学》，徐起赵译，北京，中国社会科学出版社，2002，第 16 页。

## 第三节　加强主题

一般来说，作者写一篇文章，总有一个相对集中的主题。也就是说，作者通过这篇文章，想要表达一个主要的思想。因此，作者在组织篇章时，需围绕这个主题或这个主要思想展开。互文也不例外，它也是为主篇章的主题服务的。作者在建构篇章时，一般会考虑这样的问题：我要告诉读者什么主题？向读者传递什么意思？对读者产生什么影响？我们这里讲的加强主题的功能，就是指任何引进的客篇章的内容都是服务于主篇章的主题的。下面，我们将讨论该功能的三个子功能：责任分离功能、体现意识形态功能和提供信息功能。

### 一、责任分离功能

克拉克(Clark)等人在研究引语时，谈到了引语的功能。他们认为，如果把直接引语看作一种"展示"(demonstration)，那么可以把功能分成两种：一种是"责任分离功能"(detachment)；一种是"直接经验功能"(direct experience)。责任分离功能指的是引语中的话和引话的人两者的责任是分离的。引语中的话由说话人负责，引者不对其负责。①

讨论责任分离功能，需注意以下几个问题。

其一，作者互文。

我们这里讲的责任分离功能，是从作者的角度来考虑的。如果主篇章的作者在篇章中注明引文的出处，那么给读者的提示就是："我引的话是某某人讲的，不是我讲的。"我们提到过作者互文和读者互文的概念，主篇章作者注明出处，就可以看出是作者互文。因为主篇章作者采用引文时，既可以注明出处（显性互文），也可以不注明出处（隐性互文）。

如果采用显性互文，那么该互文就起到了责任分离的功能；如果采用隐性互文，则没有起到责任分离的功能。这两点都是从作者互文的角度来考虑的。

从读者的角度来看，会出现不同的情况：对于显性互文来说，作者互文和读者互文是一致的，作者注明出处，读者自然接受，除非作者注错了；对于隐性互文来说，有的读者可能会看出主篇章中的隐性互文，

---

① Clark，Herbert H. and Richard J. Gerrig："Quotations as demonstrations"，*Language*，1990，66(4)，pp. 764-805.

有的读者可能看不出，有的读者可能不但能看出哪些是隐性互文，还知道其出处，各种情况都有可能。

其二，功能的强与弱。

主篇章作者想告诉读者某个引文的出处，可以采用不同的方法，如直接引语和间接引语。从理论上来讲，两者都具有责任分离功能。我们把采用直接引语引入的互文看作功能强的互文，而把间接引语引入的互文看作功能相对较弱的互文。这是因为读者通常不把间接引语完全看作对客篇章内容的复制。这里的功能强与弱，都是从责任分离的角度来看的。

由于直接引语更能体现责任分离功能，下面我们主要讨论直接引语的责任分离功能。作者在什么情况下倾向于使用直接引语呢？

第一，重要的内容。

重要的内容通常有法律条文和领袖、名人的讲话等。作者在引用这些内容时，倾向于用"原文"，也就是直接引语。

例7（a）：

死刑缓期执行制度是我国独创的死刑执行方法，是限制与减少死刑立即执行的措施。对照……这个层面的考量符合下列有关"死缓"的法律条文之规定：

我国《刑法》第48条规定："对于应当判处死刑的犯罪分子，如果不是必须立即执行的，可以判处死刑同时宣告缓期二年执行。"

我国《刑法》第50条规定："判处死刑缓期执行的，在死刑缓期执行期间，如果没有故意犯罪，二年期满以后，减为无期徒刑；如果确有重大立功表现，二年期满以后，减为二十五年有期徒刑；如果故意犯罪，情节恶劣的，报请最高人民法院核准后执行死刑。"

例7（b）：

2012年11月29日，他（习近平）首提"中国梦"："实现中华民族伟大复兴，就是中华民族近代以来最伟大的梦想。"今朝，他再解"中国梦"："中国梦归根到底是人民的梦，必须紧紧依靠人民来实现，必须不断为人民造福。"

（《存高远　炼意志　实现"中国梦"有我们青春的力量》，中国网，2013年3月20日）

例 7(c)：

　　由于居里夫妇的惊人发现，1903 年 12 月，他们和贝克勒尔一起获得了诺贝尔物理学奖。居里夫妇的科学功勋盖世，然而他们却极端藐视名利，最厌烦那些无聊的应酬。他们把自己的一切都献给了科学事业，而不捞取任何个人私利。在镭提炼成功以后，有人劝他们向政府申请专利权，垄断镭的制造，以此发大财。居里夫人对此说："那是违背科学精神的。科学家的研究成果应该公开发表，别人要研制，不应受到任何限制。""何况镭是对病人有好处的，我们不应当借此来谋利。"居里夫妇还把得到的诺贝尔奖奖金大量地赠送给别人。

　　　　　　　　　（《废渣中的奇迹：镭的提取》，选自刘鹏《看故事，学科学》）

第二，印象深刻的内容。
对印象深刻的话、难以忘怀的话，作者倾向于用直接引语。
例 8(a)：

　　到这边时，我赶紧去搀他。他和我走到车上，将橘子一股脑儿放在我的皮大衣上。于是扑扑衣上的泥土，心里很轻松似的，过一会说："我走了；到那边来信！"我望着他走出去。他走了几步，回过头看见我，说："进去吧，里边没人。"等他的背影混入来来往往的人里，再找不着了，我便进来坐下，我的眼泪又来了。

　　　　　　　　　　　　　　　　　　　　　　　（朱自清《背影》）

例 8(b)：

　　每当我上学的时候，妈妈总要说："上课认真听，不要开小差，不要讲闲话，否则回来有你好看。"这句话我已经不知道听了多少遍了，耳朵里都听出老茧了，却根本没把它当一回事儿，上课总是开小差，讲闲话。
　　有一天放学回家，我刚要跑进卧室做作业，电话铃突然响起。妈妈接电话后，气冲冲地跑过来对我说："好你个小子，我的话你当作耳边风，你看我不揍死你！你们张老师打电话对我说：'你的孩子这几天上课非常不认真，你应该管管你的孩子。'自己好好反省一下吧。"说完她就关上了门。我老老实实地站到墙角，耳旁又响起那句话："上课认真听，不要开小差，不要讲闲话，否则回来有你好看。"此时，我已经眼泪鼻涕一大把了。我想如果当时我把妈妈的话听进去的话，今天也不会如此下场了。

　　从那时起，我把妈妈说的每一句话都铭记在心，特别是我每天上学前妈妈常说的那句话。

（佚名《难以忘怀的一句话》）

　　例8(a)中父亲讲的话，虽然很普通，但对作者来讲意味着深沉的父爱，用直接引语来表达，起到了责任分离的功能。也就是说，说者对直接引语中的话负责，听者可以听，也可以不听。例8(b)中划线的话也很普通，这可能是千万个母亲在嘱咐孩子时讲过的话，但作者对这句话铭记在心，用直接引语，并且引了两次，更能体现出作者对它的难以忘怀。

　　第三，可能会使听话者感到唐突的内容。

　　如果作者认为听者可能会对某句话感到唐突，那么用直接引语比较合适。我们来看克拉克等人举的一个口语的例子。

　　例9：

　　And -eh - when I was waiting on the milk eh— the farmer came oot，and he says"That you left the school noo Andrew?" say I "It is" he says "You'll be looking for a job?" says I "Aye" he says "How would you like to stert here?"

　　还有，嗯，我在等牛奶时，嗯，这个农夫来了，唔，他说"你离开学校了，安德鲁?"我说"是"，他说"你在找工作?"我说"是"，他说"你在这里干活，如何?"①

　　例9的说话人是个14岁的苏格兰少年。他用直接引语表达农夫对他尊重的态度，而如果由自己直接讲出来，就显得冒昧。这说明直接引语可以使说话者隐蔽地传递不便直白表达的内容。克拉克等人是这样解释的：有些比较唐突的话，作者自己不便说出来，但借助别人的口，也就是采用直接引语就能说出来。

---

① Clark，Herbert H. and Richard J. Gerrig：" Quotations as demonstrations"，*Language*，1990，66(4)，p. 2.

第四，比较粗俗的内容。

如果作者碰到一些比较粗俗、不礼貌的话，不便自己说出，便可用直接引语说出，因为这些话不是作者说的，是其他人说的。克拉克和格瑞吉（Gerrig）举了个"不便说"的例子。如果有个老板骂张三："使劲干活，你这个傻瓜。"张三转告别人时，可以这样说："老板叫我使劲干活。"或者用直接引语："老板骂我：'使劲干活，你这个傻瓜。'"但张三一般不会说："老板叫我这个傻瓜使劲干活。"①

这说明主篇章作者和直接引语的责任是可以分开的。对于张三老板骂人的话——"你这个傻瓜"，张三可以赞同，也可以不赞同。

责任分离功能主要指直接引语显示出来的功能。责任分离功能是一种语言表达的策略。

主篇章作者之所以采用责任分离的功能，目的是为主题服务，有时会给读者留下这样的印象——连某某人都怎么怎么说，从而起到从另外一个角度强化主篇章主题的作用。

## 二、表现意识形态功能

表现意识形态的功能指的是作者在使用引语时，表现出自己的意识形态。《现代汉语》对意识形态的解释是："在一定的经济基础上形成的，人对世界和社会的有系统的看法和见解，哲学、政治、法律、艺术、宗教、道德等是它的具体表现。"百度百科的解释是："意识形态是与一定社会的经济和政治直接相联系的观念、观点、概念的总和，包括政治法律思想、道德、文学艺术、宗教、哲学和其他社会科学等意识形式。意识形态的内容，是社会的经济基础、政治制度和人与人的经济关系及政治关系的反映。意识形态的各种形式源于以生产劳动为基础的社会物质生活，随着经济基础的变化而变化。政治思想、法律思想、道德、艺术、宗教、哲学和其他社会科学等，各以特殊的方式，从不同侧面反映现实的社会生活。它们相互联系，相互制约，构成意识形态的有机整体。"

简单地说，意识形态是存在于人们头脑中的观念。在主篇章谋篇布局及采用互文时，意识形态会在有意识或无意识中起作用。

---

① Clark，Herbert H. and Richard J. Gerrig："Quotations as demonstrations"，*Language*，1990，66(4)，p.793.

罗非普-萨迪(Lotfipour-Saedi)等人①以及默玛尼(Momani)等人②发现互文可以表现作者的意识形态。

罗非普-萨迪等人认为，在新闻报道中采用客篇章的成分(即直接引语)的一个功能，就是给作者提供说服读者接受自己观点的机会，以自己个人的、带有意识形态的态度影响读者，引导读者的思路，让读者从自己的视角看待世界。人们采用什么样的语言，决定了他们看待自己和看待世界的方式。

默玛尼等人认为，互文的一个重要功能，就是标定作者的意识形态和权力关系。

他们研究的思路来自范迪克的观点，即在话语构建中体现作者的意识形态。作者在构建话语时，通常强调自身的积极内容与他人的消极内容，弱化自身的消极内容与他人的积极内容。简单来说，就是积极自我，消极他人。这样做的一个目的就是打击对手，暴露其消极意图，给他们制造消极形象。

表现在互文上，作者的意识形态就是通过引语实现的。引用他人话语或观点，能让读者感到作者比较中立和客观，但实际上作者是带有明显意识形态目的的。因此，这种互文从来都不是公正的，是带有隐含的意识形态意义的。这样做的好处是，表面上看主篇章作者远离客篇章作者的观点，置身事外。

理解意识形态可以从以下三个方面入手。

目的：说者为什么说这些话？他们想要达到什么目的？说者知道哪些听者不知道的东西？听者知道哪些说者不知道的东西？

行为准则：谁在说？说话者在用什么方式表达？人们对他有什么期望？在社团中，我们的立场是什么？

听者：他是对谁说的？他在什么样的"话语圈"(discourse community)里？他的朋友是谁？他的敌人是谁？

下面来看默玛尼等人举的一个例子。

---

① Lotfipour-Saedi, Kazem and Abbasi-Bonab："Intextuality as a textual strategy：Explorations in its modes and functions (part two)", *International Journal of American Linguistics*, 2001, 5(1), p. 38.

② Lotfipour-Saedi, Kazem and Abbasi-Bonab："Intextuality as a textual strategy：Explorations in its modes and functions (part two)", *International Journal of American Linguistics*, 2001, 5(1), pp. 36-54.

例 10：

We need to go back to work tomorrow and we will. But we need to be alert to the fact that these *evil-doers* still exist. We haven't seen this kind of barbarism in a long period of time. No one could have conceivably imagined suicide bombers burrowing into our society and then emerging all in the same day to fly their aircraft — fly U. S. aircraft into buildings full of innocent people — and show no remorse. This is a *new kind of evil*. And we understand. And the American people are beginning to understand… this war on terrorism, is going to take a while. And the American people must be patient. I'm going to be patient.

明天我们需要重返工作岗位，我们一定要这样。但是，我们需要警觉的是，那些妖魔鬼怪依然存在。我们很久没有见到这种暴虐行为了。谁也无法想象，自杀式爆炸者会出现在我们的社会中，他们会跟自己乘坐同一个航班，搭乘美国的航班，撞向里面有无数无辜者的大楼，并且毫无悔恨之心。这就是一个新形式的邪恶。我们深知这一点，美国人民也开始认识到这一切。这场反对恐怖主义的……战争就要开始了。美国人民需要耐心等待，我也需要耐心等待。

（Momani, Kawakib, M. A. Badarneh, and F. Migdadi：*Intertextual borrowings in indelogically competing discourses：The case of the Middle East*）

例 10 是"9·11"事件之后布什发表的讲话中的一段。默玛尼等人认为，布什所说的"妖魔鬼怪、新形式的邪恶"体现了他的立场和观念，目的是强调自己的正面形象。

### 三、提供信息功能

提供信息指的是主篇章作者通过引文向读者提供客篇章的信息。主篇章作者在叙述中采用互文的手段介绍他人的内容，体现出提供信息的功能。提供信息的目的，是为篇章的主题服务。下面先看两类不同的信息：直接提供信息和间接提供信息。

**（一）直接提供信息的功能**

从记叙文的角度看，直接提供信息主要有两类，一是介绍某个事件的有关信息，二是提供不同人的不同观点。作者向读者提供这两类信息，目的是使读者通过这些信息产生联想，获取更多的信息，最终支持作者的观点、篇章的主题。

**1. 介绍事件的有关信息**

记叙文通常要交代六个要素：时间，地点，人物，事情的起因，事情的经过，事情的结果。作者在向读者介绍这六个要素时，经常会使用引语，以向读者提供关于事件的各种信息。

例 11(a)：

　　李先生说，小区内偷盗残疾车、机动车的情况已不是第一次出现了。去年 2 月，他就丢失了一辆残疾车，随后又花 1 万多元买了一辆新的。"为了防止丢失，我弄了个报警器，把它安在车上，还锁上大链子。"但在最近半个月，报警器已经响起 3 次了。"这弄得我们夜里觉都没法睡。"同住该小区的芮先生也有相同经历，其短期内就丢失了两辆残疾车。"后来我也装了报警器，这十来天就响了六七次。"虽然车没有被偷走，但是锁车的"铁链全部都被剪断了"。

（《京华时报》2013 年 4 月 10 日）

例 11(b)：

　　2 月 3 日 23 时，海淀恩济庄派出所接到一酒店员工报案，称宿舍内丢失了 4 台笔记本电脑和部分小家电。随即，民警赶到现场调查。

　　据报案人称，事发当天下午，暂住在宿舍的 7 名员工均去参加公司年会，离开时宿舍门窗是关好的。可当晚返回宿舍后发现，屋内明显有被人翻动过的痕迹，经过查看发现笔记本电脑等物被盗。

　　随后，民警对现场门窗进行勘察，但并未发现被撬砸痕迹，由此初步判断此案是熟人作案，极有可能嫌疑人手中有被盗宿舍的钥匙。

　　第二天，民警在宿舍周边进行走访。走访中，有群众向民警反映，事发当天看到一男子进入居民楼，并且该男子曾多次出现在事发地周边，和居住在此的一名员工有来往。

（《京华时报》2013 年 3 月 19 日）

例 11(a)中的直接引语和例 11(b)中的间接引语,都介绍了不同人提供的有关事件的不同信息,构成了事件的完整性。例 11(a)中,"李先生"和"芮先生"所提供的信息(互文实例)体现了"当事者做了防范,但还是效果不佳"这一主题。

例 11(b)中,"报案人"和"群众"的叙述,介绍了事件的相关情节,提供了"盗窃案有内应"这一主题。通过互文实例来介绍事件与作者单纯叙述经过起到的作用,两者有所不同。

**2. 提供不同观点的信息**

主篇章作者有时会给读者展示不同人对同一事件的不同观点,通过这些观点给读者一个潜在的选择。

例 12:

> 2008 年,歌手李健在专辑《似水流年》中收录了歌曲《传奇》,该歌曲作词为刘兵,作曲为李健。2008 年 10 月,李健、刘兵二人将《传奇》在全球范围内的信息网络传播权、词曲著作权、邻接权、录音制品版权独家授权给老孙文化公司,授权期限为 6 年。2011 年,《十二种毛宁》出版,该专辑收录有《传奇》等歌曲。中国唱片总公司出版该专辑,中国唱片上海公司负责发行,京东商城和江苏一家公司销售了该专辑。
>
> 老孙公司认为,在未经其授权的情况下,擅自演唱、出版、发行涉案歌曲,侵犯了其对该歌曲享有的表演权、复制权和发行权,故诉至法院,要求诸被告共同赔偿经济损失 52.2 万余元。诸被告认为,其使用《传奇》符合著作权法关于"录音法定许可"的规定,不构成侵权;京东商城认为其只是互联网平台提供商,仅提供展示平台并未实际进行销售,不应承担法律责任。

(《京华时报》2013 年 4 月 10 日)

例 12 中,作者给读者提供了"老孙公司"诸被告几个方面不同的观点,显示出作者持中立的立场。

**(二)间接提供信息的功能**

直接提供信息是一种向读者提供信息的常见的方法。但有时作者会向读者提供某个模糊的信息,读者可以通过推理,从这个信息里得到另外一个信息。这就是间接提供信息。

例 13(a)：

林肯口才超群，他的葛底斯堡演讲是英语演讲中的典范。在电影《林肯》中，还有以下段子。

······

"废奴法案"遇阻，智囊们决定用不正当的手段，问林肯意下如何。林肯不直接回答，而是讲段子。当初在弗州做律师时，他遇到一个案子，一个女人杀了丈夫。她丈夫很坏，是该杀的那种，但女人在法庭上仍然要被判罪。休庭时，女人问林肯："我口渴了，哪儿有水喝？"林肯拉她到角落说："田纳西州有水喝。"美国各州法律不同，这样的刑事案在田纳西州罪不至死。女人悟性很高，即刻跳窗逃走，由此捡得一条性命。而律师，也没有教唆犯的嫌疑。这个段子立刻让智囊们心领神会，他们在大选上大施拳脚，国会讨论得以过半赞成，照耀千秋。惠顾千千万万黑奴的美国宪法第十三修正案由此颁布。

（《听林肯讲段子》，《读者》2013 年第 8 期）

例 13(b)：

曹操为立世子的事拿不定主意。大儿子曹昂，二儿子曹铄，一个战死，一个早夭；三儿子曹丕勤奋听话，各方面都不错，按长幼顺序当然应立曹丕为世子；但是，他的另一个儿子曹植才华横溢，深得他的宠爱。立哪个为世子，曹操举棋不定。

一日，曹操屏退左右，独留下贾诩。曹操先是长叹一声，说出了自己的心事，然后问贾诩有什么建议。贾诩站在旁边，眼望帐外发呆。

曹操又问了一遍，贾诩还是装作没听见。曹操大声喝道："文和！"

贾诩这才反应过来，连忙转头作揖，面无表情地回答："丞相。"曹操不满地说："我和你说话呢，你为什么不理我呢？"

"我在想一件事，所以没有理你。"

"你想什么呢？说来听听。"

"我在想袁绍和刘表的事啊。"（袁绍临终前立三子袁尚为嗣，导致袁绍之子自相残杀，造成袁绍势力最终瓦解。刘表也是立幼。）

曹操盯着他看了老半天，突然大笑起来，从此不再提那件事。公元 217 年，曹操立曹丕为太子。曹丕即位后，封贾诩为太尉、寿乡侯。几年后，贾诩病逝，享年 77 岁。

（《历史趣谈》，《读者》2013 年第 1 期）

例 13(a)中，如果我们把林肯看作说者，把智囊们看作听者，那么林肯给智囊们讲的他自己亲身经历的"故事"，就是间接告诉智囊们一个信息：你们可以在一定范围内"贿选"，但不能出格。智囊们理解了，实施了，并取得了很好的效果。这就是互文实例（段子）提供了间接的信息。这个间接的信息也是一种启发的信息，目的是让美国宪法第十三修正案成功通过。

在例 13(b)中，曹操问贾诩立太子的事，贾诩想讲应立曹丕。但对贾诩来说这很难，讲得好，曹操高兴；讲得不好，可能带来想不到的后果。所以他先假装不理曹操，引出问话；后来假装说在想"袁绍和刘表"的事，而袁绍和刘表都因为没有立长子造成内部残杀。曹操是个聪明人，马上知道了贾诩的意思。贾诩是间接提供信息，间接地向曹操表达了自己的看法：应立曹丕为太子。

间接提供信息需注意以下几点。

第一，互文直接提供信息和间接提供信息的功能都会让读者产生"联想"：使主篇章与客篇章产生联系，让读者联系起自己过去所掌握的知识和经历。

第二，所有信息都围绕着主篇章的主题。主篇章作者通常不会向读者提供与主篇章无关的信息。从篇章的总体性来看，主篇章作者所介绍的客篇章的信息，已经跟主篇章融为一体，成为主篇章的有机部分。

第三，从理论上讲，主篇章作者给读者提供的信息可以是各种各样的，但作者在选择信息的过程中，会考虑多种因素：通常挑选最有价值的信息介绍给读者；避免重复，使信息起到相互补充的效果；在时间和空间上恰当安排信息；提供新信息。

第四，从表述的角度看，主篇章作者可以采用平铺直叙地介绍事件的方法。这种方法会给人一种更客观、更有说服力的感觉。采用间接提供信息的方法，也会给人以启示。

## 四、小　结

本节我们讨论了责任分离功能、体现意识形态功能和提供信息功能。

这三个子功能都是为主篇章的主题服务的。

责任分离功能有时能起到显示作者的"公正"的作用，有时能"说"主篇章作者不便说的话，给篇章作者带来很多表达上的便利。

意识形态是一种思想体系，看不见摸不着，但对我们的言行有着重要影响，在话语篇章中也会有意无意地被表现出来。作者是这样，读者也是这样。作者有意识地引用某些内容，是为自己表达某个观点服务的；读者则会有意识地对话语篇章进行分析和评判。

作者通过引文向读者提供各种信息，这是为这个篇章的主题服务的。作者选择的信息，不管是直接信息还是间接信息，都是有目的的。作者希望这些信息起到使读者认可自己想表达的观点、想法等作用。

## 第四节　体现修辞

在表达同一个内容时，如果采用不同的修辞方式，就会收到不同的效果。互文也一样，引进客篇章时，作者往往要考虑采用什么形式引进。是采用直接引语的形式一字不差地引进，还是进行再创造后引进？是详细引进还是简要引进？引语放在篇章的哪个位置，开头、中间还是结尾？对修辞的追求也是主篇章作者一项不可或缺的任务。下面，我们讨论修辞的两种功能：吸引人的功能和拉近距离的功能。

### 一、吸引人的功能

直接引语有"吸引人的功能"。从说者/作者的角度来说，如果用直接引语，就会有一种"时间重现"的感觉；从听者/读者的角度来说，直接引语容易使人在脑海里建立起活生生的形象，让人产生亲临其境的感觉。在书面语中，引号本身就很醒目，容易吸引读者。总的来说，直接引语更易吸引读者。[1]

科恩（Cohn）[2]和斯滕伯格（Sternberg）[3]认为，吸引人对小说家来说非常重要。如果作者想要突出文中的"人物世界"，那么最好采用直接引

①　徐赳赳：《叙述文中直接引语分析》，《语言教学与研究》1996 年第 1 期。

②　Cohn, Dorrit: *Transparent Minds: Narrative Modes for Presenting Consciousness in Fiction*, Princeton, Princeton University Press, 1978.

③　Sternberg, Meir: "Point of view and the indirections of direct speech", *Language and Style*, 1982, 15, pp. 67-117.

语；如果作者想要突出说者的思想和行为，那么最好采用间接引语；如果作者想要从一个局外人的角度反映"某个人物的内心世界"，那么最好用自由间接引语。引语的用法应该从修辞的角度来考虑。

　　上述研究跟我们的观察基本一致。我们进一步研究发现，这种功能在对话中表现得更为充分。

　　例14(a)：

　　　　这不，开学才一个多月，我记不清儿子要过多少次钱了。
　　　　"给十二块五，买小学生词典。""表哥不是刚送你一本吗？""不行，学校已经给买好了，您就拿钱来吧。""给八块钱，买口琴，音乐课用。""家里有一只口琴，挺新的。""不行，学校统一购买，您就给钱吧。""给四十五元，买运动服。""爸爸才给你买了一身运动服，穿那身就可以了。""不行，服装得一致，您真是的。"

　　例14(b)：

　　　　听老师读小鸡和小鹿医生的对话，想想小鸡是否把事情说清楚了。通过这样的对话，你能不能尽快救助小鸭。
　　　　小鸡："喂，您好，请问是公园管理处吗？我是游客小鸡，麻烦您找一下小鹿医生。"
　　　　工作人员："行，请你等一下。"
　　　　小鸡："谢谢！"
　　　　小鹿医生："您好，我是小鹿医生。"
　　　　小鸡："小鹿医生，我是小鸡。我和小鸭在公园游玩时，小鸭把脚扭伤了，走不了路，请您帮忙给看看吧！"
　　　　小鹿医生："你们在什么地方呢？"
　　　　小鸡："我们在公园东边的小树林里。"
　　　　小鹿医生："好，我马上就到。"
　　　　小鸡："谢谢您！"

　　例14(a)中的对话有两个特点。一是没有直接标明某某人说、某某人回答，但读者从第一段中可以推断出第二段是爸爸和儿子的对话。二是由于对话用的是直接引语的形式，再根据会话的内容，读者能轻易推断出哪句话是儿子说的，哪句话是爸爸说的，放在一段里不会引起误解，反而给人一种结构紧凑、节省篇幅的感觉。

例14(b)是三"人"会话，所以必须标出说者是谁。把每个人的话都单列为一个段落，也是为了更醒目，以达到吸引人的目的。

从上例可以看出，采用直接引语描述确实给人一种身临其境的感觉，能起到吸引人的效果。如果这两个例子采用间接引语来表达，可能就收不到这样的效果。

## 二、拉近距离的功能

作者写文章是要让读者看的，所以在写的时候，需随时考虑读者的感受。从某种程度上讲，跟读者的距离拉得越近，文章的影响力就越大。

例15：

> 我知道，你们还有一些特别的记忆。你们一定记住了"俯卧撑""躲猫猫""喝开水"，从热闹和愚蠢中，记住了正义；你们一定记住了"打酱油"和"妈妈喊你回家吃饭"，从麻木和好笑中，记住了责任和良知；你们一定记住了姐的狂放，哥的犀利。未来有一天，或许当年的记忆会让你们问自己，曾经是姐的娱乐，还是哥的寂寞？
>
> ……
>
> 亲爱的同学们，也许你们难以有那么多记忆。如果问你们关于一个字的记忆，那一定是"被"。我知道，你们不喜欢"被就业""被坚强"，那就挺直你们的脊梁，挺起你们的胸膛，自己去就业，坚强而勇敢地到社会中去闯荡。
>
> 亲爱的同学们，也许你们难以有那么多的记忆，也许你们很快就会忘记根叔的唠叨与琐细。尽管你们不喜欢"被"，根叔还是想强加给你们一个"被"：你们的未来"被"华中大记忆！
>
> （李培根《记忆》）

2010年6月23日，在华中科技大学光谷体育馆，7000多名本科毕业生参加毕业典礼，人数之多全国罕见。这次的毕业典礼被称作"最牛毕业典礼"。在毕业典礼上，华中科技大学校长李培根做了一番演讲。据说，李培根院士16分钟的演讲被掌声打断了30次。全场学子起立高喊："根叔！根叔！"

李培根的讲演，为什么会引起这么多人的共鸣？原因很多。比如，李校长在讲演中拉近了自己和学生的距离。他采用的一个方法，就是引用学生热衷的"网络语言"。2010 年 6 月 25 日,《长江日报》报道称:"在 2000 余字的演讲稿中,李培根把 4 年来的国家大事、学校大事、身边人物、网络热词等融合在一起。'俯卧撑''躲猫猫''打酱油''妈妈喊你回家吃饭''蜗居''蚁族''被就业''被坚强'……都是李培根昨日演讲中出现的词汇。"

李培根与 7000 多名毕业生属于两代人。李培根年轻时,还没有电脑,更没有"网络语言"。李培根不一定了解本书讨论的"互文"这个概念,不一定懂得互文有拉近作者/说者和读者/听者距离的功能;但他知道,要讲实话,不要讲官话。要取得学生的信任,就要把自己置身于青年之中,了解他们的思想,了解他们的爱好,了解他们的生活方式。李培根把青年一代所热衷的网络语言用得如此自然,如此得体,确实会引起学生的共鸣。

例 16:

> 忘记过去就等于背叛。让我回忆一下,你还记得童年时的伙伴吗?还记得幼儿园照看过你的阿姨吗?还记得谁给你讲了人生的第一堂课,你的启蒙老师是谁吗?你还记得他们都叫什么名字吗?你还能记住几个?你心中还有多少印象呢?你会为人吗?你懂得为人吗?上了中学,你的班主任叫什么名字?你不会把他也忘了吧?你感谢过他吗?逢年过节你看过他吗?有过一个问候、祝福的电话吗?你为人好吗?上了大学之后,你的导师是谁?走向社会后,你生命中的那些贵人你还记得吗?在你最困难的时候帮助过你,给你提供事业机会、工作机会、发展机会的那些人,你对他们回报过吗?你对他们好吗?想一想,反省一下自己的为人。你单位的领导、和你一起工作的同事以及让你事业壮大的客户,你对他们都好吗?如果上面讲的这些你都淡漠了,那就让我们从基础开始吧。让我们从孝敬父母、爱戴兄妹做起,你总不能连生了你、养育了你、给了你生命的爸爸妈妈也不想好好孝敬吧。

例 16 采用直接质问听者的方式拉近说者和听者之间的距离。这里有一个细节值得注意:"让我回忆一下,你还记得童年时的伙伴吗……"其中,"我"字用得很巧妙。"你还记得童年时的伙伴吗"等众多问题不可能是"我"回忆的,其实这里的"我"指的是"你",当然也可以理解为"我们"。这里用了"我",把"你"设想为"我",让人感觉说者和听者已融为一体。

说者这里是把听者引向过去的经历，以唤起听者对过去事件、语言、场景的回顾，从而使其产生共鸣。

例 15 跟例 16 不同的是，例 15 的说者是引用当下时兴的网络语言来拉近两代人的距离，而例 16 的说者是用问句的方式，来拉近说者和听者之间的距离。

当然，拉近作者和读者之间的距离，并非只有上面提到的两种情况。下面，我们再介绍三种方法。

首先，恰当地引用对方熟悉的名言、歇后语、惯用语等。这些都有可能拉近说者和听者之间的距离。

其次，引用对方印象深刻的话。这样会使对方感到亲切。

最后，在外地说家乡话可能会起到"老乡见老乡，两眼泪汪汪"的作用。可见，家乡话也能把说者与听者紧紧连在一起。在跨文化交际中，选择不同语言也是一种拉近距离的方法。例如，说英语的国家的人跟我们打招呼，说"Hello"，我们会感到这很普通；但如果他说"你好"，即使发音不准，我们也会感到亲切。再如，有人把奥巴马的演讲翻译成京剧体，翻译成广东话、四川话、河南话等，这都会起到拉近距离的作用。

## 三、小　结

本节谈了两个互文表现出来的修辞功能：吸引人的功能和拉近距离的功能。应该说，互文所表现的修辞功能远远不止这两个，它在陈望道提出的"消极修辞"和"积极修辞"方面都有表现。[①]

## 第五节　结　语

本章讨论了互文的三大功能，每大类都各有其子功能（见图 3-1）。

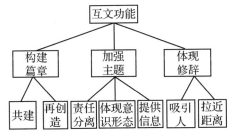

图 3-1　互文功能

---

① 陈望道：《陈望道学术著作五种》，上海，复旦大学出版社，2005，第 199~424 页。

这里，有两点值得说明。

第一，形式和功能之间关系密切。形式和功能是密切相连的，功能是通过形式表现出来的。从理论上讲，任何形式上的变化都会引起功能上的变化，只是有时比较明显，有时不明显，甚至可以忽略不计。

我们先来看陈平在《话语分析与语义研究》一文中举的例子。

例17：

小王把你的杯子打破了。

你的杯子被小王打破了。

打破你的杯子的是小王。

小王打破的是你的杯子。

是小王打破了你的杯子。

你的杯子是小王打破的。

从命题意义的角度来看，例17中的六个句子基本一样，表达的意思都是"一个叫小王的人，打破了一个杯子"。但从功能的角度来看，它们又有所不同。如果我们仅从"强调"这一功能来看，"发话人可以选择将句子中的某一部分信息作为不必强调的预设处理，而将另一部分信息作为重点传递给对方。发话人根据具体语境，以这些方式调整命题的表现方法，或是便于受话人理解，或是强调自己的侧重之处。同一命题采用什么样的信息结构表现出来，完全由发话人掌控"①。

联系到互文，主篇章作者组织某个篇章时，选择客篇章中的哪些内容，是详是略，放在主篇章的哪个位置，采用哪种互文形式等看起来只是形式上的考虑，其实都是有其作用的。

第二，形式和功能的对应关系。形式和功能并非完全——对应。一种形式可能有多个功能。例如，分析例1（a）时，我们提到互文既有构建篇章的功能，也有表现主题所提供信息的功能。

---

① 陈平：《话语分析与语义研究》，《当代修辞学》2012年第4期。

# 第四章　互文的套用

## 第一节　引　言

《现代汉语词典》对"套用"两字的解释是："模仿着应用（现成的方法等）。"[①]套用是话语篇章中常见的使用手段，有各种形式。从互文的角度来看，这种语言间套用的现象，可暂且称为"套用互文"。套用互文的作者对套用的客篇章是有明确理解的，因为只有这样才能创造出令读者印象深刻的"主篇章"。对读者来说，他们只有对原文本有印象，才会对套用主篇章的用意"心领神会"，达到作者想要达到的效果。

对套用互文的客篇章来说，有两种客篇章：一种是具体客篇章，指的是有某个或某些明确的篇章；另一种是抽象主篇章，指的是某一类特定的篇章，或者某一种题材的篇章，并非某个具体的篇章。

## 第二节　词语套用

帕纳吉提多认为，语义互文框架出现在读者会根据辨认某个单独的词项来建立互文联系的情况下。比如，读到雪莱（Percy Shelley）《致——》一诗中的"Rose leaves, when the rose is dead"（玫瑰落叶了，当玫瑰凋谢时），就会联想到威廉·布莱克（William Blake）的诗《病玫瑰》（*The Sick Rose*）。

我们这里讲的词语套用，有帕纳吉提多所讲的主篇章的某个词会"激活"整个客篇章这一功能，但主要指主篇章的某个词激活了客篇章中的另一个词。[②]

谈到词语互文，我们需强调两点。一是词语互文（也可称词汇互文）

---

① 《现代汉语词典》（第7版），北京，商务印书馆，2016，第1280页。

② Panagiotidou, M. E.: Mapping Intertextuality: "Towards a Cognitive Model", in *Online Proceedings of the Annual Conference of the Poetics and Linguistics Association* (PALA), Available for download from http://www. pala. ac. uk/resources/proceedings/ 2010/panagi-otiodou2010. pdf( Accessed 15-11-2012), 2010.

跟我们篇章研究中常讲的篇章回指（anaphora）是有区别的。篇章回指指的是同一篇章内成分和成分之间的指称关系；互文中的词语互文指的是篇章和篇章之间词语经过某些改编后再用的情况。二是要建立词语互文的关系。简单说，就是读者看到主篇章中的某个词语，能够想到客篇章中的某个词语。我们可以推出，同样一个词语，可能不是每个人都能建立这种互文关系。例如，有的人没见过客篇章中的这个词语，那样就无法建立这种关系；有些人见过，但没记住，忘了；作者跟读者的出发点不一样。

我们这里的词语，既指词，也指词组。

具体地说，词语的套用指的是主篇章中的某个词语套用自客篇章中的另一个词语。

例1：

> "村官"，虽然没有列入正式的职务序列，却是中国广大农村最基层的管理者，村民的大小事情要靠"村官"去解决，党和政府的声音要靠"村官"去传达，他们是"富一地百姓，保一方平安"的带头人。然而，有的"村官"却忘记了为广大村民谋利益的职责，想方设法**勤捞致富**。
>
> （《根治村官"勤捞致富"要下狠招》，《人民政坛》2007 年第 9 期）

例1中的"勤捞致富"出现在主篇章中，如果激活了客篇章中的"勤劳致富"，那么就实现了"词语互文"。

读者看到"勤捞致富"，通常会想到"勤劳致富"这个词。也就是说，"勤捞致富"套用了"勤劳致富"（"劳"变成了"捞"，"劳"和"捞"读音相仿）。作者用这个套用互文词批评不通过正道致富的"村官"。

从套用词语的字数来看，常见的有两个字和三个字的，也有四五个字甚至更多字的套用。

## 一、套用两个字

表 4-1 是两个字的词语互文：

表 4-1　两个字套用

| 套用的词语实例（主篇章） | 推测意义 | 推测原词语（客篇章） |
| --- | --- | --- |
| "诈"弹 | 假炸弹 | 炸弹 |
| 杯具 | 悲剧 | 悲剧 |
| 神马 | 什么 | 什么 |

表 4-1 显示，如果从语音的角度来看，互文词语有两类。一类互文词语是更改了原词语的一个词，如"炸弹"的"炸"改为欺诈的"诈"，这个互文词语"诈弹"就获得了新的意思。值得注意的是，表 4-1 中"诈弹"的"诈"字用了双引号，在实际使用中，有时我们见到"诈弹"两个字都用双引号。

另外一类互文词语是"网络词"，引用的范围较小（大多在网络中用），但使用频率很高。表 4-1 中两个网络词"杯具"和"神马"分别套用同音字"悲剧"和"什么"。

## 二、套用三个字

先看下例。

例 2：

记者昨天在现场看到，"楼歪歪"周围已经被封锁，并有辅警在路口把守，不让闲人出入。这幢排栅还未拆除的 8 层单体高楼为混砖结构，已经明显向西北方向倾斜，外面的排栅也严重扭曲变形，目测楼房的顶端和地面垂直偏差接近一米。因为旁边有学校，常常有学生要经过这栋楼房，附近居民都担心"楼歪歪"会引发安全事故。

（《广东一栋新楼未竣工成楼歪歪　危及周边居民安全》，腾讯新闻，2011 年 1 月 8 日）

读者看到"楼歪歪"这个词，可能会想到"范跑跑"，当然也可能联想到其他词，参见表 4-2。

表 4-2　三个字套用

| 套用的词汇实例 | 推测意义 | 推测客篇章 |
|---|---|---|
| 窗飘飘 | 窗户不牢 | |
| 楼薄薄 | 楼房的墙很薄 | |
| 屋漏漏 | 房子漏雨 | 范跑跑 |
| 楼挤挤 | 两个楼靠在一起 | |
| 戴包包 | 贪官戴国森家中名牌包特别多 | |

"窗飘飘""楼薄薄""屋漏漏""楼挤挤"都是描写房子的状况，"戴包包"是指人，它们共同的特点是都带有"贬义"。

我们发现词汇套用有以下几个特点。

首先，从形式上看，大多有引号。有时是某个被改同音字有引号，有时是整个词有引号。对某个被改的词用引号既为了强调，也为了告诉读者这是作者有意更改的；整个词用引号是因为套用的词语大多具有临时性，作者要考虑到读者对这种用法不一定了解。两种引号的目的都是提示读者，这是特地强调的词语。

其次，从内容来看，套用词语被赋予了新的意义。有的套用词跟原词在意思上有直接的联系，如"勤劳致富"和"勤捞致富"（两者都表示通过某种方式"致富"）；有的套用词跟原词在意思上只有间接的联系，如"楼歪歪"和"范跑跑"（两者都具有贬义）。

再次，从构成方式来看，一种是采用语音相近的方法，部分或全部采用同音词，以达到一种诙谐的、好读好记的效果；另一种是形式上的相似，如"楼歪歪"和"范跑跑"，两者都是 ABB 格式。

最后，从生成类似的套用互文来看，有时会围绕某个中心话题出现系列套用词语。例如，表 4-3 中的套用词语都是围绕着"价格上涨"这一话题形成的。

表 4-3　围绕"价格上涨"话题的套用

| 套用的词语实例（主篇章） | 推测意义 | 推测客篇章 |
| --- | --- | --- |
| 蒜你狠 | 大蒜涨价厉害 | 算你狠 |
| 豆你玩 | 绿豆涨价厉害 | 逗你玩 |
| 姜你军 | 生姜涨价厉害 | 将你军 |
| 糖高宗 | 白糖涨价厉害 | 唐高宗 |
| 油你涨 | 食油涨价厉害 | 由你涨 |
| 苹什么 | 苹果涨价厉害 | 凭什么 |

## 三、小　结

本节讨论的是词汇互文，主要有两个字、三个字的，功能基本一样，都是为了达到好读好记、诙谐的效果。本节所举的例子具有时效性，过一段时间，人们可能就不再提这些词了，但这种词汇套用的形式将会长期存在。

## 第三节　句式套用

句式套用指的是对流行句、名句等句子的套用。当然这里的"句"可能是小句，也可能是以句号为标志的复句。

## 一、套用被字句

表 4-4 所列举的是新被字句：

表 4-4　新被字句

| 实例 | 原例 | 来源 |
|---|---|---|
| "被精神病" | 脑炎病人，常"被精神病" | 《家庭医生》2010 年第 5 期 |
| "被高尚" | "被高尚"是危机公关把戏 | 《京华时报》2009 年 9 月 23 日 |
| "被落榜" | 河南"被落榜"女生被连夜<br>录取　责任人调职 | 《新京报》2010 年 8 月 21 日 |
| "被治疗" | 菏泽近百名农村妇女"被治疗" | 《京华时报》2010 年 9 月 16 日 |
| "被下岗" | 语文"被下岗"之后 | 《人民日报》2010 年 3 月 1 日 |
| 被"机动" | 被"机动"的电动自行车 | CCTV 新闻频道 2009 年<br>12 月 10 日 |
| "被"房产税 | 到头来，别把征收房产税<br>变成老百姓"被"房产税 | 《京华时报》2010 年 9 月 16 日 |

吕叔湘认为，"被"字"用于被动句，引进动作施动者。前面的主语是动作的受动者。动词后面多有表示完成或结果的词语，或者动词本身包含此类成分"。表 4-4 中的被字句套用了传统的被字句，但没有保留"引进动作施动者"的意义，而是赋予"被迫、强制、假的"等词新的意义，暂且称之为"新被字句"。

## 二、套用流行句

表 4-5 所列举的是单个小句的套用：

表 4-5　单个小句套用

| 套用的小句 | | 推测客篇章 |
|---|---|---|
| 实例 | 来源 | |
| 我哥是镇长 | 2011 年 4 月初，首都北京某小区一古稀老人在收取小区停车费时，被镇长妹妹、妹夫狂殴。镇长妹妹依仗哥哥的权势横行霸道，扬言"我哥是镇长"，对出面调解的群众也大打出手<br>（百度百科） | 我爸是李刚 |
| 我爸是局长 | "我爸是局长"，出于今天新民网一篇题为《上海：男子酒后医院内打医生，自称父亲是局长》的报道<br>（凤凰网评论，2011 年 4 月 16 日） | |

续表

| 套用的小句 | | 推测客篇章 |
| --- | --- | --- |
| 实例 | 来源 | |
| 我爸是警察 | 多名目击者称，男子打人后曾扬言"你们打 110 好嘞，我爸就是警察"<br>（飞信空间，2011 年 7 月 20 日） | 我爸是李刚 |
| 我爸是村长 | 实拍女子大闹火车站，叫嚣"我爸是村长"<br>（腾讯新闻，2013 年 9 月 27 日） | |
| 我爸是市长 | 福建副市长之子坐头等舱打飞机安全员，自称"我爸是市长"<br>（腾讯新闻，2014 年 11 月 1 日） | |

"我爸是李刚"成为网络流行词后，中国新闻网介绍了相关的"造句大赛"：

连日来，网友开始了造句大赛，网络上出现了 36 万多条"造句"，唐诗、宋词、流行歌曲乃至广告语，无一不被网友改成"李刚版"。众怒引发的创造力，令人惊叹。更有网友自编自唱了一首名为《我爸叫李刚》的网络歌曲，被网友封为"神曲"，足证公道自在人心。

网友的 36 万多条"造句"，都可被看作主篇章，客篇章就是"我爸是李刚"。

表 4-5 是单个小句套用互文的例子。模式是"我＋亲属＋是＋职务"，说话者说"我哥是镇长""我爸是局长"时有可能并未跟"我爸是李刚"联系起来，只是想告诉对方自己家里有人"当官"，有"后台"；但由于"我爸是李刚"太"深入人心"了，所以读者可能会把两者联系起来。

### 三、套用名句

先看下面这个例子。

例 3：

罗丹先生说过："你们班并不缺少美女，缺少的是发现美女的眼睛。"

哥们儿鲁迅说："你们班本来没有美女，班里的男生太多了，也就有了美女。"

莎士比亚曾经非常疑惑："追，还是不追？这是个问题。"

但拿破仑同学有自己的看法："不想追美女的男生不是好男生。"

但丁更是开诚布公地说："追你的美女，让别人读书去吧。"

孟子同学则笑了："美女，我所欲也；读书，亦我所欲也。两者不可兼得，则舍读书而娶美女也。"

但赫拉克利特非常有耐心地告诉他："你不可能两次泡同一个美女。"

阿基米德深有感触地说："给我一个美女，我将吸引所有男生的眼球。"

海子说："我有一所房子，面朝美女，春暖花开。"

而余光中同学回想起当年被女生楼看门老头一次次阻拦的情形，心酸地说："小时候，乡愁是女生寝室。她在里头而我在外头。"

而我其实又何尝不想去追美女，只是想起艾青老师曾经对我说过的那句话："为什么你的眼里常含满泪水，因为你对她们爱得太深。"

（《"大腕儿"是这样追女生的》，《讽刺与幽默》2009 年 10 月 30 日）

例 3 中的说话人都是名人，每句话都是名句。作者巧妙地把这些名人"编入一个班级"，同时套用名言进行改编，另立"追女生"的主题。下例中的名句，就是被套用的客篇章。

例 4：

罗丹："美是到处都有的。对于我们的眼睛，不是缺少美，而是发现美。"

鲁迅："这地上本无路，走的人多了，也就成了路。"

莎士比亚："生存还是毁灭？这是个问题。"

拿破仑："不想当将军的士兵不是好士兵。"

但丁："走自己的路，让别人说去吧。"

孟子："鱼，我所欲也。熊掌，亦我所欲也。二者不可得兼，舍鱼而取熊掌者也。"

赫拉克利特："你不可能两次踏进同一条河流。"

阿基米德："给我一个支点，我能翘起整个地球。"

海子："面朝大海，春暖花开。"

余光中："小时候，乡愁是一枚小小的邮票，我在这头，母亲在那头。"

艾青："为什么我的眼里常含泪水？因为我对这土地爱得深沉……"

## 四、小　结

本节讨论的句子套用，比起词汇套用更复杂些，标志之字数比较多，结构也相对复杂。互文套用得恰当，会给话语和篇章增添可读性和魅力。

# 第四节　格式套用

格式套用指的是对整个篇章的不同格式的套用，也就是我们在前文提到的格式互文。格式套用有以下几种情况。一是主篇章需按严格规定的格式套用，如古诗词、八股文等，暂且称之为"强制格式套用"；二是主篇章按某些文体的框架格式套用，需遵守几个要点，如判决书、书信等，暂且称之为"框架格式套用"；三是主篇章按具有某种风格的篇章套用，被套用的客篇章有自身明显的风格，如《新闻联播》的报道，暂且称之为"风格格式套用"；四是主篇章部分按照客篇章的格式，但有变化，这种变化比较随意，暂且称之为"自由格式套用"。

## 一、强制格式套用

强制格式套用指的是有比较严格的格式，我们以"律诗"为例来讨论强制格式套用。

仅从格律的角度来分析，我们可以将古代诗歌分为两大类：古体诗和近体诗。近体诗以律诗为代表，有着严格的格律要求。律诗每首八句，分别组成四联，依次称为首联、颔联、颈联和尾联。律诗需遵循押韵、平仄、对仗等要求。根据平仄的要求，律诗又分为五律（每句五个字，共八句）和七律（每句七个字，共八句）。下面，我们来看一下五律的格式。

例 5：

仄起式：

仄仄平平仄，平平仄仄平。

平平平仄仄，仄仄仄平平。

仄仄平平仄，平平仄仄平。

平平平仄仄，仄仄仄平平。

平起式：

平平平仄仄，仄仄仄平平。

仄仄平平仄，平平仄仄平。
平平平仄仄，仄仄仄平平。
仄仄平平仄，平平仄仄平。

下例是李白的五律诗，我们将其归为强制式格式套用：
例6：

　　　　秋登宣城谢朓北楼
江城如画里，山晓望晴空。
两水夹明镜，双桥落彩虹。
人烟寒橘柚，秋色老梧桐。
谁念北楼上，临风怀谢公。

上面举的例子是"诗"，其实，在古代，"文"也有较为严格的格式，如八股文。八股文也可看成强制格式套用。我们来看一段百度百科对八股文的介绍：

　　八股文每篇文章均按一定的格式、字数由破题、承题、起讲、入手、起股、中股、后股、束股八部分组成。破题是用两句话将题目的意义破开，承题是承接破题的意义而说明之。起讲为议论的开始，首二字用"意谓""若曰""以为""且夫""尝思"等开端。"入手"为起讲后入手之处。起股、中股、后股、束股才是正式议论，以中股为全篇重心。在这四股中，每股又都有两股排比对偶的文字，合共八股，故名八股文。题目主要摘自四书、五经，所论内容主要据宋朱熹《四书章句集注》，不得自由发挥，越雷池一步。一篇八股文的字数，清顺治时定为550字，康熙时增为650字，后又改为700字。八股文注意章法与格调，本来是说理的古体散文，而能与骈体辞赋合流，构成一种新的文体，在文学史上自有其地位。但从教育的角度而言，作为考试的文体，八股文从内容到形式都很死板。

当然，律诗和八股文比，格式更为严格。
在现代生活中，除非为了某种特殊的用途，人们一般很少用律诗和八股文。

## 二、框架格式套用

框架格式套用指的是主篇章套用某一种题材或某一种有其特色的某类篇章。相对强制格式套用来说，框架格式套用没有那么严格。例7的判决书，就属于框架格式套用。

例7：

人民法院刑事判决书（一审公诉案件用）

（××××）×刑初字第××号

公诉机关××××人民检察院。

被告人……（写明姓名、性别、出生年月日、民族、籍贯、职业或工作单位和职务、住址和因本案所受强制措施情况等，现在何处）

辩护人……（写明姓名、性别、工作单位和职务）

××××人民检察院于××××年××月××日以被告人×××犯××罪，向本院提起公诉。本院受理后，依法组成合议庭（或依法由审判员×××独任审判），公开（或不公开）开庭审理了本案。××××人民检察院检察长（或员）×××出庭支持公诉，被告人×××及其辩护人×××、证人×××等到庭参加诉讼。

本案现已审理终结……（首先概述检察院指控的基本内容，其次写明被告人的供述、辩解和辩护人辩护的要点。）经审理查明……（详写法院认定的事实、情节和证据。如果控、辩双方对事实、情节、证据有异议，则应予以分析否定。在这里，不仅要列举证据，还要通过对主要证据的分析论证，说明本判决认定的事实是正确无误的。

本院认为……[根据查证属实的事实、情节和法律规定，论证被告人是否犯罪，犯什么罪（一案多人的还应分清各被告人的地位、作用和刑事责任），应否从宽或从严处理。对于控、辩双方关于适用法律方面的意见和理由，应当有分析地表示采纳或予以批驳]依照……（写明判决所依据的法律条款项）的规定，判决如下……

[写明判决结果。分三种情况。第一，定罪判刑的，表述为："一、被告人×××犯××罪，判处……（写明主刑、附加刑）；二、被告人×××……（写明追缴、退赔或没收财物的决定，以及这些财物的种类和数额。没有的不写此项。）"第二，定罪免刑的表述为："被告人×××犯××罪，免予刑事处分（如有追缴、退赔或没收财物的，续写为第二项）。"第三，宣告无罪的，表述为："被告人××

×无罪。"]

如不服本判决,可在接到判决书的第二日起××日内,通过本院或者直接向××××人民法院提出上诉。书面上诉的,应交上诉状正本一份,副本×份。

审判长×××

审判员×××

审判员×××

××××年××月××日

书记员×××

例 7 是"一审公诉案件"的完整格式,只要按这个格式,就能生成标准的判决书。

书信也属于框架格式套用。书信所含有的较为固定的格式有称呼语、问候语、正文、祝愿语、署名、日期。例 8 是陶行知写给母亲的家书。

例 8:

母亲:

家中从前寄来的信,如今都收到了,并未遗失,只是来得慢些。

儿从母亲寿辰立志,决定要在这一年当中,于中国教育上做一件不可磨灭的事业,为吾母庆祝并慰父亲在天之灵。儿起初只想创办一个乡村幼稚园,现在越想越多,把中国全国乡村教育运动一齐都要立它一个基础。儿现在全副的心力都用在乡村教育上,要叫祖宗及母亲传给儿的精神都在这件事上放出伟大的光来。儿自立此志以后,一年之中务求不虚度一日,一日之中务求不虚度一时:要叫这一年的生活,完全的献给国家,作为我父母送给国家的寿面,使国家与我父母都是一样的长生不老。

实验乡村师范开办费要一万五千元,经常费要一万二千元,朋友们都已答应捐助,只要款项领到,就可开办。阴历原想回家过年,无奈一切筹备事宜必须儿亲自支配,不能抽身。倘使款项早日领到,或可来京两星期。如果到了腊月廿七还没有领得完全,那年内就不能来了。好在家中大小平安,儿亦平安康健,彼此都可放心。

昨日会见冬弟,知道金弟在西安尚好,可以告慰。冬弟亦较前强壮。

　　桃红、小桃、三桃、蜜桃给我的拜年片子都很有意思很有价值，
儿已经好好的保存了。

　　敬祝健乐。

行知
一月廿日

　　书信的格式也是不断变化的，比如，由每段空两格改为顶格，但段
落与段落之间空一行。这种格式可能难是从英语传过来的。另外，随着
电脑的使用，为了输入方便，署名和日期会靠左排，而在传统的书信格
式中，是靠右的。

　　例9：

小溪姐姐：

　　你好！

　　现在已经到了冬季，咱们的家乡又变成了银色的世界。加拿大
那里的气候怎么样，也很冷吗？听妈妈说，你下个月就要回国了，
到时请你一定到我家来，好吗？

　　我还在绘画班学习呢。前几天，我的一幅画在"中美少年儿童环
境美术书法摄影比赛"中得了一块银牌，为学校争了光。颁奖会上，
校长亲手把银牌挂在了我的脖子上，我别提多高兴了。

　　我每天都要拉小提琴，老师说我还行，有进步。我现在已对小
提琴入了迷，决心成为一名合格的小提琴手。

　　以上说的是我的成绩。我还有些不足之处，比如，我的英语口
语总是不好。如果你下个月能回来，好好教教我啊！好了，就谈到
这儿吧。盼你早点儿回来。

　　此致

敬礼！

你的表弟张钊

2002 年 11 月 29 日

　　汉语的信和英语的信，家信和公函，古代的信和现代的信等，它们
的格式都有差别。从上面例子中我们看到，现代信在格式上也有差异。

　　框架格式套用除了上面我们提到的判决书和书信外，还有日常生活中
常用的应用文，如申请书、推荐信、请假条、慰问信、保证书、检讨书等。

## 三、风格格式套用

风格格式套用指的是主篇章对某种有自身风格的文体的套用。例如，中国观众熟悉的《新闻联播》的报道就有自己的风格。中国人民大学新闻学院教授陈力丹在《〈新闻联播〉研究》一书里将《新闻联播》的套路概括为12句话。例10是人民网列出的《新闻联播》20种常用句式。

例10：

1. 今天是 _____ 年 _____ 月 _____ 日，农历 _____，距离 _____ 还有 _____ 天。今天节目的主要内容有： _____、_____、_____。下面请听详细内容。

2. _____ 在钓鱼台国宾馆亲切会见了 _____，双方进行了亲切友好的会谈。_____ 高度赞赏了 _____，并对 _____ 一贯坚持"一个中国"的原则表示感谢。

3. _____ 出访 _____，会见了 _____。_____ 高度赞扬中 _____ 两国关系，对 _____ 表示欢迎，并强烈谴责了 _____ 国家 _____ 的做法。

4. _____ 会议在北京隆重召开。_____ 致开幕词。_____ 以 _____ 票支持、0票反对、1票弃权通过一项 _____ 决议。

5. 外交部发言人 _____ 就 _____ 发表声明，对 _____ 表示遗憾，提出 _____，并将继续关注。

6. _____ 就 _____ 向 _____ 致慰问电，对 _____ 表达诚挚哀悼。

7. "_____ 五"期间，我国 _____ 重点工程，突破 _____ 课题，创造效益 _____，实现利税 _____。

8. _____ 在 _____ 的陪同下，不远万里，来到 _____ 家中，为 _____ 带来了节日的祝福和良好的祝愿，并饶有兴致地观看了 _____。_____ 握着 _____ 的手激动地说 _____。

9. _____ 省 _____ 市 _____ 县 _____ 村加强学习"_____"的重要精神，切实为农民办好事，办实事。情为民所系，利为民所谋。一年内共解决 _____ 农民的实际问题，受到农民的好评。

10. _____ 海关加大打击走私力度，破获一起特大走私案件，查获 _____ 共 _____ 件，价值人民币 _____ 万元。

11. 今天是 _____ 日，各地群众、学生纷纷走上街头，宣传普及 _____ 知识，加强 _____ 教育。

12.＿＿＿＿＿事件的原因已经查明，有关责任人已被刑事拘留。

13. 今天是＿＿＿＿＿诞辰＿＿＿＿＿周年，＿＿＿＿＿举行座谈会，深入探讨＿＿＿＿＿，缅怀这位＿＿＿＿＿家。

14. 本台短评：中国＿＿＿＿＿受到各国称赞，＿＿＿＿＿行为不得民心。

15.＿＿＿＿＿国群众不满＿＿＿＿＿，举行＿＿＿＿＿示威活动。骚乱已持续＿＿＿＿＿天。

16.＿＿＿＿＿国发生＿＿＿＿＿级地震，目前已造成＿＿＿＿＿人伤亡。我国已派出＿＿＿＿＿人救援队前往救援。

17.＿＿＿＿＿国发生＿＿＿＿＿特大飓风，＿＿＿＿＿人受灾，直接经济损失达＿＿＿＿＿美元。

18.＿＿＿＿＿，＿＿＿＿＿，请看今晚 19 点 38 分播出的《焦点访谈》节目。

19. 中国＿＿＿＿＿的优秀＿＿＿＿＿员，久经考验的忠诚的＿＿＿＿＿战士，无产阶级＿＿＿＿＿家、＿＿＿＿＿家、＿＿＿＿＿家，我国杰出的＿＿＿＿＿，原＿＿＿＿＿，＿＿＿＿＿，＿＿＿＿＿，＿＿＿＿＿，于＿＿＿＿＿年＿＿＿＿＿月＿＿＿＿＿日＿＿＿＿＿时＿＿＿＿＿分在北京逝世，享年＿＿＿＿＿岁。

20. 联播节目播送完了，谢谢您的收看。

陈力丹和人民网列出的是表现《新闻联播》报道风格的句式。当然，能表现篇章风格的除了句式，还有词汇等：

> 《新闻联播》在词语运用上偏好修饰性的形容词和副词，如"深入学习""深刻领会""引起强烈反响"等表示贯彻精神时的效果性词汇，以及"翻天覆地的""可喜的""提前""好成绩""最好""大幅度""亲切友好的""圆满地""显著的""顺利地"等表示好的方向变化的修饰性词汇。①

例 11 是"淘宝体"，我们也可以将其归入风格的套用互文。
例 11(a)：

> "亲，请按交通信号灯通行哦！"
> 成都交通提示牌也用上了"淘宝体"。

---

① 《白岩松：改版重点不在〈新闻联播〉》，《南方周末》2009 年 6 月 18 日。

例 11(b)：

"亲，被通缉的逃犯们，徐汇公安'清网行动'大优惠开始啦！亲，现在拨打客服热线 020－64860697 或 110，就可预定'包运输、包食宿、包就医'优惠套餐。在徐汇自首还可获赠夏季冰饮、清真伙食、编号制服……"

互动百科上一则上海徐汇警方的"卖萌通缉令"熟练运用"淘宝体"，引来十余万网友围观。但有网友质疑："卖萌通缉令"是在"娱乐执法"，改变了传统文本格式的同时，也在消解法律的严肃性，使执法公务变得轻飘和浮躁。

（《警方"卖萌通缉令"引网友围观 被指"娱乐执法"》，《北京日报》2011 年 7 月 15 日）

篇章的风格表现在各个方面：个人有个人的表达风格，某个民族有自己的表达风格，某种语言有自己的表达风格，某种媒体也有自己的表达风格。

## 四、自由格式套用

自由格式套用指的是主篇章对某个客篇章的自由套用，部分遵守前文的格式，但有些格式可以变通。

例 12：

小时候，
"中华"是一管白白的牙膏，
我在这头，
笑容在那头。

上学了，
"中华"是一支细细的铅笔，
我在这头，
考卷在那头。

工作了，
"中华"是一条红红的香烟，

我在这头，
领导在那头。

结婚了，
"中华"是贷款买的轿车，
我在这头，
而奋斗的路还在那头。

将来啊，
"中华"是道细细的国境线，
父辈在里头，
孩子们在外头。

例 13：

小时候，
低俗是一盘小小的磁带，
我在这头，
丽君在那头。

后来啊，
低俗是一团窄窄的纸条，
我在后头，
女生在前头。

长大后，
低俗是一张薄薄的光盘，
我在这头，
电视在那头。

而现在，
低俗是一条短短的信息，
我在里头，
警察在外头。

这两首诗会让有些读者想起余光中 1974 年发表的《乡愁》。我们可以把余光中的诗看成客篇章，例 14 就是例 12 与例 13 所套用的客篇章。

例 14：

小时候，
乡愁是一枚小小的邮票，
我在这头，
母亲在那头。

长大后，
乡愁是一张窄窄的船票，
我在这头，
新娘在那头。

后来啊，
乡愁是一方矮矮的坟墓，
我在外头，
母亲在里头。

而现在，
乡愁是一湾浅浅的海峡，
我在这头，
大陆在那头。

例 12、例 13 这类格式套用通常比较自由，字数、段落等可以跟原文本有差别。从表 4-6、表 4-7 中，我们可以看出主篇章和客篇章在格式上的相同及不同之处：

表 4-6 自由格式套用(1)

|  | 例 14 | 例 12 | 例 13 |
|---|---|---|---|
| 题目 | 有 | 不详 | 不详 |
| 作者 | 有 | 不详 | 不详 |
| 总段落 | 4 | 5 | 4 |
| 每段句子数 | 4 | 4 | 4 |

表 4-7　自由格式套用(2)

| | 例 14 | 例 12 | 例 13 |
|---|---|---|---|
| 每段第一句 | 时间序列<br>(从过去到现在) | 时间序列<br>(从过去到将来) | 时间序列<br>(从过去到现在) |
| 每段第二句 | (什么)是(什么) | (什么)是(什么) | (什么)是(什么) |
| 每段第三句 | (某人)在这头<br>(在里头) | (某人)在这头<br>(在里头) | (某人)在这头<br>(在里头) |
| 每段第四句 | (某人)在这头<br>(在外头) | (某人)在那头<br>(在外头) | (某人)在这头<br>(在外头) |

在讨论格式套用时，需注意以下两点。

一是同一格式的主篇章，可能彼此有差异。同一个格式可以有不同的版本。例 12 与例 13 都是例 14 的主篇章，但文字不同。

二是客篇章有具体的和抽象的。有的主篇章读者一看就知道哪个是它的客篇章，如例 12 和例 13 一看就知道套用了余光中的《乡愁》。而有的只是套用某类客篇章，而非某个单一的文本。例如，例 10 就很难说具体是套用了哪期的《新闻联播》。

## 五、小　结

本章讨论了四种格式套用：强制格式套用、框架格式套用、风格格式套用和自由格式套用。这四种格式套用都是对客篇章的整体套用，跟词汇套用和句式套用不同，套用得合适，会给读者主篇章写得内行的感觉。

## 第五节　事件套用

事件套用指的是某个文本对某个事件的套用。事件套用的特点是并不强调句型、格式上的明确制约，只是模仿某个事件的经过；强调事件要点，并不强调某个确定的客篇章。从作者的角度来看，它是模仿或根据某个事件而创作的文本；从读者的角度来看，这个文本可能会让他们联想到某个事件。

### 一、事件套用实例

下例可归入事件套用。

例 15：

豹子办了个澡堂子，把它包给狐狸，狐狸把它包给松鼠，松鼠雇几只蚂蚁搓澡接客。有一天,狮子去洗澡,掉脸盆里淹死了……
虎大王震怒,派警察调查情况,骂了狐狸,打了松鼠,最后,抓了
8只蚂蚁……因为他们,竟然没搓澡证!!

例15这个文本约在2010年年底开始流传。这个文本看起来是个童话,
或者寓言,有的读者可能会联想到例16的客篇章,也就是2010年11月15
日在上海发生的火灾(简称"上海火灾")。当然,如果读者并不知道"上海火
灾"这一事件,那么就不会在两例间建立主篇章—客篇章的联系。

例16:

> 2010年11月15日14时,上海余姚路胶州路一栋高层公寓起
火。据附近居民介绍,公寓内住着不少退休教师,起火点位于10~
12层,整栋楼都被大火包围,楼内还有不少居民没有撤离。截至11
月19日10时20分,大火已导致58人遇难,另有70余人正在接受治
疗。事故原因已初步查明,为无证电焊工违章操作,四名犯罪嫌疑人
已经被公安机关依法刑事拘留;装修工程违法违规、层层多次分包;
施工作业现场管理混乱,存在明显抢工行为;事故现场违规使用大量
尼龙网、聚氨酯泡沫等易燃材料;以及有关部门安全监管不力等。

> (鄂文东、杨春梅《消防民事争议案例研究》)

如果对照例15和例16,读者就会发现两者在以下几个事件要点方面
有相似点(见表4-8):

表4-8 事件要点的相似之处

| | 例16 | 例15 |
|---|---|---|
| 要点1 | 火烧死人 | 水淹死狮子 |
| 要点2 | 装修工程层层承包 | 澡堂子层层承包 |
| 要点3 | 调查事故原因 | 调查事故原因 |
| 要点4 | 抓了四名电焊工 | 抓了八只蚂蚁 |
| 要点5 | 电焊工没有电焊证 | 蚂蚁没有搓澡证 |

再看例17。

例17:

> 移动公司老总上公厕,守门大爷说:"进去三毛,出来两毛!"老

总一愣，说："出来还收费？"大爷说："学习移动，'双向收费'。"老总从厕所出来又被拦住："你蹲的是八号坑，交一块钱的'选号费'；放了一个屁，交一块钱的'漫游费'；超过三分钟，再交一块钱的'超时费'；厕所有背景音乐，收'彩铃费'两毛；如果您经常光顾，我劝您办个厕所'套餐'比较合算。"

老总大怒："这是哪家王法？"大爷一摆手："动感地带，我的地盘我做主！"

（钟明《新潮幽默》）

例 17 属于事件套用主篇章。这个主篇章的流行时间在 2006 年前后，背景是移动公司对手机收费繁多，"双向收费、选号费、漫游费、彩铃费、套餐"都是当时的收费项目，而"动感地带"是移动公司发行的一种手机卡，也可以说是话费的一种消费模式。"动感地带，我的地盘我做主！"是"动感地带"的宣传词。当时北京公厕需要收费（2008 年 7 月 1 日开始免费），作者把"手机收费"和"厕所收费"巧妙地集合在一起，批评移动公司不合理的收费。

## 二、事件套用的特点

首先，从整体看，主篇章和客篇章在文字上没有明显的相似点。

其次，主篇章和客篇章在事件要点上有明显的相似点。

再次，有关"上海火灾"这一事件的报道并不限于例 15，而是有很多。也就是说，如果读者读了例 15，并跟"上海火灾"这个事件建立了联系，那么客篇章可能是某个报道，也可能是多个报道的综合。例 17 对"移动老总"的调侃，可能使读者联想到移动公司的种种收费，通常不局限于某个客篇章。

最后，事件主篇章的出现时间一般来说跟体现某个事件的客篇章的出现时间相差不久，读者对客篇章还有印象，很容易把套用主篇章和客篇章联系起来。当然，两者隔得越久，读者把两者联系的能力就会越弱。

## 三、小　结

事件套用的特点是对某个事件的套用，这种套用方式是通过"事件要点"体现出来的。读者在读某个事件套用的主篇章时，通常不是与报道某个事件的具体篇章相联系，而是与多个客篇章相联系，归根结底是与某个事件联系起来。

## 第六节　结　语

上面我们介绍了套用的定义，分析了词汇套用、句式套用、格式套用以及事件套用。

接下来，我们简要总结一下套用互文的特点。

首先，从客篇章的性质来看，大多客篇章比较"出名"。正因为客篇章有一定的知名度、一定的使用范围，作者才能不断创造出众多套用主篇章。也因为如此，读者才有可能把套用主篇章和客篇章联系起来。

其次，从客篇章和主篇章间隔的时间来看，它通常不太长，具体时间以读者能联系到客篇章为界。当然，这只是一般现象，因为人们联系客篇章的能力不同。有的客篇章有时代性，过了某个时代，就没人利用它们创作套用主篇章了。同样，有的客篇章有流行性，一旦过了流行期，套用主篇章也就不再出现。

再次，从对比的角度来看，套用互文和修辞中的仿拟（parody）可做对比。奥特等人在研究仿拟和互文时，认为仿拟应和仿拟引用（parodic allusion）区别开来。仿拟引用指的是一种写作风格，是在一个篇章中吸收另一个篇章讽刺或漫画的特点，通常是流行文学中的内容。仿拟引用模仿或者夸大了原始篇章中突出或有代表性的特征，并将其融入新的篇章。它与仿拟很接近，但是在两个方面完全不同。[1] 一是仿拟是对原始篇章的批评或诙谐的评论，而仿拟引用并非对原篇章的评论，其作用是通过并置由读者发现其仿拟的效果，引人发笑。二是仿拟是一个独立的篇章，意义也是独立的，因此不涉及互文；而仿拟引用是互文现象，它是将另一个篇章中有趣的、讽刺性的内容引入本篇章，并非独立的篇章。

我们讲的套用，既跟仿拟有关，也和仿拟引用有关。套用和仿拟、仿拟引用都是模仿，但也有所不同。其一，从范围看，仿拟、仿似引用的范围比较小，主要从幽默的角度考虑；套用互文范围相对较大，除了幽默的内容外，有些强制套用、框架套用、风格套用不包含在仿拟里面。其二，观察的角度不一样。仿拟、仿似引用是一种辞格；而套用互文是观察主篇章和原文本的关系。其三，跟读者的互动关系。仿拟、仿似引

---

[1] Ott，Brian and Cameron Walter："Intertextuality：Interpretive practice and textual strategy"，*Critical Studies in Media Communication*，2000，17(4)，p.435.

用不考虑读者的理解和互动，只要篇章中有仿拟这种修辞格存在，那就要承认这是一种仿拟现象；而套用互文现象是否成立取决于读者。也就是说，同一个套用互文现象，如果某个读者并未发现其与原文本有什么关联，这个套用互文也就不存在了。

最后，从功能来看，有两种格式的主篇章：一种是满足日常交际使用的主篇章，另一种是娱乐性主篇章。娱乐性格式的主篇章具有幽默、易读易记的特点，有时也会反映一些社会现象。人们通常乐于通过计算机、手机等高科技手段接受和传播这些主篇章，我们暂且称这些主篇章为"娱乐版"主篇章。这些主篇章通常没有具体的作者。现在，随着计算机和手机越来越普及，信息传播速度也越来越快，娱乐性套用互文的出现和传播也随之加快。例如，药家鑫在 2011 年 4 月 22 日被判死刑，几天后，笔者就收到好几条有关药家鑫的短信，其中有一条属于"词汇套用互文"："药家鑫一审判处死刑，老板看完新闻后，语重心长地对员工说：看见没？'要加薪'，就是这个下场！"

# 第五章　媒体中的互文

## 第一节　引　言

本章讨论的媒体既包括传统的媒体，如报纸、电台，也包括最近几十年发展和普及开来的电视、网络、手机等。媒体和互文的关系很密切，而且很有特点，比如，媒体中的新闻报道通常及时、更新快、信息量大，能使各种互文方法和手段得到充分运用。

如果我们通过对某个事件的报道来观察互文现象，那么就会有两种情况：一是报道没有继续，二是继续报道。从第一种情况看，如果某个事件发生后，某家媒体做了报道，之后不再对这个事件继续报道，这样就谈不上互文了。如果其他媒体（如电台、网络等）也没有任何有关这个消息的转载报道，那其他媒体也就跟这家媒体这个事件的报道互文无缘了。从第二种情况看，某个新闻报道了某个事件后，引起全国人民的关注，各种媒体争相报道，报道形式和方法各异，那么我们就会发现各种互文现象：后面的报道通常会全文转载、改编、摘编、引用、重述、评论前面的报道，有时也会在对前面报道互文的基础上增加新的信息，而这些新信息也可能被后来的报道所采用。这些错综复杂的报道会产生各种互文现象。我们对某些形式的互文现象比较熟悉，如词汇互文、句子互文（包括直接引语和间接引语），而有些互文现象可能明显带有报道的色彩，有些甚至是报道所特有的。

本章分析的语料是与某一轰动全国的刑事案件相关的报道。案件发生的时间是 2009 年 5 月 10 日，地点是湖北省巴东县野三关镇雄风宾馆梦幻娱乐城。案件经过是三名镇政府工作人员要求服务员邓某提供特殊服务，邓某不从，双方发生争执。最后，邓某刺死一人，刺伤一人。

观察该案的报道，我们发现它有四个比较明显的特点。

第一，有一定的时间跨度。从 2009 年 5 月 10 日事件发生，到 6 月 16 日对该事件的判决，共经历近 40 天。

第二，各种媒体均介入报道，既有传统正式的媒体，如报纸、电台、电视；也有较新的传媒，如网络（网站报道、个人博客、问卷调查），短信，QQ等。

第三，内容随着时间推移而不断变化。除三次重点报道有相同之处（互文）外，也有不断补充的新内容（新信息）。

第四，报道的数量很多。据笔者观察，在案件宣判后，还有不少后续报道。2009年7月31日，在谷歌搜索中检索邓某，显示出345万条相关信息。

这样一个时间跨度大、各种媒体参与、内容不断更新、报道数量多的事件，为我们探讨新闻报道中的互文现象和规律提供了较好的素材。

下面，我们从三个方面考察互文现象在报道中的应用：一是单一媒体报道中的互文分析；二是横向报道中的互文分析；三是多媒体报道中的互文分析。

## 第二节　单一媒体报道

### 一、定义和特点

单一媒体报道指的是某一媒体中，同一作者群对同一事件的一组有先有后的报道。

对于单一媒体报道，我们需要注意以下几点。

**（一）媒　体**

媒体也有广义和狭义之分。比如说"报纸"，所有的报纸都算同一媒体；但如果单指某份报纸，如《京华时报》，相对"报纸"来说，它就是狭义的，而"报纸"是广义的。

**（二）时　间**

单一媒体报道通常是一组报道，因此在时间上有先有后。表5-1是《京华时报》刊登的一组报道：

表5-1　《京华时报》有关该案的系列报道

| 序号 | 报道日期 | 新闻标题 |
|---|---|---|
| 1 | 2009年5月14日 | 湖北一官员被女服务员刺死 |
| 2 | 2009年5月14日 | 欲求"特殊服务"未遂　显摆钞票并强行肢体接触：湖北一官员被女服务员刺死 |
| 3 | 2009年5月18日 | 女工自卫关抑郁症何事 |
| 4 | 2009年5月19日 | 女服务员刺死官员续：警方称涉嫌故意杀人 |

| 序号 | 报道日期 | 新闻标题 |
|------|----------|----------|
| 5 | 2009 年 5 月 19 日 | "寻欢致死"案亟须公民律师 |
| 6 | 2009 年 5 月 23 日 | 湖北官员被服务员刺死追踪：邓××称受到性侵犯，律师征集专家鉴定内衣上指纹 |
| 7 | 2009 年 5 月 24 日 | 警方称"邓××被强奸"不存在 |
| 8 | 2009 年 5 月 25 日 | 邓××律师澄清性侵犯与强奸不可混淆 |
| 9 | 2009 年 5 月 26 日 | 邓××案宜交第三方办案 |
| 10 | 2009 年 6 月 3 日 | 过当的真是邓××吗 |
| 11 | 2009 年 6 月 3 日 | 最高法回应邓××案：法院应冷静处理 |
| 12 | 2009 年 6 月 4 日 | 官员"禁娱"恐难落实 |

表 5-1 显示，大多数报道在时间上是有先后的。值得注意的是，其中几篇是同一天刊登的，如 2009 年 5 月 14 日、2009 年 5 月 19 日、2009 年 6 月 3 日各有两篇报道。

**（三）数　量**

要被称为系列报道，至少得有两篇报道，第一篇可被称为"根文本"（客篇章），第二篇可被称为"子文本"（主篇章），两者由此形成一组报道。在表 5-1 的系列报道中，第一篇可被看成"根文本"，其他则是"子文本"。

**（四）事　件**

这组报道报道的须是同一个事件。单一媒体的一组报道可以分为两种，一种暂且称为"局部报道"（local report），指的是围绕已经结束的某个事件的本身报道，由初步向深入报道。例如，某个事件发生后，媒体会对这个事件进行初步报道（根文本）。随着调查的深入、时间的发展，媒体掌握的信息越来越多，不断出现的互文报道会越来越详细。后文要讨论的巴东公安局的三次通报就属于局部报道。另一种暂且称为"全局报道"（global report），指的是对某个事件的跟踪报道，一直持续到事件结束。当然，结束后也可能出现后续报道。表 5-1 提到的报道属于全局报道。

**（五）作　者**

这组报道的作者可能相同，也可能由某个媒体或某个单位组织一群作者完成系列报道。

**（六）互文链**

哈挺（Hatim）等人提到了"互文链"（the intertextual chain）的概念。①
从理论上讲，我们可以把有关该案的所有报道组合在一起，形成一个报
道链，但实际的情况是：①链太长（谷歌搜索显示有 345 万条相关信息）；
②链很复杂（有连续的，有并行的，有分支等）；③需要收齐所有节点（具
体某篇报道）。所以，该案的"总链"难以建立，分析起来也困难。在实际
操作中，为了便于分析，我们可以建立不同的链。例如，我们可以把某
个媒体的报道组成报道链，也可以按时间把某天所有有关该案的报道组
成一个链，还可以把某个作者对该案的系列报道组成一个链，以及把某
份报纸中有关该案的报道组成一个链，等等。这里，我们暂且把由公安
局对事件的三个报道看作一个报道链，这样就得到了单一媒体报道链，
见图 5-1：

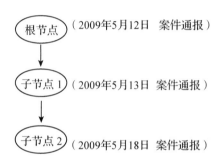

**图 5-1  单一媒体报道链**

这里要说明的是，图 5-1 中子节点2展示的内容，从理论上说，不仅
受到根节点的影响，还受到子节点1的影响。子节点1是子节点2的客
篇章。

## 二、对该案一组单一媒体报道的互文分析

巴东公安局对这一案件做了三次报道。其中，2009 年 5 月 12 日的第
一次通报既是根节点（指的是对某个事件最早的一篇报道），也是客篇章。
时隔一天，5 月 13 日，巴东新闻网公布了巴东公安局提供的第二次通
报。又隔了 5 天，5 月 18 日，巴东公安局进行了第三次通报。这三次报
道，就形成了一组单一媒体。

我们也可以从作者和读者两个角度分析这三个篇章的互文。从作者

①  Hatim，B. and Ian Mason：*Discourse and the Translator*，London and New York，Longman，
2001，p. 121.

的角度来看，写第二个篇章时，应该考虑到原文本；写第三个篇章时，应该考虑到原文本和第二个篇章，这样这三个篇章就形成了互文关系，或者一个互文链。从读者的角度来看，如果读者读了第一个篇章，在读第二个篇章时，他的脑子里就会对这两个篇章产生互文；如果又接着读了第三个篇章，那么读者就会把它和前两个篇章联系起来。[①]

我们具体从以下几个方面分析这三个篇章的互文情况。

**(一)题目互文**

表 5-2 是该案三个相关报道的题目：

**表 5-2　该案三个相关报道的题目**

| 报道日期 | 报道题目 | 属性 |
|---|---|---|
| 2009 年 5 月 12 日 | 野三关镇一娱乐场所发生命案 行凶女子已被警方控制 | 第一次报道 |
| 2009 年 5 月 13 日 | 巴东县野三关"5.10"案情初步查明 | 第二次报道 |
| 2009 年 5 月 18 日 | 巴东县公安局通报"5.10"案件情况 | 第三次报道 |

第一次报道题目最为详细，有地点(野三关镇一娱乐场所)，有人物(行凶女子、警方)，有事件(发生命案)。

第二次报道是主篇章(相对第三次报道来说，又是"客篇章")，第一次报道是客篇章。这两次报道的相同之处是有地点词"野三关"，不同之处有三。一是加上比野三关更大的地点"巴东县"。"野三关"是个镇名，由于此案已不仅仅向县内通报，而是向全省乃至全国通报，加上县名是合适的。二是把第一次报道的案件缩略为"'5.10'案件"。这种缩略符合公安局通常的用词，同时也显得词语更为精炼。三是出现总结性信息"初步查明"。这是一个新信息，给人传递的信息是之前的报道并非"初步查明"，而当前报道是初步查明了的。

第三次报道跟第二次报道相比，多了"公安局通报"(标出执法机关，更显严肃)；少了"野三关、初步"(少了"野三关"显示简洁，少了"初步查明"显示这次报道不是初步的，而是正式的)。

从这三次报道来看，很明显，第二次报道的题目受到第一次报道的制约，第三次报道的题目受到第一、第二次报道题目的制约。它们采用增字、减字和总结等互文手段，显示出三次报道的不同。这几种互文现象都很常见，但仔细分析可以看出，作者在使用这几种互文手段时都是

---

① 娄开阳、徐赳赳：《新闻语体中连续报道的互文分析》，《当代修辞学》2010 年第 3 期。

精心考虑的，以体现三次报道各自的特性。如果不采用这些互文手段，题目一样，读者就无法单凭题目进行区分，也会抓不住每次报道的重点。

### (二)三篇报道词汇互文表现

词汇互文，指的是词汇互用。词汇互文有各种情况：一是词汇完全互用，主篇章或客篇章中的词在后一篇章中再次采用；二是前互文文本用的是某个词，后互文文本采用的是这个词的"变体"，如同义词、近义词、反义词等。

下面，我们分析一下这三次报道中几个重要词的词汇互文。

#### 1. 邓××和邓贵×

涉及邓××和邓贵×这类人物的词语属于"人物互文"，人物互文是词汇互文的一种。我们这里的人物互文跟篇章回指有关，但比同指回指和联想回指宽泛，有时身份、职务、职业等都可归入人物互文。上述三个报道涉及多个人物，但最重要的是两个人物——邓××和邓贵×。这里考察这两个人的人物互文情况，见表5-3：

**表5-3　邓××和邓贵×人物表**

| 报道日期 | 邓×× | 邓贵× | 属性 |
|---|---|---|---|
| 2009 年 5 月 12 日 | 行凶女子，犯罪嫌疑人，(一名)服务员，邓×× | (野三关镇招商项目协调办三名)干部，死者，野三关镇政府招商项目协调办负责人，邓贵× | 第一次报道 |
| 2009 年 5 月 13 日 | (一名)女服务员，梦幻娱乐城员工，三楼 KTV 员工，邓×× | (巴东县野三关镇政府三名)工作人员，野三关镇政府招商协调办主任，邓贵× | 第二次报道 |
| 2009 年 5 月 18 日 | 犯罪嫌疑人，野三关雄风宾馆服务员，邓，邓×× | 死者，野三关镇政府项目招商协调领导小组办公室主任，邓贵× | 第三次报道 |

从邓××的三次人物互文看，三次报道都出现的名字或身份有"邓××""服务员"。

第一次报道提到四个表人物的词"行凶女子""犯罪嫌疑人，(一名)服务员""邓××"，其中两个涉及法律词("行凶女子，犯罪嫌疑人")；另两个是一般表人物的词，"(一名)服务员"表示所从事的职业，"邓××"是人名。

第二次报道没有提到"行凶女子"和"犯罪嫌疑人"，增加了两个更为具体的职业词"梦幻娱乐城员工"和"三楼 KTV 员工",保留了"服务员"。

第三次报道依然没有出现"行凶女子",但再次出现"犯罪嫌疑人",依然提到前两次报道中都出现的"服务员"和"邓××"。

公安部门先是把邓××看作"行凶女子",后来两次又不提"行凶女子",给人的推测是公安部门对其定性有了改变。

从邓贵×的三次人物互文看,三个报道中都出现的名字是"邓贵×"。

第一次报道除了提到"邓贵×"的名字外,表明身份的词是"干部"和"负责人"。提到干部时,原文是"野三关镇招商项目协调办三名干部",照此推理,这三人都是干部身份,而"负责人"是指"邓贵×"。

第二次报道中不用"干部"而改为"工作人员""(巴东县野三关镇政府三名)工作人员",是否想说明三人并非都是"干部"? 也就是说,其中有人不是"干部",是"工作人员"? 这里,"负责人"改为"主任",邓贵×的职务更加明确。

第三次报道采用比第二次报道更为具体的职务描写,即"野三关镇政府项目招商协调领导小组办公室主任",而第二次报道采用的是"野三关镇政府招商协调办主任"。

从三篇报道人物互文中的变化,读者可以推测出以下两点。

一是公安局修改、改变了对人物的定性。例如,原文本称邓某为"行凶女子",后面两篇互文本没再提"行凶女子"。

二是邓贵×职务的变换显示出初步报道和后续报道的区别。媒体掌握的情况越多,对邓贵×的职务报道越准确。

**2."按倒"和"推坐"**

"按倒"和"推坐"这两个词在量刑上是比较关键的词,我们来看三次报道的相关情况(见表 5-4):

表 5-4 "按倒"和"推坐"描写表

| 报道日期 | 按倒 | 推坐 | 属性 |
|---|---|---|---|
| 2009 年 5 月 12 日 | – | – | 第一次报道 |
| 2009 年 5 月 13 日 | 按倒(按在、按住) | – | 第二次报道 |
| 2009 年 5 月 18 日 | – | 推坐 | 第三次报道 |

第一次报道中,"按倒"和"推坐"均未被采用。根文本显示,报道没有对邓贵×和邓××之间的争斗过程进行详细描写,只有一句"因言语不和与服务员邓××发生争端"。

第二次报道陈述了邓贵×和邓××之间的争斗:"随后,邓贵×将邓××按在休息室的沙发上。邓××欲起身，再次被按住。在邓××第二次被按倒在沙发上时……"这里用了三个词，依次是"按在""按住""按倒"。

第三次报道有了改动，改为"推坐"，出现两次："邓贵×将其拦住并推坐在沙发上，邓××又欲起身离开，邓贵×再次将邓××推坐在沙发上。"

在这组单一媒体报道中，我们发现，在对事件进行描述时，几个关键词的使用对案件的定性是很重要的。如果三次报道对这几个关键动词采用同词互文，也就是重复，那么说明其对案件的描述是一致的。如果采用改写互文，那么说明报道对案件的描述有了变化，而这种变化的描述又可能影响案件的定性。杜安娜在《广州日报》(2009 年 5 月 22 日)上刊文，认为："'推倒'与'按倒'的区别更大，因为'按倒'带有人身控制的意味，侵害的程度更强，'推倒'的情节则轻得多。""将'按倒'换成'推倒'又明显减轻了邓××受迫的程度，因为'按倒'是持续的肢体侵犯，'推倒'只是瞬间的肢体接触——前者的强奸意味更浓，受害者持刀防卫的必要性当然也更大。"2009 年 5 月 22 日，《南方都市报》一篇题为《巴东县公安局局长分析案情》的报道中，也注意到了官方说法从"按倒"改为"推坐"："5 月 18 日，巴东县公安局发布邓××刺死官员邓贵×一案的情况通报，与之前表述不同的是：案发现场出现了两名服务员；邓贵×将邓××'按倒'变成'推坐'。这些变化引发了更大的舆论风波：为何有与之前表述不一的通告？"

由此，读者可以做如下推测。

一是公安局对这类涉及定性的词通常是很慎重的，这些改动说明公安局对事件双方所负责任有所调整。

二是改动后的内容对案件的定性有一定影响。

**(三)内容互文**

内容互文指的是互文本增加、归纳、删除、更改原文本(包括前互文本)，进行内容再述。

**1. 第一次报道**

第一次报道因为是根报道，所以没有受到其他文本的制约。① 报道共分为五个自然段：第一自然段讲事件发生的时间、地点、人物、过程、

---

① 当然，严格地说，在这一报道前，可能有作者走访过该案相关人士，相关人士的介绍与根报道也具有互文关系。只是从这一报道来看，在此之前没有官方的报道。

结果；第二自然段讲野三关派出所如何及时出警，领导如何重视；第三自然段讲县委书记、县长做出指示；第四自然段介绍死者与伤者的身份，以及如何和服务员邓某发生争执；第五自然段介绍邓某的身份。

**2. 第二次报道**

第二次报道是主篇章，这个报道跟第一次报道已经建立了互文关系。这从几个方面可以看出来：报道的单位是同一个单位，都是"巴东县公安局"；时间上有先后，第二个报道出现在第一个报道之后，符合互文的时间特征；内容相同，都是对该案的通报。

本报道也有五个段落，由于已有第一次报道，第二次报道的整体内容受到第一次报道的制约，具体表现出以下几点。

第一，出现"互文引导词"。第一段中出现两个"互文引导词"：一是"详见本网昨日报道"，这样便可简述；一是"5月12日上午，巴东警方介绍了调查结果"，再次强调本报道跟原文本的关系。

第二，省略互文。第一次报道第二段和第三段出现的"领导重视"的内容在第二次报道中没有再次出现。

第三，增加互文内容。第二段至第四段详述案件的经过，对比第一次报道，读者可以看出，第二次报道对案件的描述更为详细。

第一次报道中出现了"野三关镇招商项目协调办三名干部"字样，但只列举了两个人名"邓贵×、黄××"，第二次报道把第三个人的姓也列了出来。第二次报道中出现了原文本中没有出现的间接引语（"黄××听后很是气愤，质问邓××这是服务场所，不是'服务'的，在这里做什么"）和直接引语（"邓贵×插言道：'怕我们没有钱么？'"）。第二次报道新增部分描写："黄××便询问邓××是否可为其提供特殊服务。邓××回应，她是三楼KTV员工，不提供特殊服务。""邓贵×将邓××按在休息室的沙发上。邓××欲起身，再次被按住。""在邓××第二次被按倒在沙发上时，她随手拿起一把刀猛刺，邓贵×当即倒地，后在送往医院途中死亡。黄××见状大惊，欲上前去阻拦，不料也被刺伤。"

第四，启后互文。最后一段"目前，涉事娱乐场所已暂停营业，案件正在进一步办理之中"具有启后性，体现了本报道"初步查明"的特性，并为下一步报道做了铺垫。

**3. 第三次报道**

第三次报道是第一、第二次报道基础上的"最终案件报道"。报道分为两个部分：一是"基本案情"，二是"几点说明"。从互文来看，基本案情情况跟第一、第二次报道有重复互文（案发过程的描述），也有新增互文(如拿出钱来扇打邓××等)。这跟正常的对某个案件的定性报道没有大的区别。"几点说明"则完全属于新增内容。值得注意的是,人们对这里新增内容的理解通常是增加前两个报道没有提到的"直接描写这个案件的内容",而实际上这里的新增内容主要是公安局表明立场。

从三篇报道的内容互文中,读者可能会有以下三点体会。

一是符合一般对案情再报道的规律,几次报道的趋向是后者描述更加具体,内容更加丰富,通常改动之处以及新增内容是读者的看点。

二是与一般案件报道不一样的是,第二次报道出现了"几点说明"。这出乎一般读者的意料,因为一般的案情报道不需"另外说明",既然有了说明,总有作者的道理。这里的新增内容是建立在前面报道的基础上的,功能是给读者留下各种想象。

三是从字数看,第一次报道(727个字)和第二次报道(694个字)字数基本相等,第三次报道(1696个字)的字数比前两个报道的总和还多。它们对事件内容的报道字数相差不大,区别在于"几点说明"。

## 三、小 结

本节主要讨论和分析单一媒体的报道,具体来说,是分析巴东公安局对该案的三次通报。通过分析,我们看出,这三次报道联系很紧密。第二次报道是建立在第一次报道基础上的,第三次报道是建立在第二次和第一次报道基础上的。从互文角度来看,这三次报道构成了一个报道链。第二次和第三次报道中的微小变化,是作者精心安排的,细心的读者可以从中看出巴东公安局对案件观点、定性等方面的变化。

## 第三节 多元媒体报道

多元媒体报道主要考察不同媒体是如何体现互文的,也就是说,各自的报道在互文上有什么特点,哪些互文现象具有共性,哪些互文现象具有个性。

### 一、定义和特点

横向报道是由某个或几个报道引起的某个时间段内的一组报道,有以下几个特点。

其一，时间。在根文本出来后，某个时间段内对根文本的转载、评论、新的调查内容等。

其二，数量。至少有两篇不同媒体的报道。

其三，事件。对同一事件的报道。

其四，作者。作者通常不一样，媒体有各自的作者群，有时也会转报其他媒体的报道。

其五，模式。这里的模式指的是原文本（根文本）相同，不同媒体的报道就建立了主篇章和客篇章之间的关系。值得说明的是，这里的互文是从作者的角度来看的①，各媒体报道跟原文本的关系如图 5-2 所示。

图 5-2　多媒体互文本图

## 二、多元媒体报道类别

本节讨论的多元媒体包括以下几类：报纸、电台、电视、网站、手机报。这里有比较传统的媒体，如报刊、电台、电视，也有新兴媒体，如网站和手机报。我们以上述案件宣判书为原文本，看看不同媒体报道的不同特点。

例 1：

湖北省巴东县人民法院刑事判决书

[2009]巴刑初字第 82 号

公诉机关湖北省巴东县人民检察院。

被告人邓×××（又名邓××、××），女，1987 年 7 月 11 日生于湖北省巴东县，土家族，初中文化程度，巴东县野三关镇雄风宾馆服务员，住巴东县野三关镇木龙垭村 10 组。因本案于 2009 年 5 月 11 日被刑事拘留，同年 5 月 26 日被监视居住。系部分刑事责任能力人。

① 娄开阳、徐赳赳：《新闻语体中连续报道的互文分析》，《当代修辞学》2010 年第 3 期。

法定代理人张××，女，1965 年 6 月 1 日出生于湖北省巴东县，土家族，农民，住湖北省巴东县野三关镇竹园淌村 7 组。系被告人邓××之母。

辩护人汪少鹏，湖北立丰律师事务所律师。

辩护人刘刚，湖北诚业律师事务所律师。

巴东县人民检察院以巴检刑诉字[2009]第 58 号起诉书指控被告人邓××犯故意伤害罪，于 2009 年 6 月 5 日向本院提起公诉。本院审查受理后，依法组成合议庭，于同月 16 日公开开庭审理了本案。巴东县人民检察院指派检察员许雪梅、杨玉莲出庭支持公诉。被告人邓××及其法定代理人张××以及邓××的辩护人汪少鹏、刘刚到庭参加诉讼。本案经合议庭评议并提交本院审判委员会讨论决定，现已审理终结。

巴东县人民检察院起诉指控：2009 年 5 月 10 日晚上 8 时许，邓贵×、黄××等人酒后到巴东县野三关镇雄风宾馆梦幻城玩乐。黄××要求宾馆服务员邓××为其提供异性洗浴服务，遭到拒绝。邓贵×、黄××为此对邓××进行拉扯、辱骂。邓贵×拿出一沓钱向邓××炫耀并扇打邓××面部和肩部。在梦幻城服务员罗某某和阮某某等人的先后劝解下，邓××两次欲离开房间，均被邓贵×拦住并推倒在沙发上。倒在沙发上的邓××朝邓贵×乱蹬，将邓贵×蹬开，并从随身携带的包内掏出一把水果刀藏于身后，站立起来。当邓贵×再次扑向邓××时，邓××持刀朝邓贵×刺击，致邓贵×左颈、左小臂、右胸、右肩受伤。黄××见状上前阻拦，被邓××刺伤右肘关节内侧。邓贵×因伤势严重，经抢救无效死亡；黄××所受伤情经鉴定为轻伤。案发后，邓××主动向公安机关投案自首。经法医鉴定，邓××为心境障碍（双相），属部分（限定）刑事责任能力。

（略）

……依照《中华人民共和国刑法》第二百三十四条、第十八条第三款、第二十条第二款、第六十七条第一款和《最高人民法院关于处理自首和立功具体应用法律若干问题的解释》第一条规定，判决如下：

被告人邓××犯故意伤害罪，免于刑事处罚。

如不服本判决，可在接到判决书的第二日起十日内，通过本院或直接向湖北省恩施土家族苗族自治州中级人民法院提起上诉。书面上诉的，应提交上诉状正本一份、副本两份。

审判长 姜　涛

审判员 罗桂香

代理审判员 覃方平

二〇〇九年六月十六日

书记员 李小艳

（公章）

### （一）报　纸

在我们讨论的这些媒体中，报纸可能是历史最悠久的。[①] 报纸便于携带，对阅读环境要求不高，是人们常见的、接受较广的媒体。该案在 2009 年 6 月 16 日宣判，17 日各家报纸刊登了这一令人关注的消息。表 5-5 是我们收集到的四份报纸上有关该案宣判的标题：

**表 5-5　四份报纸上的报道题目**

| 报纸 | 时间 | 题目 |
|---|---|---|
| 《人民日报》 | 2009 年 6 月 17 日 | 邓××案作出一审判决 邓××被免予刑事处罚 |
| 《中国青年报》 | 2009 年 6 月 17 日 | 邓××案一审免予处罚（7 版） |
| | | 专家解读邓××案一审判决（7 版） |
| 《广州日报》 | 2009 年 6 月 17 日 | 邓××已成自由身（A9 版） |
| | | 邓××案：民意助推司法公正（A15 版） |
| 《京华时报》 | 2009 年 6 月 17 日 | 邓××获释（头版） |
| | | 法医鉴定为心境障碍属部分刑事责任能力：邓××免予刑事处罚（A21 版） |
| | | 法学家详解判决从宽三情节（A21 版） |

下面，我们分析一下《京华时报》的互文情况。

### 1. 形式互文

形式互文指的是采用什么方式进行互文。在这里，《京华时报》采用两种形式互文：一是分两个版面，二是分三篇报道。

分两个版面表现出编者的别具匠心。第 1 版的大幅照片，配以"邓××获释"几个大字的说明，让读者一眼就能看到该案的宣判结果。而这个消

---

① 据百度百科，1609 年，索恩在德国出版了《艾维苏事务报》，每周出版一次，这是世界上最早定期出版的报纸。

息，正是读者最想知道的。

　　A21 版是一张照片、两篇文章。第一篇的题目是《法医鉴定为心境障碍属部分刑事责任能力　邓××免予刑事处罚》(注意，"法医鉴定为心境障碍属部分刑事责任能力"是第一行，小字；"邓××免予刑事处罚"是第二行，大字，黑体)。第二篇的题目是《法学家详解判决从宽三情节》。这两篇报道是为想了解更为详细的情况的读者安排的。

　　**2. 内容互文**

　　《京华时报》第 1 版的报道配以大幅照片，非常醒目，下面的解释词共四行："昨天庭审结束后，邓××(左)与母亲走出法庭。当日，湖北省巴东县人民法院一审公开开庭审理了'邓××案'，并做出一审判决。被告人邓××故意伤害致人死亡，其行为已构成故意伤害罪。案发后，邓××主动向公安机关投案，如实供述罪行，构成自首。据此，依法判决对邓××免予刑事处罚(详见 A21 版/各地·社会)。新华社记者郝同前摄。"这几行字分两个部分，第一个部分是报道审理案件("昨天庭审结束后……并做出一审判决")，跟原文本的判决书没有直接关系，而是间接关系。这部分我们可暂且称为"背景互文"，指的是介绍跟例 1 判决书有关的背景知识。第二部分("被告人邓××故意伤害致人死亡……免予刑事处罚")可视为"要点互文"，即对判决书这一客篇章的内容进行要点归纳。

　　A21 版第二篇报道主要分两个部分。第一部分是第一自然段，属于背景互文："据新华社电　湖北省巴东县人民法院 16 日上午一审公开开庭审理了'邓××案'，并做出一审判决，对邓××免予刑事处罚。"第二部分(第二至第四自然段)是案件过程、判决结果，这部分属于"缩写互文"：判决书原文 5600 字，而第二部分 560 字。

　　A21 版第三篇报道题目是马克昌教授对判决书的分析，也是对新华网文章的转载，但在前面有个背景互文："据新华社电　巴东县'邓××刺死官员案'16 日上午经巴东县法院一审宣判，邓××的行为构成故意伤害罪，但免予处罚。就此，中国著名法学家、中国法学会刑法学研究会名誉会长、武汉大学法学院教授马克昌接受了记者专访，对此案进行了法律解读。"新华社记者的三个题目是：邓××的行为为什么被定性为故意伤害罪？被告人邓××为了制止邓贵×侵害的防卫行为，有人认为是正当防卫，法院判决认定为防卫过当，您认为怎样认定是正确的？被告人邓××构成的故意伤害罪，法定刑是很重的，为什么判处免予处罚？从这篇报道的性质来看，它是对原文本的一种介绍，可被看作解释互文。

### (二)电　台

电台是用声音传播的，人们可以用收音机收听。现在，收音机已成为普通的传媒工具。

例2是北京广播电台对该审判结果的报道，广播的文字取自广播电视网。

例2：

主持人：以博客的眼光看世界。收音机前的听众朋友晚上好，欢迎收听北京新闻广播《博闻天下》节目，我是主持人玉昆。在这个节目里，我来陪大家一起读博客、看博客、聊博客。北京新闻广播《博闻天下》在新浪网和北京广播网都建有官方博客，您除了可以收听我们的节目之外，还可以在我们的官方博客上了解到我们这个节目更多的内容和信息；您可以登录新浪网 www. sina. cn，在"草根名博"首页的"草根互动"专栏进入我们的官方博客；您也可以登录北京广播网 www. rbc. cn，在博客网页找玉昆的博客空间。

今天的节目我们会关注哪些主要内容呢？邓××一案，一审判决究竟是舆论的胜利还是司法的公正结果？(略)以上内容今天我们的《博闻天下》来共同关注。

各位，今天我们的博客头条要关注一件杀人案。民间有一句俗话叫作"杀人者偿命"。的确，如果你剥夺了他人的生命权，在一般情况下，必然要付出沉重的代价。杀人不偿命，这样的情况只发生在战争期间的军事行动中，或者在警察公务人员执行公务过程中，或者一些特殊的情况。今天我们要讲到的这个杀人案中，被告杀人的事实是清楚的，而且也被判有罪，不过却被免予刑事处罚，这又是怎么回事呢？湖北省巴东县人民法院16日上午一审公开开庭审理了近一段时间以来媒体进行了系列报道、舆论广泛关注的邓××杀人一案，并且做出了一审判决。(略)

巴东县人民法院经审理后认为……

一个月以来，大家非常关注、在媒体上引发强烈的争议的邓××杀人一案，以这样的一个结果暂时告一段落：邓××即将走出法庭，继续她的青春生活。在网络上，大家对这个案件的判罚也是各有意见。有人欢呼这是民意和舆论的胜利；也有人说，这是法律的胜利；还有人讲到说，这是一次舆论的审判，是法律的悲哀。究竟应该如何看待邓××一案一审判决的结果呢？收音机前的朋友，您对此事怎么看的？邓××一案是舆论的胜利还是司法公正的结果呢？您对此有什么意见？您可以跟我们一块儿来交流，发送手机短信到10628821828。现在我们通过电话连线一位法律界的资深人士、著名律师彭彪先生。彭律师，您好！

彭彪：听众朋友，大家好！

主持人：邓××一案，一个多月以来，大家都特别关注，大家觉得强弱对比比较鲜明。

（略）

主持人：欢迎继续收听北京新闻广播《博闻天下》节目，我是玉昆。刚才有很多朋友就邓××一案的审判结果也发表了自己的评论。手机尾号3245的朋友说，邓××做得好，坚决支持她，不然还有正义可言吗？手机尾号6536的朋友说，为邓××叫好，这是当代女性的骄傲。关于邓××案件的情况，我们暂时告一段落。

例2是广播稿，这期节目除了邓××案外，还有其他内容，但把邓××案列为头条。

涉及邓××的内容互文分三个方面。一是缩写互文，简述该案的宣判结果及简单地回顾案件。二是评论互文，对该案宣判的各个方面进行评论。形式是主持人提问，嘉宾彭彪回答。三是互动互文，即在广播的同时，听众通过手机和主持人互动。这一点是报纸无法做到的。

（三）电　视

电视这一媒体的主要特点是有视频，有声音，这跟报纸有很大不同；但报纸便于携带。

该案宣判后，多家电视台对判决做了报道，如"CCTV新闻""CCTV1""东方卫视""BTV新闻""凤凰卫视"等。下面是根据北京电视台的《新闻晚高峰》（2009年6月16日）报道进行的转写（1分46秒）。

例3：

（男主播桑朝晖）湖北省巴东县人民法院上午公开审理了备受各界关注的邓××案，并做出一审判决。

（女播音）八东县人民法院审理查明，2009年5月10日晚，邓贵×、黄××等人酒后到该县野三关镇雄凤宾馆梦幻娱乐城玩乐，黄××强迫宾馆女服务员邓××陪其洗浴遭到拒绝。邓贵×、黄××极为不满，对邓××进行纠缠辱骂。在服务员罗某等人的劝解下，邓××两次欲离开房间，均被邓贵×拦住，并被推坐在身后的单人沙发上。当邓贵×再次逼近邓××时，被推坐在单人沙发上的邓××从随身携带的包内掏出一把水果刀，起身朝邓贵×刺去，致邓贵×左颈、左小臂、右胸、右肩受伤。一直在现场的黄××上前对邓××进行阻拦，被刺伤右肘关节内侧。邓贵×经抢救无效死亡，黄××受轻伤。巴东县人民法院认为，邓××在遭受邓贵×、黄××无理纠缠、拉扯推搡、言词侮辱等不法侵害的情况下，实施的反击行为具有防卫限制，但超过了必要限度，属于防卫过当，已经构成故意伤害罪。因案发后邓××有自首情节，且经法医鉴定，邓××为心境障碍(双相)，所以属部分(限定)刑事责任能力。据此，依法判决对邓××免予刑事处罚。

[字幕：北京师范大学教授李希慧]

(李希慧)属于防卫过当啦，但是毕竟是基于防卫过当造成这么一种情况。防卫过当根据这个刑法来规定就是应当减轻。再一个是控制能力、行为能力降低了，她跟正常人的能力还是有区别的。

(女播音)此前，黄××已被公安机关治安拘留，梦幻娱乐城已被依法查封，其相关责任人正在被依法查处之中。北京台报道。

从这两次报道中，我们可以看出北京电视台采用了以下几种互文手段。

**1. 文字互文**

文字互文指互文本是文字。节目中，桑朝晖和女播音讲话时，画面上没有相应的文字出现。但在李希慧讲话时，屏幕上有字幕。可能的情况是，北京电视台考虑到个人说话有地方口音，配以文字，收看者能更加清楚地了解李希慧说话的内容。

**2. 声音互文**

声音互文指用声音来再现原文本的某些内容。声音是电视媒体的一大特征，北京电视台在报道该案时就出现了三个人的声音：一是男主播桑朝晖的声音；二是女播音的声音(由于没有显示字幕，观众无法判断这位播音员是谁)；三是李希慧教授的声音。男主播的话是背景互文，向观众介绍下面要播的内容；女播音介绍的案件跟判决书中的内容相差不大。

**3. 视频画面互文**

视频画面互文指用视频画面再现原文本中的某些内容。视频画面也是电视的一大特征，北京电视台在报道该案时，不断出现有关整个案件的人物、地点、物件(警车等)视频等。

在 6 月 16 日节目播出后,第二天(6 月 17 日),北京电视台在《北京您早》栏目中,又报道了此案(共 2 分 46 秒)。这次在案件报道上跟 16 日的报道没有什么区别,但评议人换了,请的是北京岳成律师事务所的岳岫山,评议的内容跟李希慧教授差不多。17 日的视频画面也与之前的大致相同,但增加了几幅现场模拟情景画。

### (四)网 站

网站是随着电脑的发展而发展起来的,在中国,电脑进百姓家也就最近十几年的事。现在,网站在媒体中占有越来越重要的地位。从新闻报道的角度来看,常见的网站报道有三种:一是网站页面;二是网站快讯;三是网站视频。

#### 1. 网站页面

网站页面指网站中列出的新闻。由于网站的内容更换比较方便,对一些热点新闻,有的网站进行"滚动"播出,也就是尽快更换新信息。该案一宣判,各大网站大多当天就做了报道。

网站页面报道的互文特点有三个。

其一,图片互文。图片互文指的是用图片反映客篇章的某个内容。图片通常跟所报道的主题密切相关。有时,照片能从某个角度显示、暗示、解释主题。例如,编者会在照片下面添加一段对照片的说明,使读者更清楚地理解照片所显示的内容。

其二,内容互文。内容互文采用两种方法,一是简述宣判书内容,共两个自然段。二是在自然段后面有"【1】【2】【3】【4】【5】"及"下页"标记,这些标记表示如果点击,即有五部分更为详细的信息。这些标记都可看成"互文引导词"(互文引导标记)。

其三,题目互文。为了使读者全面了解该案的来龙去脉,有网站在"邓××案始末"下列出 11 篇文章的链接,时间是从 5 月 15 日至 6 月 16 日。读者可以推测出作者看过这些文章,收集后列出,供读者阅读,从而使读者通过互文对整个事件的来龙去脉有更为清晰的了解。这些题目是原文的题目,这种互文方式可看成题目互文,点击题目就能看这些文章的全文。

顺便提一句,由于网站中的文字可以采用各种颜色,所以网页中的文字也采用不同的颜色,以突出某些内容。

#### 2. 网站快讯

网站快讯有两种情况:一种是"迷你首页",刚上网时便在显示器上跳出来；另一种是"快讯"，随时跳出。

QQ是使用人数甚广的一款软件，可以视频交谈，可以发文件和图片，功能很多。每次登录QQ，屏幕上便会弹出"腾讯网迷你首页"，内容分五类：新闻、财经、娱乐、体育、汽车。每一类都列出标题，但重要的通常放在上面，颜色字体可以有所变化。例如，当日第一条消息是"邓××刺官案今日一审开庭"，用红色标出，字体明显比下面的其他消息大几号。下面的小标题是"鉴定称邓有心智障碍，作无罪辩护""更多"。这是网络通常使用的互文方式：只列出标题，需要详细阅读的读者点击标题，便可获得更多信息。值得注意的是，快讯可以选择"提醒设置：有新闻更新时提醒我"，如果选了，那么新闻就是动态的，有新内容会及时通知读者。

除了QQ外，"飞信""MSN""Skype"等软件都有相似功能。

快讯类跟迷你首页有四个明显的不同。一是并非首次联网时跳出，而是在联网的情况下随时自动跳出。二是提供最新的消息。既然是"快讯"，自然是抢时间报道。通常迷你首页还没来得及更新，快讯已经出现在读者的屏幕上了。三是提供单一消息。迷你首页有多条消息，快讯只有一条。四是编排比较灵活，如"skype Tom新闻热点快报"有题目（用红色），有四行内容，如果拉下拉杆，内容会更多。如果点击，可能有更详细的内容。QQ的快讯没有题目，共四行，高度概括内容。最后是"详情请点击"，点击便可获得更详细的内容。

**3. 网站视频**

随着网络传输速度的加快，网络视频已经很常见了。由于该案广受关注，有些网站除了提供该案一审判决的视频外，还提供相关背景视频。

视频网站可以自己做节目，也可以转播其他视频，电视的部分功能在视频网站上已经开始实现。这种通过视觉上获得的互文方式，使人印象深刻。可以预测，随着电脑技术的发展，视频网站将会吸引越来越多的观众。

**（五）手机报**

手机报是随着手机的出现和普及而发展起来的，由报纸或网站创办。例如，《京华时报手机报》就是《京华时报》办的，通过短信即可订阅，非常方便，内容基本是《京华时报》刊登的相对重要的消息。

手机报长度有限，所以常采用"缩写互文"，也就是说，从原文本中摘录、总结重要内容，组成互文本。

下例是《贵州手机报》的报道。

例 4：

2009 年 6 月 16 日　19：45：17

邓××今一审　被判免除处罚

备受瞩目的"邓××刺死官员案"今日在湖北巴东县法院一审结束。法院宣判：邓××的行为构成故意伤害罪，但属于防卫过当，且邓××属于限制刑事责任能力，又有自首情节，所以对其免予处罚。

由于手机报容量有限，有时还配照片，因此，以词汇表达的内容就不可能太长。在例 4 中，题目分两行，共 12 个字；内容是一个复句，共 88 个字（原文本是 5605 个字）。

## 三、小　结

本节我们把判决书看成客篇章，把不同媒体报道的判决书内容看作主篇章。我们分析了五种常见的媒体互文方式。每个媒体都有自己的特点，这是某种媒体存在的基础。如果我们通过媒体传播的手段来看互文，常见的是四种：文字互文（互文本的表现形式是文字）、声音互文（互文本的表现形式是声音）、视频互文（互文本的表现形式是视频）、图片互文（互文本的表现形式是图片）。表 5-6 是五种传媒采用的互文手段：

表 5-6　多元媒体在互文中的体现

|  | 报纸 | 电台 | 电视 | 网站 | 手机报 |
|---|---|---|---|---|---|
| 文字互文 | + | − | + | + | + |
| 声音互文 | − | + | + | +/− | − |
| 视频互文 | − | − | + | +/− | + |
| 图片互文 | + | − | + | + | + |

表 5-6 中，"+/−"表示在一定条件下这种互文表现手段才能实现。例如，在网站栏中，大多是文字表现，"声音互文"和"视频互文"的实现需一定条件。如果把录音、视频放到网上，读者通过一定的软件就能听到声音，看到图像。随着科学技术的发展，可以预测，媒体的互文表现形式将越来越趋于便捷。

## 第四节　结　语

　　单一媒体对某个事件连续报道，从互文角度来看就是一个互文链。互文链由根报道和子报道组成。根报道就是原文本，子报道就是主篇章。有的主篇章具有两重功能，虽然是先前报道基础上的报道，但是有可能成为下一个报道的"客篇章"。另外，报纸的互文手段包括缩写、摘编、更改、删除等。

　　在多元媒体中，我们讨论了五种常见的媒体：报纸、电台、电视、网站和手机报。每一种媒体都有自己的报道特点：有的以声音见长（电台），有的以文字为主（报纸），有的表现出综合特征（电视、网站），有的是随互联网出现而出现的新手段（手机报）。从媒体的传播形式来看，主要有四种互文形式：文字互文、声音互文、视频互文和图画互文。这四种互文形式在不同的媒体中有不同的表现。

# 第六章　翻译中的互文

## 第一节　引　言

　　本章讨论翻译中的互文。我们把原文（source language）和译文（target language）之间的关系看成互文的关系，也就是把原文看成"客篇章"（"原文本"），把译文看成"主篇章"（"译文本"）。我们在前几章讨论的互文，都是讨论同种语言中篇章和篇章之间的互文现象，暂称"单语互文"。本章讨论的是不同语言之间翻译的互文现象，暂称"翻译互文"或"双语互文"。

　　本章的重点不是讨论翻译的技巧，如加注，释义，增词，减词，转换（词类转换、句子成分转换、表达方式转换、自然语序与倒装语序转换、正面表达与反面表达转换、主动式与被动式转换、分句转换等），归化，切分，合并等，也不是讨论翻译理论，如严复的"信、达、雅"①，傅雷的"传神论"②，钱锺书的"化境"说③，许渊冲的"三美"④，吕叔湘的"平实和工巧论"⑤等，本章的重点是原文本和译文本之间的互文关系。

　　法拉扎德（Farahzad）认为，翻译涉及两个文本：一个是原始篇章（prototext），也就是原文本；另一个是元篇章（metatext），也就是译文本。这两个文本分别构成了两个不同层次的互文：第一个层次是"本土性"（local）互文，指的是原文本与本地其他语言文本之间的互文关系，即原文本在写作过程中与本土已有文本之间的互文关系；第二个层次是

---

① 张万防、黄宇浩：《翻译理论与实践简明教程》，武汉，华中科技大学出版社，2015，第 14 页。

② 〔法〕巴尔扎克：《高老头》，许渊冲译，郑州，河南文艺出版社，2014，第 304 页。

③ 中国对外翻译出版公司：《翻译理论与翻译技巧论文集》，北京，中国对外翻译出版公司，1983，第 125 页。

④ 许渊冲：《翻译的艺术》，北京，五洲传播出版社，2006，第 73 页。

⑤ 吕叔湘：《吕叔湘全集》第 14 卷，沈阳，辽宁教育出版社，2002，第 204 页。

"全局性"(global)互文，指的是译文与原文之间的互文性。①

韦努蒂认为，翻译互文包含三种互文关系，第一种是原文本与其成文前已经存在的本语言或其他语言文本之间的互文关系；第二种是外语篇章与翻译篇章之间的互文关系；第三种是翻译篇章与翻译语言文本或同时代其他语言文本之间的互文关系。我们可以用英文版《飘》解读韦努蒂的观点：第一种互文，《飘》作为英文文本，与其同时代英语作品或其他语言作品存在一种互文关系；第二种互文，《飘》的英文版与《飘》的中文版存在互文关系；第三种互文，《飘》的中文版本与同期其他中文作品、其他语言的作品也存在互文关系。②

全世界语言众多，表现形式各异，本章举的例子主要是英语和汉语之间的翻译互文。

## 第二节　翻译互文的原则

跟同语互文不同的是，翻译互文是两种语言间的互文，体现出一些具有倾向性的原则，如信息流失原则、再创造原则、一比多原则。

### 一、信息流失原则

信息流失原则，指的是一种语言被译成另外一种语言后，原文本的一些信息流失了。我们这里讲的信息流失，主要指下列四种信息：承载信息、形式信息、语音信息与表达信息。

**(一)承载信息**

承载信息指依附于某种语言的信息，或者某种语言所承载的信息。

马会娟介绍了替默斯库(Tymoczko)的观点："读者阅读一部作品或者一篇文章时，文本的多重意义自然能够唤起读者对文本所在的整个文化领域(如风俗习惯、法律、物质条件和文学规范等)的联想，而翻译并不能够全部再现这些信息。"③朱长河在介绍哈里森(Harrison)《当语言死

---

① Farahzad，F.："Translation as an intertextual practice"，*Perspectives*：*Studies in Transla-tology*，2009，3-4，p. 125.
② Venuti，L.："Translation，Intertextuality，Interpretation"，*Romance Studies*，2009，3，p. 158.
③ 马会娟：《当代西方翻译研究概况——兼谈 Maria Tymoczko 的翻译观》，《中国翻译》2001年第 2 期。

去》(*When Languages Die*)①一书时，介绍了他在书中的观点："使用这些语言的民族由于活动范围受到限制，其生活对某一特定环境更为贴近，他们的语言因而包含了更为丰富的'人类—环境'互动知识，可以给生活在那里的人们提供更多的帮助。这些地理知识一旦在转译过程中丧失，将很难得到恢复，就像人们一旦熟悉了现在的地图鸟瞰图后就很难恢复原来'幼稚的'绘图技能一样。"②替默斯库提到的"整个文化领域的信息"，哈里森所讲的"地理知识"，都是我们这里谈的承载信息的一部分。

每种语言都有其潜在的语言特性，包括该语言的历史、文化、习俗、演变、使用范围等涉及语言的各种因素。整体而言，这些因素与其他语言有所不同，或者说，这是一种语言区别于另一种语言的隐性要素，即潜在的信息。这种潜在的信息无法直接表现在口语和书面语中，但母语的使用者能体会到。如果一种语言被译成另一种语言，以书面语为例，至少文字本身所带有的这些潜在信息会有部分流失。

**(二)形式信息**

形式信息指的是不同语言的书面语在视觉上的不同形式。在原文本变为译文本后，原文本中这种形式信息就有可能流失。

哈蒂姆和梅森介绍了阿勒萨法迪对翻译的看法："第一，认为在希腊语和阿拉伯语这两种语言中，所有词项均存在一对一的对应，这是错误的。第二，一种语言的句子结构并不与另一种语言的句子结构相对应。"③也就是说，原文本和译文本在"词项"和"句子结构"两个方面是不对应的。

汉字是表意文字，汉语是声调语言。熊文华在《汉英应用对比概论》中认为，汉字有点、横、竖、撇、捺五种基本笔形，同时兼具字素、字、语素、词、语音和语义等多种功能。英文是拼音文字，英语是非声调语言。英语中共有 26 个字母，英文字母在组合成词之前都是纯粹的表音符号。汉字字形和英语的拼法建立在各自语音特点和语言结构基础上。汉字中有很多同音字、拆字、象形字等，许多学者认为汉英两种文字其实是无法互译的。刘岚提到的"无法互译"，也就是我们这里讲的原文本经

---

① Harrison, D.: *When Languages Die*: *The Extinction of the World's Languages and the Erosion of Human Knowledge*, Cambridge, Cambridge Press, 2007.

② K. Harrison、朱长河：《〈当语言死去：语言灭迹与人类知识的侵蚀〉介绍》，《当代语言学》2011 年第 3 期。

③ Hatim, B. and Ian Mason: *Discourse and the Translator*, London and New York, Longman, 2001, p. 7.

过翻译，成为译文本后，很多形式上的信息流失了。[①]

例1：

Paul will go to Los Angeles.
保罗将去洛杉矶。

我们看到，"Paul will go to Los Angeles"这个句子的形式表现，与译文"保罗将去洛杉矶"不一样。这种形式上的不同体现在以下几个方面：原文是拼音文字，译文是方块字；原文整个句子中每个字之间有空格，译文没有；原文中"Paul"是一个字（word），而译文是两个字；原文中"Los Angeles"是两个字，译文是三个字；原文句子所占空间的长度较长，译文的较短；原文的句号是一个点，译文句号标点是一个空心小圈。从信息的角度来说，原文所得到的这些形式上的信息，跟译文的形式信息是不一样的。也就是说，原文中的一部分形式信息流失了，两种文字在形式上的不同造成了视觉上的不对等。

**（三）语音信息**

一种语言区别于另外一种语言，读音是主要特征之一。例如，例1中的原文和译文，两者的读音就不相同。一种语言译为另一种语言后，译文本如果读出来，就失去了原文本的读音。当然，有时为了特殊需要，译文会注出某个字或某个词的读音。还有一种是有些单词是"音译"，两者发音可能一样，也可能相近。但从整个译文来说，它已经失去了原文语音系统的信息，有语音上的流失。

**（四）表达信息**

表达信息指的是具体句子所表达的意思。一种语言所表达的意思被译成另一种语言，有时会造成意义的流失。

例2（a）：

Paul will go to Los Angeles.

例2（b）：

Paul is going to Los Angels.

例2(c)：

保罗将去洛杉矶。

例2(a)和例2(b)都可以翻译成例2(c)，如无特殊要求，例2(c)是合格的译文本。但在表达的意思上，原文本例2(a)和例2(b)还是有区别的。

例3：

be going to 与 will 两者都可表示将要发生的事、将要去做某事，但它们有如下几点区别。

(1)be going to 表示近期、眼下就要发生的事情，will 表示的时间则较长一些。

(2)be going to 表示主观上判断将来肯定发生的事情，will 表示客观上将来势必发生的事情。

(3)be going to 含有"计划，准备"的意思，will 则没有这个意思。

(4)在有条件从句的主句中，一般不用 be going to，多用 will。

例3所讲的这四点区别，在例2(c)里没有表达出来。

在这里，我们还要说明几点。一是表达信息的流失会有程度的区别，有的译文本流失得多点，有的流失得少点。二是原文所含的某些"意义"，有时是"无法"表达出来，有时是"没必要"表达出来。三是表达信息跟承载信息的不同之处在于，承载信息是整个语言所承载的信息，因此是宏观的、抽象的，具有长久性；而表达信息指某个具体的原文本所具有的信息，相对来说是微观的、具体的，具有临时性。

## 二、再创造原则

再创造原则，指的是译文本对原文本的创造。译者在翻译过程中，有时会注入一些原文本中没有的信息，这就是再创造。在再创造过程中，创造的内容是不同的。前文我们提到了四种信息，对承载信息和形式信息来说，译者只能遵循两种语言的规律进行再创造，也就是把一种语言变为另一种语言。这种再创造遵循客观的因素多点，人的主观性相对少些。对语音信息和表达信息来说，再创造就是指译者在翻译时加上自己的思路。

### (一)再创造的必要性

许渊冲在讨论译诗时说："译诗是有得失的，如果得不偿失，那就应

该以创补失。"①他用图来说明得、失、创的关系(见图 6-1):

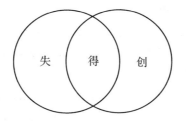

图 6-1 许渊冲的"得、失、创"图

他对图 6-1 的解释是:"左边的圆圈代表原诗,右边的圆圈代表译诗,两个圆圈交叉的部分就代表译诗所得,左边的新月代表译诗所失,而右边的新月却代表译诗所创。"②

他是这样来解释他的"创"观的:

> 如杜甫《登高》中的名句:"无边落木萧萧下;不尽长江滚滚来。"几乎所有人都认为不可译,因为"落木萧萧"三个草头,"长江滚滚"三个三点水,"萧萧""滚滚"又是叠字,这种形美和音美如何能传达呢? 其实,创译法就可以化不可能为可能,如下面的译文:
> The boundless forest sheds its leaves shower by shower;
> The endless river rolls its waves hour after hour.
> 原诗的"无边"和"不尽"对仗工整,译文"boundless"和"endless"也是遥遥相对;原诗"萧萧"是叠字,译文也重复了"shower",并且和"萧"音似;原诗三个草头,译文也有三个词是"sh"的头韵,原诗有三个三点水,译文也有两个词是"r"的头韵。③

许渊冲讲的"创",类似我们谈的语音信息和表达信息的再创造。按照信息流失的思路,即使不是诗词翻译,一般的记叙文翻译也会有"失"。当然,信息流失有程度上的区别,翻译诗时,相对其他体裁,流失的信息可能更大些。同理,"创"也有程度上的区别,它能挽救一些"失",但无法挽救所有的"失"。正如秦文华所说的:"任由作者多么希望自己的文本能够被极为忠实地传达(假如作者真有这样的奢望的话),也任由译者

① 许渊冲:《翻译的艺术》,北京,五洲传播出版社,2006,第 13~14 页。
② 许渊冲:《翻译的艺术》,北京,五洲传播出版社,2006,第 14 页。
③ 许渊冲:《翻译的艺术》,北京,五洲传播出版社,2006,第 14 页。

多么的努力，译作也不可能是原来的样子了。"①

**（二）再创造的可能性**

再创造的可能性在于再创造的基础。黄文英用图 6-2 表现原作、译者和译作所具有的三种基本因素：所处社会文化历史背景；个人因素；语言和语言表达水平。

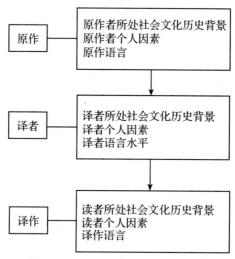

图 6-2　原作—译者—译作关系图②

黄文英认为从原作开始，通过译者，再到译作，这三个环节都会受到各自特点的影响。如果对译者进行进一步分析，按袁智敏对前人观点的总结，则译者不仅是"译者"，而是充当了三个角色：读者、阐释者和作者（见图 6-3）。

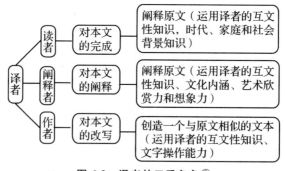

图 6-3　译者的三重角色③

①　秦文华：《翻译研究的互文性视角》，上海，上海译文出版社，2006，第 115 页。
②　黄文英：《互文性与翻译教学》，《东南大学学报（哲学社会科学版）》2006 年第 3 期。
③　袁智敏：《导游翻译的互文性研究》，《浙江旅游职业学院学报》2008 年第 4 期。

正因为译者同时兼有这三种角色,所以为再创造文本打下了基础。

在读译文本时,有些再创造的成分是显性的,读者能感觉到。例如,读者在英译文本中看到"三个臭皮匠,顶个诸葛亮",会意识到原文的国家并没有"诸葛亮",可能是有类似的说法。如果懂英语,读者可能会想到"Many heads are better than one"或"Collective wisdom is greater than a single wit"。这样,读者就会意识到这里有译者的"再创造"因素。有些再创造是隐形的,源于上文谈到的诸多因素,读者这时可能无法意识到再创造的方方面面。

### 三、一比多原则

一比多原则指原文本是单个互文本,通过翻译,能得到多个互文本。我们先看单个词和词组翻译的例子,再看句子翻译的例子,最后看整个篇章的例子。

**(一)词和词组**

三种情况常会造成一比多现象:一是词典里的多个词项;二是新词的出现;三是进入语境的词。

**1. 词　项**

英语名词"sun",通常译为"太阳"。如果只有这一种译法,那就是一对一。事实上,根据词典的解释,"sun"是"一",汉译文有 10 个,是"多"。

例 4:

　　1. 日,太阳。

　　2.【天文学】恒星。

　　3. 阳光,日光;有阳光处。

　　1. 太阳图形,太阳图像,太阳状装饰物。

　　5. 太阳热;太阳能量。

　　6. 太阳般光辉夺目的人(或事物)。

　　7. 荣耀;光辉。

　　8. [诗歌用语]地方,风土。

　　9. [古语](一)月;(一)年,地球环绕太阳的公转。

　　10. [古语]日出;日落。

**2. 新　词**

来看一个新词翻译的例子。

2012 年 2 月 8 日，重庆市政府新闻办通过官方微博发布消息称，副市长因长期超负荷工作，"精神高度紧张，身体严重不适，经同意，现正在接受休假式的治疗"。两天后，香港《大公报》刊登了一篇文章，题目是《英译"休假式治疗"难倒外媒》：

> 从 2 月 8 日开始，一个名为"休假式治疗"的新词在内地变成热门词汇，同时迅即成为外国媒体关注的热点。值得一提的是，"休假式治疗"的英文翻译竟出现多个版本。路透社译作"vacation-style therapy"；《卫报》和《时代周刊》译成"vacation-style treatment"；BBC 译成"holiday-style medical treatment"；日本媒体则几乎不需要翻译地写成"休暇式治疗"。"休假式治疗"一词的英文翻译在微博上引起热议，网友纷纷感叹中华文化的博大精深。

《大公报》提到的"休假式治疗"是"一"，其对应的英语译文则是"多"（见图 6-4）：

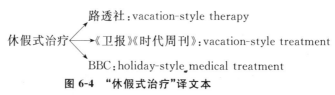

路透社：vacation-style therapy
休假式治疗 ———《卫报》《时代周刊》：vacation-style treatment
BBC：holiday-style medical treatment

**图 6-4　"休假式治疗"译文本**

当然，这个词可能还有别的译文本。这个新词如果用得多了，为了读者的方便，可能对应的英译文会趋向大家都接受的一个译文本。

**3. 语　境**

在进入语境的词中，一比多的现象表现得更为充分。

对英语动词"die"（"一"），词典列出不及物动词三个词项，及物动词两个词项，共五个词项（"多"）：死亡，凋零，熄灭；死，死于。

但是，如果进入语境，也就是进入篇章，"die"这个词就有了更多翻译的余地：

> "死"一词及其扩展语义，在汉语有诸多说法，如"亡、故、殒、夭折、中殇、谢世、作古、涅槃、坐化、入寂、圆寂、逝世、辞世、与世长辞、寿终正寝、命归黄泉、一命呜呼、蹬腿、咽气、上西天、百年之后、殁了"等。古汉语中对不同封建等级人的死亡也有不同的说法，如"崩、薨、卒、无禄、殪"等，现代汉语中又出现了"见阎王、见

上帝、见马克思、心脏停止了跳动、停止了呼吸、停止了思想"等说法。①

下例是同一个词("一")进入不同的语境产生的不同理解("多"):
例 5:

> 一外国人苦学汉语十年,到中国参加汉语托福考试。试题如下:
> 请解释下文中每个"意思"的意思。
> (阿呆给领导送红包时,两人的对话颇有意思。)
> 领导:"你这是什么意思?"
> 阿呆:"没什么意思,意思意思。"
> 领导:"你这就不够意思了。"
> 阿呆:"小意思,小意思。"
> 领导:"你这人真有意思。"
> 阿呆:"其实也没有别的意思。"
> 领导:"那我就不好意思了。"
> 阿呆:"是我不好意思。"
> 该外国人泪流满面,交白卷回国了。

例 5 中的"意思",按照《现代汉语》的解释,有六种意思。第一,语言文字等的意义;思想内容(名词)。第二,意见;愿望(名词)。第三,指礼品所代表的心意(名词)。第四,指表示一点心意(动词)。第五,某种趋势或苗头(名词)。第六,情趣;趣味(名词)。但由于例 5 的对话中所有的"意思"都跟其他词组在一起,如"什么意思""小意思""不够意思""有意思""没别的意思""不好意思",这时"意思"就生成了新的意思。还有一个重叠词"意思意思",重叠后,它就不是单个词的意思了。

例 5 是网上流传的搞笑段子,但也说明我们对某个词的理解有时需依靠语境。如果我们把对话中的"意思"翻译成英语,那么自然不能只译成"meaning"这么一个互文本。这里"意思"就形成了一比多的译文本:一个"意思",多种译文本。

(二)句　子
下例是黄文英在《互文性与翻译教学》中所举句子的一比多现象:

---

① 帕提古丽:《从习俗文化差异看汉语词语的哈译》,《语言与翻译》2002 年第 3 期。

例 6：

Do unto others as you would have them do unto you.

译文 1：你希望别人对你做的事才可以对别人做。

译文 2：己所不欲，勿施于人。

例 6 中的英文原文，在中文中起码有两种译法，形成一（一个英语句子）比多（多个汉语句子）。

**（三）篇　章**

周煦良认为："文学则是八仙过海，各显神通，十个人可以译出十个样子；如果译文大致相同，那准是后来的译者抄袭前人的。"①这是从共时来考虑的，奈达（Nida）的观点是从历时来考虑的："奈达认为，一部译作，不管它有多么接近原作，多么成功，其寿命一般只有'50 年'。"②

下面是一些研究者对一些名作的翻译版本的介绍：

李白的《静夜思》有多个不同的英译本，笔者感兴趣之余略做收集，所获竟有九个版本之多……又查阅了相关的资料，发现一本《红与黑》经过二十位译家的手，几乎变作了二十本《红与黑》。丁尼生的一首诗有三十六种汉译本。③

第一部《四书》英译本由大卫·科利（David Collie）完成。20 世纪《四书》的译本越来越多。据不完全统计，仅英译本就有十几种之多。译者包括莱尔（L. A. Lyall）、庞德（Ezra Pound）、阿瑟·韦利（Arthur Waley）、狄哲劳（D. C. Lan）、韦尔（James Ware）、苏慧廉（W. E. Soothill）、林语堂。④

《红楼梦》英译经历了三次大译介活动，第一次是 1830—1893年，共有四个译本，是片段节译。第二次是 1927—1958 年，共有三个译本，全部是《红楼梦》的改编。第三次是 1973—1982 年，出现了两部完整优美而各具特色的英译本：一部是牛津大学教授霍克斯（David Hawkes）和闵福德（John Minford）的 *The Story of the Story*，另一部是中国著名翻译家杨宪益和夫人戴乃迭合译的 *A Dream of*

①　周煦良：《翻译三论》，《翻译通讯》1982 年第 6 期。

②　王婷：《论文学作品的复译现象》，《海外英语》2011 年第 12 期。

③　王婉玲：《论翻译风格》，《无锡商业职业技术学院学报》2005 年第 3 期。

④　张小波、张映先：《从古籍英译分析意识形态对翻译的影响》，《中国科技翻译》2006 年第 1 期。

Red Mansions。①

1936 年，老舍在《宇宙风》半月刊上连载的《骆驼祥子》先后被译成了英、法、日、德、俄、朝等多种语言文本。在英译本中，1945 年伊万·金(Evan King)将其书名译成了"Rickshaw Boy"，另加了中文书名《洋车夫》。1979 年，另一位美国译者吉恩·詹姆斯(Jean James)将《骆驼祥子》译为"Rickshaw"，并加中文书名《东洋车》。此外，2001 年施晓菁所出版的《骆驼祥子》英文版书名为"Camel Xiangzi"。②

从古至今，任何一部经典文学作品至少都有两个以上复译版本，如儒家经典之作《论语》的原创译本就有 57 个。③

## 四、小　结

上面谈到的是翻译中的几种原则，这些原则是从互文的角度来观察的，在我们的翻译中起到一定作用。译者在翻译中需要尽量减少信息流失，在多个可选择的译文中选择最合适的语句，这是译者的奋斗目标。

## 第三节　翻译互文的风格

先看下面这个涉及文章风格的实例。

例 7：

美国有一个人，1978 年至 1995 年，每年一次，向多个地方邮寄炸弹，先后炸死 3 人，炸伤 23 人。最初看不出有什么规律，几年后 FBI 注意到，受害人都是在大学或者航空公司工作，因而取"大学"(University)和"航空"(Airline)的首字母，称神秘人为 UNA 炸弹客。

1995 年，6 家报刊机构同时收到自称是 UNA 炸弹客的人寄来的一篇 35000 词的文章，题目是"工业社会及其未来"。该人提出，如果文章可以发表，就停止邮寄炸弹。

1995 年 8 月，《华盛顿邮报》增刊发表了这一文章。三个月后，有一个人联系 FBI 说，从文章中一处特别措辞来看，这篇文章像是他十

---

① 陈曜：《〈红楼梦〉及英译本在中国的研究现状》，《理论月刊》2007 年第 11 期。
② 孙志祥：《文本意识形态批评分析及其翻译研究》，北京，中国社会科学出版社，2009，第 85 页。
③ 王婷：《论文学作品的复译现象》，《海外英语》2011 年第 12 期。

多年未见过的兄弟写的。他以前注意过这一措辞,印象深刻。FBI 通过搜索,在蒙大拿荒野的一个小木屋里找到并逮捕了这个人的兄弟。

这个嫌疑人叫泰德·卡茨斯基(Ted Kaczynski),他于 1942 年生于芝加哥,是极端环保分子。他幼年时被称为神童,16 岁考入哈佛大学,后获得数学博士学位。25 岁被加州大学伯克莱分校聘为助理教授,两年后辞职,在蒙大拿州荒野一个没有电、没有自来水的小木屋里,过着野人一般的生活。

FBI 在小木屋里发现了卡茨斯基所写的几篇文章,其中一篇是十年前在报纸上就同一主题发表的大约 300 词的文章。FBI 分析专家认为,35000 词的文章和 300 词的文章在语言上存在重大相似性,有 12 个相同的常用实词、虚词以及固定短语:at any rate(无论如何);clearly(显然);gotten(得到);in practice(实际上);moreover(再者);more or less(或多或少);on the other hand(另一方面);presumably(大概);propaganda(宣传);thereabouts(所在);以及由词根"argu-"("论—")和"propos-"("指—")所派生的一些词语。于是专家认定,这两篇文章的作者是同一个人。

被告律师也请了一个语言学专家,这个语言学专家反驳道,这些相同的词语不说明任何问题,因为任何人在任何时候都有可能使用任何词语,所以词汇的重叠不具有甄别意义。

FBI 专家用互联网搜索进行了检验。当时互联网的规模比现在要小得多,但即便如此,他们还是发现,有三百万个网页包含这 12 个词语中的一个或者多个。不过,当他们搜索全部包含这 12 个词语的网页时,却只得到 69 个。经过仔细考察,这 69 个网页都是《华盛顿邮报》那篇 35000 字文章的网络版!

(苏杰《〈三重门〉作者身份的语言学分析》)

例 7 说明,某个作者有某个作者的风格,某个篇章有某个篇章的风格。同理,译者有译者的风格,译文本也有译文本的风格。在某种程度上,译者的风格和译文本的风格可能更复杂。本节我们从互文的角度讨论风格,主要包括三个方面:一是单一风格和双重风格;二是部分风格和整体风格;三是分析一个实例。

## 一、单一风格和双重风格

单一风格指的是某个作者个人的写作风格;双重风格指的是翻译互

文本所体现出来的风格，因为通常译文本中既有原作者的风格，也有译者的风格。

## （一）单一风格

单一风格是个人的写作风格。不同作家的作品有不同的风格，如"鲁迅的译作凝重洗练、言之凿凿；朱生豪的译笔浑厚畅达、大势磅礴；钱锺书的译文酣畅顺达、笔下生辉；巴金的翻译明白晓畅、文气自然……而傅雷的译品则圆熟流畅、文采照人"[①]。当然，单一风格也可指篇章本身所表现出来的风格。例如，这个篇章的风格是长句，那个篇章的风格是古文字用得多。实际上，篇章风格也就是作者写作风格的体现。

## （二）双重风格

双重风格指的是原作者和译者相融合的风格。从原作者的角度看，体现风格的方面很多：有民族风格、时代风格、语体风格、作者个人风格等。从译者的角度看，也有很多因素影响译文本的风格：译者的知识结构、受教育的程度、翻译理念、对原著的理解、对作者的了解、意识形态、外文水平、对母语的把握水平等。

翻译界对风格讨论比较多的就是对原著的风格要不要翻译，能不能翻译的问题。

周煦良认为，原文风格不必考虑，因为原文风格是无法翻译的。他说：

> 严复只提雅，而不提原文风格，我们现在提文学翻译要有风格，也不宜要求译出原文风格；原文风格是无法转译的。
>
> 1959 年《外语教学与翻译》第 7 期发表了我的一篇题为《翻译与理解》的文章。为了强调理解的重要性，我顺带奉劝翻译家对原著的风格不要多费脑筋，并说有人自称"译司汤达，还它司汤达；译福楼拜，还它福楼拜"是英雄欺人语……
>
> 现在二十多年过去了……我仍旧认为风格是无法翻译的。风格离不开语言，不同的语言无法表达同样的风格。[②]

许钧认为，原文风格应该翻译出来，而且是可以翻译的：

> 西方著名翻译理论家耐达认为："翻译的任务在于寻求出发语

---

① 余烨、夏高琴、余协斌：《傅雷：二十世纪伟大的文学艺术翻译家——纪念傅雷先生诞辰 100 周年》，《解放军外国语学院学报》2008 年第 3 期。

② 周煦良：《翻译三论》，《翻译通讯》1982 年第 6 期。

（原作语）和目的语在信息转换上最贴切的自然等值，首先是意义等值，其次是风格等值。"

　　原作风格必须再现，首先这是翻译的性质决定的；其次因为风格是人们辨识作家、诗人的艺术个性的标记，再现了原作风格，原作家艺术个性跃然纸上；损害了原作风格，则原作家艺术个性得不到真实反映。原作风格不仅必须再现，而且也并不是不能再现的。①

　　刘宓庆的思路是可以翻译并应该翻译原作的风格，但应有层次上的区别："风格翻译应该是整个语际转换活动的组成部分，是翻译规范中的基本规范之一，不应当忽略。将风格翻译看成'可望而不可即'的旧观念必须改变，我们应当用新观念、新规范指导我们的实践。"他按风格翻译的难易，将其分为三层：基础层次、中间层次与最高层次。基础层次比较容易，中间层次居中，最高层次曾经比较困难（见图 6-5）。

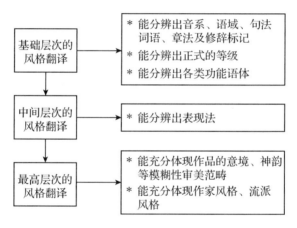

图 6-5　刘宓庆的风格翻译表

　　张今的思路跟刘宓庆相似。他认为，译者的风格和作者的风格之间"是一种辩证统一关系。一方面，译者风格和作者的风格有矛盾的一面，两者之间有一定的天然差距。另一方面，两者之间又有统一的一面。这就是说，译者要积极运用各种语言手段和艺术手法，来缩小这个天然差距，使译文最后统一到作者风格上来。作者的风格应当通过译者的风格得到表现，而译者的风格又应以作家的风格为依归"②。他进而提出五种风格境界：

---

①　许钧：《关于风格再现——傅雷先生译文风格得失谈》，《南外学报》1986 年第 2 期。

②　张今：《文学翻译原理》，开封，河南大学出版社，1987，第 93 页。

第一种境界　　作者风格 ＋ 零

第二种境界　　作者风格 ＋ 译者风格

第三种境界　　作者风格 ＋ 译者风格

第四种境界　　零　　　 ＋ 译者风格

第五种境界　　零　　　 ＋ 零①

张今的解释是：第一种境界在事实上是不可能的，第二种是上乘译品( 译者风格 表示译者风格若隐若现)，第三种是中上乘译品，第四种是中下乘译品，第五种是下乘译品。

从互文的角度看，双重风格是存在的。对大多数译文本来说，不管译者是否有意识地关注原文本的风格，都会或多或少地表现出原文本的风格。

当然，如果作者为了某个目的，特地不考虑原文本的风格，也是可以的。许康平曾举例说："成语'When in Rome, do as Romans do'，直译是'在罗马应按罗马人那样做事情''在罗马就必须遵从那儿的习俗'。译得概括些就是'在哪儿就随哪儿的习俗吧'。如要符合汉语成语的结构，就是'入国问禁，入乡随俗'。还可以译为汉谚'入乡随俗，入港随湾'。译得更加精炼，就是'入境问禁'或'客随主便'。"②

许康平的思路是："一个普通的英谚可以译成不同语体和风格不同的文字。"我们只能看需要，选择一个合适的译文本。③

## 二、部分风格和整体风格

部分风格指的是某个篇章中所引其他文本的内容所表现出来的风格，因为互文的内容通常总是少于整个篇章，所以处于"部分"的地位。而整个篇章又具有自己的风格，这样的风格就具有"整体"的地位。

例8：

现代语言学调查结果证实，名词与动词的区别存在于古往今来的所有语言之中。这种现象的根本原因要从语言的功能以及人们对于外部世界的认知方式上去寻求。语言的主要功能是用作交际工具。

---

① 张今：《文学翻译原理》，开封，河南大学出版社，1987，第94页。

② 许康平：《论翻译者的个人风格》，《广西民族学院学报(哲学社会科学版)》2003年第4期。

③ 许康平：《论翻译者的个人风格》，《广西民族学院学报(哲学社会科学版)》2003年第4期。

对于周围存在的万事万物，人们首先需要的就是相应的各种名字，可供用作为指代符号。"凡目所见，耳所闻，口所嗜，鼻所嗅，四肢之所触，与夫心之所志，意之所感，举凡别声、被色与无声、无臭，苟可以语言称之者，无非事也，无非物也，无非名也。"论及事物，其主要特点便是它们所执行或者经历的各种行为活动，即所谓"随所在而必见其有行"。因此，人类语言自然又需要有一类符号用以指代形形色色的行为动作。作为两种截然分明的语法类别，名词和动词的出现，便是人类语言顺应这两种最基本的功能需求的必然结果。

（陈平《现代语言学研究：理论·方法与事实》）

例 8 中的画线部分，引用的是《马氏文通》中的话，从风格来看，属于古汉语的风格（暂且称为"引文风格"）。如果我们把例 8 看作一个独立的篇章，那么这个篇章自然应该归入现代文的风格，而且是学术论文的风格。当然，如果整个篇章都是抄袭或文摘，那么就是另外一回事了。

例 8 谈到的部分风格和整体风格是指同一种语言所表现出的互文现象，又叫"同语互文"。同语互文有以下特点。

第一，主篇章所引客篇章的内容风格跟主篇章的风格可能一致，也可能不一致（例 8 不一致）。

第二，主篇章所引内容可能来自不同的客篇章，这些不同内容的风格可能一致，也可能不一致。

第三，读者通常不会把所引的客篇章内容的风格看作主篇章的风格。

译文本除了有同语互文本的特性外，还有一些特点。

一是如果原文本中出现与篇章风格不同的引文风格，那么在译文本中能否体现取决于译者，不同的译者可能会采取不同的处理方式。

二是译文本的整体风格具有双重性。

### 三、实例分析

一个作者有一个作者的风格，一个篇章有一个篇章的风格。同语互文有同语文本的风格，翻译文本有双重文本的风格。下面是译文本的风格使篇章"露出狐狸尾巴"的实例。

例 9 是一段 QQ 会话，时间是 2012 年 2 月 25 日，12：23 开始，12：57 结束。篇章中共出现四个人，一是"女儿"，二是"Mr Bean"，三是"妈妈"，四是骗子。为了方便分析，我们把这次 QQ 会话分成几个部分。

例 9（a）：

**女儿　12：23：25**
妈咪回来了吗？
**女儿　12：25：47**
在吗？
**女儿　12：28：39**
在不在啊？
**Mr Bean　12：35：52**
刚才在厅里包饺子。酸菜饺子，快包好了。
**女儿　12：36：00**
哦。妈咪在吗？
我想和妈咪商量点事。
**Mr Bean　12：39：51**
好。
我马上叫她来。
**女儿　12：39：59**
好的。

"女儿"想跟"妈咪"QQ聊天，"Mr Bean"同意去叫"妈咪"。这是对话的开头，看起来很正常。

例 9（b）：

**Mr Bean　12：40：56**
又指示什么呢？
我来了。
**女儿　12：41：22**
是这样的，现在我们学校开设了西班牙语、法语和德语的培训课程，我的同学们都报读了，我现在就是为这事情需要跟妈妈你商量一下。
**Mr Bean　12：42：18**
我觉得特别好。
你要么选择西班牙语，要么是法语。

**女儿 12：42：17**

我要报名法语。

**Mr Bean 12：43：04**

西班牙语的用处会比法语大，因为拉丁美洲都讲的。

法语也行。

**女儿 12：42：46**

现在我的同学们都已经报名了，就剩下我没有报名了，报名到今天截止。

**Mr Bean 12：43：23**

懂法语以后还可以在加拿大混。

**女儿 12：43：01**

要交学习费用。

**Mr Bean 12：43：38**

没问题。

学多久？

**女儿 12：43：26**

1年。

**Mr Bean 12：44：06**

那你要考虑一下，因为明年这个时候你已经毕业了。

**女儿 12：44：05**

妈妈，我能学好的。

**Mr Bean 12：44：57**

知道。

但是，时间上不配合了，大哥。

**女儿 12：45：03**

就是学到我毕业啊。

毕业的时候就能学好了。

**Mr Bean 12：45：55**

好呀。

学好是什么意思？

**女儿 12：45：46**

就是能学好法语这课程。

**Mr Bean 12：46：33**

是达到什么级别考试？还是别的什么标准？

**女儿　12：46：44**

级别考试过关了。

妈咪，你就让我学法语这课程吧！

法语这课程要交费用。

**Mr Bean　12：47：45**

行呀。

多少钱？

**女儿　12：47：31**

4000 美金。

**Mr Bean　12：48：14**

是不是需要打到哪个账户？

**女儿　12：47：53**

我们学校这次为了方便中国留学生，特地开通了中国的银行账号，在国内可以直接打人民币过来。

　　例9(b)是"女儿"与"妈咪"的对话。"女儿"的一句话使得"妈咪"感到怀疑："我现在就是为这事情需要跟妈妈你商量一下"。一是"女儿"有事跟妈咪商量，从未用过这种句式；二是从来不用"跟妈妈你"这样的称呼。

　　这时，"妈咪"觉得什么地方有点儿不对劲，开始进行试探。下面是"妈咪"的发现。

　　第一，从风格来看，下面的话都不符合"女儿"的会话风格："就剩下我没有报名了，报名到今天截止。"（分析：从风格上看，"女儿"通常讲"人家都报了，我报不报？"）"毕业的时候就能学好了。"（分析：这句话不通顺。）

　　第二，从事理逻辑来看，有不少破绽。

　　其一，"报名到今天截止。"分析：没具体讲北京时间还是美国时间，北京时间是中午，勉强能讲通，如果指美国时间，当时已经半夜了，不可能再交钱。

　　其二，"1年。"分析：一年后"女儿"早毕业了。

　　其三，"级别考试过关了。"分析：西方通常是 Level 1、Level 2……

　　其四，"要交学习费用。""法语这课程要交费用。""4000 美金。"分析：这是骗子的目的所在。"女儿"在美国有账户，有足够的钱。

　　这时，"妈咪"已经大致断定遇上骗子了。就开始变换语码，用英语继续试探。

例 9(c)：

**Mr Bean  12：48：38**

Is it?

**女儿  12：48：18**

4000 美金等于 25000 元人民币。

**Mr Bean  12：48：54**

So，you need to give me the account number?

Are you serious?

**女儿  12：49：24**

现在负责我们中国留学生报名事项的是我们学校中国籍外语系的主任老师，她也是中国人，学校这次主要任命主任老师负责我们中国留学生的报名事项。

**Mr Bean  12：50：17**

Tell me her email，so that I can contact her directly.

Can't you type English?

**女儿  12：50：30**

妈咪，我给你负责这次中国留学生报名主任老师的账号，你记一下。

I give you the school is responsible for the Chinese student enrollment teachers account director，you down.

**女儿  12：52：51**

Application of teacher's account.

中国银行的。

"妈咪"开始用英语，通常的习惯是"女儿"马上用英语回答。可是这个假"女儿"可能没想到"妈咪"会用英语，一时慌了。"妈咪"用了两句英语的话轮，"女儿"文不对题地回了两个中文的话轮。这时"妈咪"第三个英语话轮过来了，"女儿"第四句先用中文，后来估计觉得不能再用中文回答，于是用了英语，是对第四个话轮的中文翻译。

"妈咪"一看高兴了，因为这句英语一看就是谷歌翻译的"谷歌体"。毫无疑问，这个"女儿"是骗子。"妈咪"气得用英语"骂"开了：

例 9(d)：

**Mr Bean 12：53：43**

Are you nuts?

How can you use such rubbishy English?

Are you there?

**Mr Bean 12：55：45**

Oh，boy，you are so stupid as to play such a game with me.

You use google to translate what I required，right?

Shall I correct the mistakes you have made?

**女儿 12：56：41**

现在就只有我一个没报名了，我的同学们都报名了。

**女儿 12：57：51**

妈妈你就同意我学习吧！

"妈咪"说："你有毛病吗，还敢用谷歌翻译的英语来骗我?"等。骗子面对"妈咪"连串的讽刺与挖苦，一时不知所措，可能也来不及用谷歌译成中文，就重复了两句具有骗子风格的话："现在就只有我一个没报名了，我的同学们都报名了。""妈妈你就同意我学习吧！"估计这是骗子对谁都会说的话。骗局就此草草收场，一场闹剧到此结束。

## 四、小 结

同语互文和译文本互文在风格方面有相同点，也有不同点。译文本与一般篇章的风格相比，最大的一个特点是双重风格：既有原文本的风格，又有译者的风格。这个 QQ 骗子因为表达方式跟真正的女儿有出入，特别是使用了谷歌翻译，所以彻底暴露了真面目。

## 第四节 翻译互文的文体

文体是译者关注的问题。刘宓庆认为："文体与翻译的密切关系已日益为翻译界所认识……不论英语或汉语都有不同的问题类别，不同的类别具有不同的文体特点。译者必须熟悉英汉各种问题类别的语言特征，才能在英汉语言转化中顺应原文的需要，做到量体裁衣，使译文的文体与原文的文体相适应。"①

## 一、对应体

我们暂且把刘宓庆讲的"译文的文体与原文的文体相适应"称为"对应体"。下面例 10(a)和例 10(b)就是对应体。

例 10(a)：

We didn't know much about each other twenty years ago. We were guided by our intuition; you swept me off my feet. It was snowing when we got married at the Ahwahnee. Years passed, kids came, good times, hard times, but never bad times. Our love and respect has endured and grown. We've been through so much together and here we are right back where we started twenty years ago—older, wiser—with wrinkles on our faces and hearts. We now know many of life's joys, sufferings, secrets and wonders and we're still here together. My feet have never returned to the ground.

例 10(b)：

20 年前我们相知不多，我们跟着感觉走，你让我着迷得飞上了天。当我们在阿瓦尼举行婚礼时，天在下雪。很多年过去了，有了孩子，有美好的时候，有艰难的时候，但从来没有糟糕的时候。我们的爱和尊敬经历了时间的考验并且与日俱增。我们一起经历了那么多，现在我们回到 20 年前开始的地方——老了，也更有智慧了。我们的脸上和心上都有了皱纹。我们现在了解了很多生活的欢乐、痛苦、秘密和奇迹，我们依然在一起，我的双脚从未落回地面。

2011 年 10 月 23 日，《乔布斯传》在全球正式发售，中文版也同步发行。例 10(a)是原文本，是乔布斯在结婚 20 周年时写给妻子的情书。例 10(b)是《乔布斯传》中文版中的译文本。从文体的角度看，原文本例 10(a)是记叙文，译文本例 10(b)也是对应的记叙文，也就是"对应体"。

---

① 刘宓庆：《翻译风格论（下）》，《外国语》1990 年第 2 期。

## 二、非对应体

非对应体指的是原文和目标文的文体不一致。还是以例 10(a) 为原语言，例 11 是目标语，我们可以将目标语中三个不同译者翻译的各具特色的文言译文本看作"非对应体"。

例 11(a)，一般文言版：

> 二十年前，未相知时。然郎情妾意，梦绕魂牵。执子之手，白雪为鉴。弹指多年，添欢膝前。苦乐相倚，不离不变。爱若磐石，相敬相谦。今二十年历经种种，料年老心睿，情如初见，唯增两鬓如霜，尘色满面。患难欢喜与君共，万千真意一笑中。便人间天上，痴心常伴侬。（译者：Echo 马潇筠）

例 11(b)，宋词版：

> 陌人相盼至白头，二十丁丑，方寸不意，月老红线留。前夜飘雪花满楼，韶光竞走，光阴似水流。千言不尽一语莫，个中幸苦心自说。天命已知顾往昔，青丝易白，骸骨已陋，阴阳相隔，相思如红豆。今生无所求，来世再相谋。（译者：孙晗）

例 11(c)，四言体版：

> 廿年相知，两处茫茫。天为媒证，情出神光。幽幽我思，魂近天堂。之子于归，雨雪霏霏。及尔惠来，经年已往。时光荏苒，子息盈堂。举案齐眉，患难共襄。鹤发疏齿，饱览炎凉。执子之手，誓言无忘。我心悠悠，文无可详。来生相会，酬子无量。（译者：江东小白兔）

例 12 是方言版，也是非对应体。
例 12(a)，东北话版：

> 当年咋五迷三道找了你。结婚那旮旯贼拉冷。一晃二十年，孩子都晒脸找削了，日子过滴麻流利索滴，鸡赤掰脸就从来没有过。咱俩都满脸褶子、老么喀嚓眼滴，不整那些没用滴，也从来没突鲁

反仗、半拉咔叽。没事和你多上街溜达溜达，要不整天无机六瘦滴。这日子过得美恣儿，嚎～（译者：虎哥－Tiger）

例 12（b），陕西话版：

想当年，咱俩都认不得。但当我们一凑到对方，火花一哈就烧起来了，给冰峰一样，爽到心里。结婚那个片片雪下得大哦。这么多年了，咱娃都大了，我们啥事么见过，从来没嚷过仗，额一直把你看地起很。这二年脸上都起皮了，眼窝都眯了，没事一起逛哈街，聊咋咧！

例 12（c），长沙话版：

20 年前我们还不蛮熟，只晓得跟达感觉走，你把我迷得飞上哒天。我们那哈子在阿瓦尼结婚的时候，天上下哒好大的雪。个多年过克达，有达细伢子，有熨帖的时候，有不如法的时候，但是从来冒到真正背时的时候。我们现在了解哒很多生活的欢乐、痛苦、秘密和奇迹，我们还是在一坨，我的两杂脚从冒落回地面。（译者：大大的悟）

例 12（d），四川话版：

想当年，我们都认不到。但当我们一 qio 到对方，火花一哈就站起来了，给火锅一样，非烫。结婚那个踏踏雪下得大哦。这么多年了，娃儿都大了，我们啥子都经历过，就是没扯过还精。这二年脸上都起皱皱了，对这门儿那门儿的都看白了。关键是我们一直都在一堆，没事一起逛哈街，安逸哦。（译者：霍倾城）

例 12（e），青岛话版：

20 年前，怎俩个还不大熟，我一看，这个嫚儿挺好，心思心思就搞对象了。在八大关结婚呢天还下着个雪。这么些年个起了，孩子挺好滴，洋相日子也有过，咔哒也受来，但是都木觉得遭罪。怎两口子的感情越来越好，20 年了，上岁数了，不那么彪乎乎了，脸

上也尽是些黜黜，巴不溜秋的。（译者：霁月 Leia）

例 12（f），河南话版：

　　20 年前咱俩互相不着（知）对方是啥人。咱都互相厮跟着，你让我快乐得不得了。咱在阿瓦尼结婚那会儿，天在下雪。阳万儿（现在），都有孩儿了，有得劲了（的）时候，也有个恼人的时候，但从没有啥时候过不下去。咱现在知道了可多生活嘞欢乐、痛苦、秘密和奇迹，咱还在一堆儿。我嘞脚没落过地。（译者：李小鸟）

　　奥巴马 2008 年总统大选获胜后的演讲，让人印象深刻。有人把该演讲译为对应体，也就是讲演的文体；还有人把它译为"京剧版"，也就是非对应体。

　　例 13（a）：

Hello，Chicago!

　　If there is anyone out there who still doubts that America is a place where all things are possible；who still wonders if the dream of our founders is alive in our time；who still questions the power of our democracy，tonight is your answer.

　　It's the answer told by lines that stretched around schools and churches in numbers this nation has never seen；by people who waited three hours and four hours，many for the first time in their lives，because they believed that this time must be different；that their voices could be that difference.

　　It's the answer spoken by young and old，rich and poor，Democrat and Republican，black，white，Hispanic，Asian，Native American，gay，straight，disabled and not disabled-Americans who sent a message to the world that we have never been just a collection of individuals or a collection of Red States and Blue States：we are，and always will be，the United States of America.

　　It's the answer that led those who've been told for so long by so many to be cynical，and fearful，and doubtful about what we can achieve to put their hands on the arc of history and bend it once more toward the hope of a better day. It's been a long time coming, but tonight, because of what we did on this day, in this election, at this defining moment, change has come to America.

…

This is our chance to answer that call. This is our moment. This is our time: to put our people back to work and open doors of opportunity for our kids; to restore prosperity and promote the cause of peace; to reclaim the American Dream and reaffirm that fundamental truth that out of many, we are one; that while we breathe, we hope, and where we are met with cynicism, and doubt, and those who tell us that we can't, we will respond with that timeless creed that sums up the spirit of a people:

Yes We Can.

Thank you, God bless you, and may God Bless the United States of America.

例 13(b):

| | |
|---|---|
| （二黄导板） | 奥巴马撩袍服讲台来上， |
| （回龙） | 芝加哥众父老细听端详： |
| （反二黄慢板） | 这几日百姓们纷纷言讲， |
| | 怀疑这美国梦是一枕黄粱。 |
| | 今夜晚恰好比答卷展放， |
| | 众百姓排长队投票奔忙。 |
| | 见几个年轻的神清气爽， |
| | 见几个年长者益壮老当； |
| | 见几个有钱的财粗气壮， |
| | 见几个无钱的神采飞扬。 |
| | 见几个民主党和共和党， |
| | 见几个黑人、白人，西 |
| | 班牙、亚细亚，同性、异性， |
| | 身残志强、体健心康， |
| | 一个个趾高气扬。 |
| （反二黄原板） | 今夜晚我辈等把功业来创， |

……

（二黄散板）　　　大选后且把这天数展望，

齐努力定能够国富民强。

一时间说不尽衷肠以往，

望空中告上帝保佑我邦。

（作者：小豆子）

对应体和非对应体各自的功能不同，通常不用对错来判断。对应体是严格、正式的翻译所追求的，具有规约性。非对应体是适应特殊的要求产生的，不是一种严格的翻译，在翻译中讲究灵活，不讲究意义一一对应，有"归化法"（译文尽可能符合译文本读者）的影子。

## 三、小　结

文体是翻译研究的一个重要方面。冯庆华说："从文体的角度研究翻译和翻译风格，无论是在国内，还是在国外，都是一个新的研究领域。"[①]冯庆华对散文、小说、戏剧、幽默作品、政治作品、古典作品等进行了文体研究。他的研究有一个特点，就是进行量化，使读者感到有说服力。从互文的角度看，译者应尽量在译文本中体现出原文的风格，这是译者的一个任务。但有时译者为了特定的目的，不把原文本的文体译成译文本的对应文体，这也是可以的。例如，原文是古英语，将其译为古汉语也行，译为现代汉语也行。

## 第五节　翻译互文中的意识形态表现

《现代汉语》是这样解释"意识形态"的："在一定的经济基础上形成的，人对世界和社会的有系统的看法和见解，哲学、政治、艺术、宗教、道德等是它的具体表现。意识形态是上层建筑的组成部分，在阶级社会里具有阶级性。也叫观念形态。"

有研究者认为："'意识形态'一词首次出现的时间是19世纪初，至今也只有200年。第一个提出此概念的是法国人特拉西。""一般认为，意识形态是一定团体中所有成员共同具有的认识、思想、信仰、价值等。它是这个团体中每个成员对周围世界以及团体本身的认知体系，反映了该团体的

---

① 　冯庆华：《文体翻译论》，上海，上海外语教育出版社，2002，前言，第1页。

利益取向和价值趋向，为团体的集体行为提供了合理性辩护，同时也对个人行为提供一套约束。可以说，意识形态是普遍存在的，社会中的任何团体，不管是正式的还是非正式的，都有自己的一套意识形态体系。"①

翻译中的意识形态，指的是译者在翻译某个原文本时，其意识形态会起到一定的作用。这样，译文本就有可能融入译者的意识形态。巴斯尼特等人认为："意识形态对翻译的影响无处不在，它随时都在影响或左右着译者的思维或行文，甚至连译者呼吸的空气都可能被某种莫名的或无形的（意识形态）力量所操纵。"②

马会娟认为，西方在翻译意识形态研究方面有几个影响较大的流派：女权主义翻译理论，巴西译者、翻译理论家和"食人主义"（cannibalism），后殖民翻译研究，解构主义翻译观，以劳伦斯·韦努蒂为核心的翻译理论家。这些派别影响日益强大，极大地推动了对意识形态在翻译中所起作用的研究。③

本节我们的重点不是讨论体现意识形态的翻译手段，如增加内容，删减内容④，而是从译者和读者两个角度观察译文本所表现出来的意识形态。

## 一、译者的意识形态表现

"意识形态是看不到摸不着的，但的确是可以感受到的。人们之所以能感受到，其媒体就是话语。也就是说，意识形态通过话语表现出来，话语中存在意识形态。"翻译是一种话语活动，译文本也体现出译者的意识形态。这表现在两个方面：一是在翻译的技巧方面；二是在原文本的选择上。⑤

在翻译技巧方面，翻译界研究得比较多，总结出的手法也很多，如删减内容、增加内容、改变词性（把中性词译为"褒义词"或"贬义词"）等。

对原文本的选择也体现出意识形态。有时对原文本的选择并不是由译者本身选定的，而是由某个团体甚至官方机构选定的，或者说是某个时代的产物。龙晓平认为，中国曾一度热衷于苏联文学作品，而不考虑

① 姜望琪：《语篇语言学研究》，北京，北京大学出版社，2011，第153页。
② 张小波、张映先：《从古籍英译分析意识形态对翻译的影响》，《中国科技翻译》2006的第1期。
③ 马会娟：《当代西方翻译研究概况——兼谈 Maria Tymoczko 的翻译观》，《中国翻译》2001年第2期。
④ 柳鑫淼：《翻译互文中的意识形态操控——基于网络间谍事件新闻转述话语语料》，《福建师范大学学报(哲学社会科学版)》2011年第1期。
⑤ 姜望琪：《语篇语言学研究》，北京，北京大学出版社，2011，第153页。

翻译"资产阶级性质十足的作品"。龙晓平这里讲的情况，就是由时代造成的。也就是说，有时对原文本的选择不是根据学术水平的高低来选择的，而是根据"需要"来选择的。[①]

## 二、读者的意识形态表现

读者的意识形态表现有两种情况：一是主动选择性；二是潜在接受性。

主动选择性指的是读者由于受到自身意识形态的影响，会选择阅读某些译文本，而不选择另外一些。

潜在接受性指的是读者在读某些译文本时，不知不觉受到译文本的意识形态的影响。如果读者对原文本及原文本的背景知识不熟悉，对译者不熟悉，加上没有相关信息，那么要判断某个译文本带有何种意识形态，其实并非易事。潜在的接受是普遍现象。

马会娟介绍了早期爱尔兰文学中的传说人物库夫林（Cu Chulainn）在翻译中的变形：

> 在早期爱尔兰文学中，库夫林是一个身上长满虱子的年轻人。他一上战场就因愤怒而变得疯狂荒唐；他肩负着保卫边疆重镇的任务，却因为一个女人擅离职守；他有勇无谋，最终惨死于敌人的诡计和妖术。但是，在19世纪末20世纪初的爱尔兰民族独立运动中，库夫林却被爱尔兰的爱国译者译成了爱尔兰的民族英雄。在译文中，库夫林身上的虱子、擅离职守以及因缺乏头脑而惨死的命运全部被删去了；他被刻画成一个彬彬有礼、品格高尚、富有战斗精神的爱尔兰民族英雄。

译者把一个"不怎么样的人"译成了一个"民族英雄"，译者的意识形态就融入译文本中。我们可以设想，如果读者只读到"爱尔兰的爱国译者"翻译的译文本，而不了解原文本及原文本的背景，那么就无法判断出译者的意识形态在里面起了作用，只能相信这个译文本所呈现的内容："译者旨在通过库夫林这一民族英雄形象，鼓舞在英帝国主义压迫下的爱尔兰人民斗争的勇气。历史事实也证明了这一点。1916年爱尔兰复活节起义的领导人之一帕特里克·皮尔斯（Patrick Pearse）就是以库夫林的英

---

① 龙晓平：《文学翻译标准的流变与文学翻译的本质》，《科技信息（学术研究）》2007年第21期。

雄形象作为其奋斗的榜样。"①

孙志祥的观点可以解释上面这个例子："话语的生成者总是绞尽脑汁将意识形态嵌入话语使之成为常识的一部分，使之'自然化'（naturalization）。意识形态一旦被'自然化'到'常识'的地位，'嵌入'话语实践之中，就将成为最有效的意识形态，影响人们的行为和判断。"②但是我们发现，作者并非"总是绞尽脑汁"，有时是自然流露。

## 三、小　结

中国传统的翻译研究比较重视翻译的技巧和理论，对翻译中的意识形态研究得不多。范戴克的观点是："语境、话题、局部意义、语式、风格、修辞、互动策略、操作等方面都和意识形态紧密相连。"③本节我们从读者和译者两个角度，简要地分析了意识形态在译文本中的表现。

## 第六节　翻译中的误译互文

误译是由于各种原因，译者翻译错了。这些原因包括：对译文的内容不熟悉，译者水平有限、不认真等。误译可能不会出大问题，但也可能造成严重的后果。

### 一、误译实例

我们先看一些误译实例。

例 14（a）：

> 追一个姑娘很多年，那天她发短信给我：If you do not leave me, I will be by your side until the life end. 我没看懂，请过了六级的朋友翻译，他说："如果你不离开我，我就和你同归于尽。"于是我伤心欲绝，不再联系那姑娘。后来我英语也过了六级，才知道那是"你若不离不弃，我必生死相依"。

> （《误会》，《读者》2013 年第 16 期）

---

① 马会娟：《当代西方翻译研究概况——兼谈 Maria Tymoczko 的翻译观》，《中国翻译》2001 年第 2 期。
② 孙志祥：《文本意识形态批评分析及其翻译研究》，北京，中国社会科学出版社，2009，第 170 页。
③ 姜望琪：《语篇语言学研究》，北京，北京大学出版社，2011，第 149 页。

例 14（b）：

1877 年，意大利天文学家乔范尼·夏帕雷利宣布了一项极为惊人的发现：火星上有"canali"。而"canali"被英译为"canals"（"运河"）。根据定义，运河是由人工开凿的，于是这一发现引发了一场轩然大波。人们猜测这些运河可能是由早已灭绝的火星人开凿的，用于灌溉他们的作物。

天文学家帕西瓦尔·罗威尔读了夏帕雷利的著作，对火星产生了极大兴趣。他甚至搬到亚利桑那州，建立了自己的天文台。数年间，他不断发表论文，做出以下推测：1. 火星上曾经居住着一群具有高度文明、才能非凡的工程师；2. 这些工程师开凿了运河，为拯救他们那濒死的星球做出最后一搏。

只是这里有两个问题。首先，罗威尔基本上是在随心所欲地绘制运河图，这是显而易见的，因为迄今为止，没人能把他绘制的运河与火星上的实际情况进行对照。其次，也是更为重要的一点，"canali"在意大利语中指的是"水道"或"沟渠"，夏帕雷利只不过指出了一种完全天然的地貌差异。

所有人都把夏帕雷利的发现与罗威尔的胡说八道联系在一起，据说这让夏帕雷利恼火不已——这完全可以理解。但等到真相终于水落石出的时候，为时已晚。罗威尔不着边际的想象力激发了许多人的科幻奇想，郝伯特·乔治·威尔斯在《星际战争》一书中描绘了濒临灭绝的火星人所做的垂死挣扎，而埃德加·巴勒斯的小说《火星公主》同样也是关心火星上的垂死文明。

到了 20 世纪，火星上有火星人的说法已经被人们广为接受，而这一切都源于一个微乎其微的字母"i"。

（《改变世界的误译》，《读者》2013 年第 15 期）

例 14（c）：

中新网 5 月 5 日电　据日本共同社 4 日报道，日本前外交官、现佳能全球战略研究所研究主任美根庆树就美国总统奥巴马访日以及钓鱼岛问题发表观点，认为日本没有领悟奥巴马发言的真正用意。

……

美根庆树认为，非常遗憾的是，或许是受到会场内同声传译的影响，奥巴马的部分发言内容没有得到准确的报道。

奥巴马在记者会上明确表示："不开展日中间对话、不构建双方的信任关系而任由事态升级是一个重大的错误。"

"重大的错误"这一表述的原文是"a profound mistake"，但现场的同声传译和日本首相官邸记录则译作"不正确的"或"非常令人不满意的错误"。

美根庆树说，多数媒体基于这一译文对奥巴马的发言进行了报道，进行分析时也只使用了"提醒日本"等程度的语句。几乎没有一家媒体对"重大的错误"这一表述做出准确的报道。

该表述出现于发言中一处假定形的语句，虽谈不上是奥巴马直接对安倍提出的批评，但无疑是极其接近批评的一种表达。

美根庆树称，"重大的错误"一词用于敌对国家尚可理解，但如此强硬的措辞绝不应出现在同盟国之间。此举可以说是表达了美方对日本政府坚持就钓鱼岛问题与中国对话方针的不满。日本国民必须认识到这一点。

（《日本前高官称奥巴马钓鱼岛言论未被领悟　将更麻烦》，中新网，2014 年 5 月 6 日）

例 14(a)中，"过了六级的朋友"的这个误译，改变了"我"的命运。需说明的是，这个英语句子中"will"后应有个"be"，原文没有，估计是漏排，故我们在例子中补上了"be"。

例 14(b)的误译造成了人们对火星人的误解。与之相似，据说，第二次世界大战时，盟军对日发出《波茨坦公告》，要求日本无条件投降，不然要将其"全部歼灭"。日本首相在新闻发布会上，用了"mokusatus"一词。该词可以是"无可奉告"的意思，也可以是"我们根本不把这事放在眼里"的意思，结果，有人把它翻译成了第二个意思。杜鲁门总统很生气，十天后，广岛被扔下第一枚原子弹。

例 14(c)的"a profound mistake"意为"重大的错误"，但现场的同声传译和日本首相官邸记录译作"不正确的"或"非常令人不满意的错误"。这属于"政治性误译"。

## 二、小　结

译者的语言水平，各地风俗习惯、文化的差异，对原文背景的理解，这些都容易造成误译。误译的影响有大有小，比如，知识性的误译会使人在构建知识体系时产生错误；而政治性误译有时会影响国家与国家之间的交往。所以，译者确实要小心再小心，尽量避免误译。

## 第七节　机器翻译互文

随着计算机技术的高速发展，现在计算机翻译已成为可能。机器翻译可以给我们的生活提供很多方便，是今后翻译的一个方向。目前，翻译软件有很多，如金山快译、金山词霸、有道词典、中日韩文伙伴、英汉互译王、万能对译、整句翻译工具、谷歌翻译、南极星全球通等。这些翻译工具有的以翻译词汇为主，有的可以翻译句子，甚至整篇文章。

### 一、机器翻译的准确率

人工翻译和机器翻译各有所长。人工翻译受到各种因素的影响，有时会误译。不过，目前来看，机器翻译同样会出错，我们不能百分之百地信任机器翻译的互文。

例 15：

> 早在 2009 年，美国许多州就通过法律，要求药房向有需要的病人提供翻译服务。不过，和大多数其他商业机构一样，许多药房的经营者只用电脑软件进行翻译。在纽约布朗克斯地区进行的一项调查显示，只有 3% 的药房配备了专业译者。
>
> 这项研究还调查了药房使用的电脑翻译程序，结果发现超过半数的药房翻译都存在严重错误，而且错误层出不穷。"口服"被译成"少量服用"，"两次"被译成"两个吻"。还有一个极度令人担忧的例子：一位男士按照血压药的说明书一天服了 11 次药，而非要求的一次（once），出现这样的误译是因为"once"一词在西班牙语中就代表数字"11"。

（《改变世界的六个翻译错误》，《读者》2013 年 15 期）

### 二、机器翻译实例

笔者用谷歌翻译试了一下翻译互文的情况。先输入一个专有名词："北京"。翻译结果是"Beijing"，但下面有"字典"两个字，再下面有"名词”两个字，“名词”下面有“Beijing”和“Peking”，指既可翻译成“Beijing”，又可翻译成“Peking”。

那么句子的情况如何呢？再输入一句“我明天去北京”，谷歌的翻译结果是“I went to Beijing tomorrow”。

这里的互译文有明显的错误：既然有“tomorrow”这个词，怎么还会用“went”？

笔者又输入一篇复杂的短文。

例16：

> 本报讯（实习记者刘晓旭）　前天，市民罗女士反映称自己在超市买到血鸡蛋，鸡蛋整个蛋清均呈血红色。对此，专家称此属极端个例，不影响食用。
>
> 2月23日，市民罗女士在美廉美超市和平新城店购买了十几个散装鸡蛋。前天上午，她打破最后一个鸡蛋时发现它竟然是个血鸡蛋。前天下午，记者在罗女士家看到，这枚血鸡蛋整个蛋白均呈血红色。
>
> 鸡蛋生产厂家，北京嘎子哥商贸有限公司负责人朱先生回应称，这种血鸡蛋系母鸡生病造成输卵管破裂，在鸡蛋形成过程中有血渗入蛋清所致，此种情况属个例。
>
> 中国农业大学动物科技学院副教授曲鲁江称，这种仅蛋清呈血色的血鸡蛋确实属于极端个例，并不存在食品安全隐患，其营养价值也不会受到影响，市民仍可正常食用。

下文是当时谷歌显示的译文（2012年3月10日）：

> WASHINGTON（intern reporter Liu Xiaoxu）the day before yesterday, the people She has to reflect that the blood of eggs in the supermarket to buy eggs, whole egg white showed a blood red. In this regard, the experts said that in extreme cases, does not affect consumption.
>
> February 23, members of the public She has peace Metro in MerryMart supermarket store to purchase a dozen bulk eggs, the day before yesterday morning, she opened last discovered that there is blood eggs. Yesterday afternoon, the reporter She has been home

to see，While blood egg protein showed a blood red.

The person in charge of eggs manufacturer Gazi Brother Trade Co.，Ltd. Mr. Zhu responded that the blood the eggs Department hen sick cause tubal rupture，blood in the process of egg formation due to the infiltration of egg white，this situation is one example.

China Agricultural University，Associate Professor，College of Animal Science，Lu Jiang，Qu said，this only egg white was the col- or of blood eggs really belongs to the extreme case，there is no food safety risks，and their nutritional value would not be affected，the public will still be normal consumption.

在上例译文中，我们可以见到不少错误，如大小写错误、人名拼写错误、单复数错误、句式错误等。

要说明的是，我们这里所试的单词、句子和篇章只是个例，不可以推广。同时，不同的翻译软件，可能会呈现不同的译文。

## 三、小　结

王璐璐在介绍机器翻译时，指出了机器翻译所面临的一些问题："1954年，美国乔治城大学成功进行了世界上第一次机器翻译试验。随后，机器翻译进入最初的繁荣期，苏联、英国、日本等国家相继进行了相关试验。但在1966年，美国科学院发布的题为《语言与机器》的报告（即ALPAC）指出，机器翻译遇到了难以克服的'语义障碍'。例如，'The box was in the pen'被翻译成'玩具盒在笔内'。实际上，'pen'在这句话中应该翻译为'栅栏'，而不是'笔'。这类典型的词义消歧问题是当时机器翻译面临的诸多难题之一。受到ALPAC的影响，机器翻译在西方遇冷，进入萧条期。随着计算机能力的增强，机器翻译于1976年复苏，并逐渐进入高速发展期，从面向句法、基于规则的机器翻译，发展到经验主义的基于语料库的机器翻译——包括基于实例的机器翻译和统计机器翻译。"[1]

看来，要提高机器翻译的准确性，就离不开语义研究，而要解决语义问题，如消歧，就离不开话语篇章分析。陈平在分析了20世纪70年代以前语义研究相对滞后的原因后，敏锐地指出，话语分析介入语义研究，既是语义

---

[1]　王璐璐：《计算语言学探索机器翻译之术》，《中国社会科学报》2013年8月5日。

研究对象自身的性质使然，也是语义研究不断深入发展的逻辑必然。①

## 第八节　翻译互文中的回译

上文讨论的是一种语言翻译成另一种语言时两个文本之间的联系与区别，本节我们讨论回译（back translation）现象。

### 一、回译的定义

布雷斯林（Brislin）认为，简单地说，回译是一种过程，指一个或多个专业回译者团队把一个译文本翻译回原来的语言。通常，回译者事先并未参加原来的翻译活动，并不了解其目的或特定的语境。②

贺显斌认为："所谓回译，就是对译文进行再次翻译，把自己或别人的译文翻回原文。这种翻译方法在英语里被称为'back translation'。"③

从上面定义可以看出，布雷斯林强调"回译者"事先不知道原文翻译。贺显斌则认为，"回译者"可以是自己，也可以是别人，也就是说，"回译者"可以参与原文翻译。

我们认为，回译是将一个翻译文本重新译回原语言文本，并且在翻译回原语言时不参考原语言本文。

### 二、回译的作用

回译主要有三个作用：一是用于教学；二是用于商业；三是满足文学和学术的需要。

**（一）教　学**

回译可以成为一种教学方法。例如，王正良就说："回译对外语教学也有很大的启示。传统的顺译思维正越来越禁锢人们学习外语的兴趣。转而进行逆向思维是寓教于乐的最佳方式，因为回译具有定向性，回译的过程便如同破案，充满了各种戏剧性的定向参数，达至译底时会有一种特殊的侦探成就感。对于求知欲强的学生而言，利用回译进行教学就增强了他们的学习积极性。"④

---

①　陈平：《话语分析与语义研究》，《当代修辞学》2012 年第 4 期。

②　Brislin W. Richard："Back-translation for cross-cultural research"，*Journal of Cross-Cultural Psychology*，1970，September，pp. 185-216.

③　贺显斌：《回译的类型、特点与运用方法》，《中国科技翻译》2002 年第 4 期。

④　王正良：《回译研究》，大连，大连海事大学出版社，2007，第 206 页。

金陵也谈到回译对教学的作用:"一九九七年三月二十五至二十七日,淡江大学外语学院举办第二届两岸外语教学研讨会。会后出版了一本内容丰富的论文集……《第二届两岸外语教学研讨会论文集》(以下简称论文集)。其中有师范大学翻译研究所首任所长何慧玲博士(曾邀约本人参与师范大学翻译研究所筹划工作)所著《翻译理论与训练对英语教学的启示》。文中提及'回译'(Back Translation),并解释道:'回译就是将英文译成中文,再从译好的中文译回英文,用来做对比分析,使学生能体认到中英两种语言结构上的相似与差异。经过亲身的尝试与体验,学生的印象较深刻,从而在英文写作上更能掌握语法的转换。'(论文集页3之9)"①

**(二)检测译文质量**

回译另一个用处是检验译文的质量。布雷斯林认为,人们不太熟悉回译这个词,但每天都在使用回译:市场调查,盖洛普民意测验,社会学研究,身体健康表,心理检查,同意知会书,客户满意度评估,药物查询,研究方案,还有无穷无尽其他适用于回译的方面。回译通常由经过培训的专业译员进行。

顾玉萍也认为:"回译作为译文质量检测的手段古来有之。唐朝翻译理论家道宣就利用回译来研究、评价玄奘的佛经翻译,彰显其译作之妙。他说:'自前代以来,所译经教,初从梵语,倒写本文;次乃回之,顺同此俗,然后华人观理文句,中间增损,多坠全言。'"②

**(三)满足文化和学术需要**

回译还有一个作用是满足文化和学术需要。有时某个文本被译成外语后,随着岁月流逝,原文反而失传了,只好又从外文回译回来。据陈志杰和潘华凌介绍,《元朝秘史》是一部非常重要的蒙古族史书,原本已遗失,只有汉译本,亦邻真先生将汉译本回译成蒙古语。③顾玉萍也提到,如果没有先被翻译成阿拉伯语、后又回译到欧洲的古希腊和罗马著作,文艺复兴就不会在欧洲出现;如果欧洲的天文学知识未经古希腊翻译传入近东、印度、阿拉伯帝国,后又在中世纪用拉丁语回译回欧洲,后人也就不会了解天文学及其术语在这一进程中的发展变化。

---

① 金陵:《回译与英语教学》,http://www.ep66.com.tw/BACKTR.HTM,2002,2012-04-18.
② 顾玉萍:《论回译在翻译教学中的应用》,《太原理工大学学报(社会科学版)》2008年第1期。
③ 陈志杰、潘华凌:《回译——全球化与本土化的交汇处》,《上海翻译》2008年第3期。

## 三、原文本和回译本

### (一)原文本和回译本很难一致

我们发现，绝大多数回译本难以跟原文本完全一致。文字越多越复杂，不一样的可能性就越大。

思果说："本来是外文，不管多难，都可以译成中文；独有原来是中文的外文译文，任何高手也译不回来；意思可以译对，却不是原文。任何人手上有原文，都可以拿出来指责你。而找出原文有时候并不太容易，虽然找到了照抄，一点不费气力，只要不抄错就行了。"①

冯庆华曾用图 6-6 表示回译的过程：

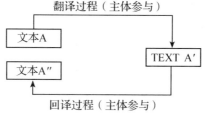

图 6-6　冯庆华的回译图②

冯庆华把原文本看成"文本 A"，把译文本看成"TEXT A′"，把回译本看成"文本 A″"，说明原文本和回译本可能不重叠。

李思龙认为，根据回译性强弱程度的不同，可以将译文分为四类：完全回译性的译文、回译性较强的译文、回译性较弱的译文、没有回译性的译文。李思龙讲的这四种情况，又可归为两类。一是完全一样，也就是第一种，如李思龙举的例子："这是牛奶→ This is milk →这是牛奶"。二是原文本和回译本不一致，即第二、第三与第四种情况。③

### (二)原文本和回译本不一致的原因

我们认为，复杂的组合是造成原文本和回译本不一致的重要原因。

从词来看，一个词有不同的意思，会产生多个译文本。即使是专用名词，如"sun"，在具体的语境中也不一定只能译成"太阳"，也可能译成"火球、闪光体"等。如果是人名"Obama"，也不一定只能译成"奥巴马"，在一定语境下可能译为"美国总统""丈夫""老朋友"等。"sun"和"Obama"除了译成名词外，按语境需要，还可能译为代词，也可能是零形式。

---

① 思果：《翻译新究》，北京，中国对外翻译出版公司，2001，第 119 页。
② 冯庆华：《文体翻译论》，上海，上海外语教育出版社，2002，第 434 页。
③ 李思龙：《论译文的回译性》，《辽宁师范大学(社会科学版)》2002 年第 3 期。

从句子来看，句型可能转变。例如，原文本是被动态，译文本可能是被动态，也可能是主动态。句中成分可能有变化。例如，原文本没有主语的，译文可以没有主语，也可以补上主语。时态可能转化。例如，原文中有明显的时态标记，译文本中可以标出时态，也可以不标出时态。词序排列也可能改变。例如，原文本中的词序排列，译文本中有的可以同样排，有的可以重排。再举个具体的例子：英语句中单个修饰词通常放在被修饰词的前面，短语和从句一般放在被修饰词的后面，汉语的定语不管单词还是词组，一般都放在被修饰语的前面。

从篇章来看，各种语言的组合方法可能不同。拿英语和汉语来比较，正如潘文国所说："英语句子是树式结构，而汉语句子是竹式结构。"①按这种说法，如果原文本是英语，译文本可以是继续采用英语的树式结构，也可以变为更适合汉语的竹式结构。即使是汉语的竹式结构，竹子的每一节也可以有不同的组合。还有，一般来看，英语的句子较长，汉语较短，那么是坚持长句，还是改为短句？如果改为短句，短到什么程度，一个长句分为几个短句？这些都是译者的主观性在起作用。

上面讲的词组、句子、篇章都存在各种组合，按逻辑推理，组合越简单，回译成原文本的可能性就越大；组合越多越复杂，回译成原文本的可能性就越小。这里顺便提一下，如果是一个孤立的单词和句子，回译成原文的可能性就大些，如果是进入语境或篇章的某个词和句子，回译成原文的可能性就小些。

## 四、小 结

回译可以看作翻译中的一种方法，主要用于教学、检验译文本的水平以及文化和学术研究。从互文的角度观察回译本和原文本，两者大多不同。例如，工克非做了一项回译试验，即把一篇英译本发给十位英语专业硕士研究生以上学历的受试者，让他们将此英译本回译成汉语。结果发现，总的情况是回译本字数多，原英语文本字数少。②

## 第九节 翻译中的特殊翻译

我们一般讲的翻译，通常指的是正常的翻译。正常的翻译包括"误译"，

---

① 潘文国：《汉英语对比纲要》，北京，北京语言文化大学出版社，1997，第 198 页。
② 王克非：《英汉/汉英语句对应的语料库考察》，《外语教学与研究》2003 年第 6 期。

即由于各种原因不小心译错了。但我们发现，还有几种比较特殊的翻译现象，是译者故意这样翻译的，这里暂且称为"惑译""空译"和"字译"。

## 一、惑 译

惑译指的是迷惑听者的翻译。它没有按照正常的文本进行翻译，而是另讲一套，但听者无法判别是否是互译文。

例 17 是电影《沙漠之花》（*Desert Flower*）中的一段对话。主人公是索马里人，名叫华莉丝，五岁时进行了"割礼"。华莉丝长大后，时代已有变化，相对以前比较开放，但保守势力还是很强大。华莉丝有一次去医院，想开刀拆除被缝的伤口，于是有了下面这段对话：

例 17：

> 医生：（对护士说）请你叫法蒂玛护士来一下，因为我不懂索马里语。
> 护士：法蒂玛今天休假，但阿迈勒也来自索马里。
> 医生：（对阿迈勒说）告诉这位年轻的女士，她缝得实在太紧了。这是屠夫做的，糟糕极了。告诉她我会尽快给她做手术。
> 阿迈勒：（对华莉丝说）让白人看你身体，你不感到羞耻？我们的传统他们绝对管不着。
> 医生：（对阿迈勒说）告诉她，她做得很对，令人吃惊的是，她忍受了这么久，一定是受着极度的煎熬。叫她不用担心，我们可以给她解决。
> 阿迈勒：好的。
> 阿迈勒：（对华莉丝说）如果你改变了现在的样子，你就背叛了你的父母，对不起你的民族和你的传统。你妈妈知道你干了什么吗？你真可耻！

例 17 中，阿迈勒临时充当了翻译，他是保守势力的维护者。他听懂了医生要他翻译的内容，但并没有按照医生的意思翻译，而是把自己的想法当成"译文"翻译给华莉丝听。译文本所表达的意思跟医生说的正好相反。

说者医生不知道阿迈勒在向华莉丝传递阿迈勒自己的观点，而听者华莉丝根据种种信息，可能会推测出阿迈勒在乱翻译，也可能没有发现。

再看下例。

例 18：

　　1956 年 4 月，苏联领导人赫鲁晓夫和布尔加宁对英国进行了首次访问。两位领导人是乘坐当时苏联海军最现代化的舰艇"奥尔忠尼启则"号巡洋舰抵达英国的。笔者作为随行记者，目睹了后来所发生的一切。

　　4 月 18 日，"奥尔忠尼启则"号巡洋舰顺利抵达英国朴次茅斯港，英国首相安东尼·艾登(1955—1957 年出任英国首相)发表了热情洋溢的讲话。

　　在此次访问过程中，赫鲁晓夫访问了苏格兰首府爱丁堡。在与英国实业界精英的一次重要会晤中，轮到赫鲁晓夫发言时，在酒精的作用下，他将口袋中事先准备好的演讲稿抛到了脑后，开始即兴发言。他说着说着，很快忘记了听众是谁，开始用他一贯的风格讲话。后来，他开始抨击帝国主义。

　　这一番即兴讲话之后，出现了令人尴尬的停顿。时任赫鲁晓夫翻译的特罗扬诺夫斯基脸色发白，额头冒汗。赫鲁晓夫捅了他一下，嘟哝道："快译！"

　　特罗扬诺夫斯基开始翻译，但他翻译的不是赫鲁晓夫的现场讲话，而是正式讲稿的内容。

　　赫鲁晓夫继续滔滔不绝地批评，特罗扬诺夫斯基仍照正式讲稿的内容进行翻译。赫鲁晓夫的话被"翻译"之后，场内气氛活跃起来，与会者对呼吁加强合作表示赞许，某些讲话还赢得经久不息的掌声。

　　赫鲁晓夫结束了充满激情的讲话，对自己的表现极为满意，在与会者暴风雨般的掌声中离开了大厅。

　　助手搀扶着赫鲁晓夫进了休息室。在令人窒息的痛苦等待之中，我和特罗扬诺夫斯基度过了漫长的两个小时。

　　赫鲁晓夫终于睡醒了，走进我们的房间，有些不好意思地说："我好像说了些不妥的话。"

　　"是的，尼基塔·谢尔盖耶维奇(赫鲁晓夫的名字)，您没有按事先准备的讲稿发言。"特罗扬诺夫斯基诚惶诚恐地说。

　　"照实说，我都说了些什么？"

　　特罗扬诺夫斯基只得把赫鲁晓夫宴会上的讲话重复了一遍。

　　"你都如实翻译了吗？"赫鲁晓夫问。

"尼基塔·谢尔盖耶维奇,我是按事先拟定的讲稿翻译的。"特罗扬诺夫斯基声音颤抖地答道。

"你真聪明!"赫鲁晓夫高声夸奖道,然后竟同特罗扬诺夫斯基热烈拥抱,并亲吻了他。

(《赫鲁晓夫的"恶作剧"》,《读者》2014 年第 10 期)

例 18 也是"惑译"。赫鲁晓夫讲自己的,特罗扬诺夫斯基听懂了赫鲁晓夫的即席讲话,但没有翻译它,而是翻译了事先准备好的稿子。

## 二、空 译

空译指的是译者并没有听懂说话人的意思,按照自己的想法"翻译"。例 19:

20 世纪初,中国驻纽约总领事离职回国,纽约市商会为他设宴饯行,汉学家夏德教授做翻译。夏德先生身为哥伦比亚大学中文教授,亦不便推辞。然而当这位总领事起身致辞时,夏德教授大为恐慌,因为总领事说的是福州话,他一句都听不懂。夏德教授又不能向商会方面解释中国方言太多,他一句也听不懂,于是装出洗耳恭听的样子,默不作声,大记笔记。当领事说完,夏德教授起立用英语译曰:我这次离纽返国,心里充满一喜一悲的矛盾。喜的是即将重返祖国,能见久违亲人;悲的是与纽约诸新交旧识从此握别……如此这般,情文并茂。他"译"完后,全场热情洋溢,掌声如雷。

(《方言趣谈》,《读者》2013 年第 2 期)

例 19 中,说者是"中国驻纽约总领事",译者是"夏德教授",听者是参加饯行的人员。说者总领事说的话,译者夏德教授一句没听懂,不得已只能按自己的理解"译"了一通,而听者以为译者确切翻译了总领事的话。结果,可能因为听者认为总领事讲得精彩,或者译者译得顺畅,"全场热情洋溢,掌声如雷"。

惑译和空译的相同点是:两者都是口译,都是一种偷梁换柱式的"翻译"。两者的不同在于惑译的译者"听懂了"说者的话,但没有按说者的话翻译,而是讲自己的观点,这个观点跟说者想表达的意思不一致,或者正好相反;空译的译者则并"没有听懂"说者的话。

### 三、字　译

"字译"的意思是一个字一个字地翻译，而不是按照词或句的整体意思翻译(见图 6-7)。

**图 6-7　"大米、面粉"的翻译互文**

图 6-7 中，"大"译为"big"，"米"译为"meters"，好像没错，但把"大米"译为"big meters"，就让人不懂了。"面"译为"face"，"粉"译为"powder"不算错，但把"面粉"译为"face powder"就让人看不懂了。[①]

以下诸例也是"字译"：

1. We two who and who? 咱俩谁跟谁啊？

2. How are you？How old are you? 怎么是你，怎么老是你？

3. You don't bird me, I don't bird you. 你不鸟我，我也不鸟你。

4. You have seed，I will give you some color to see see. 你有种，我要给你点颜色看看。

———————

① 姚小平教授认为，不排除有人故意这样"字译"，以达到吸引人的效果。

5. government abuse chicken　宫保鸡丁

6. At KFC，We do Chichen Right. 在肯德基，我们做鸡是对的。

7. You give me stop! 你给我站住!

8. chop the strange fish　生鱼块

9. watch sister　表妹

10. take iron coffee　拿铁咖啡

11. American Chinese not enough　美中不足

12. Where cool where you stay! 哪儿凉快上哪儿待着!

13. heart flower angry open　心花怒放

14. colour wolf　色狼

15. dry goods　干货

16. Want money no；want life one! 要钱没有，要命一条!

17. people mountain and people sea　人山人海

18. You have two down son. 你有两下子。

19. let the horse come on　放马过来

20. I give you face you don't wanna face. 给你脸你不要脸。

21. red face know me　红颜知己

22. seven up eight down　七上八下

23. no three no four　不三不四

24. You try try see! 你试试看!

25. love who who　爱谁谁

26. look through autumn water　望穿秋水

27. borrow your light　借光

28. handsome year, morning die　英年早逝

29. Dragon born dragon，chicken born chicken，mouse'son can make hole. 龙生龙，凤生凤，老鼠的儿子会打洞。

30. morning three night four　朝三暮四

31. no care three seven twenty one　不管三七二十一

32. go and look　走着瞧

33. poor light egg　穷光蛋

34. ice snow clever　冰雪聪明

35. First see you, I shit love you. 第一次见你，我便爱上了你。

36. horse horse tiger tiger　马马虎虎

37. No money no talk. 没钱免谈。

### 四、小　结

惑译是把自己的观点"强加"给听者。空译中虽然有原篇章，但译者没听懂，等于没有原篇章，只是听众相信那是正常的翻译，有原篇章，有互译文。字译是"错误"的翻译，会使人误解。翻译中的特殊翻译除了上面介绍的几种外，可能还有其他特殊形式。

## 第十节　结　语

翻译互文是从一个新的角度观察原文和译文的关系，试图揭示翻译中很多以前尚未关注或重视的规律。翻译是一门对语言能力要求很高的学问，口译和笔译都是如此。国内对翻译技巧、翻译理论的研究比较成熟，有很多杰出的学者，提出了很多有价值的观点。翻译互文是把互文理论应用到翻译领域中，国内外很多学者都看到了这个领域的可探索性，他们从不同的角度做了有意义的探究。近十几年来，越来越多的人开始从互文的角度研究翻译，除本章中提到的一些国内学者的研究外，还有刘军平①、李珍②、纪玉华和杨士焯③、王纪红④等人，共同为今后更加深入的翻译互文研究打下了良好的基础。

---

① 刘军平：《互文性与诗歌翻译》，《外语与外语教学》2003 年第 1 期。
② 李珍：《从互文性角度看跨文化翻译》，《温州大学学报（社会科学版）》2008 年第 6 期。
③ 纪玉华、杨士焯：《论海特姆/梅森之互文性翻译观》，《上海理工大学学报（社会科学版）》
2011 年第 3 期。
④ 王纪红：《训诂和互文性理论下的〈道德经〉第七十一章五种英译思辨》，《译林（学术版）》
2012 年第 4 期。

# 第七章　教学中的互文

## 第一节　引　言

随着对互文研究的深入，研究者发现，互文在知识建构中能够起到很大的作用。莱姆克(Lemke)认为："我们可以通过在两个篇章之间建立联系来建构意义，而意义的建构无法通过任何单个的篇章实现。"[①]学校是获取知识的重要场所，研究者发现，在教学中采用互文教学法可能会起到事半功倍的效果。他们开始进行实证研究，研究如何在教学中运用互文，以帮助学生理解篇章，特别是多篇章之间的互文联系，达到建构知识的目的。[②]

从目前的文献来看，对互文教学法的实证研究涉及各级语言教学：研究儿童教学中使用的互文；研究小学的语言教学中使用的互文；研究中学的语言教学中使用的互文；研究大学语言教学中使用的互文。研究发现，在语言教学中采用互文教学法，确实能使学生更深刻地理解篇章的内涵，更快地获取知识。

本章主要包括两部分内容：一是介绍和讨论互文在教学中的应用；二是讨论互文在写作中的一个实例，即如何在文章的缩写中应用互文。

在教学中，互文的应用涉及学校各个主要阶段。小学阶段以及学前，学生刚刚开始获取知识，知识获取的重点在于对一些较为抽象的概念、识字的方法、口头故事的理解等。互文的方法主要集中在把熟悉的事物跟不熟悉的事物联系起来，把抽象的概念和以往的经历联系起来。中学阶段，学生已基本完成识字任务，开始进入可以主动获取知识的阶段，教学的重点应该是教学生自主获取知识的方法。教会学生互文的主要方法，即教会学生如何在篇章和篇章之间建立有效的联系。这种互文法不仅在文科中适用，在理科(如数学教学)中同样适用。大学阶段，学生不但需要继续获取知识，更需要培养独立思考的能力，

---

① Lemke, J.："Intertextuality and discourse research", *Linguistics and Education*, 1992, 4, p. 257.
② Johnson, Sunni："Struggling middle school readers learning to make intertextual connections with texts", PhD diss, University of North Texas, 2011, p. 29.

拥有自己的看法和观点。这时互文的重点在于建立"批评性思维的技巧",研究者在研究中所采用的角色扮演法和激活"图式"法给大学教育注入了新的活力。

在前人教学实践的启发下,本章第二部分讨论了一个中国语文教学中常用的方法。这也是对互文如何在文章缩写中得到应用这一问题的研究:主篇章是如何跟客篇章建立联系的?什么成分是文章缩写的作者倾向于从主篇章中获取的?什么成分是文章缩写的作者倾向于不从主篇章中获取的?有什么规律性的东西值得我们关注?

## 第二节　互文在儿童识字和阅读中的运用研究

据约翰森介绍,哈斯特、罗、沃尔夫和希克斯等人都做过针对小学生的互文研究,各有特点。下面,我们会简要介绍他们的研究。

### 一、哈斯特等人的研究

哈斯特等人做的一项早期识字的互文研究"语言故事和读写课程",是一项涉及学龄前 3~6 岁孩子的读写能力学习的认知过程研究。通过观察和分析,哈斯特等人发现,识字学习是一个通过读书和写字,通过跨越其他篇章寻求一致性的过程。从符号学的角度来看,符号和标志就是篇章,一个篇章与其他篇章之间的关系就是通过符号最真实地表现出来的。哈斯特等人相信,小孩子在纸上留下的任何符号标记都代表了某种意义。也就是说,这些符号和标记可以被看作建构的篇章。例如,小孩子要写东西时,由于还不会用文字,所以只好采用涂鸦。如果我们能够找到这种涂鸦中具有某种互相联系的意义,这种涂鸦就是篇章。举个例子,让一个孩子写自己的名字,如"JACK",这个孩子可能会写四行字,一行一个字母。如果把这四个字母联系起来,就是"JACK"这个名字。我们暂且不论哈斯特等人的观点是否有点极端,他们的研究思路值得我们注意。

哈斯特等人还发现了"环境文字"(environmental print)对孩子读写能力的影响力。"环境文字"指的是特定环境中的文字,包括公共场所的标识、口号、标语等。例如,麦当劳快餐店前的标牌"麦当劳"就是环境文字。孩子通常会利用环境文字帮助自己建立新篇章的意义,这个行动就是建立互文联系。意义并非天然地存在于文字中,相反,意义是在互动之中并通过互动产生的。①

## 二、罗的研究

罗通过观察3～4岁孩子的互文过程，研究互文在早期识字中的作用。他进行了8个月的观察，主要是在书桌、画桌、图书区等地方进行，内容是观察孩子自主选择的识字活动。罗发现了两种互文的联系：第一，孩子会把自己已有的知识与作者提供的示范结合起来，以此建构共同认可的意义；第二，孩子会把自己眼前的观察与过去的经验结合起来。罗指出，互文已具备社会和个体的双重特征，因为"孩子们会将自己有关识字的现存知识与其他作者呈现的示范联系起来"。因此，有关互文的特征就是通过谈话和其他内容的呈现出现的，从而形成了共同认可的意义。②

## 三、沃尔夫等人的研究

沃尔夫等人对两组(1～3岁和3～7岁)孩子的语言发展进行了跟踪研究，分析了孩子们如何在不同的情境中格式化自己的叙述。例如，基于故事书的口头叙述、听写、复述以及用玩具进行故事场面的再现等。他们每隔1～2个月对被研究的孩子们进行跟踪，反复运用不同的故事，要求孩子们听写、复述、看图说话以及用玩具讲故事等。研究发现，孩子们在自然情景下有不同的观点，表达的话语也各不相同。这些表达所传递的意义与文字本身的意义比较一致，这说明孩子具备一定的能力，他们会运用互文建构自己的话语体系。③

## 四、小　结

哈斯特等人提出的两个观点值得我们重视：一是对孩子涂鸦的看法，二是对环境文字的看法。关于涂鸦，他们认为，从互文的角度看，孩子们的涂鸦可能代表某些意义，某个涂鸦可能就是一个篇章。孩子刚开始学识字，还不能用它准确表达自己的看法和思想。涂鸦相对来说较容易。

---

① Harste, J. C., V. A. Woodard, and C. L. Burke: *Language Stories and Literacy Lessons*, Portsmouth, NH, Heinemann Educational Books, 1984.

② Rowe, D.: *Literacy learning as an intertextual process*, paper presented at the National Reading Conference, retrieved from ERIC database (ED 2831124), 1986.

③ Wolf, D. and D. Hicks: "The voices within narratives: The development of intertextuality in young children's stories", *Discourse Processes*, 1989, 12, pp. 329-351.

在涂鸦中，孩子这个"主篇章的作者"往往会注入自己的感受、看法。他们强调，孩子经常会用环境文字建立自己的篇章。例如，中国的孩子看见"麦当劳"这几个字，通常就会想到汉堡，因此，有时他们会把汉堡当成"麦当劳"，因为他们还不了解西方有很多卖汉堡的店，不仅仅只有麦当劳。这就是他们通过环境文字建立了自己的篇章：汉堡就是麦当劳。还有，如果孩子认识了"行人过街天桥"中的"行人"，当看见"中国银行"时，如果没学过银行的"行"（háng）字，他就有可能读为"中国银行（xíng）"。儿童在通过环境文字建立自己的篇章时，"互动"在其中起到了重要的作用。

罗提出了"互文具备了社会和个体特征"的观点，旨在说明孩子会将自己有关识字的现存知识与其他作者呈现的示范联系起来，还可能将其与自己以往的经验结合起来。这种能力很了不起，因为已经体现出把社会特征和个体特征结合起来的能力，能生成新的意义，这对获取知识来说至关重要。

沃尔夫等人的研究是长时间的跟踪研究，具有看到孩子变化的特点。沃尔夫等人发现，孩子具备一定的运用互文建构自己的话语体系的能力。这一发现很重要，这项研究显示，互文的方法完全可以应用到孩子的知识建构之中。

这些研究给我们的启示是，即使是儿童，他们也能很好地应用互文，但他们的互文又有自己的特点。例如，他们通过环境建立自己的篇章，通过涂鸦表达自己的思想，通过互文显示个体和社会的紧密联系等。

## 第三节　小学教学中的互文研究

凯尔尼（Cairney）、哈里斯（Harris）、库普拉宁、瓦里拉斯（Varelas）等人对小学教学中的互文做了研究。下面，我们会介绍他们的主要观点。

### 一、凯尔尼的研究

凯尔尼做了一项为期两年的研究，研究对象是 6～12 岁的孩子，其中包括他对六年级儿童做的研究。他研究的是学生学习历史故事时的互文，他感兴趣的是学生在写作时如何与教师朗读的篇章建立互文联系。他的假设是"要确定孩子们是否以及如何总结自己脑子中故事的结尾"。

他的课堂观察涉及很多语言艺术活动，如写作、阅读、回答问题等。结果表明，教师给学生朗读的篇章会影响学生的写作，因为学生在编故事的时候会采用与老师朗读的篇章相同的结构、背景和情节。凯尔尼得出的结论是，互文具有丰富的社会特征。课堂上出现的互动的质量和数量似乎会对学生互文历史故事的建构产生重要的影响。一旦学生具有更多的机会与篇章互动，他们就会获得更多的背景知识帮助自己阅读和写作。①

## 二、哈里斯等人的研究

哈里斯等人研究了一年级学生在阅读和写作过程中的互动行为。他们发现，教师是孩子和书面篇章之间的传递者。也就是说，学生不会直接将这些篇章写下来，但是，他们会大声说给老师听，老师会记录下来学生的表达，并帮助他们组织篇章。他们的发现表明，老师会把自己所了解的互文手段应用于学生。哈里斯等人认为，互文关系似乎是通过社会过程来实现的。为了让学生和教师更有效地在这个传递环境中合作，教师需要理解和发现学生的想法和观点。②

## 三、库普拉宁等人的研究

库普拉宁等人在芬兰的儿童自然科学课中研究了互文是如何形成和起作用的。参与实验的班共有22个孩子，其中13个女孩，9个男孩，均为六七岁。

这项研究主要通过对学生学习地球、空间、时间三个概念的情况的分析，探讨在孩子认识这些抽象概念时互文是如何发挥作用的。③

在传统的对这些概念的教学中，通常是解释者（教师）滔滔不绝地讲解，但这种方法只是反映了解释者个人对某个现象概念性认识的过程。也就是说，这种方法是脱离语境的方法，跟社会和物质相分离，不关注互动和社会文化在解释中的作用。

---

① Cairney，T.："Fostering and building students' intertextual histories"，*Language Arts*，1992，69(7)，pp. 502-507.

② Harris，P. and J. Trezise："Intertextuality and beginning reading instruction in the initial school years"，*Journal of Australian Research in Early Childhood Education*，1997，1，pp. 32-39.

③ Kumpulainen，K.，S. Vasama，and M. Kangassalo："The intertextuality of children's explanations in the technology-enriched early years science classroom"，*International Journal of Educational Research* 39：493-805，2003，39(8)，pp. 793-805.

库普拉宁等人的研究所采用的教学法是"问答为本的科学学习模式"。从孩子们的问答中，研究者可以看出孩子们提出了各种不同的解释，他们采用日常生活推理或科学推理的方法来解释这些抽象的概念。

研究的具体操作方法是"电脑显示图片法"（PICCO）。电脑播放有关地球、空间和时间的图片，如太阳光和太阳热度、四季的变化、太阳和地球的互动等。

孩子们分组观看电脑显示的图片，然后讨论，或者通过和老师交流互动的方法，也就是通过自我探究的方法理解这些概念。

例1：

老师：好，我用围巾把你的眼睛围上，你闭上眼睛，好吗？

学生：好。

老师：很好，就这样。围巾围得紧吗？

学生：不紧。

老师：很好。我在你手心上放一样东西，你感觉一下，然后告诉我们它是什么。我现在开始放了。

学生：好。

老师：放在你手心上了，你大脑马上想一下是什么。

儿童：嗯，雪。

老师：你怎么会想到是雪？

学生：因为很冷。

老师：是，还有呢？

学生：是真的。

老师：好，我把围巾拿下来。你看看它到底是什么东西。你现在感觉到的和看到的与原来一样吗？

学生：是，一样。我马上猜到了，因为很冷。

老师：（笑）是，嗯，现在雪怎么样了？

学生：化了。

从这个互动中我们可以看出，这个孩子把手心所接触到的寒冷物体，与他所熟悉的"雪"这一物质联系了起来。教师可以采用从熟悉的到不熟悉的，从日常生活感受到的经验到更远的未知的知识的方式，帮助学生认识科学现象。

研究者发现，学生互动中有三种明显的互文现象：一是篇章和物质联系中的互文；二是活动联系中的互文；三是叙述事件中的互文。

**（一）篇章和物质的联系**

表 7-1 是篇章和物质联系中的互文：

表 7-1　互文：篇章和物质的联系①

| 篇章和物质联系 | 例子 |
|---|---|
| 书面篇章<br>　a)正式出版物<br>　b)私人性篇章<br>口语篇章<br>　a)文化遗产<br>　b)先前话语 | 学生：在《小熊维尼》这本书里，维尼认为地球正在往下坠落。<br>老师：他们已经发现了这些事。<br>学生：地球正往下坠落！<br>老师：那好吧。 |
| 媒体<br>　a)电视、电影、收音机<br>　b)电脑<br>　c)其他多媒体学习工具 | 学生：月亮自己不发光，它反射太阳光。电脑放的图片也是这么说的，跟有关空间的书讲的不一样。<br>老师：嗯，是。 |

研究发现，学生在解释书面篇章时，会与一些正式的出版篇章联系起来。这些篇章包括教材、故事书、科幻小说、个人篇章，如将日记和书信联系起来。这些解释与口语篇章的联系基本来自学生从亲人那里听到的故事。此外，他们还会记得同伴小组讨论中的话语。

此外，其他媒体联系也扮演着重要角色。学生会引用自己看过或听过的电视和广播的内容。电脑图片、多媒体学习等也会被学生整合进自己的解释中，给自己对科学的解释提供证据。

**（二）活动联系**

表 7-2 是活动联系中的互文：

---

① Kumpulainen, K. , S. Vasama, and M. Kangassalo："The intertextuality of children's explanations in the technology-enriched early years science classroom", *International Journal of Educational Research* 39：801，2003，39(8)，p. 801.

表 7-2 互文：活动联系①

| 活动联系 | 例子 |
|---|---|
| 亲自动手的探索<br>a)在现场<br>b)在教室<br>c)在其他地方 | 学生₁：我想要看这个。<br>学生₂：这不是真的。<br>学生₁：你说的是这个？<br>学生₂：不是。<br>学生₁：是。<br>学生₂：这是电脑生成的，但看起来是真的。<br>学生₁：是真的。<br>学生₂：嗯。但是地球转得没这么快。它像这样转。你看不见它转。（示范）<br>学生₁：是这样转。<br>学生₂：不，是这样转。看，在一个月里是这样转，第二个月，第三个月，对吗？ |

这些活动的地点各不相同，可能在教室，也可能在其他地方。活动联系主要指的是在刚刚动手做实验后，学生会把这一经验带进陈述中。例如，假如刚在电视图片中看到地球，学生就会根据图片想象和解释地球的转动。

**（三）列举事件**

表 7-3 是叙述事件中的互文：

表 7-3 互文：列举事件②

| 列举事件 | 例子 |
|---|---|
| 特殊事件<br>a)个人的特殊事件<br>b)和个人有关的其他特殊事件<br>c)非个人的特殊事件 | 电脑显示：太平鸟<br>学生₁：我见过这种鸟。<br>学生₂：我也见过，好几次。<br>学生₁：有次跟我父亲。 |
| 一般事件<br>a)个人一般事件<br>b)和个人有关的其他特殊事件<br>c)隐含的一般事件 | 学生₁：是，我的生日是 29 号。<br>学生₂：我的生日是夏天。<br>学生₃：我的生日是 25 号。<br>学生₂：你的生日是 3 月吗？ |

① Kumpulainen，K.，S. Vasama，and M. Kangassalo："The intertextuality of children's explanations in the technology-enriched early years science classroom"，*International Journal of Educational Research* 39：493-805，2003，pp. 801-802.

② Kumpulainen，K.，S. Vasama，and M. Kangassalo："The intertextuality of children's explanations in the technology-enriched early years science classroom"，*International Journal of Educational Research*，2003，39(8)，pp. 793-805.

表 7-3 显示的是,当学生的解释中出现具体事件时,它们往往涉及亲身体会(个人具体事件)以及同伴或家人的经历(个人化相关的事件)。学生还会提及与个人无关的具体事件,如某次地震。除了具体事件,学生还会在解释中联想到一些一般性事件,可能发生在他们出生之前,也可能是世界性的事件。

叙述和列举事件使得学生能够和自己过去的经验建立联想并进行分析,使其变成知识来源。在这样的社会情境中,学生表现出在意义建构中自己的知识来源是权威性的、经得起考验的这样的信心。这些活动能极大地帮助学生认识到自己既是科学的学习者,也是具有特定经历和背景的个体。

## 四、瓦里拉斯等人的研究

瓦里拉斯等人研究了两个城市小学一年级与二年级科学素养课、阅读课中的互文。作为研究对象的一年级学生有 23 人,他们是墨西哥裔、拉丁美洲裔美国人;二年级学生有 30 人,他们是非裔、亚裔、欧裔和拉美裔等。[①]

这项研究中的篇章是广义的,指的是师生在朗读参考书时设计的另一本书。因此,在研究中,代数方程式、科学公式、图标、音符等都列入了篇章的范围,对过去事件或经验的口语描述也在篇章定义之列。

除了阅读,研究中还包括学生动手实验,观察、描述、预测、思考和解释某些相关的概念和现象。例如,研究空气是否占有空间,界定液体、固体和气体,认识蒸发、浓缩和融化。此外,学生还写日记,参与小组阅读(阅读其他阅读资料),与家长共同进行探索,在课堂分享发现结果。最后,在课程结束时,学生要就某本阅读书写感受。

本研究中大学研究人员与小学老师合作,设计了几个与科学主题有关的阅读材料,主题是"物质状态和物质状态的变化(特别是水的循环)"。研究者把这些资料发给学生,让他们大声朗读,发表意见,提出自己的想法和解释,并提问,同时老师也给出评语和评论。

在阅读中,研究者强调合作性朗读阅读与课堂话语。具体来说,就是老师与学生一起阅读,师生进行互动。在合作性、对话性的朗读阶段,

---

① Varelas, M., and C. C. Pappas: "Intertextuality in Read-Alouds of Integrated Science-Literacy Unitsin Urban Primary Classrooms: Opportunities for the Developmentof Thought and Language", *Cognition and Instruction*, 2006, 24(2), pp. 211-259.

老师要鼓励学生积极参与进来，如评论、发表自己的想法、提出疑问、联想等。学生参与的方式受到性格和生活经历的影响。这种朗读方法避免了传统的课堂教学中老师一言堂的状态。

瓦里拉斯等人认为，从互文的角度看，老师的一言堂实际上限制了学生将自己的社会经济、文化和民族背景知识带入课堂话语之中。在这里，课堂话语彼此交织，是对话式的，反映了冲突、张力和彼此相左的声音，与真实的社会环境一致。巴赫金提出的所谓"折射性话语"，就是对个体言语中他人声音的理论概括。师生在课堂话语中所展示的并非都是他们自己的声音。这些话语既是个体的，又是集体的。它可能是由个人提出，但是是对他人有意识或无意识的回应，是互动和沟通的结果。

社会认同、承认和社会意义都是确定互文联系的主要标准。因此，课堂互文、篇章的并置会出现在个人和社会层面，它体现出师生如何运用彼此对篇章的参照来发展意义，并解释这些意义。

瓦里拉斯等人在研究中扩大了互文的定义，认为互文还包括学生所指的未来发生的事件和经验。互文的具体类型见表7-4。

表 7-4　互文的类型

| 互文联系的类型 | 联系的定义 | 实例 |
|---|---|---|
| 类型 1 | | |
| 1. 书面篇章<br>(a)阅读资料 | 阅读单元中按主题选定的阅读资料，或者相关阅读资料 | "哦，闪电。我们准备读一本名为《电闪雷鸣与摇摆不定》的书，它会谈到关于闪电的知识。" |
| (b)课堂篇章 | 在课堂上展示的图表和黑板上出现的书面篇章等 | "记住我刚在黑板上画的图表。我想告诉大家什么是看不见的东西，好吗?" |
| (c)其他容易找到的书 | 课堂内外容易找到的书 | "现在，我出去找本书。事实上，亚历山大，不，曼纽尔，你去把那本帝企鹅的书拿来。" |
| (d)儿童自己的作品 | 儿童的字或图画 | "和我们前几天做的一样，我准备把数据表给你们……你们要画……你们可以描述一下今天的天气。" |
| 2. 其他篇章 | 大家口头分享的诗歌、韵文、传说或歌曲 | "天在下雨，瓢泼大雨，一个老头在打呼。" |
| 3. 其他媒体 | 电视—电台秀或电影 | "我在看《神奇校车》，当时在下雨，风很大，好像水面上风吹过，带来了很多云。" |

续表

| 互文联系的类型 | 联系的定义 | 实例 |
|---|---|---|
| 类型 1 | | |
| 4. 过去课堂话语 (a) 在现在的朗读课上 | 在现在的朗读课上出现的过去课堂话语 | "你们知道，可能在三月，正如亚历山德拉所说。" |
| (b) 在现在的单元中，但是不在目前这一节 | 在现在的单元中出现过，但不在目前这一节中出现的过去课堂话语 | "那天，胡里奥好像描述了龙卷风，好像有只手可以把东西提起来，是吗？因为它们威力无穷。" |
| (c) 本单元外 | 与过去的单元有关，也就是超出本单元的过去话语 | "记得我们讨论过赤道，那些生活在地球中部的人，总是感觉很热。" |
| 类型 2 | | |
| 1. 在课堂上本单元内 | 本单元的课堂动手探索 | "好，昨天有一半的人来到我面前，我们把茶壶加热，我们看见了一些东西，对吗？" |
| 2. 其他探索 | 其他单元要求做的家庭探索，或者要求在家或其他场所做的探索 | "(学生已经用水做了蒸发实验) 如果你把果汁之类的东西放在桌上，它会蒸发吗？" |
| 类型 3 | | |
| 1. 具体事件 (a) 个人经历的具体事件 | 个人经历的具体事件 | "上次我把冷水倒进盘子中……因为……我想我妈的水，然后，我看见蒸汽出来了。" |
| (b) 个人认识的人参与的具体事件 | 说话者并没有亲自参与，而是他们认识的人参与其中 | "有一次所有人都睡了，我的表妹……很早就醒了。然后，她……从窗户看出去。然后，她就这样：'妈咪，妈咪。'所有人都从窗户看出去，原来是龙卷风。" |
| (c) 非个人性具体事件 | 说话者没有指明到底谁参与其中，他们只是听说的，或者是从其他渠道了解到的 | "是 65。我们破纪录了。达到 65 一点也不奇怪。我们原计划是达到 30。现在还是冬天。" |
| 2. 一般性事件 (a) 个人经历的一般性事件 | 个人经历的一般性事件，可能是习惯性行为 | "我在浴缸里是这样做的 (拿起水杯，把口朝下压到水底，然后松手)。" |
| 类型 3 | | |
| (b) 个人认识的人参与的一般性事件 | 一般性的习惯性事件，其中说话者没有亲自参与，而是认识的人有参与 | "像我哥哥，他下楼了。他的房间在那里，他必须下楼。" |

续表

| 互文联系的类型 | 联系的定义 | 实例 |
|---|---|---|
| 类型 4 | | |
| "隐含的"一般性事件 | 一般性事件，说话者没有说明具体谁参与其中，但是，他们可能含蓄地指明了一些自己可能或应该习惯性经历的事件 | "好像如果你把牛奶放进冰箱很长时间，它就会变得很稠。" |

表 7-4 一共列出四类互文。图 7-1 和图 7-2 展示的则是两个年级每个类型互文的分布情况。

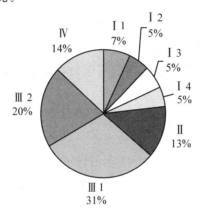

**图 7-1　一年级朗读过程中出现的互文联系类型**

在图 7-1 中，Ⅰ、Ⅱ、Ⅲ、Ⅳ分别指的是类型Ⅰ、类型Ⅱ、类型Ⅲ、类型Ⅳ。图 7-1 是一年级朗读过程中出现的互文联系类型，显示类型Ⅲ占了一半多，达到 51％。

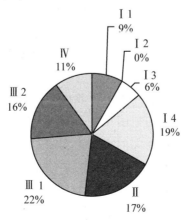

**图 7-2　二年级朗读过程中出现的互文联系类型**

图 7-2 是二年级朗读过程中出现的互文联系类型,其中类型Ⅲ也占有很大比例,有 38%。

瓦里拉斯等人通过研究发现了以下几点。

第一,学生会将自己的知识带入课堂中,并赋予自己的知识以意义,从而显示当教师和学生与篇章互动时,课堂话语中的互文如何给大家建构学习机会。在这两个班级中出现的互文会随着时间改变,这表明,互文既是一个话语行为,又是一个思维行为。阅读中出现了一个新的互文现象——事件互文。这种事件互文展示了包含科学术语特点的课堂话语。

第二,互文提供了一个平台,让师生能够发展出模糊的类型,进行复杂的话语实践。这些类型和实践最终会让他们朝着规范的、公共的科学类型发展。师生互动过程中会出现从叙述语言向科学语言的过渡,其中还伴随着事件互文的降低和动手探索的互文联系的增加。此外,事件互文使得学生能把日常经验运用到科学教育中,从而不用担心学术与日常生活或知识之间出现对立或矛盾。

第三,当学生感到受尊重、有人倾听、得到理解或安全时,他们才会坦然地说出对生活的想法和感受。随着互文以对话的方式出现和深入发展,教师也经历了一个概念的转变,即把互文这种新方法带入课堂教学,从而替代教师的传统教学方法。由此,互文成为课堂讨论的重点。

## 五、小　结

凯尔尼通过研究,发现孩子在构建自己的主篇章时,会采用老师所朗读的客篇章的结构。要实现这种建构,课堂的互动是少不了的,这跟哈斯特等人强调互文和互动的关系的观点一样。

哈里斯等人强调互文的关系是通过社会过程来实现的。社会过程其实就是指人际交往的过程,而人际交往就是一种互动。他们的发现跟哈斯特等人和凯尔尼的发现一样。

库普拉宁等人的研究有几点值得我们关注。一是研究者把多媒体也看成互文,也就是说,他们把图片等也看成"篇章"。这跟传统的只把文字看成篇章有所不同,把互文的概念扩大了。二是他们认为,在学习科学知识时,采用互文的方法,跟自己的文化相联系,孩子们会更全面地掌握科学的概念。三是他们采用的教学法强调"问答为本的科学学习模式",而不是单纯的灌输式的教学模式。

瓦里拉斯等人对"篇章"的定义是广义的,对"互文"的定义也是广义的。他们认为，互文还包括学生所指的未来发生的事件和经验。瓦里拉斯等人的量化研究，给读者展示了一幅清晰的互文出现比例的画面。

小学生的互文比幼儿的复杂。小学生认识的字多了，可以直接阅读科普读物，进行实践，分析电脑上出现的画面。因此，小学生在互文上的表现更加多样化。

## 第四节　中学教学中的互文研究

约翰逊(Johnson)[①]介绍了比奇(Beach)等人和哈特曼的研究，这两项研究都是文科性质的研究；而查普曼的研究比较有特点，是研究互文在中学数学教学中的应用。

### 一、比奇等人的研究

比奇等人做了一项有关中学互文性的研究。参与者是 8 年级和 11 年级(高二)的学生。比奇等人要求学生先读一篇短篇小说，然后画一幅画来描述这个故事，还要求学生用互文联系的方法写出与这个短篇小说相关的其他故事。学生要列出并描述这个短篇小说与之前他们阅读过的篇章之间的相同点。学生引用的多是主人公的特点、活动和角色，很少是信念、目的、情节或主题。比奇等人认为，教师需要鼓励学生超越当前的单元或课程的阅读，更多地利用自己之前的阅读经验，用更多的方式界定篇章与篇章之间的联系，并具体说明这些联系。[②]

### 二、哈特曼的研究

哈特曼的研究包括三个高中学生的个案研究，他们的阅读能力相对较强。哈特曼要求学生阅读五段内容，然后让他们在这五段内容之间建立联系。研究发现，学生会以两种方式建立互文联系：一是将思想、事件和人物联系起来；二是与社会性、文化、政治、历史联系起来。哈特曼根据互文联系的领域把互文性分为四种类型：地理环境、生产设备、

---

① Johnson，Sunni："Struggling middle school readers learning to make intertextual connections with texts"，PhD diss，University of North Texas，2011.

② Beach，R. ，D. Appleman，and S. Dorsey："Adolescents' use of intertextual links to understand literature"，in *Theoretical models and processes of readding* (4th ed. ，pp. 695-714 )，eds. R. Ruddell，R. Ruddel，& H. Singer，Newark，DE，International Reading Association，1990.

散漫习惯和临时事件。①

## 三、查普曼的研究

查普曼认为，数学教学是一项社会实践活动，是由一系列社会事件构成的，包括老师和学习者之间的互动。语言是学校数学教学中的核心内容，离开了特定的社会情境，我们就难以理解语言的意义。查普曼研究的理论视角就是，意义是在社会互动中产生的，因此，这就涉及一个问题，即意义到底是怎样被创造出来的。这项研究主要关注如何运用采用互文的方法，也就是如何利用语言，围绕某个特定的数学话题建构共同的意义。②

查普曼认为，互文指的是不同篇章之间主题或内容的关系。在学校课程教学中，语义和主题模式、类型结构都建立在很多篇章的相互联系之中。每个科目都利用各自的方式把不同的篇章联系在一起，它们的一般性互文原则决定了"什么事情、什么时候说、由谁来说等都或多或少地相互关联"。具体到数学课程的教学，要特别注意在运用互文时有哪些代表性的原则。学生在接触不同篇章时，他们是如何建构意义的？他们采用哪些互文策略建构数学主题？这些篇章是怎么在彼此之间建立上下文关系的？也就是说，互文关注的是有关某个数学主题的意义关系的模式是怎样依据一些看似不相关的篇章建构出来的。查普曼的目的是发现这些原则，并解释它们是如何发挥作用的。

数学课上运用的话语的语义和主题模式以及类型结构都是建立在很多篇章之上的。对于老师刚说过的话，学生只有根据之前说过的内容以及其他篇章中呈现的内容才能真正理解。例如，在关于指数律的数学课上，老师必须引入一个新的概念，而学生要理解这个概念，就需要认真听老师的讲授，包括其在黑板上写的例题、小组讨论等。上述不同篇章具有不同的类型，但是都会帮助增加和提炼本次课程的主题内容。它们共同建构了一个关于指数律意义的系统。

下面，我们来看一个学习数学新内容的例子。

例 2：

抄写并完成与以下几种形式相对应的表格。判断每种形式是线

---

① Hartman，D. K.："Intertextuality and reading：The text，the reader，and the context"，*Linguistics and Education*，1992，4，pp. 295-311.

② Chapman，Anne："Intertextuality in school mathematics：The case of function"，*Linguistics and Education*，1995，7，pp. 243-263.

性函数、二次函数还是指数函数。

提示：

线性函数有恒定的一次差；

二次函数有恒定的二次差；

指数函数有恒定的一阶比值。

尝试找出每种函数的法则。

例2中要学习的内容比较抽象，而例3中老师跟学生在对话中采用了互文，这样就把抽象的概念变得容易理解了。

例3：

老师：线性函数的明显特征有哪些？

学生$_1$：一条直线。

老师：它们是组成了一条直线，从值表的角度，你还能告诉我线性函数的其他特点吗？

学生$_2$：它总是以同样的方式上升。

老师：它以同样的方式上升。那么，你是怎样看待这一点的？你是怎样发现它以同样的方式上升的？

学生$_2$：因为规则就是这样说的。

老师：你是怎样发现它是以同样的方式上升的？继续，我希望听到关键词。

学生$_3$：常数。

老师：第一，这个模式是常数。好的。第二点是什么？说说二次函数吧。

学生$_2$：第二条线跟第一条是一样的。

老师：很好，那么，这两条线构成了常数模型。

例3中，老师让学生说出线性函数的突出特点，学生$_1$指出了一个特点，但是这并不是老师想要的。老师重复学生$_1$的回答，并重申了这句话，以此说明这是一个事实，需要记住这一点。然而，老师希望学生提供其他信息。他指出，他关注的是线性函数和值表之间的关系。

学生$_2$的回答是"它总是以同样的方式上升"，这就进入了这个篇章讨论的有关差异模式的内容。老师要求学生$_2$详细说明这一点，他提出："你是怎样发现的？"老师显然是想得到一个更加合适的表达方式，因为他明确提出了这一点"我希望听到关键词",而学生₂没有做到,也就是没有使用正式的数学词汇。最后,学生₃讲出了老师期望听到的关键词"常数"。这让老师顺着这个关键词引出了函数类型和差分之间的主题关系。

例 2 是典型的数学课中要学的内容,例 3 是数学课中的对话篇章,从例 2 和例 3 中我们看到:它们都含有标准的数学术语,而这些数学术语是课堂讨论的主要内容,但是,这些新的术语是在围绕这个话题开展非正式讨论之后出现的。老师跟学生之间的对话,清楚地显示了从非正式术语走向术语的过程。从互文的角度看,就是从学生已经熟悉的客篇章的内容,引出了主篇章中新的内容。

这项研究提出了学校数学课所运用的互文原则,查普曼分析了大量数学课上使用的口语,看到了老师和学生是如何运用语言来建构某个数学主题的共享意义的,并针对不同的篇章发展出不同的主题关系模式,从而表明每个模式实际上都是对一个共同话题的部分表达。查普曼强调,合适的语言表达是建构这些模式的必要手段。也就是说,这些语言是建构数学意义的基础,某些形式的互文手段能帮助学生学习数学。①

## 四、小　结

我们一共介绍了三项研究。比奇等人的研究说明,与小学生相比,中学生的阅读水平已大大提高,老师可以直接告诉学生采用互文阅读法,即把主篇章和客篇章结合起来阅读。值得我们重视的是,篇章中主人公的特点、活动和角色通常容易引起学生的注意,而信念、目的、情节和主题不易引起学生注意。哈特曼在研究中发现,不同的学生在使用互文时亦有所不同。查普曼的研究给我们的启示是,并非只有在学习文科内容时才可采用互文,互文同样适用于理科。数学的定义和公式是很抽象的,而且是一步一步往下推导的,上一步没掌握,下一步就学不下去了。把数学的各个部分有机地结合起来进行教学,正符合互文的特点。

中学生的特点是思维活跃,敏捷,兴趣广泛,乐于探索,善于接受新知识和新事物。这些特点使得老师可以直接教学生使用互文法:与以前的知识相联系,与社会相联系,与历史相联系。

---

① Chapman,Anne:"Intertextuality in school mathematics:The case of function",*Linguistics and Education*,1995,7,pp.243-263.

## 第五节　大学教学中的互文研究

本节我们主要介绍两项研究：一是互文在阅读中的应用；二是互文在写作中的应用。

### 一、互文在阅读教学中的应用

哈特曼等人认为："系列的研究表明，好的读者能够将自己的思想与之前的阅读经历联系、关联起来。这种跨篇章的阅读所获得的理解超越对任何一个单一篇章的理解。"[①]阿姆斯特朗等人研究的是在大学一年级学生的阅读课中如何用互文提高学生的阅读质量。[②]

#### (一)两种阅读模式

阿姆斯特朗等人在研究中把阅读方式归为两类：一是"传递模式"(a transmission model)；二是"互文模式"(the intertextual model)。[③]

"传递模式"指的是传统的阅读方式，又称"技巧训练法"(skill-drill)。这种阅读法有其长处，但不足之处也较明显，主要表现在三个方面。首先，从阅读策略来看，传递阅读是一种"表层的阅读策略"(surface-level strategies)，而不是"深层主动的阅读策略"。传递阅读是一种"概念化"的阅读，其特点是学生关注的是"单一的篇章"，他们通常把这个篇章看成"特殊的话题"，当作"真理"看待，因此会认真阅读，记牢内容。实际上，这个篇章可能只是某个作者自己的观点，很可能这些观点本身就带有偏见。其次，从接受方式看，传递阅读不要求读者带入自己的观点，不是"与话语篇章进行对话式的阅读"，而对话式阅读对个人的思考具有更高的要求。最后，从阅读方式看，传递阅读实际上是对话语篇章进行一般性阅读(泛读)，而不是为理解话语篇章的深层含义进行的策略化和情境化阅读。

"互文模式"指的是向学生提供大量的背景阅读材料和篇章，让学生有机会了解"核心材料"的背景知识，引导学生在不同的篇章间建立联系，发展对核心材料的多元视角、解释，从而发展出学生自己的"批评性思维

---

① Hartman，D. K.："Intertextuality and reading：The text，the reader，and the context"，*Linguistics and Education*，1992，4，pp. 295-311.

② Armstrong，Sonya L. and Mary Newman："Teaching textual conversations：Intertextuality in the college reading classroom"，*Journal of College Reading and Learning*，2011，2.

③ Armstrong，Sonya L. and Mary Newman："Teaching textual conversations：Intertextuality in the college reading classroom"，*Journal of College Reading and Learning*，2011，2.

的技巧"。在教学中，互文既强调建造，又强调运用。这就好比造房子，房子的基础越好，学习者继续理解和建构房子的能力就越强。它反映了学习者概念化和理解某个特定内容（篇章、概念或话题）的能力。

### （二）阅读材料

在研究中，阿姆斯特朗等人发现，阅读材料可以分为两种。一种称为"核心材料"（core material），指的是某个具体的话语篇章、某个概念，或者某个特殊的学术内容等；另一种称为"补充篇章"（supplementary texts），指的是与核心材料有关的话语篇章。只有阅读补充材料，才能达到对核心材料深层次的理解。实际上，阿姆斯特朗等人所说的核心材料，就是我们所说的主篇章；他们说的补充材料，就是我们所说的客篇章。

具体来说，仅靠以前获取的知识，学生很难完全理解特定的篇章。因此，有必要提供一些补充性的篇章，它们可以弥补学生的知识空白，给学生打下坚实的知识基础。

### （三）互文阅读方法

阿姆斯特朗等人提出了三种互文阅读方式和四个阅读步骤。

三种方式指的是"联想、整合、评价"，目的是教学生如何将以前的知识和现存知识联系起来。

联想：把某些过去的篇章和现在的篇章联系起来。

整合：把背景知识应用到当前篇章中。

评价：通过对过去的篇章和现在的篇章进行对比，得到自己的"判断、价值、结论，以及概括"等。

四个步骤指的是寻找资料、课前预习、课堂讨论、记录心得。

寻找资料：让学生寻找大量印刷和非印刷资料，鼓励他们建立资料和资料之间的联系。

课前预习：让学生就某个话题预先阅读相关资料，提前熟悉，以便在课堂上有足够的时间思考和提问。

课堂讨论：教师要提供大量的互文材料，给学生提供背景知识，并使这些材料与学生的生活建立起关系。

记录心得：把自己的想法和观点写下来，从而积极参与到阅读和学习过程中。

阿姆斯特朗等人研究的是大学一年级新生的阅读。他们发现，一年级新生通常面临许多不适应，如社会的、文化的、感情的等。同样，在学习中，具体地讲，在阅读中，他们面临的是与中学完全不同的阅读方式。中学生通常是通过阅读"被动地接收信息"，大学则要求学生通过阅读"主动地建构知识体系"。互文阅读策略能让学生在正在读的内容与已读的内容之间建立关联，也就是将自己过去就某个话题所拥有的知识与新的知识或经验联系起来。它还是针对某个话题的不同篇章信息的综合。

这样，通过一个学期的阅读训练和知识建构，学生就会明白这种将篇章联系起来的方法是一种理解策略，这种策略可以帮助他们理解和掌握篇章的核心内容。

### （四）实　例

阿姆斯特朗等人选取一所社区学院和一所大学进行互文阅读训练。

先来看社区学院的情况。

一部分参与的学生已经被社区学院录取，但是，还没有正式开始选课，他们需要先上一些发展性的课程，考试通过后才可以选修社区学院的课。发展性阅读课程不仅包括很多专门给那些技能水平不高的学生设计的课程，还包括给那些没有通过学院考试的学生准备的课程。这些课程中的高级课程就是"准备入学的阅读 2 课程"，是本研究讨论的焦点。

"准备入学的阅读 2 课程"是以互文概念为指导的课程。在学期开始，学生主要学习阅读策略。例如，如何主动阅读，如何找出主要观点和主要的支持性细节，如何提高词汇量等。这些指示方法能帮助学生就如何发展深入的阅读策略建立较好的基础。到了第三、第四周，学生就会接受海德（Hynd）[1]和海德-沙纳汉（Hynd-Shanahan）[2]等人提出来的策略，它会教学生如何掌握具体的阅读和学习策略。这个深入的阅读策略包括运用多元的、观点冲突的历史性篇章将学生带入互文中，学习批判性的阅读和思考。表 7-5 是这一课程采用的篇章和材料。

表 7-5　社区学院学生阅读表[3]

| 篇章来源 | 作者等相关信息 |
| --- | --- |
| 迪安·拉斯克：《当我看见它的时候》(1990) | 约翰逊政府前任国务卿；佐治亚大学国际法教授 |

---

① Hynd，C. R.："Teaching students to think critically using multiple texts in history"，*Journal of Adolescent and Adult Literacy*，1999，42(6)，pp. 428-436.

② Hynd-Shanahan，C.，Holschuh，J. R，& Hubbard，B.："Thinking like a historian：College students' reading of multiple historical documents"，*Journal of Literacy Research*，2004，pp. 141-176.

③ Armstrong，Sonya L. and Mary Newman："Teaching textual conversations：Intertextuality in the college reading classroom"，*Journal of College Reading and Learning*，2011，2，p. 14.

续表

| 篇章来源 | 作者等相关信息 |
|---|---|
| 米勒、伯金、彻尼和高莫理：《美国的形成：美国历史》(1990) | 历史学家；大学教材 |
| 加雷斯·波特：《东京湾事件社论》(1984) | 纽约城市大学教授，《基督教科学箴言报》专栏作家 |
| 菲利普·B. 戴维森：《越战的秘密》(1990) | 美国陆军情报局前局长，发表过几篇有关越战的文章（学生往往不知道作者信息，要告诉学生在没有任何其他信息的情况下甄别作者的可信度是课程的一部分） |
| 道格拉斯·派克：《回应加雷斯·波特的社论》(1984) | 加州大学（伯克利分校）中南半岛档案馆管理员，引用了越南人民军出版的书中军事活动的证据 |
| 视频：《越南讲座》(斯托克，1990) | 佐治亚大学历史学教授威廉·斯托克有关东京湾事件的讲座 |
| 视频：《美国经验》(林登·B. 约翰森，1991) | 一部有关林登·B. 约翰森和越战的公共电视网纪录片 |

　　表 7-5 鼓励学生运用互文学习材料，体现出启发式教学法。表 7-5 的内容涉及来源出处、情景化以及证实，最后得到学生的反馈。这种启发式教学法教学生考虑信息的来源（篇章），该篇章写作的情境（时间、地点、那个时代的政治和社会问题等），以及在不同的作者之间以及与同一个话题相关的篇章之间自己的立场。

　　下面是大学的情况。

　　参与研究的这所大学是一所公立大学，其中有四个专业的学生参加了互文阅读：文献、英语、传媒与数学。阅读课程都是在互文概念指导下设计的基于篇章的课程（见表 7-6）。阅读开始时，主要以阅读小说为主，后来一步步引导学生进入学术阅读。这个阅读课程的目的是使学生不仅侧重文学篇章，而且有更多的机会接触和感受不同的篇章类型。另外，这门课要求学生就阅读过的篇章开展讨论（如电影、音乐、艺术等文化篇章）。以"9·11"事件为例，不同的学生会从不同的渠道了解整个事件的来龙去脉，他们会自行解读《纽约时报》等媒体刊登的文章，也会用类似的方式和核心小说"进行对话"。

表 7-6　大学学生阅读表 ①

| 材料出处 | 阅读材料 |
| --- | --- |
| 斯蒂芬·霍金的《时间简史》 | 核心篇章中的主要角色是霍金的粉丝 |
| 2001 年 9 月 12 日《纽约时报》头条新闻 | 核心篇章中的主要事件是 9 月 11 日的惨案 |
| 一部大学水平的包含广岛内容的历史教科书 | 关于广岛的核心报道 |
| 研究第二次世界大战突袭的学术著作 | 核心篇章中的另一个重要事件是德累斯顿大轰炸 |
| 甲壳虫乐队的音乐 | 核心篇章中的主要人物是甲壳虫乐队的粉丝 |
| 美国有线电视新闻网络连播长岛渡轮事故 | 核心篇章简要提及该事件 |
| 任意一版电影版《哈姆雷特》的片断 | 核心篇章中的主要人物在校园话剧中扮演尤里克 |

互文阅读就是要改变刚刚进入大学的学生的传统阅读观念：他们通常认为阅读是一个接受过程，也就是类似聆听的过程，好像只是作者在告诉他们什么东西，他们作为读者只用坐在那边，被动接受作者告诉他们的信息。而互文阅读对这种传统的阅读方式提出了挑战，要求学生重新定义阅读，把阅读看作一种"对话"：在对话中，学生成为主动的、积极的参与者。

## 二、互文在写作教学中的应用

达哈尔(Dahal)等人 ②研究了如何在英语写作教学中采用互文教学法，以实现传统写作教学无法实现的效果。其中，学生的母语是尼泊尔语，被教授用英语写作。

这里的文体主要指应用文，如商业信函、明信片、食谱、旅游手册、求职信、说明书等。

他们在研究中发现，在传统的写作教学中，考查学生学习成果的方

①　Armstrong，Sonya L. and Mary Newman："Teaching textual conversations：Intertextuality in the college reading classroom"，*Journal of College Reading and Learning*，2011，2，p. 16.

②　Dahal，H. R. and L. N. Ghimire："Genre and intertextuality：Pedagogical implications in teaching of writing"，*Journal of NELT*，I，2002，7(1-2).

式是当面测验和考试，这迫使学生以考试结果为导向，结果就是学生的写作变得非常机械。学生只重视背诵，没有机会真正学习写作。教师通常把学生最后的篇章产品（写作的产品）当成判断教写作是否成功的标准。学生可能会认为，写作的目的就是让老师评分。他们从来都没有想过，篇章可以向老师传递某些信息，篇章之间能构成对话关系。实际上，写作涉及大脑思维的过程，学生需要思考、联想，对某个主题进行讨论，阅读同类文体的范文，进行写作前的准备工作。只有这样，他们才能开始真正的写作。

达哈尔等人认为，把互文应用到文体写作中，可以起到事半功倍的效果。他们提出两种互文写作教学法：一是角色扮演法；二是激活图式法。

角色扮演法指的是要求学生扮演日常生活中不同的角色，以了解某个文体和互文的关系和功能。

例如，学生可以扮演进饭店吃饭的"就餐者"。可以先让学生从菜谱中选出一样菜，再要求学生讲出他为什么选这道菜而不选其他菜。学生通常会回答说这些是自己熟悉的菜。要解释这种现象，我们可以借助于互文。我们知道，每道菜都是在菜谱上列好了的，要让某个食客点他不熟悉的菜，就要让他先得到介绍这道菜的信息。换句话说，这就意味着要理解这道菜，得先得到其他新的篇章的支持。而对熟悉的菜，因为学生脑子里已储存了有关这道菜的各种"客文本"，他们可以激活这些篇章，进行瞬时互文，全面理解关于这道菜的信息。

学生还可以扮演"旅游者"。可以给游客一本旅游的小册子，并要求他决定是去博卡拉（尼泊尔的一个地名），还是去珠穆朗玛峰。我们知道，选择去哪个地方，取决于游客的偏好、费用、旅游线路、时间长短等。由于小册子提供的博卡拉和珠穆朗玛峰这两个地方的信息不够详细，游客要真正挑选出自己想去的地方，就需要更为详细的信息。换句话说，他们需要读到其他有关这两个地方的更为详细的篇章，或者向其他人打听相关信息。最后，旅游者需要把从小册子中得到的信息、打听或者读到的更为详细的信息以及在大脑里储存的已知信息综合在一起，从而决定去哪里。所以，在写作时，学生需要不断应用互文知识。

这两例角色扮演，说明人们在得到某个篇章时，往往会感到信息不足。要弥补这种信息不足，就需要更多与这个篇章有关的新篇章。在写作中，作者要了解这些相关的篇章，这就是互文写作的思路。

激活图式法，即把不熟悉的内容变为熟悉的内容的方法。英语老师应该教学生如何把不熟悉的东西转变为熟悉的东西，这样学生学习英文写作会变得容易些。以尼泊尔教科书为例，如果要求学生写相似文体的篇章，由于他们不熟悉讲英语国家的文化，所以会比较困难（见表 7-7）。

表 7-7　英语应用文示例①

| |
|---|
| ROOM TO LET(房屋出租) |
| Large bed-sitter(宽敞的卧室兼起居室) |
| 16 Bryants Lane(布莱茵特巷 16 号) |
| Phone 647-0814 ￡30 p. w.(电话 647－0814，30 英镑一周) |

| |
|---|
| Headline News(头条新闻) |
| Boeing 747 hijacked over Atlantic(一架波音 747 在大西洋上空被劫持) |
| 150 arrested in anti-nuclear demonstration(150 人在反核武示威中被捕) |
| Man with bomb arrested at Heathrow (一名身藏炸弹的男子在希斯罗机场被捕) |

表 7-7 中的篇章有不同的功能。举例来说，第一个篇章是出租房子的广告，功能是告诉想租房的人各种信息，以及吸引房客。第二个篇章是标题新闻，提供人们关系的信息。但是，这两个篇章更适合英国或其他欧洲国家的人。对尼泊尔人来说，他们并不熟悉其互文知识。所以，教师要花很多时间教学生写这类篇章。

激活图式法，就是指老师把这些例子与尼泊尔的文化进行语境化，这样能激活学生的"图式"。例如，可以给学生尼泊尔当地的标题新闻、分类新闻等其他文体的篇章，让学生对不同文化中的篇章进行联想和对比；还可以要求学生讨论这些文体的功能，讨论什么条件能够符合表 7-7 中的篇章功能。这样的互文教学能使学生真正掌握英语不同文体的写作技巧。

达哈尔等人认为，写篇章和读篇章是一种社会行为，各种文体篇章是为了交际目的产生的。人们从篇章中得到意义，也就是说，写一个篇章就是邀请人们进行互动。文体篇章有很多特征，我们需要找出这些特征。一个从现存篇章中产生出来的新篇章称互文，所以，任何篇章都是对过去篇

---

① Dahal，H. R. and L. N. Ghimire："Genre and intertextuality：Pedagogical implications in teaching of writing"，*Journal of NELT*，I，2002，7(1-2)．p. 100.

章的引用，都依赖于对前面篇章的理解。①

## 三、小 结

阅读和写作是语文课的两个重要环节，研究者抓住这两个环节进行研究是有道理的。

对于大学的阅读教学，阿姆斯特朗等人的贡献不是分析了传统阅读的不足，而是提出了新的阅读方式：互文阅读。他们的研究中有两点值得我们关注：一是提出三种互文阅读方式和四个阅读步骤；二是对不同程度的读者提出了不同要求，让学生明白互文是一种理解篇章的策略，掌握了这种策略就能掌握篇章的核心内容。

对于大学的写作教学，达哈尔等人采用的角色扮演法和激活图式法能使学生"身临其境"。他们从中学到的不仅是知识，还有方法。有时掌握方法比获取知识更为重要。

大学的教学与小学、中学教学明显不同，"传递模式"已经不能适应大学的教学法了，"互文模式"能够弥补其不足。大学要求的是让学生自主地掌握学习方法，而互文就是一种行之有效的获取知识的方法。

## 第六节　文章缩写的互文分析

前文我们主要介绍不同阶段的学生是如何在学习中应用互文的，下面我们通过一个实例，来看看在写作教学中，具体说是在文章的缩写中，作者可能采用哪些互文手段。

我们把文章的缩写看成互文的一种形式，指的是把某个较长篇章改写为一个新的篇章，但字数少于客篇章。我们在日常生活中经常用到缩写这种篇章形式。严格来讲，缩写包括书面语缩写和口语缩写。书面语好理解一点，能看到两个长短不同、叙述同一个内容的篇章，缩写后的主篇章是客篇章的变体。如果我们看到某个篇章，用口语转述这个篇章的主要内容，广义讲也是一种缩写的形式，可以称为"简述"，即不是写出来的，是讲出来的。

通常来说，作者缩写篇章中的内容一般是他认为客篇章中相对重要的内容。

---

① Dahal，H. R. and L. N. Ghimire："Genre and intertextuality：Pedagogical implications in teaching of writing"，*Journal of NELT*，I，2002，7(1-2).

## 一、语 料

我们调查的原文是 2008 年 12 月 1 日发表在《京华时报》上的《误中猎枪川妹子来京治疗》一文，约 1600 字（原文略）。

调查采用非随机抽样，被调查的学生是北京景山学校高三一班（文科班）的学生，共 43 人。调查时间是 2008 年 11 月。我们要求学生利用早自习缩写文章，写出 2 个关键词以及不超过 150 字的短文。

在调查表中，我们并未说明缩写时是直接摘取客篇章中的原句，还是自行归纳概括客篇章的重点。

## 二、缩写短文分析

我们共收到缩写文 41 篇，其中有 9 篇超出 150 字。最长的一篇是 168 字，最短的一篇是 72 字。41 篇短文共 5199 字，平均约 127 字。

## 三、词汇互文

词汇互文是互文的一种常见互文法。下面，我们重点关注关键词互文，时间、地点、人物互文情况。

### 1. 关键词互文

关键词，顾名思义，是"关键"的词，也就是最重要的词。关键词的应用范围不同，其功能和作用也有所不同。

《现代汉语词典》对"关键词"有两种解释：一是"指能体现一篇文章或一部著作的中心概念的词语"；二是"指检索资料时所查内容中必须有的词语"。第一种解释是传统的对关键词的解释，关键词通常反映出某个篇章叙述的中心内容。在第二种解释中，《现代汉语》没有具体指出"检索"的方式。随着计算机技术的发展，在网上搜寻资料越来越便捷，这时，关键词便是寻找自己想获得的资料的重要手段。网络上对关键词的解释是利用计算机查资料时所用的词，中文搜索引擎指南网对关键词有如下解释：

> 关键词，就是您输入搜索框中的文字，也就是您命令搜索引擎寻找的东西。
> 您可以命令搜索引擎寻找任何内容，所以关键词的内容可以是人名、网站、新闻、小说、软件、游戏、星座、工作、购物、论文……

关键词，可以是任何中文、英文、数字或中文英文数字的混合体。

例如，您可以搜索"大话西游""Windows""9·11""F1赛车"。

关键词，您可以输入一个，也可以输入两个、三个、四个，您甚至可以输入一句话。

例如，您可以搜索"爱""美女""mp3下载""游戏、攻略、大全""蓦然回首，那人却在灯火阑珊处"。

关键词不仅仅是"词"，也可以是"一句话"。传统的关键词和用于电脑检索的关键词，在形式和功能上有所不同。

我们这里所讲的关键词，指能反映某个篇章的主要内容，也就是"体现原文中心概念的词"。在调查中，大部分人按要求写了2个关键词，但有一位受试者只写了1个关键词，有两位受试者写了3个关键词，还有一位写了11个关键词。对这3篇写关键词的缩写文，我们就取最前面的2个关键词，这样41篇缩写文共得到81个关键词，分布情况如表7-8所示。

表7-8　关键词分布

| 编号 | 关键词<br>（括号内是原文出现次数） | 缩写文中共出现次数 |
|---|---|---|
| 1 | 募捐（4） | 11 |
| 2 | 爱心（3） | 6 |
| 3 | 热心人（1） | 5 |
| 4 | 截肢（6） | 4 |
| 5 | 重伤（无） | 3 |
| 6 | 热心（无） | 3 |
| 7 | 枪击（1） | 3 |
| 8 | 携手相助（1） | 3 |
| 9 | 援助（无） | 2 |
| 10 | 志愿者（4） | 2 |
| 11 | 误伤（无） | 2 |
| 12 | 联合救助（无） | 2 |
| 13 | 误中猎枪（1） | 2 |

| 编号 | 关键词<br>（括号内是原文出现次数） | 缩写文中共出现次数 |
|---|---|---|
| 14 | 救助（1） | 2 |
| 15 | 不幸（无） | 2 |
| 16 | 绝望（1） | 1 |
| 17 | 幸运（无） | 1 |
| 18 | 意外（1） | 1 |
| 19 | 关爱（无） | 1 |
| 20 | 受伤（1） | 1 |
| 21 | 医治（无） | 1 |
| 22 | 误遭枪击（无） | 1 |
| 23 | 意外受伤（无） | 1 |
| 24 | 热心救助（无） | 1 |
| 25 | 帮助（2） | 1 |
| 26 | 左脚中弹（无） | 1 |
| 27 | 好心人（无） | 1 |
| 28 | 救（无） | 1 |
| 29 | 粉碎性骨折（2） | 1 |
| 30 | 意外枪击（无） | 1 |
| 31 | 大爱（无） | 1 |
| 32 | 互助（无） | 1 |
| 33 | 热心相助（无） | 1 |
| 34 | 费用（2） | 1 |
| 35 | 携手相助（1） | 1 |
| 36 | 医治（无） | 1 |
| 37 | 二地联合救助（无） | 1 |
| 38 | 没钱治疗的重伤女孩（无） | 1 |
| 39 | 三地志愿者携手相助（1） | 1 |
| 40 | 援手（无） | 1 |
| 41 | 转机（1） | 1 |

续表

| 编号 | 关键词<br>（括号内是原文出现次数） | 缩写文中共出现次数 |
|---|---|---|
| 42 | 支持（1） | 1 |
| 43 | 相助（1） | 1 |
| 44 | 小炼（21） | 1 |

从表 7-8 可看出，缩写文对关键词的选择显示出下列信息。

第一，"募捐"是受试者关注较多的词，有 11 位缩写文作者认为原文透出的最重要信息是"募捐"。

第二，关键词的选择比较分散。共 45 个关键词，出现 1 次的共 29个。根据我们观察，关键词选择是否集中，可能跟很多因素有关。首先，可能跟文体有关。政论文和记叙文表现方式不同，或者说文章透出信息方法不同，这些都可能影响受试者对关键词的选择。其次，也可能跟阅读能力有关。对于某些文章，受试者需做概括和抽象，不同的读者对关键词的选择因此可能不同。最后，对文章的内容，可以用不同的词表达，这样可能会出现意思相近的词，导致关键词不集中。表 7-8 中，很多词虽然不同，但内容相近，如热心、爱心、热心人、关爱、好心人、大爱等。

第三，人名、地名一般不被当作关键词。本调查中，45 个不同的关键词中，只有一个是人名"小炼"。没有地点词，虽然出现过"三地"，但由于不是单独出现的，它无法被当作一个单独的关键词。

第四，绝大多数作者把两个字的词当作关键词。但也有用多词组合的，如"左脚中弹、联合救助""误中猎枪、热心相助""意外受伤、热心救助""没钱治疗的重伤女孩、三地志愿者携手相助"。值得注意的是，这一对对的关键词的字数相等，作者在写关键词时，可能无形中考虑到两个关键词的字数。人们通常认为关键词是由两三个字组成的词，当然有些专用名词可能长些，但"没钱治疗的重伤女孩、三地志愿者携手相助"通常不被当作关键词，较适合当小标题。

第五，关键词的选择跟原文是否出现过没有直接关系。在表 7-8 的45 个关键词中，22 个在原文中出现过。这说明，缩写文作者在选择关键词时，与原文中是否出现过没直接关系。另外，与在原文中的出现次数也没有直接关系。极端的例子是"小炼"在原文中出现了 21 次，在缩写文中只出现了 1 次。

**2. 时间、地点、人物互文**

提起记叙文，我们就会想到记叙文的六要素：时间、地点、人物、起因、经过和结果。一般来说，掌握了记叙文的六个要素，我们便可把握故事的来龙去脉，理清文章的线索。在这六个要素中，时间、地点、人物通常用词汇来表达，而起因、经过、结果通常要用比词大的语言单位来表述，也就是说，用词组或句子来表达。下面，我们来考察时间、地点、人物这三个要素在缩写文中的使用情况。

（1）时间互文

记叙文通常要交代故事发生的时间，时间词的变换标志着故事发展的不同阶段。时间词包括表时间的名词、副词和短语。表 7-9 和表 7-10 为原文和缩写文中出现的时间词。

表 7-9　原文出现的时间词

| 编号 | 时间词 | 出现次数 |
|:---:|:---:|:---:|
| 1 | 昨天上午 10 点 | 1 |
| 2 | 10 月 18 日 | 1 |
| 3 | 当天下午 2 点 | 1 |
| 4 | 听到消息后 | 1 |
| 5 | 当天下午 | 1 |
| 6 | 半个月后 | 1 |
| 7 | 11 月初 | 1 |
| 8 | 了解情况后 | 1 |
| 9 | 11 月 26 日 | 1 |
| 10 | 此时 | 1 |
| 11 | 前晚 | 2 |
| 12 | 当晚 10 点 | 1 |
| 13 | 昨天上午 | 1 |
| 14 | 昨天下午 3 点 | 1 |
| 15 | 目前 | 1 |

表 7-10　缩写文出现的时间词①

| 编号 | 时间词 | 出现次数 |
| --- | --- | --- |
| 1 | 10 月 18 日 | 11 |
| 2 | ……中 | 11 |
| 3 | 目前 | 8 |
| 4 | 仍 | 6 |
| 5 | ……时 | 6 |
| 6 | 10 月 18 日下午 2 点 | 5 |
| 7 | 正在 | 4 |
| 8 | ……后 | 3 |
| 9 | 终于 | 3 |
| 10 | 最终 | 2 |
| 11 | 后 | 2 |
| 12 | 先 | 1 |
| 13 | 与此同时 | 1 |
| 14 | 如今 | 1 |
| 15 | 一天 | 11 |
| 16 | 很快 | 1 |
| 17 | 最后 | 1 |
| 18 | 后来 | 1 |
| 19 | 还 | 1 |
| 20 | 已 | 1 |
| 21 | 现 | 1 |
| 22 | 随后 | 1 |
| 23 | 不多时日 | 1 |
| 24 | 此时 | 1 |

---

① "10 月 18 日"出现的 11 次中，有一个是"10.18"，一个是"十月十八日"，由于所指时间相同，暂且列入"10 月 18 日"这个时间中。"10 月 18 日下午 2 点"的 4 次中，也包括一人用"10 月 18 日 14 时"。

由上表可发现，原文共出现 15 个时间词，缩写文中共出现 24 个时间词。有些表时间的词，在原文中没有出现过，如"与此同时、如今、不多时日、随后"等。在原文中出现的"昨天、前晚"等词，在缩写文中没有出现。这说明，在缩写文重组过程中，作者会根据上下文的需要，选择原文中重要的时间词。如表 7-10 所示，"10 月 18 日"和"……中"出现次数最多，各出现 11 次。也就是说，这两个时间词受到缩写文作者的重点关注。缩写文作者也会根据自己重组记叙文的需要，增加一些原文中没有出现过的时间词，使得上下文更有条理。

最多的一篇缩写文出现了 4 个时间词，而有 4 篇没有出现时间词。每篇缩写文平均出现 1.8 次时间词。

例 4：

10 月 18 日，四川兴文县初二学生小炼和同学在山上游玩时，误踩到引火线，引发猎枪自动发射，左脚踝中 120 颗铁砂成粉碎性骨折。小炼父亲满面绝望，在背着女儿回家途中遇到热心人杨霞。杨霞为小炼做了很多努力，通过互联网联系了川陕京三地志愿者，爱心活动正在进行。

例 5：

川籍学生小炼在山上误踩引线遭枪击，以致左脚踝粉碎性骨折，情况危急。在好心人杨霞的帮助下，消息被发到网络上，许多志愿者纷纷伸出援手。来自北京的沈利帮小炼联系了医院，并组织捐款，为小炼筹集手术费用。

总的看来，例 4 这样有时间词的缩写文占多数，例 5 这样没有时间词的占少数。缩写文中还有三个经常出现的时间短语："……中""……时""……后"。

（2）地点互文

在记叙文中，地点也是故事发生的一个要素。作者通常要交代事件发生的地点。如果随着事件的发展和推移，地点有所改变，便会出现不同的地点词。表 7-11 和表 7-12 是原文和缩写文出现的与"川妹子"受伤和治疗有关的地点词。

表 7-11　原文出现的地点词①

| 编号 | 地点词 |
|------|--------|
| 1 | 山 |
| 2 | 草丛 |
| 3 | 现场 |
| 4 | 医院 |
| 5 | 家 |
| 6 | 长宁县医院 |
| 7 | 附近 |
| 8 | 宜宾市二医院 |
| 9 | 成都华西医院 |
| 10 | 陕西 |
| 11 | 当地 |
| 12 | 机场 |
| 13 | 304 医院 |
| 14 | 四川 |
| 15 | 北京（京） |

表 7-12　缩写文中出现的地点词

| 编号 | 地点词 | 出现次数 |
|------|--------|----------|
| 1 | 北京 | 32 |
| 2 | 四川 | 24 |
| 3 | 山 | 23 |
| 4 | 304 医院 | 13 |
| 5 | 四川、陕西、北京三地 | 12 |
| 6 | 医院 | 11 |
| 7 | 四川兴文县 | 10 |

---

① 在确认的地点词中，我们发现有些词较难确定。例如，"家"这个词可以是地点词，如"离家不远的地方，有条小河"，但"家中没有钱供她做有效的治疗和移植手术""家中不富裕"中的"家"，就不是主要表达地点的。在这类词中，我们暂且只把表地点程度强的看作地点词。还有一篇把"四川兴文县"写成"四川文县"，我们暂且把它当作作者写错了。

续表

| 编号 | 地点词 | 出现次数 |
|---|---|---|
| 8 | 陕西 | 8 |
| 9 | 家 | 6 |
| 10 | 当地医院 | 4 |
| 11 | 长宁县医院 | 3 |
| 12 | 宜宾市二医院 | 2 |
| 13 | 市医院 | 1 |
| 14 | 全国 | 1 |

上表显示，原文出现了 15 个地点词，缩写文中共出现了 14 个地点词（累计出现 150 次），平均每篇缩写文出现 3.6 个地点词。

从缩写文来看，所有的缩写文都有地点词，少的有 1 个地点词，最多的有 6 个地点词。

例 6：

四川一个初二女生，在上山采野果途中误触猎枪引线，左脚遭枪击受重伤。在本地医院无能为力的情况下，好心人杨霞、陕西网民海惠、北京"爱心妈妈"沈利等人帮忙，在四川、陕西、北京三地进行募捐筹钱活动。要想不让四川女孩截肢，则需要筹集换骨手术费 20 万元，目前已筹集 3 万元。

通过这 6 个地点词，读者可以看出事件发展的线索。

在缩写文中，我们还注意到一种现象，即有的作者对地点词做了一些修改。

例 7：

四川初二女孩小炼于 10 月 18 日误中猎枪，左踝骨被嵌入 120 多颗铁砂。当地医院对此无能为力。热心人杨霞出资送她去市医院，截肢和异体移植是解决办法，为了保住左脚，杨霞同小炼父女来到北京，爱心人士将通过募捐为其筹集 20 余万元手术费。

原文并未出现"市医院"字样，但出现了这么一段话："如果没遇到杨霞，汪国强就要带女儿回家，用'土方'止血。'医院说治不了，我们也没钱。'杨霞当即掏出 2000 元给汪国强，并把小炼送到宜宾市二医院。"照此推理，可能作者把"宜宾市二医院"改写成了简单的"市医院"，这属于名词异指。

缩写文中还有指代不清和用错的地点词。

例 8：

> 川妹子小炼因误踩引线被猎枪击中，左腿因为碎片无法取出而有截肢的危险。通信公司员工杨霞看到这一幕时决定救助他们。她先借钱给小炼父亲转院，后又在网上发布关于此事的文章，希望有热心人慷慨解囊。终于，一位叫沈利的好心人为小炼联系好 304 医院，做手术可保住腿，还给予小炼家 20 万元。此事已震惊全国，此时有爱心的人还在继续募捐。

例 9：

> 小炼和同学打算去山上摘野果却不幸误踩引线遭枪击，长宁县医院医生对此伤势无能为力。热心人不愿女孩因此截肢，于是为其做力所能及的工作。在三地志愿者和爱心人士的帮助下，小炼终于来北京做手术，如果其伤势恢复得好，则不必换骨；如果不好，则需要 20 万元左右的换骨费用。各地都展开了募捐行动，帮助其渡过难关。

原文里没有出现过"全国"字样，而且只提到四川、陕西和北京这三个地方，没有任何信息显示"此事已震惊全国"。可能的情况是，例 8 的作者是根据文中某些叙述推断的。原文中有这么一段叙述："'她才 13 岁，截肢了怎么办？'杨霞不愿放弃。随后，她在摇篮网等网站上发布求助信息，并公布小炼的病情。"既然是放在"摇篮等网站"，说明全国人民都能看到，所以例 8 作者认为"此事已震惊全国"。

例 9 中出现两个指代不清的地点词，一个是"三地"，一个是"各地"。"三地"在原文的大题目和小标题中都出现过，只是在例 9 这个缩写文中，人们如果没看原文则无法确认"三地"是哪三个地方。而"各地"这个词原文中没有出现过，读者也无法确认"各地"是指"三地"中的各地，还是包括"三地"外的其他地方。

例7、例8和例9说明，在缩写中，并非所有的缩写文作者都会采用原文出现的地点，有时作者会根据自己的理解"更改"或"创造"所需要的地点词。

（3）人物互文

"一般来说，我们可以把叙述文分为'记人为主'和'叙事为主'两种。记人为主的叙述文是以记录'某个人/某些人'为主，'某个人/某些人'出现频率较高，往往贯穿整个篇章始末。叙事为主的叙述文是以记叙事件为主，这类叙述文随着事件的进展或描写的推移，可能会出现不同的人物，即在不同的故事情节里出现不同的人物，并非一定有某个中心人物贯穿整个篇章。"①按照这个标准，原文可以看作"记人为主"的记叙文，因为原文主要是记叙小炼受伤及治疗的经过。但在记叙小炼的同时，原文又引进了其他人物，参见表7-13和表7-14②。

表 7-13　原文出现的人物

| 编号 | 人物 |
| --- | --- |
| 1 | 小炼 |
| 2 | 汪国强 |
| 3 | 同学 |
| 4 | 别人 |
| 5 | 村民 |
| 6 | 妻子 |
| 7 | 医生 1 |
| 8 | 医生 2 |
| 9 | 杨霞 |
| 10 | 大夫 |
| 11 | 彭海惠 |
| 12 | 沈利 |
| 13 | 爱心人士 |
| 14 | 志愿者 |

---

① 徐赳赳：《篇章中的段落分析》，《中国语文》1996 年第 2 期。

② 某个人物被引进篇章后，会以各种形式出现，可以是名词(同指、异指等)，代词，零形式等。如果某个人以不同的形式出现，我们会将这些形式都统计在某个人内。我们这里只统计名词和代词，不考虑零形回指。还有以同位语形式出现的，如"四川兴文县初二学生小炼"，我们就统计"小炼"出现了 1 次，暂且将"四川兴文县初二学生"看作"小炼"的身份，不单独统计为一个实例。

表 7-14　缩写文出现的人物

| 编号 | 人物 | 出现次数 |
|------|------|----------|
| 1 | 小炼 | 169 |
| 2 | 杨霞 | 43 |
| 3 | 汪国强 | 30 |
| 4 | 志愿者 | 16 |
| 5 | 好心人 | 12 |
| 6 | 沈利 | 11 |
| 7 | 村民 | 7 |
| 8 | 彭海惠 | 5 |
| 9 | 热心人 | 5 |
| 10 | 爱心人士 | 4 |
| 11 | 同学 | 4 |
| 12 | 网民(网友) | 3 |
| 13 | 人们 | 2 |
| 14 | 爱心妈妈 | 2 |
| 15 | 医生 1 | 1 |
| 16 | 医生 2 | 1 |
| 17 | 大家 | 1 |
| 18 | 当地人 | 1 |
| 19 | 爱心好人 | 1 |
| 20 | 妈妈 | 1 |
| 21 | 同伴 | 1 |
| 22 | 人民 | 1 |

　　我们可以从两个方面解析表 7-13 和表 7-14。

　　一是人物出现个数和频率。原文共出现 14 个人物，缩写文中出现 22 个人物(共出现 321 次，平均每篇缩写文出现 7.8 次)。缩写文中"小炼"出现得最多，有 169 次，平均每篇文章出现 4 次。这也很正常，因为原文整篇文章主要在讲小炼的事。

　　缩写中出现的人物比原文多出 8 个，这些人物是学生根据上下文的语境创造出来的，其实是异指。

例 10：

女孩与同伴去山里玩，误被一把抓动物的土猎枪击中。父亲因无钱而无法为女孩治病，幸得好心人帮助。但小女孩面临截肢的危险，因为这样可以减少费用。杨霞多方求助，小女孩获得爱心妈妈沈利的帮助，转院至北京的 304 医院。各地携手捐款，已筹到了 3 万余元，预计需要 20 万手术费。

例 10 中出现了两个原文中没有的人物，一个是"同伴"，一个是"好心人"："同伴"据推测，源于原文的"同学"，"好心人"可能源于原文中的"爱心人士"，也可能指所有帮助"女孩"的人。

二是同指和异指的趋势。在 41 篇缩写文中，有 30 篇第一次引进主人公时，是用"小炼"；其他 11 篇没用"小炼"这个名字，而是用"小炼"的异指，如"女孩""川妹子"等。

如果第一次引进的人物名字是"小炼"，那么这个人物再出现时，有时用同指，有时用异指，有时用代词。

例 11：

10 月 18 日，小炼不慎踩到村民试图打猎的引火线，引发猎枪自动发射，从而导致小炼左脚踝粉碎性骨折。小炼父亲在带女儿求医之路上遇到多位好心人，他们以捐款的形式筹得为小炼医治的药费。志愿行动推及陕、川、京三地。在志愿者的帮助下，募捐活动和救治活动正在进行。

例 12：

10 月 18 日（四川女孩）小炼在山上游玩时误入狩猎用的陷阱，脚被猎枪击中。她被父亲送到医院。在好心人梁霞的帮助下，她接受了初步治疗。但因为技术与资金限制，小炼无法接受进一步治疗，面临截肢危险。梁霞在网上发布信息募集善款，将小炼送到北京进行治疗，小炼的脚保住了。目前，陕西、四川两地已募集了 3 万元，北京的募集工作正在进行。

例 11 引进"小炼"后，又出现了三个同指的"小炼"，一个异指的"女儿"。例 12 引进"(四川女孩)小炼"后，又出现了三个"小炼"，两个指"小炼"的代词"她"。

在这里，我们发现了一个有趣的现象。如果第一次是以异指的形式引进篇章，那么强烈的趋势是接下去再出现同指时不出现"小炼"这个名字，如例 12。我们再来看例 13 和例 14。

例 13：

13 岁女孩在上山游玩的途中被村民设置的猎枪击中，脚踝粉碎性骨折。要想保住性命，只能选择截肢或手术费极贵的换骨手术。家境不富裕的他们准备选择截肢，幸而有好心人掏出 2000 元送女孩上医院治病。好心人不愿女孩截肢，便在网上发布求助信息，引起了大家关注。川陕京三地人民伸出援手，送女孩来京治疗，募捐活动还在继续。

例 14：

十月十八日，十三岁的四川女孩在山间游玩时被猎枪误击，左脚粉碎性骨折。由于家庭贫困，没钱医治，只能无奈选择截肢。幸好，有川、陕、京三地的好心志愿者相助，这让她得以飞赴北京，在 304 医院做修复手术。目前，募捐活动仍在进行。

例 13 中，主人公第一次引进篇章时是用"13 岁女孩"，接下去出现的三个名词都是"女孩"，没有出现原文中出现的名字"小炼"。例 14 第一次引进篇章的主人公是"四川女孩"，接下去再提及时，用代词"她"。

在 11 篇缩写文中，只有 1 篇例外。

例 15：

四川初二学生因误中猎枪而左脚踝严重受伤。由于伤势严重，左脚面临截肢，在好心人杨霞和社会上爱心人士的帮助下，(受伤学生)小炼进京接受治疗，保住了左脚。

第一次引进篇章的是"四川初二学生"，但在接下来的叙述中，出现了同位语形式的"(受伤学生)小炼"。

11 篇中有 10 篇没有再现"小炼"，这恐怕不是偶然。造成这种强烈趋势的原因还不清楚，可能跟主题段和主题句有关。记叙文的第一、第二个段落在整个篇章中往往占有重要地位，因为作者在这一两个段落中，往往会给读者提供文章的主要信息；在每个段落中，相对来说，第一、第二个小句又在这个段落中占重要地位，因为作者通常会在这一两句中给读者提供这个段落的主要信息。因此，我们把整个篇章的第一、第二段称为主题段，把段落的第一、第二个小句称为主题句。当然，这里的主题段和主题句是指相对来说提供的信息量比较大的段落和句子。①

那么主题段、主题句与出现在主题段、主题句中的人物有什么关系呢？主题句或主题句中第一次出现的人物，90%是名词，因为名词所承载的信息比代词和零形式更具体，更显著。如果我们再推进一步，会发现在表人物的名词中，人名可能比其他表人物的名词更具显著性。拿缩写文来看，人名"小炼"比异形词"女孩""川妹子"更为显著，指代更加明确。一旦异形同指占据了主题段和主题句的位置，也就取得了显著性的位置，该段落的其他句子会倾向于不出现更为显著具体的人名。

时间词、地点词和人物词有以下三点区别。第一，缩写文中三者出现频率不同。第二，时间词和人物词，缩写文比原文有所增加；地点词，缩写文比原文有所减少。第三，根据人物词出现的次数大大多于时间词和地点词，可以推测缩写文作者把原文看作以记人为主的记叙文。

## 四、句式互文

### (一)标题、副标题、小标题互文

"有的叙述文的题目，就是这个篇章的话题，如《黄经理失算记》《大墙内的忏悔》《六条小生命的控诉——从假药夺命案说起》等。我们随机调查了92篇叙述文，从题目能基本了解文章内容的，也就是说，能较直接体现这个篇章话题的，有83篇，占90%。当然这是一种直觉，不同的人会有不同的看法。有的题目较隐晦，仅凭题目无法确定整个篇章所述的大致内容，如《沉重》《繁星点点》等。"②

这说明标题所提供的信息在篇章中占有重要的地位，有时文章的题目就是本文的话题。下面，我们考察一下缩写文中标题、副标题、小标题的情况。我们暂且称原文中的"误中猎枪川妹子来京治疗"为标题，"左

① 徐赳赳：《叙述文中"他"的话语分析》，《中国语文》1990年第5期。

② 徐赳赳：《篇章中的段落分析》，《中国语文》1996年第2期。

脚踝中 120 多颗铁砂成粉碎性骨折　川、陕、京三地志愿者联合救助"为副标题，"女孩误踩引线遭枪击，热心人不愿女孩截肢，三地志愿者携手相助"为小标题。

从标题、副标题和小标题中，我们可以看到原文的整个叙述结构（见图 7-3）：

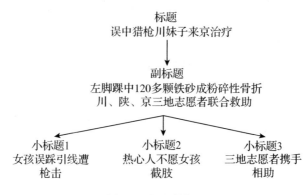

图 7-3　原文的标题

### 1. 标　题

缩写文中没有一人使用标题"误中猎枪川妹子来京治疗"。可能的原因是，这个句子可以说是对整篇记叙文的高度概括，适合做题目，而缩写文又不需重编题目，所以缩写文作者可能把原文的题目当成缩写文题目了。

### 2. 副标题

没有人同时在一篇缩写文中采用副标题"左脚踝中 120 多颗铁砂成粉碎性骨折　川、陕、京三地志愿者联合救助"。使用"左脚踝中 120 多颗铁砂成粉碎性骨折"的有一例，使用"川、陕、京三地志愿者联合救助"的也有一例。

对"左脚踝中 120 多颗铁砂成粉碎性骨折"这句话，有作者在加字、减字或改字后使用，如：

　　造成粉碎性骨折

　　脚踝粉碎性骨折

　　120 多颗铁砂嵌入脚踝

　　左踝骨嵌入 120 多颗铁砂

　　左脚踝粉碎性骨折

　　使小炼脚上嵌入 120 颗铁砂

　　她的左脚踝嵌入 120 多颗铁砂

致使她的左脚踝中卡进了 120 多颗铁砂，造成粉碎性骨折

导致左脚粉碎性骨折，大量铁砂残留在她的脚中

这类句子共出现 22 例，占所有缩写文的 54%。

副标题"川、陕、京三地志愿者联合救助"这句话经过改动，得到了再使用，如：

四川、陕西、北京三地志愿者筹集善款

志愿行动推及陕、川、京三地，在志愿者的帮助下

川陕京三地人民伸出援手，送女孩来京治疗

在四川、陕西、北京三地好心人的帮助下

陕西、四川、北京的人们仍在尽自己的力量帮助她

陕西、四川、北京三地志愿者伸出援手

有川、陕、京三地的好心志愿者相助

三地志愿者帮助小炼筹集医药费

这类句子共出现 16 例，占所有缩写文的 39%。

我们之所以确认缩写文作者使用这些句子是受了副标题的影响，是因为原文的正文中没有出现和副标题相同的句子。

**3. 小标题**

三个小标题中，小标题 1"女孩误踩引线遭枪击"没人使用，而小标题 2"热心人不愿女孩截肢"和小标题 3"三地志愿者携手相助"各有一例。①

例 16(a)：

四川女孩在山上误踩引线遭枪击，左脚粉碎性骨折。<u>热心人不愿女孩截肢</u>，于是依靠在网络上发布求助信息筹集高昂手术费，以保住女孩左脚。川、陕、京三地志愿者联合救助，女孩左脚已保住，且募捐活动目前仍在进行。

例 16(b)：

13 岁女孩小炼由于误踩了土制猎枪的引线，猎枪自动发射。小

---

① 还有一人把"三地志愿者携手相助"列入"关键词"，此例在正文中没有出现。

炼伤势严重，有被截肢的危险，在好心人杨霞的帮助以及三地志愿者携手相助下，小炼的情形有了好转。现已为小炼募捐了近 3 万元。募捐活动仍在紧张地进行着。

在记叙文中，题目经常是对整个故事内容的高度概括，而小标题往往是对某个相对集中的内容的概括。原文的三个小标题，分别叙述了三个方面的内容，虽然很少有人直接采用，但使用类似表述的却是大有人在。表 7-15 是改写使用三个小标题的情况。

表 7-15 小标题的改写使用

| 小标题 | 实例 | 百分比 |
| --- | --- | --- |
| 小标题 1 | 41 | 100％ |
| 小标题 2 | 22 | 54％ |
| 小标题 3 | 20 | 49％ |

表 7-15 显示，所有人都使用了小标题 1，大约一半人使用了小标题 2 和小标题 3。从记叙文的要素来看，小标题 1 是表"原因"的，叙述一件事如果没有"原因、起因、缘起"，就很难往下叙述，这可能就是为什么学生都用了小标题 1。小标题 2 和小标题 3 是表"经过"的，而表经过可以详细些，也可以简略些，有些人由于对小标题 2 和小标题 3 的内容关注不同，使用的情况也就有所不同。

这里的缩写文显示的一个趋势是，不直接采用标题、副标题、小标题，而是改写后使用。

### (二)主题句互文

布朗(Brown)、尤尔(Yule，1983)和麦卡锡(McCarthy，1991)曾提出观点认为：对于有些篇章，我们通过每个段落的第一个句子便可大致了解这个篇章的话题。根据这一思路，我们做了实例分析，考察了《文汇报》上一篇记叙文中所有段落的第一个小句。

例 17：

张学良迁往台北后，生活中的一件大事是与于凤至办了离婚手续，正式与赵四结婚，这是 1964 年的事。

从 1937 年到 1940 年张学良被囚禁在沅陵凤凰山这段时间里……

于凤至离开凤凰山后……

人们传说张学良与赵四举行婚礼是由于基督教教规所定……

　　1964 年 7 月 4 日，张学良与赵四在台北杭州南路一个美籍华人家中举行婚礼……

　　张学良每移一地……

　　在台北，张学良在家中养了两百多盆兰花……

　　在台湾，张学良物质生活优裕……

　　1980 年 10 月 20 日，在副参谋长马安澜的陪同下，张学良夫妇去金门参观……

　　大约在 1987 年，张学良曾对来看他们的儿孙谈起"文化大革命"……

　　侨居旧金山的葛友松与张学良是世交……

　　1990 年 6 月 3 日是张学良的九十岁生日……

　　"从这 12 个小句中，我们得到如下信息：①出现的人物有（第一段括号内的人物不统计在内）：张学良（10 次）、张学良夫妇（1 次）、于凤至（1）次、赵四（3 次）、马安澜（1 次），儿孙（1 次）、葛友松（1 次）、美籍华人（1 次）。其中'张学良'出现次数最多，可推测叙述的中心是张学良；②叙述的时间：1937—1990 年，地点主要是台北；③还有一些次重要的信息：'迁往台北''被囚''结婚''养花'等。根据以上信息，我们可做如下推测：该文主要叙述张学良从迁往台北到 1990 年 6 月 3 日的生活。这个推测跟体现该文话题的原文题目《张学良在台湾》大致吻合。我们在研究中发现，对大部分记叙文都可以通过每个段落的第一个小句，大致了解该文叙述的内容。但也有一些记叙文无法做到这一点。"[1]

　　根据主题句这一性质，我们可断定主题句在段落中的地位比较重要，缩写文作者采用的可能性也更高。下面，我们考察缩写文作者采用主题句的情况。原文中按小标题把整篇文章分成三个部分，我们仅考察原文的第一部分"女孩误踩引线遭枪击"。原文共 6 个自然段落，我们抽出每个段落的第一、第二个小句作为主题句：

　　1. 昨天上午 10 点，小炼躺在病床上，/左脚缠满纱布。/

　　2. 这样的噩梦，缘于 10 月 18 日的一场意外。/

　　3. 当天下午 2 点，四川兴文县初二学生小炼和多名同学上山游玩。/ 因为熟悉地形，/

---

[1]　徐赳赳：《叙述文中直接引语分析》，《语言教学与研究》1996 年第 1 期。

4. 同学惊声尖叫：/"小炼踩地雷了!"/

5. 击倒小炼的不是地雷，/而是一把土制猎枪。/

6. 听到消息后，/汪国强赶到现场。/

如果我们把这些句子看作主题句，通过考察主题句中关键内容的采用情况，可列出表 7-16：

表 7-16  第一部分主题句采用情况

| 第一部分 | 实例 | 百分比 |
| --- | --- | --- |
| 1 | 0 | 0 |
| 2 | 0 | 0 |
| 3 | 22 | 54% |
| 4 | 0 | 0 |
| 5 | 40 | 98% |
| 6 | 0 | 0 |

尽管主题句是段落中相对重要的句子，但是由于限制字数，缩写文作者只能通过改写从主题句中选择更为重要的内容，而且不是全句照写。表 7-16 中显示这一趋向很明显，句1、句2、句4、句6都没人采用。究其原因，不采用句1可能是因为这个主题句是交代背景知识的，以倒叙的形式出现；句2是交代第一句原因的，相对来说，不怎么重要；句4是描写性的句子，可省；句6引进新人物"汪国强"，但由于汪国强在文中是个比较重要的人物，在原文三个部分中都有出现，缩写文作者就选择了其他与汪国强有关的事件。

至于句3，有近一半的人采用，这是因为缩写文作者认为需交代事件的缘由是"上山游玩"。句5是直接叙述小炼遭"土制猎枪"枪击，如果这个情节都不交代给读者，下面就无法展开叙述了。所以，几乎所有的缩写文作者都提到了这个主题句。[①]

6个自然段的主题句中只有两个主题句有人采用，这可能跟自然段落的多少有关系。我们曾调查了1008篇章报刊上刊登的记叙文，共92

---

① 没有采用的这例是"一四川贫困女学生小炼左脚中弹，无力支付医疗费，面临截肢。当地人、陕西网民与北京志愿者帮忙筹款近3万元。经北京方面检查，初步估计医疗费用可能近20万元"。这里"小炼左脚中弹"的"弹"可能是地雷的"弹片"，也可能是"猎枪"的子弹，由于句5中明确指出"弹""不是地雷"，所以暂且不将此解释计算在内。当然，如果读者将"弹"理解为"子弹"，也可以将此解释计算在内。

万字，发现每个自然段落平均 136 个字。这篇原文第一部分共 400 字，分 6 个自然段落，每段平均 66 个字。段落多了，主题句也就多了；主题句越多，由于缩写文字数的限制，相对来说可采用的主题句就少了。

### （三）直接引语间接引语互文

引语是互文的一种重要的形式，费尔克拉夫认为，互文性可以分为两种，一种是"显性互文"，另一种是"结构互文"。[①] 显性互文性可以在篇章表面很清楚地看出来，如引号，某些有关报告的动词，采用重写原句的方法等。结构互文在表面上没有明显的标记，是话语的各种成分的混合，涉及话语的社会性、话语的结构性、话语的类型等。按费尔克拉夫的标准，直接引语应归入显性互文中。下面，我们考察作为显性互文的直接引语在缩写文中的使用情况，见表 7-17：

表 7-17　直接引语

| 序号 | 直接引语 |
|---|---|
| 1 | "眼前有一个黑洞洞的枪口。" |
| 2 | "我们打算去摘野果。" |
| 3 | "小炼踩地雷了！" |
| 4 | "妻子 2 年前离家出走，我不能再没有女儿了。" |
| 5 | "当时小炼的脚一直在流血，他爸背着她，眼神很迷茫。" |
| 6 | "要么截肢，手术费几千就够了，我们能做。要么做同种异体骨移植，我们做不了，且费用高昂。" |
| 7 | "没钱。实在不行，就截肢。" |
| 8 | "她才 13 岁，截肢了怎么办？" |
| 9 | "再晚一点，我女儿就真的残废了。" |
| 10 | "公司事情人多，我只能把她交给北京的志愿者。" |

表 7-17 显示，客篇章中共出现 10 个直接引语。在所有的缩写文中，没有一篇采用直接引语。对于到底是什么原因导致了这样强烈的趋向，我们还不很清楚。

### （四）句子互文

缩写文中出现了四种句子：直接采用，称为原句；改写后采用，称为改写句；对系列句子进行总结和概括，称为概括句；缩写文作者提出

---

① 徐起起：《现代汉语篇章语言学》，北京，商务印书馆，2010，第 240～261 页。

自己的看法、观点、评论等，称为评论句（见表 7-18）。

**表 7-18 缩写文中的四种句子**

| 原句 | 四川兴文县初二学生小炼和多名同学上山游玩。<br>院方却对此无能为力。 |
|---|---|
| 改写句 | 小炼父亲满面绝望。<br>一天，川妹子误踩引线，遭猎枪击中。 |
| 概括句 | 路遇热心人杨霞，她不愿女孩截肢。<br>杨霞为小炼做了很多努力。 |
| 评论句 | 为小炼及其全家点燃了希望，也带来了感动。<br>小炼父亲感激不尽。 |

缩写文绝大多数用改写句和概括句，很少用原句和评论句。这种分布与原文和缩写文之间的数字比例有关。举例来说，我们这项研究原文与缩写文的字数比例是 10∶1，如果把它提高到 2∶1，那么这四类句子在缩写文中的比例就有可能改变。

## 五、小 结

从本节个案中，我们可以看到，作者在缩写文章的时候，通常把自己认为相对重要的词句或内容从客篇章中摘录下来（可能是直接摘录，可能是改写）。在量化分析中，我们能看出缩写文章的作者表现出来的使用互文的趋势。这些趋势表现在以下几个方面。第一，从词汇来看，把"募捐"作为关键词的人最多。时间、地点可以更改后使用。人物以主人公出现次数最多，其他人物有时用异指来表示。第二，在主题句的选择上，作者倾向于选择介绍事件缘由的句子。第三，从标题来看，明显的趋势是不直接采用标题、副标题和小标题，而是改写使用。第四，从引语来看，缩写文章倾向于不用直接引语。第五，从句式来看，绝大多数是改写句和概括句，用原句和评论句的很少。

## 第七节 结 语

本章谈了两个方面的问题。第一节到第五节，主要介绍学前、小学、中学、大学涉及互文教学的情况；第二部分是写作教学中的一项实例研究，探讨互文在文章缩写中的表现。

在对学校互文教学的研究中，我们发现了以下几点。首先，互文不仅仅局限于学术研究和探讨，已经开始进入教学应用。其次，互文教学适合于不同年龄段的学生。它既适合小学的教学，也适合中学和大学的教学；既适合文科教学，也适合理科教学。最后，把互文引入教学能够提升学生自主学习的能力，收到事半功倍的效果。在中国的小学、中学、大学的教学中，目前尚未见到有关互文教学的研究成果。互文教学既然在国外能行，在中国同样能行，只是需要有人去做。

第二部分是一个实例研究。这个个案考察的是学生在文章缩写中是如何使用互文的。我们主要从两个方面来考察缩写的互文状况：一是从词汇的角度，对关键词，时间、地点、人物词进行考察；二是从句式的角度，对标题、副标题和小标题，主题句，句式的采用等进行考察。其中几点发现颇有启发意义。

总之，互文并不是一种抽象的研究方法，而是一种实用的教学法。在教学中使用互文教学法，并对其进行分析和归纳，是推动互文研究深入的一个好办法。

# 第八章　互文在不同领域的应用

## 第一节　引　言

互文是一种语言使用手段，或者说是一种语言使用方法和策略。不同的生活、工作和社会领域会根据各自的特点形成不同的文体，而不同的文体又形成了富有个性的互文使用方式。

## 第二节　互文在法律中的应用

法律语言有明显的行业语言的特点，表现在互文的应用上，也有着自己的特点。巴蒂亚从互文的功能和形式表现的角度分析了英国 1980 年的住房法，观察法律文本是如何通过自己的表达方式把客篇章引进主篇章的。[①] 马特仙以 1991 年肯尼迪—斯密斯强奸案为例，以警察对证人进行问询的庭上盘问为语料，用互文的方法验证证人的证词是否一致。[②] 科特里尔通过辛普森案件的庭审揭示互文在庭审中的应用。[③] 张以三个中国的侵权案中代理律师的审判对话及法院裁决为语料，认为原、被告双方在建构对抗性的对话和合作性的对话时都采用了不同形式的互文。[④]

下面，我们简要介绍科特里尔[⑤]和巴蒂亚的研究。科特里尔研究的重点在口语方面，而巴蒂亚研究的重点在书面语上。

---

① Bhatia，Vijay K.："Intertextuality in legal discourse"，［accessed 1 August，2013，in http：//jalt—publications. org/old _ tlt/files/98/nov/bhatia. html］，1998.

② Matoesian，G.："Intertextuality authority in reported speech：Production media in the Kennedy Smith rape trial"，*Journal of Pragmatics*，2000，32，pp. 879-914.

③ Cotterill，Janet："'Just One More Time…'：Aspects of Intertextuality in the Trials of O. J. Simpson"，in *Language in the Legal Process*，ed. Janet Cotterill，2002，pp. 147-161.

④ Zhang，Liping："Arguing with otherness：intertextual construction of the attorney stance in the Chinese courtroom"，*Text & Talk*，2011，31(6)，pp. 753-769.

⑤ Cotterill，Janet："'Just One More Time…'：Aspects of Intertextuality in the Trials of O. J. Simpson"，in *Language in the Legal Process*，ed. Janet Cotterill，2002，pp. 147-161.

## 一、科特里尔的研究

科特里尔研究高度概括了法庭语言的几个特点，认为法庭话语有两个明显的特点：一是重复性；二是多元性。

先来看重复性。

"重复是法庭话语的重要的、典型的特征。"法庭需保证被告和证人有机会在不同的场合重述他们所经历的事件。通常的情况是，法官和陪审团感觉双方的陈述已经可信了，这时重述才告一个段落。重复的目的是保证叙述内容的质量，尽可能还原事件的真实过程。这个重复的特点与交际过程中的一般性原则有所不同。

美国语言哲学家格莱斯（Grice）于 1967 年在哈佛大学的演讲中提出了合作原则。格莱斯认为，在交际过程中，对话双方似乎在有意无意地遵循着某些准则，以求有效地完成交际任务。这些准则包括量的准则、质的准则、关系准则和方式准则。

在这四个准则中，量的准则放在第一位。意思就是说，同一个内容不要反复说。我们大家熟知的鲁迅小说《祝福》中的人物祥林嫂，给人的一个深刻印象就是她反复地讲起她那令人心碎的故事。但话讲过一遍，就不是新闻了。讲了两遍，就是重复。重复的东西没人喜欢听。当祥林嫂三番五次、喋喋不休地讲她的儿子阿毛的故事时，连"最慈悲的念佛的老太太们，眼里也再不见一点泪的痕迹"了。这就违反了量的准则。

在日常交际中，重复是经常发生的，但大多重复主要的功能不是传递新信息，而是强调。重复是有限制的，不能过多使用。

法庭的重复跟一般口常会话的重复有所不同。法庭的重复不是祥林嫂式的重复，而是有一定制约的。通常是在不同的场合重述同一事件，也可能是回答者在法官和律师的询问下重述同一事件。

重复说过的话就是互文，这种法庭重复的叙述通常是陈述者（主篇章的作者）在引用自己和他人陈述过的内容（客篇章的作者）。这种重述也就是互文的过程。

再来看多元性。

多元性指的是多元的声音，有两重意思。一是某个案件庭审下来，在法庭上有各种人发言，有各种声音，有法官、证人、律师等在说话。二是"双作者篇章"（dual-authored texts）。"法庭话语可以称为'双作者篇章'"，也就是说法庭的记录通常是对控方和辩方两方内容的记录。这也是法庭话语的一个明显特征。

多元性必然造成语言间话语的相互引用，但这种引用只能服务于一个较大的主题。这是法庭话语互文的一种独特的表现。

重复性和多元性构成了法庭话语有别于一般记叙文的特性，同时也形成了一套独特的互文表现形式。

科特里尔在研究中采用辛普森案的法庭话语，来进一步说明法庭话语的特点，具体说是涉及重复性的特点。重复性要求前后多次重述的一致性，不然说者的证词难以得到信任。辛普森案是指 1994 年美式橄榄球运动员辛普森涉嫌谋杀其妻子和另一男子的刑事案件，此案引起美国乃至全世界的关注。

1995 年 10 月，辛普森获释，一年后，即 1996 年 10 月，遇害者家属申请对辛普森提起民事诉讼。在 1995 年的刑事庭审和 1996 年的民事庭审中，辛普森聘请了一流的律师，原告的律师阵营也很强大，形成高手之间的语言较量。这就使得法庭上的辩论处于世界一流水平，可谓惊心动魄。看似普通的法庭上程序式的一问一答的会话，实际上处处暗藏"语言陷阱"，很有可能一言不慎，满盘皆输。法庭辩论中，双方使用了各种有效的语言表达技巧，我们所关注的互文在其中扮演了重要的角色。

科特里尔研究的语料是 1994—1995 年对辛普森的刑事庭审和 1996 年民事庭审的证词。他分析了九个典型的对话，以说明互文在法庭中的巧妙使用所显示的积极效果。下面，我们会介绍其中两段对话。

下文 1996 年 10 月 25 日民事庭审时的一段对话。问话者是辛普森的辩护律师，叫贝克(Baker)；回答者是一位关键的时间证人，叫赫斯川(Heidstra)；插话的是公诉人，叫皮川西里(Petrocelli)。

例 1：

问：(BY MR BAKER) Now，one other thing：You testified，did you not，that the color was.

（贝克先生问）现在，还有一件事：你是否说过，颜色。

插话：light or white?

是浅色的还是白色的？

答：No. It was definitely white，sir.

不，汽车肯定是白色的，先生。

问：Let me just get your—36324.

现在我们回到你的 36324 号证词上。

插话：(BY MR PETROCELLI) One second, Mr. Baker. Okay?

（皮川西里问）贝克先生，等一会儿，好吗？

插话：(MR BAKER, Reading.)

（贝克先生，读。）

问：Did that car make a turn, or did it go up Dorothy, or what did it do?

那辆车转弯了吗，还是沿着多萝西街直行？它朝哪里开了？

答：It made a turn.

汽车转弯了。

问：Which direction did it go?

向哪个方向开？

答：A right turn and went south.

向右转，然后往南开。

问：Are you sure that vehicle went south?

你确定汽车往南开？

答：Sure, sure.

确定，确定。

问：Would that be towards Wilshire Boulevard?

汽车向威尔希尔大道开去？

答：Towards Wilshire Boulevard.

向威尔希尔大道方向开去。

问：What color was the car?

是什么颜色？

答：Very light color, white or light.

很浅的颜色，白色，或者很浅的颜色。

问：White or light?

白色的还是浅色的？

答：It was white or something.

是白色的，或者是其他颜色。

问：(MR BAKER TO HEIDSTRA) Does that refresh your recollection, sir?

（贝克先生对着赫斯川）能想起什么吗，先生？

答：It was white, definitely white.

白色的，肯定是白色的。

问：So it wasn't white or light?

那么汽车不是白色或浅色？

答：No，it was white.

不，是白色的。

问：It wasn't white or light?

汽车不是白色或浅色？

答：It was white.

白色。

问：Thank you.

谢谢。

插话：（MR BAKER）Nothing further.

（贝克先生）没有其他问题了。

赫斯川这个证人的特点是既参加了辛普森案的刑事庭审，又参加了辛普森案的民事庭审。

贝克的目的很明显，他要使陪审团相信，赫斯川的证词是不可靠的。那么贝克采用了什么样的互文呢？他采用的办法是引用赫斯川以前在刑事庭审时讲过的证词，然后一步一步让赫斯川掉进"陷阱"。

我们先看例1中的第一句话，贝克不直接问："你那天晚上看见的车是什么颜色的？"而是通过互文方式，第一句话就把赫斯川说过的证词引到这次对话中来："你是否说过……"

这句话一下子就把赫斯川逼到两难的境地：如果承认以前刑事庭审时说的话，那么赫斯川的证词说服力就很弱，因为浅色和白色都有可能，就是不确定。如果赫斯川这次确定了某种颜色，听者就会发现赫斯川两次的叙述不一致。

赫斯川的回答是："不，汽车肯定是白色的，先生。"

对于这个"不"字，听者可以有两种理解：一是赫斯川否定了浅色和白色两种颜色的可能，跟下面说的肯定是白色的相呼应；二是赫斯川否认他以前说过"浅色或白色"。

科特里尔分析认为，在某种意义上，贝克把证人置于尴尬的境地。如果他承认他确实证实那辆汽车是"浅色或白色"，那么他看来是不可靠的，因为他对汽车是什么颜色是不确定的。贝克利用了赫斯川证词中这种潜在的矛盾，向陪审团等人显示赫斯川的证词前后不一致，他是一个不可靠的证人。

后来，贝克继续采取这种互文手段，穷追猛打，不断让赫斯川更加被动。

例 2：

问：Well，I take it a year or so ago，your memory may have been just a little clearer about the event after the passage of time.

哦，我觉得如果是一年前问你，你的记忆可能会比现在要清晰一点儿。

答：Repeat it again.

再说一遍。

问：Be happy to. All I'm saying is that our memories are usually better closer to the event.

当然乐意重复。我是说，我们的记忆往往是与发生的事件越接近就会越清晰。

答：Sure. Sure，I understand.

对，对，我明白。

现在，赫斯川彻底处于不利的地位了，他最后竟然同意了贝克的说法，即我们的记忆会随着时间的推移而逐渐模糊。换言之，时间过去那么久了，我们的记忆是会出错的。赫斯川的记忆已经出了问题，那么大家还能相信他的话吗？自始至终，贝克都没有说过一句赫斯川的话不可信，但是，运用引入证人客篇章（以前说过的话）的互文手段，他成功地向法庭陪审团和法官展现了这样一个事实：因为时间过去很久了，赫斯川已经记不清楚当时的情况了，所以他的证言存在很多漏洞，不足以证明辛普森在案发时出现在杀人现场。因此，他在刑事审判中关于看见辛普森的汽车可能出现在案发现场附近的证词值得怀疑。

## 二、巴蒂亚的研究

在关于互文的功能的一章中，我们提到过巴蒂亚从功能角度研究互文。巴蒂亚以英国 1980 年的住房法为例，详细分析了在法律文本中人们是如何采用互文的，也就是法律文本是如何通过自己的表达方式，达到把客篇章引进主篇章的目的的，以体现法律文书跟其他文本的不同之处。

下面，我们会介绍巴蒂亚的相关发现。①

本节所介绍的例句，都摘自《英国住房法》。

### (一)通过介词结构引进条款

为了使篇章具有权威性，法律文本需不断引入法律条文，但不是引入条文的全部内容，只是把条文的出处"第几款第几条"引入主篇章，以明示读者。读者如果需要进一步核实，可以去阅读更为详细的内容。这样，法律文本会采用大量介词短语，以引进法律条文的出处。

例3(a)：

110.5 The applicable local average rate is whichever of the two rates for the time being declared by the local authority in accordance with subsection (6a) below is applicable.

110.5 可适用的当地平均比率可以是当时当地当局所宣布的两个可适用比率中的任何一个，同时当局所宣布的比率需与下面的次类条款(6a)保持一致。

例3(b)：

13.4 The preceding provisions of this section do not confer any right on a person required in pursuance of section 4.2 to share the right to buy …

13.4 部分前面的条款并没有赋予根据4.2节中规定的个人拥有购买权……

例3(a)使用了复杂的介词短语引入相关条款。"in accordance with"这个介词短语引进了"subsection (6a)"。例3(b)用介词短语"in pursuance of"引入"section 4.2"。例3(a)和例3(b)显示，作者通过介词结构引入法律条文，其目的是告诉读者什么法律的第几条有什么内容，想要详细了解该次条款的内容，可以自己去看。

接着，巴蒂亚对引进条款的模式做了归类(见表8-1)。表8-1中，最左边省略号是当前法律条文，中间及最右边省略号的位置表示援引的之

---

① Bhatia, Vijay K.："Intertextuality in legal discourse"，〔accessed 1 August, 2013, in http：//jalt-publications. org/old _ tlt/files/98/nov/bhatia. html〕, 1998.

前法律相关条款的内容，而连接不同法律条款的互文结构就是由这些介词及名词短语构成的。一个常见的模式就是"… under the provisions of subsection … of the … Act"（根据某法令条款中的……第几条）。

表 8-1　用介词短语引进条款

| … under<br>… in accordance with<br>… in pursuance of<br>… by virtue of | + | (the provisions of) | + | subsection …<br>chapter …<br>section …<br>paragrap … | + | of the … Act<br>of the schedule<br>of … instrument |
|---|---|---|---|---|---|---|

还有一种情况是，A 条款与 B 条款发生冲突时也会使用介词短语来处理，主要表现形式是：在两种法律依据的冲突中，作者提供了不同的解决办法来限定范围。在避免文本联系的冲突时，人们常用的互文有：①通过提供依据列举必须要求特定做法的条件；②通过提供某种做法不能适用来列举例外情况；③解释或定义某种做法所适用的环境；④拓宽条款的适用范围；⑤限制条款的适用范围；⑥说明不遵守该条款的后果。

这些法律上的冲突一定程度上使用复杂的中性介词短语，接一些名词短语修饰使信息细化，可参见例 4 中"subject to"的使用情况：

例 4：

… subject to the conditions stated in sub-section … below
（……隶属于下文中……分类中提到的条款）
… subject to the exception mentioned in section …
（……符合在……部分提到的例外情况）
… subject to the limits imposed by the provision in section …
（……符合在……部分提到的限定性情况）

巴蒂亚认为，法律条文会通过这种引入不同客篇章的方法，向读者显示自己观点的合理性。

**（二）通过专业术语引进条款**

专业术语指的是特定领域对一些特定事物的统一的业内称谓。法律领域有法律术语，法律文本中常会出现一些专业术语。法律文书中出现的一些词，如房屋、公寓、住所、伤害、名声等，它们的意义与我们日常理解的意义是有很大区别的。对这些法律术语的界定，往往需要借助于互文，即与之前的法律条款（客篇章）建立联系。

例 5：

2.1 The right to buy does not arise if the landlord is a housing trust which is a <u>charity</u> within the meaning of the Charities Act，1960.

2.1 如果房东从事的是符合《1960 年慈善法》中规定的慈善事业的房屋托管，那么，则不存在购买权。

例 5 中出现"charity"一词，最常见的意思是"慈善；施舍；慈善团体；宽容；施舍物"等。但在这里，"charity"具有自己的专业意义。为了避免歧义，突出法律的严肃性和专业性，作者明确提出要根据《1960年慈善法》对慈善事业规定的内容，确定房东所从事的房屋托管是否属于慈善事业范畴，以此来判定是否存在购买权的问题。这样，作为客篇章的《1960 年慈善法》就通过"charity"这一专业术语自然地被引进主篇章了。

### （三）通过分词引进条款

在法律文本中，过去分词和现在分词经常出现，其目的就是引进各种条款的简要内容。

例 6：

54.3 The continuous period <u>mentioned in subsection</u> … （2) above is the period <u>beginning with</u> the grant of the protected short hold tenancy and <u>continuing until</u> either … （a) no person is in possession of the dwelling house as a protected or statutory tenant; or …

54.3 上面次类条款(2)……提到的持续时间是这段时间，即自得到受保护短期租期开始直到满足以下两个条件之一即可终止……(a)没有人作为受保护的或法定的租借人；或者……

在例 6 中，法律文书先用过去分词短语"mentioned in subsection…(2) above"互文表达引入上文条款(2)作为意义的延伸；明确所指的租期时，又通过现在分词短语"beginning with"与"continuing until"对这一租期的生效日期与截止日期做了简要说明，使读者从不同的语料来源（客篇章）理解法律特定条件下租期的含义。

### 三、小 结

法律界所使用的语言，可以笼统称为法律语言。法律语言的特点是很明显的，不然就不会有"法律语言学"这一语言学的分支。法律语言的特点也影响了互文使用的特点，本章介绍的两项研究就是互文在法律语言中的具体应用。科特利尔的互文研究涉及口语研究、法庭上的询问和辩论。他所总结的法庭语言的重复性和多元性非常到位。重复性要求说话者的一致性：不同场合的叙述应该一致，不然此人的话就得不到信任。于是，法庭上的人会是利用互文，把某人在不同场合讲的话联系起来的，以确定某人话语的一致性程度。多元性涉及不同人的话语的互用，这种互用应该在一个较大的主题内进行。这种话语的互用要求恰当、谨慎，不然就有可能让人抓住把柄。巴蒂亚的互文研究则涉及书面语，即如何引用法律条文。法律语言的一个特点就是经常要提到法律条文，这跟其他文本有明显的不同。表现在语言的使用上，巴蒂亚发现在介词短语的使用上，在专业词汇的使用上和分词短语的使用上，法律文本都有明显的特点，其目的就是引进法律条文（客篇章）。

法律作为一种行为规范系统，具有规范性、普遍性、严肃性，同时，法律语言具有严格的结构和层次。因此，在这样一个特殊领域中，互文的运用也表现出自己的特点。我们发现，法律中互文的运用有时是一个策略，即凭借重复性和多元性，成为律师为了实现自己的目标而采用的战略战术。互文有时又是一个具体的话语建构手法，通过引入不同的法律文本来进一步说明新篇章的合法性和权威性。

## 第三节 互文在商业中的应用

商务沟通是语言运用的一个重要领域，本节我们会介绍互文在商业中的应用。

### 一、沃伦的研究

沃伦做了一项有关商业电邮的互文应用的研究。电邮的优点是快捷方便，篇幅短小，通常不会像报道那样长篇大论。因此，这也形成了电邮的语言特点：简洁明快。商业电邮因为用于谈生意，所以内容主要集中在商业上。表现在互文上，就是在主篇章中，要不断提到以前谈生意时提到的货物、价格、运输等，这些都跟客篇章紧密相连。另外，商业电邮经常会提出需对方确认的问题，也就是"期望得到的信息"。①

沃伦跟踪 2 名研究对象 5 天，共收集了 404 封电邮。一个研究对象是卖提包商人，从他那里收集到 133 封电邮（5978 字，由 46 位商业人士撰写）；另一位研究对象是 IT 经理，从他那里收集到 271 封电邮（21762字，由 90 位商业人士撰写）。

**（一）商业电邮的互文类别**

沃伦发现，商业电邮中互文的使用有明显的特点，可以归纳为四种类型：

类型 1：对客篇章或预测篇章的显性互文。

类型 2：对客篇章或预测篇章的隐性互文。

类型 3：通过改写或总结的方式引入主篇章的互文。

类型 4：用直接引语的方式引入主篇章的互文。

例 7：

From：CXXXX

To：EXXXX；RXXXX；KXXXX

Subject：**Re：Re：lining**

**Just spoke to AXXXX, she said** *she has made a proposal to SXXXX，and waiting for her.*

谈到 AXXXX，她说她已经提出建议给 SXXXX，正在等待她的回复。

*Decision，* **she sounds** *positive and* **mentioned** *about willing to make a* "*win win situation*".

决定，她听起来态度积极，还提到愿意实现"双赢"。

**Let's see**…

让我们看看……

CXXXX

例 7 是封完整的邮件，里面有 10 个互文实例，包含上面提到的四种类型：

---

① Warren，M.：""*Just spoke to* …"：The types and directionality of intertextuality in professional discourse original research article"，*English for Specific Purposes*，2013，32（1），pp. 12-24.

表类型 1 的互文实例是(用黑体表示)"Re：Re：lining"和" Just spoke to AXXXX"。

表类型 2 的互文实例是(用黑体加下划线表示)"Let's see"。

表类型 3 的互文实例是(用斜体表示)"she has made a proposal to SXXXX，and waiting for her"。

表类型 4 的互文实例是(用斜体加下划线表示)"win win situation"。

我们以前讲的互文概念指的是主篇章中引用了客篇章的内容。这里，沃伦提到一个特殊的概念——预测篇章，指的是某人发出一封电邮(主篇章)后期望收到的篇章，而这个期望篇章的内容受到发出篇章的制约，两者有"预测"或者"将要出现"的互文关系。实际上，这里的预测篇章成为后期进一步邮件往来的引子和基础，换言之，就是未来的主篇章。为了进一步说明他所说的预测篇章，沃伦还举了个例子。

例 8：

From：KXXXX

To：RXXXX

Sent：XXX

Subject：Re：Season to be present in Rooms

Dear RXXXX（亲爱的 RXXXX）

Any news? Pls advise.（有消息吗？请提建议。）

Many thanks.（多谢。）

Best rgds.（祝好。）

KXXXX

例 8 讲的是有关下个季度手提包展销的安排事项，这封邮件是对收信人 RXXXX 邮件的回复，邮件中的"Any news? Pls advise"就是预测篇章。在我们看来，沃伦所说的预测篇章就像一个"触发句"，是发邮件者期望回邮所谈的内容。

沃伦强调，预测篇章必须建立在双方共同的知识之上，建立在双方对客篇章的理解之上。

### (二)商业电邮的量化分布

沃伦对两位研究对象的电邮中四类互文的分布做了统计，见表 8-2。

表 8-2 四类互文的分布

| | 类型 1 | 类型 2 | 类型 3 | 类型 4 | 总计 |
|---|---|---|---|---|---|
| 商人 | 370<br>(59.97%) | 79<br>(12.80%) | 122<br>(19.78%) | 46<br>(7.45%) | 617<br>(100%) |
| 经理 | 793<br>(53.65%) | 160<br>(10.83%) | 199<br>(13.46%) | 326<br>(22.06%) | 1478<br>(100%) |

表 8-2 中，数字表示互文实例数，商人的电邮中共 617 个互文实例；经理的电邮中共 1478 个互文实例。这个分布表显示，商人和经理使用类型 1 的比率都最多，占到一半以上。在类型 4 上，商人和经理相差比较大。

## 二、戴维特的研究

戴维特先研究了税务篇章的类型，进而研究税务篇章的互文使用特点。他研究的语料分两种：一是收集到的税务篇章；二是访谈的内容。戴维特联系了 8 个会计师事务所收集语料，有 6 个事务所提供了书面材料。此外，他还访谈了 8 名来自 6 个事务所的不同级别的会计。①

戴维特研究发现："税务这个行业处在一个丰富的互文互动的环境中，这个职业建构了一个错综复杂的互文网。税务会计的世界既是一个数字世界，更是一个篇章世界。"他归纳出三种互文：通用性互文（generic intertextuality）、参考性互文（referential intertextuality）和功能性互文（functional intertextuality）。

### （一）通用性互文

通用性互文指的是税务会计在日常工作中最常用的、格式化了的互文形式，如备忘录、聘书中的互文。这种互文形式是这个行业从业人员在建构这类篇章时共同采用的方式。

会计师事务所的主要工作包括给客户写信，给税务部门写信。这些信就是会计们的产品，其中一个明显的特点就是需要不断重复双方关心的内容。客户会不断提出各种要求，会计们需要回应这些要求。因此，每个篇章都建立在客篇章的内容之上。

---

① Davitt, A. J.: "Intertextuality in tax accounting: Generic, referential, and functional", in *Textual Dyna*, *mics of the Professions: Historical and*, *Contemporary Studies of Writing in Professional Communities*, eds. C. Bazerman and Paradis, Madison, WI, The University of Wisconsin Press, 1991, pp. 336-351.

　　这些篇章之间的互动导致了不同的写作类别。当会计在写某一类别的某篇章时，就会与之前的篇章建立联系。

　　表 8-3 是戴维特归纳出来的税务会计在写作中常用的类型。

表 8-3　税务会计在写作中常用的类型

| 类别 | 发送信的数目 | 收到信的数目 |
| --- | --- | --- |
| 非技术性信函 | 3 | 5 |
| 行政备忘录 | 4 | 17 |
| 提交函 | 5 | 20 |
| 聘书 | 2 | 4 |
| 档案备忘录 | 4 | 9 |
| 研究备忘录 | 5 | 18 |
| 给客户的促销信 | 2 | 6 |
| 给客户的征求意见信 | 6 | 11 |
| 给客户的反馈信 | 4 | 10 |
| 给税务机构的信 | 5 | 14 |
| 抗税信 | 3 | 5 |
| 税收条款评审 | 2 | 6 |
| 计划书 | 1 | 3 |

　　表 8-3 列出的 13 个类别反映了税务会计的工作领域和服务性质，他们需要通知客户、说服客户或与客户争辩，需要处理退税、国税局通知、文件、税法、审计文书等工作。他们与客户首次接触后，还需跟进接触，介绍有关法律条款等。一般来讲，会计的基本职能就是向客户介绍税务规则，帮助客户填写税单，或者与税务部门沟通以维护客户利益等。作为中介，会计还要协助客户和税务部门建立关系。这些重复性的、结构性的活动和专业关系，构成了这些篇章需要回应的互文情境。

　　其中，给客户的促销信、征求意见信和反馈信等是给客户看的，向其解释税收条款。它们适用于所有类型的客户，只要属于相似的情况，客户需要了解相关的情况，会计都会采用这些类别的写作。这种高度专业化的体裁分类及惯例是会计在实践中频繁遇到相似情况而总结出来的。每一种类别又包含大量不同的文本，如税收条款评审往往伴随着账目的汇总及回顾，提交函又伴随着纳税申报单、材料及回函等，所以每一个类别都不是孤立存在的，而是与其他类别的文本相互交叉和联系，共同形成一个客户的所有文本。从电话备忘、书信往来到税收条款含义的协商、建议、计划等，它们构成一个大的宏观事实网络。

这些类别的篇章性质构成了互文应用的基本条件，这也是通用性互文的特点。

### (二)参考性互文

参考性互文指的是在主篇章中指出客篇章的来源。在税务会计文本中，参考性互文主要为了说明专业的权威性和合法性。

戴维特之所以把这种互文称为"参考性互文"，是因为税务会计把前面的文本作为后面的文本的参考与依据。税务会计能够在多大程度上发挥功能，取决于他们如何选择篇章类型，如何回应修辞情境，以及对这个专业的认识程度。

互文能帮助会计完成其工作。会计在完成某个客户订单时，不可能只接触一种体裁与一个文本，他会接触各种体裁和各种文本。例如，送函就包括了所有归档的文件，通常有纳税申报单，有时还有宣传册、研究备忘录及税务回顾等体裁的文本。税收抗议书及给税收当局的信件会包含纳税人与美国国税局往返交流的各种文件：纳税人的报告、相关计划及表格，美国国税局给纳税人的通知、评估、信件等。这些活动是会计工作的一部分，前面的文本为后面的文本提供参考与依据。

表 8-4 是对参考互文的统计。

**表 8-4　每 200 字中出现的显性参考互文实例统计**

| 类别 | 篇章数 | 参考互文的平均数 | 参考互文的中位数 | 级差 |
|---|---|---|---|---|
| 档案备忘录 | 9 | 0.24 | 0 | 0/1.19 |
| 提交函 | 20 | 0.35 | 0 | 0/2.74 |
| 给税务机构的信 | 14 | 0.38 | 0 | 0/3.08 |
| 税务总结 | 6 | 0.47 | 0.34 | 0/1.39 |
| 给客户的反馈信 | 10 | 0.86 | 0.67 | 0/3.00 |
| 给客户的促销信 | 6 | 1.94 | 1.69 | 0/5.02 |
| 给客户的征求意见信 | 11 | 2.62 | 2.26 | 0/7.64 |
| 研究备忘录 | 18 | 3.72 | 2.32 | 0/10.67 |
| 抗税信 | 5 | 2.47 | 2.54 | 0.81/4.34 |
| 总计 | 99 | 1.47 | 0.50 | 0/10.67 |

从表 8-4 中，我们可以看出，引用参考互文的数量与文本的作用密切相关。在档案备忘录、送文函、给税务机构的信、税务总结和给客户的反馈信中，参考互文的使用率很低；而给客户的促销信、给客户的征求意见信、研究备忘录和抗税信中，参考互文的使用率明显提高。这表明，参考互文能够提高说服力，增强观点的合法性。

互文还能体现税务文本的权威性，主要表现在给客户的文件及税务期刊的引用上，因为会计要向客户传达政府税务方面的政策、制度等。他们需要借助税收方面的法律、法规、操作等权威资源对客户进行解释，所以通常都标明出处或引号，让客户明白这是法律规定的，不是会计所强加的，也更易让客户接受。这样做也有利于客户就有关税务要求做好调整，获取最大利益。

会计要对税务方面的法律条文熟记于心，这种专业知识与法规条文、刊物的引用融为一体。困难的是，有时不能用引号列出全部内容，因为专业性太强，篇幅太长，这样的内容可能会吓跑客户。这时，会计采用互文的方法，用解释、说明或转述的方式传达意义。但这种做法如果不明确、不细心，反而会降低意义的准确性，为诉讼、客户的盈利等带来隐患。这也使得会计不得不认真对待其文本，每一个标点、条款都应传达到位，确保无误，而这往往通过引用权威条文得到体现。

### (三)功能性互文

功能性互文指的是互文在税务会计文书中扮演了某些功能，其中最重要的功能就是维护了行业的完整性。这主要体现在互文是按照一定规则、格式出现的，前文本会对后文本产生影响，它们要达到内部的高度一致。

互文有助于会计行业从业者在行为规范与认识上达到高度统一。

一致性：所有成员都认可税务刊物，使用同样的体裁，承认税务期刊的权威性及前面文本对后面文本的影响，任何一个文本都会对客户的利润带来重大的影响。这种相同的信念与认识使会计工作有着明确的约定与统一标准，以达到内部统一。

完整性：在从业过程中，税务会计需要记录自己与客户交往的每一个环节，并形成一套完整的档案，可以称为"宏观篇章"。这一点在访谈资料中得到了被访者的一致认同。

呼应性：在记录时，会计需要保持篇章之间的呼应性，今天记录的篇章会对明天的篇章产生影响，同时构成了客户完整的档案资料。这既是专业的要求，也是专业的结果。

戴维特认为，要做到上面所提到的一致性、完整性和呼应性就离不开互文。如果从功能的角度观察互文，那么互文的功能就是维持了专业的权威性、严肃性和完整性。

戴维特的这项研究从三种互文的角度观察税务篇章，揭示了税务会计行业中不同篇章之间的互动作用以及这种互动对行业的意义和影响。每个篇章发挥的功能就是完成事务所的工作，这些篇章构成了一个类型系统，可以以此来界定这个行业的工作。每个类型集合在一起又构成了客户和事务所的宏观篇章，反过来这些篇章又会影响未来的篇章。所有这些篇章又建立在另一个系列篇章之上：税务出版物主导并建构了这个专业的需求。证明篇章的合法性和权威性是税务会计的前提。这个行业的从业者都坚信，所有这些篇章都源于知识和专家，他们只有通过互文，才能将这些信息转换成为不同类型的文书，传递给客户和其他部门。

### 三、范尼凯克的研究

范尼凯克研究了互文在广告中的应用。范尼凯克根据詹妮（Jenny）[①]提出的"互文广告"的标准，从不同商业的杂志上收集了 200 个互文广告。[②]

他的研究主要讨论了下列几个方面的内容。

首先，探讨印刷广告的不同语言（英语、荷兰语、南非语）在使用互文时所存在的特征、长处、潜在危险等。

其次，广告话语中哪些情境可以作为互文来源。

最后，印刷广告话语的规范性。

范尼凯克在论文中提出三个要点。

第一，在广告中运用互文的优势。范尼凯克认为，互文广告是一种互动性广告，因为它传递的是多个信息，接受者需要解码这些隐含信息。广告话语中的互文信息必须是信息发布者和接受者彼此都熟悉的共识。互文广告包含了文案的重要原则：多信息少文本。对一个篇章而言，互文能够激活更多的文本（客篇章）。詹妮指出："互文有自己的语言，其词汇源于一切篇章。"也就是说，要理解互文，必须了解相关的篇章，因为

---

① Jenny, L.："The strategy of form", in *French Literary Theory*, ed. T. Todorov, trans. R. Carter, Cambridge, Cambridge University Press, 1982, pp. 34-64.

② van Niekerk, Angelique："A discourse-analytical approach to intertextual advertisements: A model todescribe a dominant world-view", *Southern African Linguistics and Applied Language Studies*, 2008, 26(4), pp. 181-512.

只有拥有相关的篇章知识才能读懂互文的语言。在阅读过程中，读者要积极参与进来，建构新的篇章，这样才能解读广告内容。这成为互文进入广告的主要原因。

第二，使用互文的危险。广告作者在选择文本时，需要确定读者一定熟悉这些文本，否则就无法建立联系，解读信息。也就是说，互文的作用就是通过一个文本将几个文本联系起来，组成一个整体。否则，广告的作用就无法实现。

第三，互文是社会的镜子。之所以把互文看成社会的镜子，是从以下几个方面考虑的。

其一，广告反映了主流价值观，如道德，宗教，主流观点，规范，以及社会常见的现象（自由开放的性关系、电话色情服务等）。

其二，广告是建立在现实生活之上的，要反映真实的人的真实生活面貌，反映某种意识形态。

其三，即使市场目标人群没有实践某种意识形态，也可以宣传那些被认为真实反映其所生活的世界的内容。例如，在现代媒体中运用带有性暗示意味的或穿着特别暴露的男女形象，或者借用圣经的内容推销产品。

其四，互文是广告媒体宣传手段之一，也通过文学、电视、电影、音乐等发挥同样的作用。

其五，很多互文广告传递的某种意识形态对外群体（非目标人群）都是难以理解的。例如，"Cell C"手机广告来自南非，如果我们不了解当地的礼仪和文化，就无法理解这个广告。同样，如果不了解在圣经中，伊甸园的苹果是一个受诱惑的象征，我们就无法了解皮尔卡丹某广告中出现的被咬了一口的苹果是什么意思。

范尼凯克又从下面五个方面分析了广告的实例。

一是识别互文文本的范围和内容，即媒体公认的共识。

二是互文信息具有外延意义。

三是从互文信息的角度识别广告文本中语言要素（所指）的相关性。

四是互文信息的视觉形象的作用。

五是根据互文信息所产生的隐含的营销信息。

他按照这五个方面，分析了37个广告。我们这里选择两个大家比较熟悉的广告稍做介绍（"Telkom电信"和"立顿茶"），见表8-5。

表 8-5　互文广告分析

| 名牌广告词 | 互文范围/内容 | 互文信息 | 次篇章与互文信息的关系 | 视觉与互文信息的关系 | 营销信息 |
|---|---|---|---|---|---|
| Telkom 电讯：Every beautiful relationship starts with a ring[一段美妙的关系始于铃声（戒指）] | 1)爱情的象征：戒指和电话铃声沟通 2)戒指的双关语 | 给你爱的人打个电话，可能会建立永久的亲密关系 | 次篇章将电话的铃声与订婚戒指结合起来 | 视觉画面是一根电话线缠绕的首饰盒中放了一枚订婚戒指，这就再现并解释了互文信息 | 一般性的接触（电话铃声）与订婚戒指都是建立恋爱关系所必需的 |
| 立顿茶：The best pot is not only legal. It's healthy[最好的茶袋（毒品）应该既合法，又健康] | 1)法律和秩序：毒品 2)健康：药品 双关语 | "pot"是大麻的俚语，是非法和不健康的 | 次篇章说的是，在这种情况下，"pot"指一壶茶。而互文"pot"的意思在这里没有被进一步解释 | 没有视觉手段辅助 | 与毒品相比，立顿茶当然既健康，又合法 |

## 四、小　结

　　商业内的文本也是很有特色的。随着计算机技术的发展，电邮的应用也越来越广泛，沃伦的研究就是观察商业电子邮件中互文的使用情况。他发现电邮包含四种类型的互文，并对收集到的 404 个电邮进行量化，发现这些邮件中共有 2095 个互文实例。这些互文实例归到类型 1 的最多，超过 50％。戴维特研究的是税务篇章的互文使用特点。他发现存在三种互文：通用性互文（税务会计在日常工作中最常用的、格式化了的互文形式，如备忘录、聘书中的互文），参考性互文（指出来源，如根据某某条文或篇章等话语）；功能性互文（按一定要求撰写文本，以达到一致性、完整性和呼应性）。范尼凯克研究的是互文在广告中的应用。他通过分析发现了互文的优势、使用互文的潜在危险，认为互文是反映社会的一面镜子。

## 第四节　互文在学术论文中的应用

学术论文的写作通常是在前人的研究基础上进行的。论文需要交代和评论前人研究的程度，这就是互文。如果不指出出处，就有可能是抄袭。其实，从互文的角度看，抄袭也是一种互文，可称为"抄袭互文"。我们在前文讨论类型时，就把抄袭看成隐性互文的一种。下面，我们将介绍艾拉(Eira)和拉贝(Labbé)等人的研究。

### 一、艾拉的研究

艾拉的研究主要讨论两个问题：一是学术互文的概念，二是互文和抄袭的关系。

**(一)学术论文中互文的特点**

艾拉认为，有些学术论文中的互文是强制性的，就是说一定要按这个标准去做。这种强制性互文有两种：一种是"正式强制性互文"，另一种是"论证强制性互文"。[①]

**1. 正式强制性互文**

"正式强制性互文"指的是学生在大学学习期间，必须遵循大学规定的论文格式，包括引文、参考文献、文献回顾、多人参与的课题研究的署名格式等，教师也必须根据这些标准评价学生的论文。

正式强制性互文的要点有两个。

一是对学生来讲，他们所做的研究应是学界认可的研究。论文应重点关注研究内容的传承、成员身份的传承，这也是他们所处的学术界对话语的要求。这就涉及正式强制性互文的两个层面：研究创新必须与传承的基础保持一致；要熟悉该领域内的有关情况。例如，要了解这个研究领域的带头人是哪些人，有什么研究机构、惯例、规定、研究动向等。

二是它并非要限制论文创新，而是强调学生首先得在做到第一点的基础上进行学术上的创新研究。互文理论所隐含的意义就是富有新意和创造性，因为篇章总是不断地在不同层面上连接，形成一个新的组合体。

---

① Eira，Christina："Obligatory intertextuality and proscribed plagiarism: intersections and con-tradictions for research writing"，http://www.newcastle.edu.au/Resources/Conferences/APCEI/papers/eira.pdf (accessed 2013-07-30)，2005.

### 2. 论证强制性互文

论证强制性互文指的是学生要想进入自己专业的学术团体，就必须遵循学术界公认的各种标准，以此建立自己的互文基础，从而证明自己具备某种学术能力。这是进入学术界的基础和必要条件。

论证强制性互文的要点有四个。

第一，研究生的最终目标不是拿到学位，而是获得学术界的成员身份。为了成功实现这个转变，学生必须学会学术界的话语，研究好坏的标准，选择研究问题的系统和程序等。只有这样，这个学生才能在获得学位的同时获得学术团体的成员身份。这种互文成为在某个学科继续研究的基础和框架。

第二，研究生进行研究，就是学习一种学科态度，逐步熟悉并在某个特定的学术界话语原则中开展学术研究，否则就不是做学术研究。利奥塔（Lyotard）曾使用维特根斯坦（Wittgenstein）"语言游戏"的概念描述"科学话语"的运作方式：

> "谁决定了真理存在的条件？"人们的共识就是，真理存在的条件，换言之，就是科学的游戏规则，存在于该游戏内部。这些规则是通过反复的科学争论建立起来的。①

要确定某项研究是否是科学研究，需要通过辨识其是否符合某些惯例，能否被大家认可为"现存文献"。

第三，每个社团或次社团内部都有自身的互文系统：有自己的一套重要的或有价值的篇章，有自己喜欢的话语，有自己特定的习惯来决定需要阅读哪些篇章，不需要阅读哪些篇章，为什么以及怎样阅读。

第四，某个学科的互文要求确定了该学科可能的研究主题和研究方向，因为只有那些得到学术界认可的问题才可以进行研究。学术界强调的"传承"这个词就很好地描述了这种要求：研究既要受到学科的限制，也要受到学科话语的限制，还必须遵循一个学科内在的发展路径。

正式强制性互文是论证强制性互文的基础，论证强制互文是高层次互文，前者为后者的发展奠定了基础。一个人如果没有经历过正式强制性互文训练，没有建立规范的学术引文意识和习惯，是无法进入论证性

---

① Lyotard, J.-F.: *The postmodern condition: A report on knowledge*, trans. G. Bennington & B. Massumi, Manchester University Press (original work published 1979), 1984, p. 29.

强制互文的。也就是说，他不能按照学术界的惯例合法引用他人的研究成果，将自己的研究与学术界的知识创造有机结合起来，向同行展示自己的研究功底和能力。

**（二）学术论文中的抄袭**

大家都很熟悉"抄袭"二字，但对其具体定义和界限好像不很明确。艾拉列举了澳洲阿德勒大学的规定，该大学认为违背下列行为即属于抄袭：

1. 恰当地引用别人的观点，并表示感谢。

2. 评审者同意学生提交合作的作业。

3. 不能协助他人完成以个人名义提交的作业，学生也不能在自己独立完成的作业中接受他人的帮助，除非得到许可。

艾拉认为，这个规定还不够具体。比如说，什么是研究者"自己的"作品？什么是"合适的"致谢？在以个人名义完成的作品中接受他人的"协助"是什么意思？

要界定抄袭与正常互文之间的关系，一个核心要素就是要搞清楚在学术论文写作中应该清楚表述什么内容，什么要求是必须满足的。也就是说，有哪些强制性的必要因素。这就涉及正式强制性互文和论证强制性互文的概念。

艾拉提出的抄袭和互文的关系在学术界确实很重要。《现代汉语词典》对"抄袭"的定义是"把别人的作品或语句当作自己的"。另外，哈佛关于"抄袭"的定义是："抄袭是一种说谎、欺骗、偷窃的行为，指的是你将原始资料的信息、观点和句子直接用于你自己的文章当中而不做标注。"美国现代语言联合会《论文作者手册》对剽窃（或抄袭）的定义为："剽窃是指在你的写作中使用他人的观点或表述而没有恰当地注明出处。这包括逐字复述、复制他人的写作，或使用不属于你自己的观点而没有给出恰当的引用。"

国家版权局版权管理司 1999 年发布《关于如何认定抄袭行为给某某市版权局的答复》（权司［1999］第 6 号）指出：

一、著作权法所称抄袭、剽窃，是同一概念（为简略起见，以下统称抄袭），指将他人作品或者作品的片段窃为己有。抄袭侵权与其他侵权行为一样，需具备四个要件：第一，行为具有违法性；第二，有损害的客观事实存在；第三，和损害事实有因果关系；第四，行为人有过错。由于抄袭物发表后才会产生侵权后果，即有损害的客观事实，所以通常在认定抄袭时都指已经发表的抄袭物。因此，更准确的说法应是，抄袭指将他人作品或者作品的片段窃为己有发表。

二、从抄袭的形式看，有原封不动或者基本原封不动地复制他人作品的行为，也有经改头换面后将他人受著作权保护的独创成分窃为己有的行为，前者在著作权执法领域被称为低级抄袭，后者被称为高级抄袭。低级抄袭的认定比较容易。高级抄袭需经过认真辨别，甚至需经过专家鉴定后方能认定。在著作权执法方面常遇到的高级抄袭有：改变作品的类型，将他人创作的作品当作自己独立创作的作品，如将小说改成电影；不改变作品的类型，但是利用作品中受著作权保护的成分并改变作品的具体表现形式，将他人创作的作品当作自己独立创作的作品，如利用他人创作的电视剧本原创的情节、内容，将其改头换面后当作自己独立创作的电视剧本。

三、如上所述，著作权侵权同其他民事权利一样，需具备四个要件。其中，行为人的过错包括故意和过失。这一原则也同样适用于对抄袭侵权的认定，而不论主观上是否故意将他人之作当作自己之作。

四、对抄袭的认定，也不以是否使用他人作品的全部还是部分、是否得到外界的好评、是否构成抄袭物的主要或者实质部分为转移。凡构成上述要件的，均应认为属于抄袭。

根据抄袭的性质，我们看到，抄袭也是一种互文。从互文的角度研究学术规范和论文规范，是一个非常重要的研究领域。只有明确了什么是正式强制性互文和论证强制性互文，我们才能更好地理解什么是抄袭互文，什么是规范互文。

有时我们会发现"连环抄袭"的现象，也就是你抄我，我抄他。腾讯网曾于2015年发布报道，揭露相关问题。

在各国，学术造假的事件都不少见。美国《国家科学院院刊》于2012年10月1日发表了有关论文撤销的研究报告，因造假或者被怀疑造假而撤销下来的论文所占的比例相当于1975年的十倍。但相比美国、德国等发达国家，中国的学术造假现象确实非常严重。

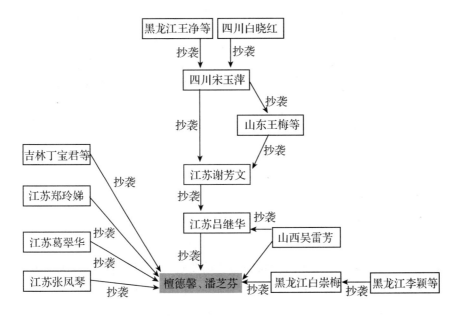

**图 8-1　"史上最牛连环抄袭门"①**

论文收集网站 arXiv 具有文本检测功能,在其 1991 年至 2012 年收集的共 75 万篇涉及数学、物理、计算机等领域的论文中,6372 名中国作者中有 688 人被标记抄袭,比例超过 10%,而注册作者数最多的美国,26052 名作者中涉嫌抄袭的比例为 4.7%,同为工业发达国家的德国则为 3.2%。今年 4 月,英国大型学术医疗科学文献出版商现代生物出版公司(BioMed Central,BMC)撤销了 43 篇论文,其中 41 篇来自中国。该公司解释,这些论文出现"伪造同行评审的痕迹",并暗示问题只是冰山一角。

即使是中国国内的数据,同样不容乐观。2010 年,中国科技部曾组织对科研造假行为进行调查。根据《自然》杂志,在调查涉及的中国 6 家顶级研究机构的 6000 多名科研人员中,大约 1/3 承认有过剽窃、造假行为。而中国国情研究会调研员董协良调查发现,每年网上揭露的国内学术造假事件大约有 100 起。由武汉大学进行的调查估计,中国买卖论文等造假行为的市场在 2009 年就达到近 10 亿元人民币的规模。

2011 年,加拿大蒙特利尔心脏病研究所药学系华裔教授王志国,两篇公开发表的论文中用以说明数据的图片合成错误(论文其余

---

① 檀德馨等 1997 年发表的论文,十几年来遭到 16 个单位 25 人抄袭,抄袭率超 90%(据《中国青年报》)。

部分包括结论准确无误，实验结果也可重现），被研究所认定违背科研伦理标准及身为研究者的职责，免去其研究者身份，并关闭其实验室。相关机构也永久取消其资助资格。而在中国，王志国仍兼职哈尔滨医科大学药学院心血管药物研究所所长，同时还在中共中央组织部公布的第四批"千人计划"名单内。①

学术界需要遵循学术规范，杜绝抄袭互文，培育良好的学术道德。

## 二、拉贝等人的研究

拉贝等人的研究主要讨论论文内容"查重"的方法。②

拉贝等人认为，互文可以分为显性互文和隐性互文（又可称"隐藏互文"）。显性互文在学术论文中扮演合法的角色（如引语、引用相关研究成果、参考文献、致谢等）。隐形互文是没有注明引文的出处，读者一时无法判断某篇文章中的内容是前人论述过的，还是主篇章作者自己的观点。这个问题一直困扰着研究者。很早以前，就有研究者提出要用统计学的方式来加以辨识。拉贝等人的研究就提出了一套程序来辨识这些学术论文中的隐形互文，并测量其重要性。

研究采用的材料来自 IEEE（电子和电子工程研究所）期刊数据库，这个数据库是目前最大的电子、信息工程及相关领域的数据库。IEEE 对隐性互文的定义是：对一个或若干原始篇章的相当大的内容进行复制，没有把这些原始篇章列入参考文献中，也没有得到授权。

研究者收集了受到 IEEE 警告的 300 篇论文，并将其作为研究样本，随机抽取了 14 个案例（复制片段，即"隐性互文"），同时又找到了 24 篇原文。所以，整个样本量就是 24 篇原文与 14 个复制片段。

研究者处理这些数据时有三个步骤：计算这些篇章之间的距离（就是指相同内容的程度）；辨别篇章与篇章之间不正常的重叠关系；辨别出复制片段。研究者先将这些篇章转换为 PDF 文件，然后运用牛津查重程序处理这些篇章，通过下列公式测算篇章和篇章之间的距离。距离越近，说明两个篇章之间重复的内容越多：

---

① 《美国学术造假进监狱，中国呢?》，http：//view. news. qq. com/original/intouchtoday/n3211. html，2015-07-05。

② Labbé，Cyril and Dominique Labbé："Detection of hidden intertextuality in the scientific publications"，11*th International Conference on Textual Data Statistical Analysis*，Liége，Gelgium，2012.

$$D_{(A,B)} = \sum_{i \in (A,B)}^{V_{A,B}} \mid F_{iA} - F_{iB} \mid \text{ with } N_A = N_B$$

这个公式显示了 A 篇章与 B 篇章之间的距离，其中各项代表如下意思。

（1）$N_A$ 与 $N_B$：A 篇章和 B 篇章中出现的"单词实例"（word-token）的数量，即这些篇章的长度。

（2）$V_A$ 与 $V_B$：A 篇章和 B 篇章中"单词类别"（word-type）的数量，即这些篇章的词汇数量。

（3）$F_{iA}$ 与 $F_{ib}$：某个"单词类别"i 在 A 篇章与 B 篇章中出现的次数（绝对频数）。

（4）$\mid F_{iA} - F_{iB} \mid$：某个"单词类别"i 在 A 篇章与 B 篇章中出现的频率的差异。

（5）$D_{(A,B)}$：A 篇章与 B 篇章之间的互文距离，等于两篇章中所有"单词类别"出现的绝对频率之间的绝对差的总和。

根据上面这个公式，研究得出的指数在 0 到 1 之间。0 表示同样的词形出现在两个篇章中，1 表示两个篇章之间没有出现同样的词形。如果两个论文之间的距离为 0.5，就表明这两篇文章的词形有 50% 的重合率，也就是说，在内容上有差不多 50% 的重复。

为了更为直观地展示隐性互文的使用情况，研究者画了一个树形图。图中每条线顶端编号中的第一个字母 D，指的是有隐性互文的篇章，O 指的是原始篇章（见图 8-2）。

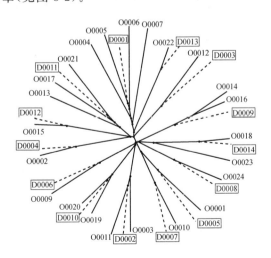

图 8-2　语料的树形分类

图 8-2 中虚线指有"隐性互文"的篇章，顶端有 D 开头的编号，如 D0001、D0013、D0003、D0009，共 14 个。

实线指的是"原始篇章"，顶端有 O 开头的编号，如 O0006、O0007、O0007、O0022，共 23 个。因为语料显示，有些有隐性互文的篇章不止复制一个篇章的内容，而是复制多个原始篇章的内容。

图 8-2 显示，14 个有隐性互文的篇章一共复制了 23 个篇章中的内容。

把从图中心通出的主线和附在这根线上的实线或虚线看成一组线，那么从图 8-2 里，我们就可找出 14 组线。

这 14 组线中有 8 个"双胞胎"（指有隐性互文的篇章与其原始篇章）。例如，D0006 这组线，双胞胎是简单的互文关系（也就是观点源于一个单一的篇章）。有 4 个是"三胞胎"，指的是某个隐性互文篇章来自两个原始篇章，如 D0009 这组线。有 2 个是"四胞胎"，指的是某个隐性互文篇章来自三个原始篇章，如 D0011 这组线。

先看一个"双胞胎"隐性互文的篇章，即图 8-2 右上角的 O0012 和 D0003。这组线指 D0003 复制的内容是 O0012 这条实线从图中心开始到虚线开始分叉这部分，也就是隐性互文部分。按线条看，它约占 40％。换句话讲，就是 D0003 复制了（隐性互文）原文（客篇章）O0012 约 40％ 的内容。

再看一个"三胞胎"隐性互文的篇章。例如，图 8-2 正下方有一组线：D0002、O0011 和 O0003。这组线说明，D0002 这个篇章复制了两篇文章（O0011 和 O0003）的内容。具体来看，D0002 这个篇章复制 O0013 的内容是从图中心开始的实线到第一个节点这段距离的内容；D0002 这个篇章复制 O0011 篇章的内容是第一个节点到第二个节点这段距离的内容。O0011 与 O0003 之间的距离远远超过 D0002 与 O0011 之间的距离。O0003 与 O0011 这两个篇章共有 9408 个单词实例，D0002 提取了其中 2094 个单词实例。

再看一个"四胞胎"隐性互文的篇章，如图 8-2 左上角的一组线：D0011、O0013、O0017 和 O0021。这组线表达的意思是，D0011 这个涉及隐性互文的篇章，复制了 O0013 这篇文章（从图中心的线到第一个节点这段距离的内容），复制了 O0017 这篇文章（从第一个节点到第二个节点这段距离的内容），还复制了 O0021 这篇文章（从第二个节点到第三个节点这段距离的内容）。

拉贝等人最终得出以下几个结论。

第一，互文距离取决于四个因素：类型、作者、主题和时间点（按重要性依次排列）。在研究样本中，所有论文的类型和时间点都是一样的，都是科学论文和当代论文，因此，作者和主题这两个因素能够解释某些异常现象。拉贝的另一项研究表明，在同时代作者所撰写的同类型篇章中，作者身份往往是主导因素，于是互文距离就成了"非传统作者身份属性"的重要工具。

第二，IEEE 数据库中的案例有各种各样的情况。有些把一个或几个篇章大的片段经过小修改，变成新的篇章。还有一些比较隐蔽。例如，把一种文字译成另一种文字，或换一种方式表达原始观点。

第三，将互文距离与分类结合起来，将帮助人们有效地发现科学文献中的隐藏互文，因为这项研究采用的方法能够识别同一作者的不同篇章。这种数据采集方法可以帮助我们确定隐性互文，也就是查重，有利于会议组织者、杂志编辑和数据管理者发现抄袭。

拉贝等人最后强调，研究人员通过开发软件来查重，以矫正不良做法，目的并非抹黑这些采用隐性互文的作者。① 他们的研究没有采用涉及道德、法律含义的"抄袭""造假"之类词汇，采用的是"复制"和"隐藏互文"这类说法。当然，隐性互文这个问题应该得到重视。当研究者进行某项研究时，第一步要做的就是讨论相关领域的研究和论文，就是考虑用显性互文还是隐性互文。

要在学术研究中推动知识创造，研究者之间分享不同观点、数据和工具是无可厚非的，但一个重要条件就是尊重他人的创作。隐藏互文可能会使人误判某项研究的价值，更为重要的是，隐藏互文破坏了研究者之间的信任。

## 三、小　结

学术论文中的互文非常明显，因为任何研究都是在前人的基础上进行的，它一定会提到前人的研究，引用前人的观点。拉贝等人认为，学术论文中存在两种互文：正式强制性互文和论证强制性互文。正式强制性互文指的是比较具体的互文，如引文、引用文献、感谢语等；论证强制性互文指的是比较抽象的规则，如研究思路、熟悉这个研究领域的领头人、值得研究的题目等。拉贝等人还讨论了"复制"（抄袭）问题，分析了 300 篇涉及抄袭的篇章。他们发现，抄袭确实是学术界不可忽视的问题。现在中国大学普遍用查重软件查看论文的重复情况，但按照拉贝和

① Labbé，Cyril and Dominique Labbé："Detection of hidden intertextuality in the scientific publications"，11*th International Conference on Textual Data Statistical Analysis*，Liége，Gelgium，2012.

拉贝的思路，重复前人的内容是无可厚非的，是否在研究中指出前人研究的来源则更为重要。

## 第五节 结 语

本章介绍了互文在法律界、商业界和学术界三个领域的应用。这些研究发现，互文在这些领域的使用各有其特点。除了本章具体介绍的三个领域外，文学界，艺术界（包括戏曲界、电影界等），政界（议会辩论等）的互文使用其实也都很有特点。

中国知网（2013年8月20日）显示，本章介绍的法律、商业、学术领域的互文研究，在中国基本尚未开展。这也是本章介绍这些国外研究成果的原因。从高的层次来看，国际的各个应用领域跟国内的应该大致相同；但从低的层次看，国际领域跟国内的又各有特点。举个例子来说，同样是法律语言中的互文，中国法律界跟国外法律界可能不同，因为两者的司法程序有所不同。例如，有陪审团与没有陪审团的区别，有可能影响两者在法庭上的表现形式。此外，由于受到文化、宗教、民族、历史等各种因素的影响，法律语言互文的表现也有可能不同。这些都给研究者留下了研究的空间。

自从改革开放以来，中国把重心转移到了经济建设上，商业界活动日趋活跃，相关文本的使用日益增多，互文的表现也形式多样。中国商业领域内文本的互文表现如何？跟其他领域相比有什么特点？跟国际的相比又有什么不同？

近几十年，中国大学生、研究生招生不断增加，学术界也很活跃，科研论文发表数量突飞猛进。最新的媒体数据显示，中国科技人员发表期刊论文的数量已经超过美国，位居世界第一。然而，这些科研论文的平均引用率却排在世界100名开外。好文章不多是有很多原因的，学术规范完善与否就是其中之一。所以，如何界定"正当互文"和"抄袭互文"，是一个值得研究的课题。

# 第九章 互文关系分析

## 第一节 引 言

我们讨论了主篇章是以何种方式引进客篇章的内容的，又是如何把读者引到跟主篇章关系密切的客篇章之中的。本章我们讨论互文的关系，即主篇章中的语言成分和客篇章中的语言成分的关系。

陈平认为："语言成分在系统中的关联与对立，这既是现代语言学的理论核心，也是语言分析的方法核心。""既然系统中的对立是现代语言学理论核心，也是语言分析的方法核心，那么语言分析最基本的方法就有两条：第一，确定系统的范围；第二，确定在该特定系统中呈对立关系和其他关系的所有相关成分和因素，并且确定这些关系的精确属性。"[①]语言是一个系统。在这个系统中，语言的各种成分通过不同的方式组合在一起，相互之间存在各种关系。这些关系有复杂的，也有简单的；有直接的，也有间接的；有低层次的，也有高层次的。

### 一、词和词的组合关系

胡裕树说："从广义说，词和词的组合都可以叫作词组。但是，词和词的组合，可以是实词和实词的组合，也可以是实词和虚词各为一方的组合。我们这里所讲的词组是狭义的，即专指实词与实词依靠一定的语法手段（如'虚词''语序'）组合起来的语言单位。"[②]例如：

> 偏正词组：英雄气概　群众的智慧　十分热烈　紧张地劳动
> 后补词组：干得好　听不明白　去一趟　高兴得跳起来
> 动宾词组：读书　讨论问题　是朋友　来了一个人
> 主谓词组：鸡叫　大家讨论　意志坚强　满面笑容
> 联合词组：调查研究　伟大而质朴　今天或明天　北京、上海

---

① 陈平：《系统中的对立——谈现代语言学的理论基础》，《当代修辞学》2015年第2期。
② 胡裕树：《现代汉语（重订本）》，上海，上海教育出版社，1995，第302页。

和广州

    同位词组：中国的首都北京　他们俩

    连动词组：拿笔写字　走过去开门

    兼语词组：让我走　使他相信

    胡裕树讲的"词与词的组合"，其实就是我们这里讲的词与词之间的关系。偏正词组指词与词之间是一种"偏正"的关系，后补词组指词与词之间是一种后补的关系，依次类推。

## 二、句与句的关系

    依据中国传统语法研究，讨论句与句（分句）之间关系的就是"复句研究"。黄伯荣把复句分为两大类：联合复句和偏正复句。①

    联合复句包括四种关系：并列复句、顺承复句、选择复句、递进复句。偏正复句包括六种关系：转折复句、假设复句、条件复句、因果复句、目的复句、取舍复句。

    在国际研究中，影响较大的研究句与句关系的理论则是修辞结构理论（Rhetorical Structure Theory，RST）。

    在 1986 年 8 月 19 日至 23 日于荷兰召开的第三届国际篇章生成研讨会上，曼（Mann）和汤普森（Thompson）提交了论文《修辞结构理论：篇章结构的描写和建构》②，初步提出了 RST 理论的框架。1987 年，在美国南加州大学信息科学研究所内部发行的刊物上，他们又发表了近百页的论文《修辞结构理论：篇章结构理论》③，系统阐述了该理论。

    陈平说："修辞结构理论的主要目的是描写相邻句子的逻辑语义关系，将它们归纳为二十多种关系，用来说明话语中的语句是如何由低到高在各个层面上相互联系在一起的。"④笔者亦曾分析称："RST 理论认为，一个篇章中的各个小句，不是杂乱无章地堆在一起的。这些小句与小句之间，存在各种各样的语义关系：①各种语言都有一套数量不一的语义关系；②在这套语义关系中，其中某些关系使用的频率很高，某些关系则很少出现；③绝大部分语义关系是不对称（asymmetry of relation）

---

① 黄伯荣、廖序东：《现代汉语》（下），北京，高等教育出版社，2002，第 159~181 页。

② Mann，W. and S. A. Thompson：*Rhetorical Structure Theory：Describe and Construction of Text Structure*，ISI Reprint Series（ISI/RS-86-174），1986.

③ Mann，W. and S. A. Thompson："Rhetorical structure theory：A theory of text organization. USC Information Sciences Institute"，*Technical Report* 1（SI/RS-87-190），1987.

④ 陈平：《话语分析与语义研究》，《当代修辞学》2012 年第 4 期。

的，也就是说，它们绝大部分是'辅助'（satellite）的和'核心'（nucleus）的关系。"①

修辞结构理论提出的关系很多，如环境关系、解答关系、阐述关系、背景关系、使能关系、动机关系、证据关系、证明关系、原因关系、对照关系、让步关系、条件关系、析取关系、解释关系、评估关系、重述关系、总结关系、序列关系、目的关系等。

本章我们从互文的角度讨论篇章与篇章之间的关系。由于主篇章语言成分和客篇章语言成分互文的功能是不一样的，表现形式也是不一样的，因此，主篇章跟客篇章的关系不是单一的。

帕纳吉提多从语义的角度研究互文关系。他认为，读者在主篇章中引进的某些词汇分为两种类型。一是"直接进入通道"（direct access route），指的是读者看到主篇章中的某些内容时不需思考便能联系到脑子中储存的客篇章的有关内容。"当一个词汇概念能够直接指向大脑中储存的初级认知模型时，这就建立了直接进入通道，文字实体就激发了互文框架的形成。""这就造成了在面对这些单词和篇章时，读者能够建立很强的联系。除了能够辨别同样的词项，直接进入通道的另一个作用就是，当读者在来源篇章中碰到一个词项时，能够很快激活自己的认知同义词，建立一个语义互文框架。"二是"间接进入通道"（indirect access route），指的是读者要对主篇章的某些内容进行思考，这样才能在主篇章和客篇章之间建立联系。也就是说，主篇章的内容和客篇章的内容距离比较远。直接进入通道就像是"明喻"，读者很容易将词汇与头脑中的概念有机结合起来，因此很容易建立互文框架；而间接进入通道就好比是"暗喻"，读者需要有一定的背景知识，否则很难理解。②

在前人研究的基础上，我们从读者角度出发，根据主篇章和客篇章之间联系的特点，将其分为四类关系：同一关系、阐述关系、共存关系、背景关系。

①　徐赳赳、Jonathan J. Webster：《复句研究和修辞结构理论》，《外语教学与研究》1999 年第 4 期。

②　Panagiotidou, M. E.："Mapping Intertextuality: Towards a Cognitive Model"，*Online Proceedings of the Annual Conference of the Poetics and Linguistics Association*（PALA），available for download from http://www.pala.ac.uk/resources/proceedings/2010/panagiotiodou2010.pdf（Accessed 15-11-2012），2010.

## 第二节 同一关系

同一关系指的是主篇章中所引客篇章的内容是没有经过改动的。读者认定主篇章所引内容和客篇章的内容完全相同，两者形成"同一"关系。我们这里讨论的同一关系是指我们熟悉的直接引语。

例1：

1月30日下午1点多，风尘仆仆的刘天华从北京返回家中。妻子为了"犒劳"他，给他下了一碗方便面，特意放了两个荷包蛋，"平时只有一个"。

"以后，或许我们也会吃上自己做的方便面，目前合作社正在走粮食深加工的路子。比如现在，我们就有自己生产的绿色方便食品——干芝麻叶。"坐在院子里的小板凳上，刘天华看着碗里冒着热气的方便面说。

他的家，就在天华种植专业合作社院内。从卧室出来，隔壁就是他的办公室。他的办公室里没有花草，办公桌前摆着用玉米、麦穗等农作物做成的"装饰品"。他说，他有着浓厚的粮食情结，他深爱自己脚下的土地。从高中毕业在乡镇粮管所干临时工开始，他这辈子就没离开过土地。

44岁的刘天华，脸还是很黑。乡亲们从他参加座谈会当天的央视新闻联播中看到他时，说："还是那个样子，就是头发整理了一下。"但是，这个黑脸大汉，心是红的。他满腔热血创办农业合作社，带领600多位农民致富。

"我干劲儿更足了！我有信心做大做强合作社，带领全县农民致富。"1月30日，从北京回来的刘天华很是兴奋，开始筹划自己的蓝图。他计划，先从商水县西半部做起，一点点做大，"实现对总理的承诺"。

得知他开会回来的消息，合作社的成员们涌进他的办公室，盼望他"传达点儿中央精神"。他字正腔圆地告诉乡亲们："以后我们的日子会更好！"

乡亲们似懂非懂地说："中，中，你咋说俺咋干，反正跟着你不吃亏。"刘天华笑了，乡亲们也跟着笑了起来。

（《周口农民刘天华的"粮食梦"》，《大河报》2015年2月2日）

例 1 中，"犒劳"和"装饰品"两个词的双引号起到了强调的作用，不一定是同一关系。对于另外 8 个双引号引起的句子（画线部分），读者有理由相信，主篇章中的直接引语和被引的客篇章中的内容一致，是同一关系。

## 第三节　阐述关系

阐述关系指的是主篇章和客篇章互文存在一种阐述关系。阐述关系分为两种：一种是解释关系；另一种是重述关系。

### 一、解释关系

解释关系指的是篇章互文中常见的一种"详细—简略"关系，也就是主篇章中的成分"略"，客篇章中的成分"详"，"详"对"略"起到一种解释的作用。从表现形式来看，它也可被称为"详略关系"。造成这种详略解释关系的主要原因是作者出于对整个主篇章的表达和结构等因素的考虑，采用简称、要点等方法引进客篇章的内容。

例 2：

> 1984 年 6 月，全国"五讲四美三热爱"活动工作会议在三明召开，揭开了全国群众性精神文明创建活动的序幕。当群众性文明创建活动走过了 30 年，中国梦背景下的文明之路如何继往开来？日前，全国"五讲四美三热爱"活动工作会议 30 周年研讨会在福建省三明市举行。本次研讨会由福建省文明委、光明日报编辑部主办，三明市委市政府承办。来自各地的专家学者和各省市文明办主任等140 多人，畅谈开展"五讲四美三热爱"活动 30 年来的历程与成就，对培育和践行社会主义核心价值观等理论和实践热点问题展开了深入研讨。
>
> （《全国"五讲四美三热爱"30 周年研讨会举行》，《光明日报》2014 年 9 月 17 日）

例 2 中出现三次"五讲四美三热爱"（画线部分），对于这个简称，中国中年以上的人估计不会陌生。但是，关于"五讲"是哪五讲，"四美"是哪四美，"三热爱"是哪三热爱，就不是每个人都讲得出来的了。从理解的角度看，如果不知道"五讲四美三热爱"具体指的是什么，读者就无法理解这个篇章用这个专用名词的内涵；从形式表现看，主篇章引文"五讲四美三热爱"是"略"，客篇章的"讲文明、讲礼貌、讲卫生、讲秩序、讲道德；心灵美、语言美、行为美、环境美；热爱祖国、热爱社会主义、热爱中国共产党"就是"详"。"详"是对"略"的具体解释。

例3：

被告人陈瑶云被抓获后，认罪态度较好，如实交代犯罪事实，并主动交代了伙同黄孝光收受陈锡钟亲属200万元、收受黄成光60万元、收受欧阳闯海50万元、收受朱锦辉100万元、收受马忠海15万元、收受刘圣和5万元的犯罪事实，具有一定的悔罪表现。案发后，受贿犯罪所得全部被追缴。可以酌情从轻处罚。

根据《中华人民共和国刑法》第三百八十五条，第三百八十六条，第三百八十三条第一款第一项，第三百九十九条第一款、第四款，第二十五条，第二十六条第一款、第四款，第六十九条，第五十七条，第五十九条，第六十四条，最高人民法院《关于处理自首和立功具体应用法律若干问题的解释》第四条之规定，判决如下：

一、被告人陈瑶云犯受贿罪，判处无期徒刑，剥夺政治权利终身，并处没收财产五十万元；犯徇私枉法罪，判处有期徒刑七年；决定执行无期徒刑，剥夺政治权利终身，并处没收财产五十万元；

二、追缴被告人陈瑶云违法所得，上缴国库。

（《长沙市中级人民法院关于被告人陈瑶云受贿一案的刑事判决书》）

一般读者对例3中第二段所列的"条""款""规定"的具体内容通常是不了解的，因为这些具体法律条款的内容不是一般人想了解并记住的，实际上也不需要记住。如果要了解这些条款的具体内容，查看客篇章《中华人民共和国刑法》和《关于处理自首和立功具体应用法律若干问题的解释》就可以了。

从关系的角度看，主篇章引进的条款只是一个"小题目"，一个"编号"，是"略"，而客篇章的具体内容是"详"。客篇章中的"详细"内容对主篇章中的"简称"进行具体解释。

从上面两个例子来看，作者采用互文的解释关系，是根据这个篇章内容和结构的需要而采用的一种互文方式。例2使用"五讲四美三热爱"这个简称，也是从经济的角度考虑的。如果每次都完整列出，就会占很多篇幅。例2中，如果把这些条款全部引进来，说不定比当前主篇章的篇幅还要多，就喧宾夺主了。另外，一般读者只要了解"详细内容"的来源就可以了，不需要文章详细列出具体内容。

需要说明的是，并非所有"略"的成分都需要"解释"，相反，大部分"略"的成分读者是能理解的。例如，"中国"(中华人民共和国)这种简称已经趋向固定化，而且读者对其全称也很熟悉。对于这类简称，读者通常能将其与全称联系起来。这就是一般互文，不一定形成"解释互文"。但是有一部分"简称"不易理解，我们这里说的就是"全称"比较复杂，一般读者不易记住的内容，这就需要"解释"了。

## 二、重述关系

重述关系指的是主篇章中的互文内容是对客篇章内容的重新叙述，两者形成重述关系。重述关系有三种：一是间接引语重述关系；二是套用重述关系；三是文章缩写重述关系。

### (一)间接引语重述关系

间接引语是经作者改动后被引进主篇章的内容，主篇章中的引文和客篇章的被引内容之间是重述的关系。

例4：

> 李克强13日来到贵州黎平县蒲洞村卫生室，关心村医补贴是否到位，能否安心治病。得知两位村医仍需种地补贴收入，总理说，村医是村民健康第一道防线，你们背着药箱跋山涉水，体现了医生的济世情怀。今年新增的基层基本公共卫生服务费仍要全部补贴村医，让大家全心全意安心从医。
>
> (《李克强给村医吃定心丸》，新华网，2015年2月14日)

我们把例4中的画线部分和客篇章中"总理当时讲的话"看成"重述关系"。"总理说"指出了话语的来源，说的内容没有用引号，因此，读者有理由相信，作者所引的话是李克强讲的话，但不一定是一字未变的原文，有可能进行过改动。这样一来，这个主篇章的语言片段和李克强的实际讲话这个客篇章形成了重述的关系。

### (二)套用重述关系

套用重述关系指的是主篇章中的话语套用了客篇章中的话语。我们在第四章中详细讨论了套用互文，这里讲的套用重述互文是套用互文中的一部分：词汇、句子和篇章（内容）套用。重述的特点是对原文有所改动，但读者能判别出它是对某个大家都熟悉的术语、句子甚至整个篇章的改写。所以，重述和原文形成一种重述的关系。读者在读这类词汇、句子和篇章时，会在头脑里与原文建立关系，这种关系就是重述关系。

例5：

1. 词汇套用

跑步前进[原文（客篇章）]

跑部钱进[重述（主篇章）]

2. 句子套用

罗丹："美是到处都有的。对于我们的眼睛，不是缺少美，而是发现美。"[原文（客篇章）]

罗丹先生说过："你们班并不缺少美女，缺少的是发现美女的眼睛。"[原文（客篇章）]

套用跟间接引语不同的是，套用的对象具有固定性，是大多数人都熟悉的内容，如"跑步前进""美是到处都有的。对于我们的眼睛，不是缺少美，而是发现美"，这也是套用互文成立的前提。而间接引语不一定具有固定性，也不一定是大家都熟悉的内容，因此不是套用互文。

**（三）缩写重述关系**

把长的文章缩写成短的文章，这就是短文章对原文的一种重述。

例6：

传说周瑜妒忌心很强，看到诸葛亮很有才干，便想方设法地要置他于死地。

有一次，周瑜和诸葛亮商议军事，要求诸葛亮在三天之内造好十万支箭，以便水上交战。周瑜还要求诸葛亮当面立下军令状，表示若诸葛亮不能如期交箭，就依军法对其进行处置。

诸葛亮知道周瑜是在为难自己，便秘密地叫鲁肃借给他二十条快船、六百名军士。船要用青布幔子遮起来，在两侧排一千多个草把子。他还嘱咐鲁肃不要告诉周瑜，鲁肃答应了。

第一天，诸葛亮没什么动静。第二天，诸葛亮还是没动静。到了第三天四更时，诸葛亮把鲁肃请到船中，吩咐人用绳索将二十条快船连接起来，朝北岸开船。这时大雾漫天，面对面都看不清楚。

诸葛亮叫军士们呐喊擂鼓，向曹军"借"箭。等天亮了，诸葛亮就叫军士们返回南岸。

船靠岸后，诸葛亮叫军士们来搬箭。每条船上都有五六千支箭，二十条船就有十万多支箭。看到这情景，周瑜只得认输。

原文《草船借箭》是小学五年级的一篇课文，共 1394 个字；例 6 是一个学生写的缩写文，不到 400 字。这样一来，缩写文章和原文就构成了缩写重述关系。缩写要忠于原文，不改变原文的主题或观点，不改变原文的梗概。缩写可以省略细节，减少描写，转述人物的对话，不用比喻、排比、想象等修辞。

# 第四节　共存关系

共存关系指的是两个篇章在整体上形成一种共存的关系。共存关系主要分为两种：格式共存关系和风格共存关系。

## 一、格式共存关系

格式共存关系指的是主篇章和客篇章在结构上具有一种整体相似性。"强制格式套用"和"框架格式套用"就与之相似。

例 7（a）：

盼望着，盼望着，东风来了，春天的脚步近了。

一切都像刚睡醒的样子，欣欣然张开了眼。山朗润起来了，水涨起来了，太阳的脸红起来了。

小草偷偷地从土里钻出来，嫩嫩的，绿绿的。园子里，田野里，瞧去，一大片一大片满是的。坐着，躺着，打两个滚，踢几脚球，赛几趟跑，捉几回迷藏。风轻悄悄的，草绵软软的。

桃树、杏树、梨树，你不让我，我不让你，都开满了花赶趟儿。红的像火，粉的像霞，白的像雪。花里带着甜味，闭了眼，树上仿佛已经满是桃儿、杏儿、梨儿！花下成千成百的蜜蜂嗡嗡地闹着，大小的蝴蝶飞来飞去。野花遍地是：杂样儿，有名字的，没名字的，散在草丛里，像眼睛，像星星，还眨呀眨的。

"吹面不寒杨柳风"，不错的，像母亲的手抚摸着你。风里带来些新翻的泥土的气息，混着青草味，还有各种花的香，都在微微润湿的空气里酝酿。鸟儿将窠巢安在繁花嫩叶当中，高兴起来了，呼朋引伴地卖弄清脆的喉咙，唱出宛转的曲子，与轻风流水应和着。牛背上牧童的短笛，这时候也成天在嘹亮地响。

雨是最寻常的，一下就是三两天。可别恼，看，像牛毛，像花针，像细丝，密密地斜织着，人家屋顶上全笼着一层薄烟。树叶子却绿得发亮，小草也青得逼你的眼。傍晚时候，上灯了，一点点黄晕的光，烘托出一片安静而和平的夜。在乡下，小路上，石桥边，有撑起伞慢慢走着的人；还有地里工作的农夫，披着蓑，戴着笠的。他们的草屋，稀稀疏疏的在雨里静默着。

天上风筝渐渐多了，地上孩子也多了。城里乡下，家家户户，老老小小，他们也赶趟儿似的，一个个都出来了。舒活舒活筋骨，抖擞抖擞精神，各做各的一份事去。"一年之计在于春"，刚起头儿，有的是工夫，有的是希望。

春天像刚落地的娃娃，从头到脚都是新的，它生长着。

春天像小姑娘，花枝招展的，笑着，走着。

春天像健壮的青年，有铁一般的胳膊和腰脚，他领着我们上前去。

例 7（b）：

盼望着，盼望着，文件来了，加薪的脚步近了。一切都像刚做梦的样子，乐呵呵张开了嘴。

物价涨起来了，房价涨起来了，我们的工资也要涨了，大家都高兴地欢呼起来了。

标准悄悄地从人们口里传出来，美美的，乐乐的。网络上，电视里，瞧去，一大沓满是钞票。工人、教师、医生，你不让我，我不让你，都齐声吆喝着要涨薪。

标准高的吓死人，标准低的也吓死人，标准没准儿的更是要死人。言辞里总带着点猫腻味儿，闭上眼，我们仿佛已是全中国最幸福的人、最有钱的人、最厉害的人！成千成百的人嗡嗡地闹着，大小精英争来吵去。加薪的标准遍地都是：这样儿的，那样儿的，散在全国各地，像眼睛，像星星，还眨呀眨的……

"解决基层公务员待遇"，不错的，像母亲的手抚摸着你。话里带来些慈祥的疼爱的气息，混着橙汁味儿，还有各种小道消息，都在微微润湿的空气里酝酿。公务员们将希望安在百元大钞中，高兴起来了，呼朋引伴地卖弄清脆的喉咙，唱出宛转的曲子，跟飞涨的物价纠结着。自行车上的汽笛，这时候也成天嘹亮地响着。

传言是最不靠谱的，一天就有两三变。可别恼。看，减点儿这儿，扣点儿那儿，缴点儿税，密密地排列着，工资单上全笼着一层雾水。过些时候，兑现了，一张张零星的纸币，烘托出一片郁闷而失望的夜。在乡镇，机关大院，办公室边，有无精打采慢慢走着的人，工地上还有穿梭的农民工，披着蓑，戴着笠。他们的心情，稀稀疏疏的，在雨里静默着。

加薪风波还未平息，来办事的也多了。镇里村里，大人小孩，男男女女，也无赖儿似的，一个个都出来了。舒活舒活郁闷，抖擞抖擞落寞，各做各的一份事去。"神马都是浮云"，日子还得过，工作还得做，剩下的是希望。工资像纸上的大饼，从头到脚都是空的，它忽悠着。

涨价像小姑娘，花枝招展的，笑着，走着。

例7(a)是朱自清的《春》，曾多次入选初中语文课本，大家都很熟悉，与例7(b)的套用文形成了一种格式上共存的关系。

再看一个八股文的例子。

例8(a)：

[题目]子谓颜渊曰："用之则行，舍之则藏，惟我与尔有是夫。"（《论语·述而》）

[破题]圣人行藏之宜，俟能者而始微示之也。

[承题]盖圣人之行藏，正不易规，自颜子几之，而始可与之言矣。

[起讲]故特谓之曰：毕生阅历，只一、二途以听人分取焉，而求可以不穷于其际者，往往而鲜也。迨于有可以自信之矣，而或独得而无与共，独处而无与言。此意其托之瘖歌自适也耶，而吾今幸有以语尔也。

[起股]回乎！人有积生平之得力，终不自明，而必俟其人发之者，情相待也。故意气至广，得一人焉，可以不孤矣。人有积一心之静观，初无所试，而不知他人已识之者，神相告也。故学问诚深，有一候焉，不容终秘矣。

（加）[出题] 回乎！尝试与尔仰参天时，俯察人事，而中度吾身，用耶？舍耶？行耶？藏耶？

[中股] 汲于行者蹶，需于行者滞。有如不必于行，而用之则行者乎，此其人非复功名中人也。

一于藏者缓，果于藏者殆。有如不必于藏，而舍之则藏者乎？此其人非复泉石间人也。则尝试拟而求之，意必诗书之内有其人焉，爰是流连以志之，然吾学之谓何？而此诣竟遥遥终古，则长自负矣。窃念自穷理观化以来，屡以身涉用舍之交，而充然有余以自处者，此际亦差堪慰耳。则又尝身为试之，今者辙环之际有微擅焉，乃日周旋而忽之，然与人同学之谓何？而此意竟寂寂人间，亦用自叹矣。而独是晤对忘言之顷，曾不与我质行藏之疑，而渊然此中之相发者，此际亦足共慰耳。

（加）[过接] 而吾因念夫我也，念夫我之与尔也。

[后股] 惟我与尔揽事物之归，而确有以自主，故一任乎人事之迁，而只自行其性分之素。此时我得其为我，尔亦得其为尔也，用舍何与焉，我两人长抱此至足者共千古已矣。

惟我与尔参神明之变；而顺应无方，故虽积乎道德之厚，而总不争乎气数之先。此时我不执其为我，尔亦不执其为尔也，行藏又何事焉，我两人长留此不可知者予造物已矣。

[束股] 有是夫，惟我与尔也夫，而斯时之回，亦怡然得、默然解也。

例8（b）：

[破题] "与时俱进"四个字，"时"和"进"二字是关键词。"时"者时代也、历史也；"进"者进步也、改革也。

[承题] 21世纪属于什么时代？属于全球化时代。我们将怎样取得进步？按照全球化的发展规律行事，就是进步。"与时"，不墨守历史成规；"俱进"，改革开放，进入先进国家行列，实行先进的经济和政治制度。

[起讲] 世界各国都在进步，我国岂能例外？经济从工业化进步到信息化；政治从专制制度进步到民主制度；文化从知识禁锢进步到知识解放。这是全球化时代的脉搏。

[入手]（提股）全球化时代的主要特点是信息化。信息技术迅猛

发展。电视、电脑、手机，以及层出不穷、功能奇特的信息产品，成为主导资源。由此，劳动力从农业和工业转向流通和服务产业，劳动密集产业转向知识密集产业，白领工人多于蓝领工人。知识成为主要资本。

美国的农民只占人口的百分之一点几，工人只占人口的百分之十几。工农阶级在人口比例中变成极少数。如果不是亲自在美国和日本看到"没有农民的农场"和"没有工人的工厂"，我将继续高呼"耕者有其田"和"全世界无产阶级联合起来"。

[起股]信息化不神秘。说话、写信、打电话、看电视、用电脑，都是信息化。讲普通话，走遍中国，不要翻译，是信息化。在电脑上输入拼音，之后拼音自动变为汉字，跟网友互通电子邮件，是信息化。在电脑查找美国国会图书馆的书目和资料，是信息化。电脑和手机结合，进行通信、通话、传递图片和摄像，跟国内外学术同行做学术交流，是信息化。信息化在你身边。信息化能使你得到新消息和新知识。

[中股]今天，任何国家都一方面继承和改进本国的传统文化，一方面利用和创造国际的现代文化，这叫作双文化时代。双文化促进文化的发展，也引起文化的冲突。在先进与落后的冲突中，在复古与创新的矛盾中，"与时俱进"是历史导航的方向盘。

追求先进生产力要学习、模仿，进而能发明创造，前提条件是开辟自由创造的环境。若要追求先进文化，则要摆脱思想的束缚，先进文化是自由土壤中生长出来的鲜花。对于广播、电视、电脑等信息工具，要充分运用，而不要限制运用。信息化时代而限制信息，何以自解？

时代更替，容易发生社会动荡。鸡犬相闻，老死不相往来，则相安无事。十八只螃蟹放在一个竹篓里，哪能不我挟你、你挟我？一个把黑袍从头盖到脚，一个穿比基尼游泳装，肚脐眼儿也露了出来，这两人能携手在王府井大街一同溜达吗？文化冲突实际是文化差距的摩擦。

[后股]"与时俱进"不是自愿选择，而是客观规律；不是特殊策略，而是一般公式，只能一时背离，不能长期背离。社会进步有层次程序，倒退是偶然，超越也是偶然，循序渐进是常规。

社会发展有四次飞跃：从部落社会到奴隶社会是第一次飞跃；从奴隶社会到封建社会是第二次飞跃；从封建社会到资本社会是第

三次飞跃；从资本社会到后资本社会是第四次飞跃。

"与时俱进"提醒人们不要犯时代错误。专制残暴，穷兵黩武，纳粹败亡，苏联解体。21 世纪不会再出现勃列日涅夫的"发达的社会主义社会"，因为那是宣传，不是事实。

[束股]真理也"与时俱进"，不是一成不变的。"实践是检验真理的唯一标准。"真理不怕批评，批评是真理的营养品。怕批评的不是真理，而是未能适应时代的宗教和教条。迷信时代要过去了，盲从时代要过去了，现在是独立思考、择善而从、不拘一格、奋力求进的"与时俱进"的时代了。

(周有光《学写八股文》)

在八股文的基本格式框架下，例 8(a)中八股文名家韩菼写的八股文就是一篇符合格式的范文。在康熙十二年(1673 年)的会试中，韩菼以此文名列第一。白话八股文就是按照古代八股文的格式所写的文章，例 8(b)是著名语言学家周有光先生的仿作。

例 8(a)和例 8(b)说明，古代八股文和白话八股文之间的关系就是格式相似的关系。

## 二、风格共存关系

我们把风格相似的主客篇章之间的关系看成风格关系。在互文中的套用，我们谈到过风格。

例 9：

儿子放学后对妈妈说："额娘近来面容憔悴，孩儿甚是担忧。不如移步至孩儿学堂观赏山水风景。倘若您还能与吾师喝茶论道，定是极好的！"妈严肃说："说人话！"儿子低声说："妈，班主任让你去学校一趟！"

例 9 中"儿子"说的话，读者一看就知道是"甄嬛体"。这是一种网络模仿文体，源于电视剧《甄嬛传》，是电视体的一种。不少观众受该剧影响，张口便是"本宫"，描述事物也喜用"极好""真真"等词，一时间"甄嬛体"红遍网络。

## 第五节 背景关系

这里我们借用修辞结构理论中的术语背景关系，指某个主篇章和有关主篇章的背景知识形成背景关系，也就是客篇章为主篇章提供背景知识。背景关系与同一关系、重述关系和共存关系不同，后者都是直接的关系，直接影响读者对主篇章的理解，而背景关系是间接关系，间接帮助读者理解主篇章。也就是说，读者读到某个篇章，如果了解该篇章的背景知识，就会对该篇章有更为深入的理解。背景关系有两种，一种是时代背景关系，一种是作者背景关系。

### 一、时代背景关系

时代背景关系主要指主篇章和该篇章形成的时代关系。时代对篇章的形成具有制约作用，我们常讲的"时代的局限性"就是指一个人所创作的作品会受到所处时代的制约。如果我们见到某个超越时代的评论和见解等，只能将其理解为一种预测。预测是需要时代检验的。同理，读者在阅读和理解某个主篇章时，如果不了解篇章的形成时代、社会背景，也会影响其对篇章的理解。

例10：

我们从例10这个篇章中可以推断出：这是书的目录，是研究现代汉语的书等。读者对前五节内容通常没有疑问，因为其讨论的是现代汉语的性质和特点，但可能会对第六节有疑问。现代汉语为什么要为实现四个现代化服务？再深入思考，读者会想：什么是"四个现代化"？如果读者了解例10的时代背景，就不难理解第六节了。"四个现代化"即工业现代化、农业现代化、国防现代化和科学技术现代化，是当时我国各行各业的指导思想，所以在现代汉语研究中提出"为四个现代化服务"是很正常的。这里的背景知识就起到了帮助读者理解主篇章的重要作用。

再看百度百科在介绍《诗经》时对其作品年代和诗歌背景的补充，这对读者理解《诗经》很有好处。

例11：

　　1. 作品年代

　　《诗经》中最早的作品大约成于西周时期，《尚书》中说，《豳风·鸱鸮》为周公旦所作。2008年入藏清华大学的一批战国竹简（简称清华简）中的《耆夜》篇，叙述武王等人在战胜黎国后庆功饮酒的事情，其中周公旦即席所作的《蟋蟀》诗与现存《诗经·唐风》中的《蟋蟀》有非常密切的关系。《诗经》中最晚的作品成于春秋中叶，据郑玄《诗谱序》，是《陈风·株林》。

　　诗经作品的具体分期：

　　西周前期：《周颂》、部分《大雅》和少数《国风》。

　　西周后期：《小雅》和部分《大雅》。

　　东周前期：大多数《国风》和部分《大雅》。

　　2. 诗歌背景

　　相传，中国周代设有采诗之官。每年春天，采诗之官摇着木铎深入民间收集民间歌谣，把能够反映人民欢乐疾苦的作品，整理后交给太师（负责音乐之官）谱曲，演唱给天子听，作为施政的参考。

　　西汉史学家司马迁说："关中自汧、雍以东至河、华，膏壤沃野千里。自虞夏之贡，以为上田。而公刘适邠，大王、王季在岐，文王作丰，武王治镐，故其民犹有先王之遗风，好稼穑，殖五谷。"（《史记·货殖列传》）由此可知，周代已是一个农业社会。这里所讲的虞夏之贡虽不可信，但周代的祖居之地宜于农业却是实情。从《诗经》中的《生民》《公刘》《绵绵瓜瓞》等篇来看，周族确是靠着农业兴盛发展起来的。《豳风·七月》就完整地叙述了一年之中的农事活动与当时社会的等级压迫关系。另外，《诗经》中的《大田》《丰年》《良耜》等篇中也都有关于农事的记载。

　　农业的发展促进了社会的进步。周族在武王伐纣之后成为天下共主。家族宗法制度，土地、奴隶私有与贵族领主的统治成为这一历史时期的社会政治特征，宗教信仰与社会政治融为一体，这就是《诗经》中许多祭祀性颂诗与雅诗的社会基础。宰我曾问孔子何谓鬼神，孔子回答说："气也者，神之盛也；魄也者，鬼之盛也。合鬼与神，教之至也。"并且进一步解释道："明命鬼神，以为黔首则，百众以畏，万民以服。圣人以是为未足也，筑为宫室，设为宗祧，以别亲疏远迩，教民反古复始，不忘其所由生也。众之服自此，故听且速也。"（《礼记·祭义》）读者以此了解《诗经》中的颂诗、雅诗，便可以得其要领。

周代由文、武奠基，成、康繁盛，史称刑措不用者四十年，这时可称为周代的黄金时期。昭、穆以后，国势渐衰。后来，厉王被逐，幽王被杀，平王东迁，进入春秋时期。春秋时期王室衰微，诸侯兼并，社会处于动荡不安之中。反映周初至春秋中叶社会生活面貌的《诗经》，就整体而言，正是对这五百年间中国社会生活面貌的形象反映。其中既有先祖创业的颂歌、祭祀神鬼的乐章；也有叙述贵族之间宴饮交往情况，表达对劳逸不均状况的怨愤的篇章；更有大量反映劳动、打猎以及恋爱、婚姻、社会习俗方面的动人篇章。

文学是生活的反映，而生活又具有社会历史特征。因此，我们研究《诗经》，首先要注意《诗经》产生的历史社会基础。

谈到时代关系，有下面几点值得注意。

第一，在阅读中，我们经常会有一种体会：有些文章每个字都认识，但读了还是不了解该篇章到底在讲什么。这种情况可能就是由于不了解成文的时代背景而造成的。

第二，不同的读者有不同的阅读目的，对背景的依赖有所不同。如果只是对某个篇章做一般性的了解，那么成文时代相对来说不怎么重要。如果想深刻理解某个篇章，那么提供成文时代背景知识的篇章就会对读者有很大的帮助。

第三，如果作者和读者所处的时代一致，读者对背景的依赖程度会降低。离读者越远的篇章，读者就越不熟悉其时代，成文时代对读者理解篇章就越重要。

## 二、作者背景关系

作者背景关系指的是某个篇章与其作者的关系，也就是作者互文关系，它也是一种背景关系。当我们看到某个篇章时，有时会标出该篇章的作者。篇章的作者是"制造"篇章的人，决定着"制造"什么样的篇章。因此，了解作者对读者深刻理解主篇章有很大好处。

涉及作者的信息有很多：年龄、性别、家庭、受教育程度、经历、性格、生长的人文环境和地理环境、宗教信仰、写作风格、已发表的文章和出版的著作等。从理论上讲，所有涉及作者的因素，都与其作品有着千丝万缕的联系。实际上，一般读者不可能也不需要全面了解作者的信息。但是，读者对作者越了解，就越能了解作品深层次的意义。

我们还是拿《诗经》来举例。

例 12：

> 《诗经》的作者亦非一人，产生的地域也很广。除了周王朝乐官制作的乐歌，公卿、列士进献的乐歌，还有许多原来流传于民间的歌谣。对于这些民间歌谣是如何集中到朝廷来的，人们有不同说法。汉代某些学者认为，周王朝会派专门的采诗人到民间搜集歌谣，以了解政治和风俗的盛衰利弊。又有一种说法认为，这些民歌是由各国乐师搜集的。乐师是掌管音乐的官员和专家，以唱诗作曲为职业，他们搜集歌谣是为了丰富自己的唱词和乐调。诸侯之乐要献给天子，这些民间歌谣便汇集到朝廷里了。这些说法，都有一定道理。
>
> 尹吉甫是中国历史上著名的政治家、军事家和文学家，因被一些人视作《诗经》的主要采集者，所以也被尊称为中华诗祖。尹吉甫出生于四川江阳（今泸州市江阳区），晚年被流放至房陵（房县古称），死后葬于今湖北房县青峰山。房县有大量尹吉甫文化遗存。他辅助过三代帝王，因周幽王听信谗言而被砍头。
>
> 西周宣王时，北方猃狁迁居焦获，进攻到泾水北岸，侵扰甚剧。周宣王五年（公元前 823 年），尹吉甫奉命出征猃狁，率军反攻到太原而返，驻防今平遥城一带。据清光绪八年（1882 年）《平遥县志》载："周宣王时，平遥旧城狭小，大将尹吉甫北伐猃狁曾驻兵于此。筑西北两面，俱低。"又载："受命北伐猃狁，次师于此，增城筑台，教士讲武，以御戎寇，遂殁于斯。"他曾作《大雅·烝民》《大雅·江汉》等。

例 12 引自百度百科对《诗经》作品来源的介绍，读者可以据此了解到《诗经》的作者有多人，而尹吉甫是主要的采集者。这样的信息会使读者对《诗经》有更为深刻的理解。

谈到和作者的背景关系，有以下几个方面值得注意。

第一，读者如果知道或熟悉某个主篇章的作者，那么就与作者建立了联系。也就是说，作者各个方面都能起到帮助读者了解篇章的作用。

第二，如果主篇章作者是名人或公众人物，一般的读者对作者的了解可能会多些，但不同的读者对某一作者的了解程度是有差别的。

第三，对一般读者来说，重要的文章会让他们对作者的关注度高些；对一般浏览性的文章，他们对作者的关注度相对低些。

第四，在实际应用中，读者对作者的依赖程度有大有小。这是因为读者对一般的作品并非要达到深刻理解，如果只是想大致了解某个事件，那么来自不同作者的报道，如果不是深入分析的话，区分就不是很大。读者此时只是希望作者尽量对事实进行实际的描写。

第五，如果不知道篇章的作者，读者就无法建立作者背景互文。

## 第六节　结　语

本章我们讨论的是互文关系，见图 9-1。

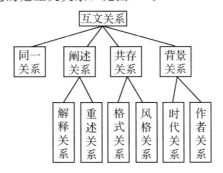

**图 9-1　互文关系图**

同一关系比较简单，主篇章引客篇章时内容必须"相同"。阐述关系包括解释关系和重述关系，解释关系指详与略的关系，重述关系的特点是作者对原文有所改动，多少带有自己的加工和判断。共存关系是从整体上看的，包括格式关系和风格关系。前者是整个框架相似，后者指主篇章和客篇章的互文有明显相似的风格。背景关系是一种间接的关系。对于不同的文体、不同的作品，读者对背景的要求不一：对于一般的报道、新闻，读者对背景的要求可能不高；但对于重要文章、学术论文，读者对背景知识的了解需要高些。背景关系是以隐晦的方式帮助读者理解篇章的。

要说明的是，我们这里谈的关系首先并非全部，也还有其他关系，如主题关系、框棂关系等。其次，这些关系并非排他性的，同一种互文可能体现出多种关系的特点。例如，我们在前文谈到的抄袭，如果作者一个字不变地抄袭，那就有同一关系的特点；如果作者做了一些改变，那就具有重述关系的特点。最后，从我们列出的这些关系来看，表现形式有具体（显著），也有抽象（隐晦），在程度上有所不同（见图 9-2）。

具体 ◀━━━━━━━━━━━━━━▶ 抽象
同一关系····阐述关系····共存关系····背景关系

**图 9-2　互文关系的表现形式**

图 9-2 显示，越靠左越具体，越靠右越抽象。

# 第十章 互文实例分析

## 第一节 引 言

我们已经讨论了互文的类型、功能、表现形式等，本章主要进行实例分析：一是通过一篇记叙文来看不同的互文在篇章中出现的情况；二是通过100篇记叙文来看互文在篇章中出现的趋向。

## 第二节 互文个案分析

互文分为显性互文和隐性互文两种。显性互文有显示某个语言成分来自某个客篇章的提示语，隐性互文则没有提示语。隐性互文包括熟语（成语、谚语、歇后语及惯用语）、流行语、名人名言、抄袭。

下面，我们就具体分析一个完整的篇章。

### 沉重的鸡蛋

据说，那是一个暮春的早上，御花园里弥漫着慵懒的气息，花艳醉人，花香更醉人。春日的阳光暖暖的，春日的晨风柔柔的。

这日，乾隆心情甚好，早朝后心血来潮，想去御花园走走。

乾隆一踏进御花园，面对烂漫春色，突然觉得近来忙于看奏章，竟然辜负了这一派春光。他想起古人秉烛赏牡丹的雅趣，不觉动了诗兴。

乾隆一生好写诗，更喜于臣前即席口占，以显文才。乾隆想，与几个太监吟诗作词，有甚雅趣，遂命太监速速去传翰林编修燕志鹏前来。

燕志鹏不知乾隆为何要速召他去御花园，只好怀着忐忑不安的心情急急赶去。

乾隆见燕志鹏汗涔涔赶来，知道吓着他了。为了使燕志鹏有心情陪他吟诗，乾隆轻松地问："燕卿跑得如此慌张，是否未来得及用早膳？"

燕志鹏见乾隆关心自己的早餐，连忙答曰："臣已用过早膳，刚才正在书房晨读呢。"

乾隆想，自己每日里膳食开支巨大，尚有无从下箸之感，不知像燕志鹏这样的臣子早上吃什么。于是，他略带好奇地问："既已用早膳，不知为何种点心，不知朕品尝过没有？"

燕志鹏闻听此言，一时吃不准乾隆问这话究竟为何意。想想自己只是个穷编修，哪能像那些一品、二品的大员那样日日山珍海味，有精美糕点。于是，他赔着小心说："回万岁爷话，臣自小家贫，节俭惯的，从不敢铺张，今日早膳仅食四枚鸡蛋，一碗豆浆而已。"

"什么，一顿早膳吃掉四枚鸡蛋，一碗豆浆，还在大言不惭地说节俭，说从不铺张。"乾隆大吃一惊，用异样的眼神打量着燕志鹏。

乾隆想：一枚鸡蛋十两银子，四枚鸡蛋就是四十两银子，外加一碗豆浆，一顿早餐就吃掉四五十两银子，竟然还叫穷。真正是不查不知道，一查吓一跳。试想，一顿普通的早餐尚且要花四五十两银子，那中餐晚餐呢，岂不每天至少要二百两银子吗？若是宴请，花费更是要翻几番吧。他一个编修，每年的俸禄有限，如何能如此大手大脚？乾隆不细想还好，一细想心头兀自一沉。你想想，若以平均每天二百两银子计算的话，每月就是近万两银子的花销，每年就有不少于十万两银子的支出。这还仅仅是花费在一日三餐上的，其他的呢？衣、住、行，人来客往，生老喜丧，哪样不要白花花的银子？如此说来，朝廷给的那些俸禄还不够他早餐吃鸡蛋的费用呢。想到这里，乾隆不寒而栗。因为这已是秃子头上的虱子——明摆着了。这燕志鹏必有额外收入，要不然如何能维持这奢靡的开支？

乾隆在痛心之余，又为自己这偶然的发现而暗暗高兴。因为他深知，一个无足轻重的编修尚且如此，那些手握重权的朝廷要员更可想而知了。古语曰："千里之堤，溃于蚁穴。"及早发现小洞，就可早早堵住大洞，所谓"亡羊补牢，未为晚也"。此时，先前的诗兴早不知跑到哪儿去了，他已忘了传燕志鹏来御花园的初衷。他只觉得这位一表人才、斯斯文文的翰林编修变得面目可憎。乾隆很想一声断喝，叫左右将他拿下，移送刑部审问。但乾隆没有，他不想无凭无据贸然抓人，他要叫他们心服口服。

燕志鹏虽是个文人，但毕竟身处宦海多年，今天乾隆遣人来传他，本觉突兀，乾隆之问又问得没头没脑，窥看乾隆之脸色，分明写满了不满，且露出隐隐杀机。燕志鹏无法理解这到底是为了什么，检点自己的言行，似乎并无不妥，那么到底是怎么回事呢？难道这吃鸡蛋违了什么规、撞了什么讳吗？

乾隆见燕志鹏一副丈二和尚摸不着头脑的样子，知道这燕志鹏肯定还未明白在哪点上露了馅儿，心想，索性点他一点，让他免得死后做了糊涂鬼。

乾隆说："燕卿，你一顿早膳要花销四五十两银子，是钱多得用不了，还是穷摆谱？"

燕志鹏一听更糊涂了：皇上怎么会认定我的早餐要四五十两银子呢？我吃的是普通鸡蛋，又不是孔雀蛋、凤凰蛋。他刚想说市面上一个鸡蛋仅一文钱，但话到嘴边他又咽了回去。他突然想起曾听同僚说过内务府的那帮贪官污吏虚报费用，诸如把一个鸡蛋报成十两银子，从中贪赃，而账都算在乾隆头上。这个回忆一下使燕志鹏明白了一切。此时此刻，他明白只要自己直言相告，说不定乾隆会一声令下，把内务府那些贪官污吏一个个整肃出来，这岂不大快人心？不，就算清得了一个内务府，清得了整个朝廷上下吗？从来官官相护，得罪了一个就等于得罪了一批，以后就等着穿小鞋吧。急中生智，燕志鹏说："微臣今早吃的那四枚鸡蛋乃孵不出小鸡的坏蛋，是乡民贱卖给臣的。"

乾隆似信非信地"哦"了一声。

燕志鹏走出御花园时，内衣已全湿透了。

回到家，燕志鹏依然惊魂未定，但他庆幸自己随机应变，逃过一劫。但随后几日又颇自责，自己怎么变得如此贪生怕死，变得如此丧失人格。古来就有"文死谏"的说法，绝佳机会在眼前却白白放过，还违心说假话。"我燕志鹏还算人吗？我还有什么脸面名为'志鹏'？"他悔恨不已。

乾隆毕竟不是庸碌之辈，他从燕志鹏说话的神态、语气中也感觉到了什么。他冷静一想，立即想到了事情的另一面——难道一枚鸡蛋真要十两银子？乾隆一想到这儿，更感到背脊一阵阵发凉，他一拍龙案，愤愤道："一个个竟都欺瞒朕，一个个都不说真话。"

"来人哪！"乾隆火气十足地喊了一声。

据史书记载：那次杀了多人，流放了多人。

# 一、互文实例分析

## (一)显性互文实例

显性互文有两种：一种是直接引语；另一种是间接引语。

### 1. 直接引语

我们把有具体出处又有引号引起的部分看作直接引语。《沉重的鸡蛋》一文中，左右两个引号中间的语言成分是直接引语，用波浪线画出。

### 2. 间接引语

间接引语没有引号引起。例文中，用直线画出的句子是间接引语。

在讨论显性互文的实例中，有两种情况值得注意。一是有些直接引语和间接引语并没有直接用"某某人说"等提示语，但从上下文语境中能推出说者，我们也看作直接引语；二是直接引语和间接引语的实例是指某人一次话语的表达内容可能在同一个段落，也可能分散在多个段落。

图 10-1 是《沉重的鸡蛋》一文中直接引语和间接引语的实例数量图。

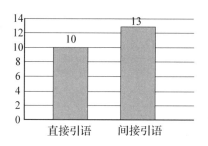

**图 10-1　显性互文实例数量图**

图 10-1 显示，显性互文的实例共 23 个，其中直接引语 10 个，间接引语 13 个，数量相差不大。

## (二)隐性互文实例

我们再从熟语、流行语和名人名言三个方面看例文。

### 1. 熟　语

例文中的熟语有 22 个。

成语 16 个：心血来潮、忐忑不安、山珍海味、大言不惭、不寒而栗、无足轻重、一表人才、面目可憎、心服口服、没头没脑、大快人心、官官相护、急中生智、惊魂未定、随机应变、贪生怕死。

谚语惯用语 5 个：不查不知道，一查吓一跳；丈二和尚摸不着头脑；露了馅儿；穿小鞋；文死谏。

歇后语 1 个：秃子头上的虱子——明摆着。

**2. 流行语**

例文中没有流行语。

**3. 名人名言**

例文中出现了 1 句名人名言：千里之堤，溃于蚁穴。(《韩非子·喻老》)

需要说明的是，我们在统计隐性互文的实例时，不管它出现在叙述中，还是出现在直接引语和间接引语中，只要是出现在主篇章中，我们都计算在内。我们的考虑是，这些引文进入主篇章后既带有客篇章的信息，又带有主篇章的信息；既充当引语中的成分，又对整个主篇章起作用。

"回到家，燕志鹏依然惊魂未定，但他庆幸自己随机应变，逃过一劫"是叙述的内容，包含"惊魂未定、随机应变"两个熟语。"'什么，一顿早膳吃掉四枚鸡蛋，一碗豆浆，还在大言不惭地说节俭，说从不铺张。'乾隆大吃一惊，用异样的眼神打量着燕志鹏"中有个直接引语，包含"大言不惭"这个熟语。"这个回忆一下使燕志鹏明白了一切。此时此刻，他明白只要自己直言相告，说不定乾隆会一声令下，把内务府那些贪官污吏一个个整肃出来，这岂不大快人心？不，就算清得了一个内务府，清得了整个朝廷上下吗？从来官官相护，得罪了一个就等于得罪了一批，那以后就等着穿小鞋吧"中有个间接引语，包含"大快人心、官官相护、穿小鞋"三个熟语。这些熟语，我们都计算在内。

图 10-2 是隐性互文中间接引语的实例数量图：

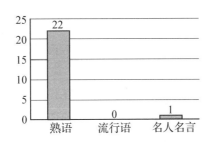

**图 10-2　隐性互文实例数量图**

图 10-2 显示，例文中熟语占了绝大多数，没有流行语，名人名言只有一句。

## 二、互文篇幅分析

我们这里讲的互文篇幅，讨论的是以下两个方面的内容。

一是引进主篇章的内容是多少，也就是有多少字。

从例文来看，最短的引文是一个字"哦"（直接引语），最长的引文有144 个字（包括标点）："一枚鸡蛋十两银子，四枚鸡蛋就是四十两银子，外加一碗豆浆，一顿早餐就吃掉四五十两银子，竟然还叫穷。真正是不查不知道，一查吓一跳。试想，一顿普通的早餐尚且要花四五十两银子，那中餐晚餐呢，岂不每天至少要二百两银子吗？若是宴请，花费更是要翻几番吧。他一个编修，每年的俸禄有限，如何能如此大手大脚?"

二是对主篇章来说，客篇章引进的内容占多少，也就是百分比是多少。

**（一）显性互文篇幅**

例文中的字符数（不计空格，简称字）是 2010 个。其中直接引语有267 个字，间接引语有 848 个字，共计 1115 个字，见图 10-3。

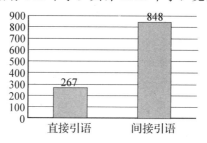

图 10-3　直接引语和间接引语字数

**（二）隐性互文篇幅**

隐性互文与显性互文一个很大的不同是篇幅上的不同。显性互文伸缩性相差很大，有一个字的，有几十个字的，长的能有上百个字。隐性互文的字数大多比较固定，在熟语中，大多是成语，而成语绝大部分是四个字；谚语惯用语的字数大多固定；歇后语的字也有限，大多是十几个字。流行语、名人名言的字数有多有少，但大多也是有限制的。

例文中隐性互文的字数（不许标点）见图 10-4。

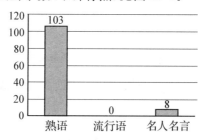

图 10-4　隐性互文字数

**（三）引文所占比率**

例文中，显性互文是 1115 个字，隐性互文是 111 个字（包括几个跟显性互文重复的字），共 1226 个字。主篇章全文是 2010 个字（见图 10-5）。

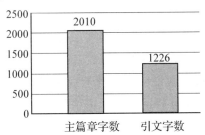

**图 10-5　主篇章和引文字数**

图 10-5 显示，引文的字数约占主篇章的 61％，占了主篇章的一半多。

## 三、小　结

本节介绍了显性互文和隐性互文出现的实例和字数。

从互文的实例看，例文中，显性互文的实例是 23 个，隐性互文的实例也是 23 个。这里两者数目相同，纯属偶然。

从互文的字数看，例文中显性互文共 1115 字，隐性互文共 115 字。两者相差很大。

从主篇章和引文的比率看，例文中引文的字数占了整个主篇章的近 61％。

这只是一个个案分析，其中引文的使用等都带有个人的特点。本节所做的分析只是展示例文所选篇章的状况，没有推广意义。

## 第三节　互文趋向性分析

本节分析的语料是《读者》（2011—2013 年）中的 100 篇记叙文，共 23.2 万字，平均每篇文章 2320 字（统计均手工进行）。本研究旨在分析互文使用的趋向性。

### 一、互文实例分析

#### （一）显性互文实例数

统计显示，100 篇文章中，显性互文实例共 1433 个，其中直接引语互文实例 1106 个，占总实例的 78％；间接引语互文实例是 327 个，占总实例的 22％。

这里显示的实例的趋势是，直接引语的实例占绝大多数。

　　语料分析显示出个体差异明显。这里的"个体差异"主要指以下两个方面。

　　一是指同一篇记叙文中，显性互文中直接引语的实例和间接引语的实例相差很多。例如，直接引语用得最多的一个篇章共有 49 个实例，但间接引语一个也没有，这说明作者写这篇文章时倾向于使用直接引语。还有一篇记叙文情况正好相反，直接引语只有 1 个实例，而间接引语有 29 个实例。

　　二是 100 篇记叙文中，使用直接引语和间接引语的实例相差很多。从直接引语看，最多的一个篇章共有 49 个实例，最少的是 0 个实例。从间接引语看，最多的一个篇章共有 29 个实例，最少的是 0 个实例，共有 23 个篇章中没有使用间接引语。

　　下面，我们来看直接引语实例数分布和间接引语实例数分布。

### 1. 直接引语实例数分布

　　我们以 0，1～10，11～20，21～30，31 个以上来看 100 篇记叙文中直接引语的分布，见图 10-6：

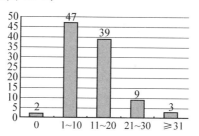

**图 10-6　直接引语实例分布**

　　图 10-6 显示，100 个篇章中，2 个篇章中没有出现一个直接引语；47 个篇章中出现 1～10 个直接引语；39 个篇章中出现 11～20 个直接引语；9 个篇章中出现 21～30 个直接引语；3 个篇章中出现大于 30 个的直接引语。

　　图 10-6 表现出来的趋势是，出现 1～20 个直接引语的实例占了绝大多数，有 87 个篇章。

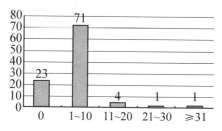

**图 10-7　间接引语实例分布**

**2. 间接引语实例数分布**

图 10-7 显示，100 个篇章中，71 个篇章有 1～10 个实例，占了绝大多数；23 个篇章中没有间接引语；只有 6 个篇章中间接引语大于 10 个。也就是说，作者在篇章中倾向用 1～10 个间接引语。

**（二）隐性互文实例数**

我们来看一下隐性互文实例数分布，见图 10-8：

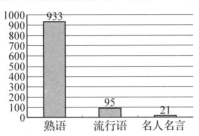

**图 10-8 隐性互文实例数**

图 10-8 显示，100 个篇章中，隐性互文共有 1049 个实例，其中熟语的实例占了绝大多数，有 933 个（占 88.9%）；流行语有 95 个实例（占0.9%）；名人名言只有 21 个实例（占 0.02%）。

## 二、互文篇幅分析

这里的篇幅指的是字数多少。我们先看显性互文情况，再看隐性互文情况。

**（一）显性互文篇幅**

在 100 篇记叙文中，直接引语约有 3.8 万字，间接引语约有 1.9 万字，见图 10-9：

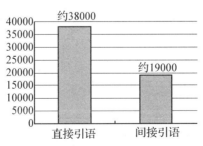

**图 10-9 显性互文字数**

从图 10-9 中，我们可以看出：直接引语的字数正好比间接引语多一倍；100 篇文章 23.3 万字，直接引语和间接引语共 5.7 万字，占主篇章的 24.5%。

**1. 直接引语字数分布**

下面，我们看一下直接引语字数更为具体的分布，见图 10-10：

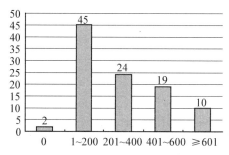

图 10-10　直接引语字数分布

图 10-10 显示，有 45 篇文章中的直接引语是 1～200 字，占了大多数，接下来就越来越少：24 篇是 201～400 字；19 篇是 401～600 字；10 篇在 600 字以上。

**2. 间接引语字数分布**

下面再看一下直接引语字数更为具体的分布，见图 10-11：

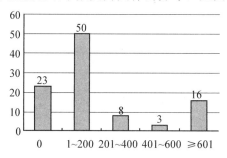

图 10-11　间接引语字数分布

图 10-11 显示，50 个篇章中有间接引语 1～200 个字，占比最多。

**(二)隐性互文篇幅**

我们来看看隐性互文字数的分布，见图 10-12：

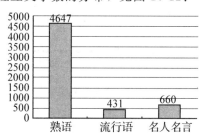

图 10-12　隐性互文字数分布

图 10-12 显示，隐性互文共有 5738 个字，其中熟语的字数占了绝大多数，有 4647 个（占 81%）；流行语是 431 个字（占 7.5%）；名人名言有 660 个字（占 11.5%）。

人们掌握熟语就好像掌握一个常用的词汇，而且熟语较少有使用限制，所以作者在使用熟语时，用得很普遍，很顺畅。流行语跟熟语有所不同，作者要了解这些流行语，就需不断关注不同时期出现的词，而且使用时要考虑一定的语境，用得恰当才能收到效果，所以在篇章中出现相对较少。若要用名人名言，作者就要经过一定的训练和学习，而且还要用得恰当。另外，在使用这些名言时不能更改，如果改了，就可能归到我们前文讨论的"套用互文"中了。

## 三、小　结

本节主要讨论人们在使用引语互文时的倾向性。

从实例看，显性互文用得多，隐性互文用得少。统计显示，语料中显性互文实例和隐性互文实例共出现 2482 个，其中显性互文实例是 1433 个，占 57.74%，隐性互文实例是 1049 个，占 42.26%。在显性互文的实例中，作者倾向于用直接引语。统计显示，显性互文实例共 1433 个，其中直接引语实例是 1106 个，占 77.2%；间接引语实例是 327 个，占 22.8%。还有一个数据也能说明作者倾向于使用直接引语，语料中有 2 篇记叙文中没有出现直接引语，有 23 篇记叙文中没有出现间接引语。

从篇幅看，显性互文的字数多，隐性互文的字数较少。显性互文的字数和隐性互文的字数总共 62738 个字，其中显性互文是 57000 个字，占 90.85%；隐性互文是 5738 个字，占 9.15%。从显性互文看，直接引语用得多，间接引语用得少；从隐性互文看，熟语用得多，流行语和名人名言用得少。

## 第四节　结　语

本章通过一个个案和 100 篇记叙文来观察互文使用情况。

本章分析的是记叙文，得出的趋向也是从记叙文中总结出来的。我们推测，不同的类型出现互义的情况可能不同。例如，在我们的语料中，流行语很少，但是我们推测，在网络聊天中可能就比较多。还有，不同年龄段的作者对流行语的使用情况也可能不同，年轻一代对流行语的使用可能就比年长者多些。

本章没有讨论抄袭互文。抄袭互文是违背学术规范的一种行为，有时还要负法律责任。我们希望抄袭互文越来越少。

# 第十一章　结　论

克里斯蒂娃在 20 世纪 60 年代提出互文概念后，互文就像块磁铁，吸引着众多学者对这一现象进行研究。本书将互文理论运用到现代汉语中，对现代汉语篇章中的互文现象展开深入研究，其发现和结论对其他语言也有借鉴作用。我们发现，互文理论在语言研究，特别是在话语篇章方面具有强大的潜力。总结起来，本书的主要发现有以下几个方面。

## 一、互文的形成和发展印证了互文理论的基本命题

任何理论都不是凭空产生的，互文理论的形成是建立在前人研究的基础上的，这个观点正好符合"互文"的本质特征：任何话语篇章都是建立在前人所做的话语篇章的基础之上的。

尽管互文理论是克里斯蒂娃在 20 世纪 60 年代提出的，但是"互文"的概念可以追溯到古希腊时代。有话语篇章的地方，就有互文的存在。互文理论提出后，人们主要做了两项工作：一是完善互文的理论，即对互文的概念、定义、本质特点、内涵外延等进行探讨；二是互文概念被人们引入不同的学科，语言学，特别是话语篇章的研究吸取了互文的营养，极大地丰富了话语篇章的内涵，给话语篇章研究提供了新的思路和视角，激发了话语篇章研究的蓬勃生机。

互文理论虽然是西方的产物，但汉语独特的"互文"概念却由来已久。在汉语的修辞研究中，我们可以看到后结构主义提出的互文概念的本质和内容。

## 二、互文的六种类型

前人从不同的角度对互文的类别进行了探讨，本书提出的显性互文和隐性互文、作者互文和读者互文、格式互文和内容互文这六种互文正是建立在前人研究的基础上的。我们把主篇章作者标明出处的引文看作显性互文，把没有标明出处的引文看作隐性互文。作者互文和读者互文是从编码的角度来分析的，在大部分情况下，编码和解码是一致的。也就是说，读者通常能顺利接收作者想要传递的信息。但编码和解码有时也会不一致，这是因为解码过程既需要一般人所具有的常识，又需要个

体感受和经验。个人的经验往往是造成编码和解码不一致的主要因素。格式互文是一种隐匿的互文，不必标明出处，是对某种文本格式、某种风格的模仿。格式互文所表现出来的特点，是一种文体区别于另一种文体的标志。内容互文是显而易见的，典型的内容互文就是引文。

## 三、互文的三大功能

不同形式的互文有着不同的作用。本书总结出互文构建篇章、加强主题、体现修辞的三大功能，并具体讨论了它们的子功能：共建功能，再创造功能；责任分离功能，表现意识形态功能，提供信息功能；吸引人的功能，拉近距离的功能。我们在讨论互文功能时，重点关注以下方面。一是功能和形式的紧密关系。"功能"是看不见摸不着的，"形式"是看得见摸得着的，但两者是紧密联系着的。在讨论互文的功能时，要考虑其形式表现。二是互文功能研究未被穷尽，本书的观点只是一个初步的探讨。互文形式多变，其功能也表现多样，不同类型的篇章可能有着不同的互文功能。前人的研究显示互文功能具有多样性，并非只是我们研究讨论的这几类。三是不同功能的作用有强弱之分，有明显和不明显之分；不同的读者对不同功能的体会可能有所不同；在不同的语境中，同一功能的发挥程度可能不一样。

## 四、互文在话语篇章中的运用及其功能

套用互文是话语篇章常常采用的一种语言使用方法，有着自己特定的效果。词汇套用比较简洁，使用方便。句式套用相对复杂些，考虑的因素也更多。这两种套用跟修辞中的仿拟类似。格式套用是对某类客篇章形式上的整体套用，有各种限制条件。事件套用更加复杂，需综合很多因素，重点要体现出事件的要点。套用互文要满足日常交际和娱乐的需要。具有日常交际功能的套用互文，把重点放在是否套用得得体上。具有娱乐功能的套用互文，重点是吸引读者。现在随着电脑、手机的快速发展，以娱乐为主的套用互文传播很快。从社会性的角度来看，娱乐性套用互文通常有讽刺不良现象、针砭时弊的作用。

## 五、互文在媒体中的运用

媒体的形式多样，互文的表现形式也多种多样。我们以某一刑事案件为例，从单一媒体和多种媒体两个方面分析了媒体在报道该案时所采用的互文手段。单一报道指的是某个媒体连续报道同一事件，如当地公

安局在短时间内连续公布三个通报，组成了一个报道链，也就是互文链。后面的报道依赖于前面的报道，建立在前面报道的基础上，这就是典型的互文模式。常见的互文手段有缩写、摘编、更改、删除等。

多元媒体的报道指的是不同媒体的报道，如报纸、电台、电视、网站、手机报等。不同的媒体使用的互文手段各有不同，报纸主要采用文章，也配有图画；电台以声音为主，可以与嘉宾声音互动，给人一种身临其境的感觉；电视是文字、声音、图像的综合报道，更为直观形象；手机报是将相关消息定时发到手机上，使用户随时掌握最新消息。多元媒体的互文手段主要有四种：文字互文、声音互文、视频互文和图片互文。

## 六、互文在翻译中的应用

传统的翻译研究主要集中在翻译的技巧、理论等方面。翻译互文的研究是从一个新的角度审视翻译，我们可以从中看到很多以前没有注意到的现象和规律。翻译互文把原文本看成客篇章，把译文本看成主篇章，其任务就是观察两个文本之间的关系。翻译互文是一种比较特殊的互文形式，可以看作双语互文，而一般我们谈的互文都是指同语互文。翻译互文研究还涉及翻译互文的原则、翻译互文的风格、翻译互文的文体、翻译互文中的意识形态、翻译互文中的回译、机器翻译、特殊翻译等。翻译对外语、专业要求很高，从互文的角度探讨翻译，对我们了解翻译的本质很有好处。

## 七、互文在各类教学中的运用

互文并非只是高深的语言学理论，同时也是各个阶段的学生都可使用的教学方法。研究发现，互文在从小学到大学的各级教学中都大有可为。儿童会将自己的知识带入课堂，并赋予其意义。具体地说，学前儿童会通过环境文字建立自己的篇章，通过涂鸦表达自己的思想，通过自己的个体经验和社会现象联系起来，这些都是学前儿童独特的互文表现。小学生的互文比起学前儿童来更为复杂，因为小学生已经识字，老师在课堂上可以跟学生建立互动，引导学生在不同的篇章之间建立联系。小学生可以分析出现的画面。跟小学生相比，中学生各方面水平又都比小学生高。拿阅读来说，中学生的阅读水平已大大提高，老师可以直接告诉学生采用互文阅读法，即把主篇章和客篇章结合起来的阅读法。中学生在老师引导下，已有能力主动把现有的话语篇章与以前的知识、社会、历史联系起来。到了大学，大学生完全能自主获取知识。在互文教学探讨中，我们所做的文章缩写研究，旨在探究互文在缩写中的种种表现。

## 八、互文研究在不同领域中的广泛应用

近些年，学者们对互文的应用进行了研究，研究领域涉及互文在各行各业的应用。这里我们介绍了三个具有代表性的领域：法律界、商业界和学术界。研究显示，庭审中的语言具有两个明显的特点：重复性和多元性。这两个特点决定了采用互文的方法和手段。辛普森案的庭审就是恰当采用互文的一个范例。商业界由于买卖双方需要不断地谈判和讨价还价，所以双方沟通很紧密。有学者研究商业电邮，发现有四种类型的互文，并进行了量化分析。有学者研究税务篇章的特点，总结出了通用性互文、参考性互文和功能性互文三种互文。广告是使用得比较多的形式，人们对广告从互文范围/内容、互文信息、次篇章与互文信息的关系、视觉与互文信息的关系、营销信息等方面进行了深入的分析。可以说，所有的学术论文都是在前人研究的基础上进行的，因此，任何学术论文这个主篇章都和前人研究这个客篇章有千丝万缕的联系。学术论文有学术论文的规范，不然就有可能被视为抄袭。

## 九、互文的关系

不同的互文形式会建立不同的互文关系。互文关系应该是多样的，我们这里讨论的同一关系、阐述关系、共存关系、背景关系较为常见。还要说明的是，我们这里对互文关系的讨论并没有穷尽，不同的互文现象可能会建立起不同的关系。互文关系更能展现互文的本质特征。

## 十、互文在篇章中的分布

对互文的实例分析，可以让我们直观互文在主篇章中的实际使用情况。从理论上讲，互文的实例可以从各个方面分析，可以是形式的，也可以是功能的；可以是类型的，也可以是综合的。这里我们只是分析显性互文和隐性互文的使用情况：一是个案分析，二是趋向性分析。个案分析显示，显性互文的实例跟隐性互文的实例相差不多，但显性互文的字数大大超过隐性互文。趋向性分析显示，显性互文的实例和篇幅都大大超出隐性互文。对量化后所得到的趋势，我们也做了一些分析。

一个研究不能解决很多问题，用互文理论研究现代汉语篇章，还有很多领域没有涉及。因此，在未来的研究中，以下领域和问题值得深入

研究和探讨。

第一，语境和互文的关系。陈平把语境分为三种：上下文、环境和世界知识。其中，环境和世界知识都是某个篇章以外的因素，互文也是某个篇章以外的因素。那么语境跟互文的关系是怎样的呢？两者有何异同？①

第二，不同语言在互文表现上有什么特征。我们可以推测，互文在不同的语言中应该有相同的地方，也可能有自己独特的地方。通过对比研究，人们可能会发现单一语言的相关研究没有发现的规律。

第三，互文应用研究。本书对互文的应用做了一些介绍，但都是介绍国外的研究，在汉语中还没有进行有关的研究。不同的领域、不同的篇章对互文的应用应该是各有特点的，找出这些各自不同的特点，对认清互文的本质很有好处。

第四，互文使用的策略。对这个问题，本书在不同的章节中都有所涉及，但没有进行系统的研究。例如，在什么情况下，作者倾向于用什么互文手段？在什么情况下，作者不倾向于用哪种互文手段？不同的作者在使用互文手段时，有什么明显的不同？是什么因素制约着作者使用互文的方法？这些都值得研究。

---

① 陈平：《现代语言学研究——理论·方法与事实》，重庆，重庆出版社，1991，第64页。

# 参考文献

## 一、外文文献

[1] Alfaro，M. J. M.："Intertextuality：Origins and development of the concept"，*ATLXNISVIII*. 1996，(1-2).

[2] Armstrong，Sonya L. and Mary Newman："Teaching textual conversations：Intertextuality in the college reading classroom"，*Journal of College Reading and Learning*，2011，2.

[3] Barthes，R.：*Image，Music，Text*，New York，The Noonday Press，1988.

[4] Bassnett，S. and Levefere，A.："General editors' preface"，in Levefere editor：*Translation，History and Culture*，London，Routledge，1992.

[5] Beach，R.，D. Appleman，and S. Dorsey："Adolescents' use of intertextual links to understand literature"，in *Theoretical Models and Processes of Readding*（4th ed.），eds. R. Ruddell，R. Ruddell，& H. Singer，Newark，DE，International Reading Association，1990.

[6] Bhatia，Vijay K.："Intertextuality in legal discourse"，[accessed 1 August，2013，http：//jalt-publications. org/old _ tlt/files/98/nov/bhatia. html]，1998.

[7] Brislin，W. Richard："Back-translation for cross-cultural research"，*Journal of Cross-Cultural Psychology*，September 1.

[8] Cairney，T.："Fostering and building students' intertextual histories"，*Language Arts*，1992，69(7).

[9] Chapman，Anne："Intertextuality in school mathematics：The case of function"，*Linguistics and Education*，1995，7(3).

[10] Clark，Herbert H. and Richard J. Gerrig："Quotations as demonstrations"，*Language*，1990，66.

[11] Cohn，Dorrit：*Transparent Minds：Narrative Modes for Presenting Consciousness in Fiction*，Princeton，Princeton University Press，1978.

[12] Collins，J.："Television and postmodernism"，in *Channels of Discourse，Reassembled：Television and Contemporary*（second edition），ed. R. Allen，Chapel Hill，University of North Carolina Press. 1992.

[13] Cotterill，Janet："Just One More Time…：Aspects of Intertextuality in the Trials of O. J. Simpson"，in Janet Cotterill ed.，*Language in the Legal Process*，pp. 147-161，2002.

[14] Culler, J.: "Presupposition and intertextuality", *Modern Language Notes*, 1976, 91(6).

[15] Dahal, H. R. and L. N. Ghimire: "Genre and intertextuality: Pedagogical implications in teaching of writing", *Journal of NELT*, I, 2002, 7(1-2).

[16] Davitt, A. J.: "Intertextuality in tax accounting: Generic, referential, and functional", *Textual Dynamics of the Professions: Historical and, Contemporary Studies of Writing in Professional Communities*, eds. C. Bazerman and J. Paradis, Madison, WI, The University of Wisconsin Press, 1991.

[17] De Beaugrande, Robert-Alain and Wolfgang Ulrich Dressler: *Introduction to Text Linguistics*, London and New York, Longman, 1981.

[18] Derrida, J.: *Of Grammatology*, Baltimore, John Hopkins University Press, 1976.

[19] Eira, Christina: "Obligatory intertextuality and proscribed plagiarism: intersections and contradictions for research writing", http://www.newcastle.edu.au/Resources/Conferences/APCEI/papers/eira.pdf (accessed 2013-07-30), 2005.

[20] Eliot, T. S.: "Tradition and the individual talent", in *Critical Theory since Plato*, ed. Hazard Adams, trans. S. H. Butcher, San Diego, Harcourt, pp. 784-787, 1971.

[21] Fairclough, N.: "Discourse and text: Linguistic and intertextual analysis within discourse analysis", *Discourse & Society*, 1992, 3(2).

[22] Fairclough, N.: *Discourse and Social Change*, Malden MA, Blackwell Publisher, 1992.

[23] Farahzad, F.: "Translation as an intertextual practice", *Perspectives: Studies in Translatology*, 2009(3-4).

[24] Fiske, J.: *Television Culture*, New York, Routledge, 1987.

[25] Fiske, J.: *Understanding Popular Culture*, Boston, Unwin Hyman, 1989.

[26] Foucault, M.: "The discourse on language", in *The Archeology of Knowledge and the Discourse on Language*, trans. A. M. Sheridan Smith, New York, Harper & Row, 1972.

[27] Genette, G.: *Palimpsestos: La Literatura en Segundo Grado*, trans. C. Fernandez Prieto, Madrid, Taurus, 1989.

[28] Harris, P. and J. Trezise: "Intertextuality and beginning reading instruction in the initial school years", *Journal of Australian Research in Early Childhood Education*, 1997, 1.

[29] Harrison, D.: *When Languages Die: The Extinction of the World's Languages and the Erosion of Human Knowledge*, Cambridge, Cambridge Press, 2007.

[30] Harste, J. C., V. A. Woodard, and C. L. Burke: *Language Stories and Literacy Lessons*, Portsmouth, NH, Heinemann Educational Books, 1984.

[31]Hartman, D. K.: "Intertextuality and reading: The text, the reader, and the context", *Linguistics and Education*, 1992, 4.

[32]Hatim, B. and Ian Mason: *Discourse and the Translator*, London and New York, Longman, 2001.

[33]Hynd, C. R.: "Teaching students to think critically using multiple texts in history", *Journal of Adolescent and Adult Literacy*, 1999, 42(6).

[34]Hynd-Shanahan, C., Holschuh, J. R, and Hubbard, B.: "Thinking like a historian: College students' reading of multiple historical documents", *Journal of Literacy Research*, 2004, 36(2).

[35]Jenny, L.: "The strategy of form", in *French Literary Theory*, ed. T. Todorov, trans. R Carter, Cambridge, Cambridge University Press, 1982.

[36]Johnson, Sunni: "Struggling middle school readers learning to make intertextual connections with texts", PhD diss, University of North Texas, 2011.

[37]Kirkland, D. E.: "Rewriting school: Critical pedagogy in the writing classroom", *Joural of Teaching Writing*, 2010, 21(1-2), pp. 83-96.

[38]Kristeva, J.: "Word, dialogue, and novel", in *Desire in Language: A Semiotic Approach to Literature and Art*, ed. L. S. Roudiez, trans. Thomas Gora et al., New York, Columbia University Press, 1980.

[39]Kristeva, J.: "The Kristeva Reader", in T. Moi. ed., *Deconstructive Criticism*. Oxford, Blackwell, 1986.

[40]Kristeva, J.: "Word, Dialogue and Novel", in T. Moi, ed., *The Kristiva Reader*, New York, Columbia University Press, 1986.

[41]Kristeva, J.: *Language the Unknown: An Initiation into Linguistics*, London, Harvester Wheatsheaf, 1989.

[42]Kumpulainen, K., S. Vasama, and M. Kangassalo: "The intertextuality of children's explanations in the technology-enriched early years science classroom", *International Journal of Educational Research*, 2003, 39(8).

[43]Labbé D.: "Experiments on Authorship Attribution by Inter-Textual Distance in English", *Journal of Quantitative Linguistics*, 2007, 14(1).

[44]Labbé, Cyril and Dominique Labbé: "Detection of hidden intertextuality in the scientific publications", 11*th International Conference on Textual Data Statistical Analysis*, Liége, Gelgium, 2012.

[45]Lemke, J.: "Intertextuality and discourse research", *Linguistics and Education*, 1992, 4.

[46]Lotfipour-Saedi, Kazem and Abbasi-Bonab: "Intextuality as a textual strategy: Explorations in its modes and functions (part two)", *International Journal of American Linguistics*, 2001, 5.

［47］Lyotard, J. -F. : *The postmodern condition : A report on knowledge*, G. Benni-ngton and B. Massumi trans. , Manchester University Press (original work pub-lished 1979), 1984.

［48］Mann, W. and S. A. Thompson : *Rhetorical Structure Theory : Describe and Con-struction of Text Structure*, ISI Reprint Series, 1986.

［49］Mann, W. and S. A. Thompson : *Rhetorical structure theory : A theory of text organization*, USC Information Sciences Institute, *Technical Report* 1, 1987.

［50］Momani, Kawakib, M. A. Badarneh, and F. Migdadi : "Intertextual borrowings in ideologically competing discourses : The case of the Middle East", *Journal of Intercultural Communication*, 2010, 22.

［51］Matoesian, G. : "Intertextuality authority in reported speech : Production media in the Kennedy Smith rape trial", *Journal of Pragmatics*, 2000, 32.

［52］Ott, Brian and Cameron Walter : "Intertextuality : Interpretive practice and textu-al strategy", *Critical Studies in Media Communication*, 2000, 17(4).

［53］Panagiotidou, M. E. : "Mapping Intertextuality : Towards a Cognitive Model", in *Online Proceedings of the Annual Conference of the Poetics and Linguistics As-sociation (PALA)*, available for download from http : //www. pala. ac. uk/re-sources/proceedings/ 2010/panagiotiodou2010. pdf(Accessed 15-11-2012), 2010.

［54］Panagiotidou, M. E. : "An introduction to the semantics of intertextuality", *JLS*, 2012, 41.

［55］Pulungan, Anni Holila, Edi D. Subroto, Sri Samiati Tarjana, and Sumarlam : "Intertextuality in Indonesian newspaper opinion articles on education : Its types, functions, and discursive practice", *TEFLIN Journal*, 2010, 21(2).

［56］Riffaterre, M. : *Text Production*, trans. Terese Lyons, New York, Columbia University, 1983.

［57］Ronen, O. : "Emulation, anti-parody, intertextuality, and annotation", *Linguis-tics and Literature*, 3, 2 : 161-167, 2005.

［58］Rowe, D. : "Literacy learning as an intertextual process", paper presented at the National Reading Conference, retrieved from ERIC database (ED 2831124), 1986.

［59］Saussure, F. D. : *Course in General Linguistics*, eds. Charles Bally and Albert Sechehaye, trans. Roy Harris-La Salle, Illinois, Open Court, 1983.

［60］Sternberg, Meir : "Point of view and the indirections of direct speech", *Language and Style*, 1982, 15.

［61］Sterponi L. : "Clandestine interactional reading : Intertextuality and double-voi-cing under the desk", *Linguistics and Education*, 2007, 18.

［62］van Dijk, Teun A. : *Ideology : A Multidisciplinary Approach*, London, SAGE Publication, 1998.

[63]van Niekerk，Angelique："A discourse-analytical approach to intertextual adver-
tisements：a model todescribe a dominant world-view"，*Southern African Lin-
guistics and Applied Language Studies*，2008，26(4)．

[64]Varelas，M．and C. C. Pappas："Intertextuality in Read-Alouds of Integrated Sci-
ence-Literacy Unitsin Urban Primary Classrooms：Opportunities for the Develop-
ment of Thought and Language"，*Cognition and Instruction*，2006，24(2)．

[65]Venuti，L．："Translation，Intertextuality，Interpretation"，*Romance Studies*，2009，3．

[66]Warren，M．："'*Just spoke to …*'：The types and directionality of intertextuality
in professional discourse original research article"，*English for Specific Purpo-
ses*，2013，32(1)．

[67]Wolf，D. and D. Hicks："The voices within narratives：The development of inter-
textuality in young children's stories"，*Discourse Processes*，1989，12．

[68]Zhang，Liping："Arguing with otherness：Intertextual construction of the attor-
ney stance in the Chinese courtroom"，*Text & Talk*，2011，31(6)．

## 二、中文文献

[1]陈力丹：《新闻理论十讲》，上海，复旦大学出版社，2008。
[2]陈平：《话语分析与语义研究》，《当代修辞学》2012 年第 4 期。
[3]陈平：《系统中的对立——谈现代语言学的理论基础》，《当代修辞学》2015 年第 2 期。
[4]陈平：《现代语言学研究——理论·方法与事实》，重庆，重庆出版社，1991。
[5]陈望道：《陈望道学术著作五种》，上海，复旦大学出版社，2005。
[6]陈曜：《〈红楼梦〉及英译本在中国的研究现状》，《理论月刊》2007 年第 11 期。
[7]陈志杰、潘华凌：《回译——全球化与本土化的交汇处》，《上海翻译》2008 年第 3 期。
[8]啜京中：《交传的互文性解构模式及运用》，《外语与外语教学》2007 年第 1 期。
[9]〔法〕巴尔扎克：《高老头》，许渊冲译，郑州，河南文艺出版社，2014。
[10]〔法〕萨莫瓦约：《互文性研究》，邵炜译，天津，天津人民出版社，2003。
[11]冯庆华：《文体翻译论》，上海，上海外语教育出版社，2002。
[12]甘莅豪：《中西互文概念的理论渊源与整合》，《修辞学习》2006 年第 5 期。
[13]顾玉萍：《论回译在翻译教学中的应用》，《太原理工大学学报(社会科学版)》2008 年第 1 期。
[14]贺显斌：《回译的类型、特点与运用方法》，《中国科技翻译》2002 年第 4 期。
[15]胡裕树：《现代汉语(重订本)》，上海，上海教育出版社，1995。
[16]黄伯荣、廖序东：《现代汉语》，北京，高等教育出版社，2002。
[17]黄国文、常晨光：《功能语言学年度评论》第 1 卷，北京，高等教育出版社，2010。

[18]黄念然：《当代西方文论中的互文性理论》，《外国文学研究》1999 年第 1 期。

[19]黄文英：《互文性与翻译教学》，《东南大学学报（哲学社会科学版）》2006 年第 3 期。

[20]纪玉华、杨士焯：《论海特姆/梅森之互文性翻译观》，《上海理工大学学报（社会科学版）》2011 年第 3 期。

[21]姜望琪：《语篇语言学研究》，北京，北京大学出版社，2011。

[22]金陵：《回译与英语教学》，http：//www.ep66.com.tw/backtr.htm，2012-04-18。

[23]K. Harrison、朱长河：《〈当语言死去：语言灭迹与人类知识的侵蚀〉介绍》，《当代语言学》2011 年第 3 期。

[24]李思龙：《论译文的回译性》，《辽宁师范大学学报（社会科学版）》2002 年第 3 期。

[25]李珍：《从互文性角度看跨文化翻译》，《温州大学学报（社会科学版）》2008 年第 6 期。

[26]廖秋忠：《廖秋忠文集》，北京，北京语言学院出版社，1992。

[27]刘军平：《互文性与诗歌翻译》，《外语与外语教学》2003 年第 1 期。

[28]刘岚：《论中英文互译的相对不可译性》，《重庆交通大学学报（社会科学版）》2008 年第 1 期。

[29]刘宓庆：《翻译风格论（下）》，《外国语》1990 年第 2 期。

[30]柳鑫淼：《翻译互文中的意识形态操控——基于网络间谍事件新闻转述话语语料》，《福建师范大学学报（哲学社会科学版）》2011 年第 1 期。

[31]龙晓平：《文学翻译标准的流变与文学翻译的本质》，《科技信息（学术研究）》2007 年第 21 期。

[32]娄开阳、徐赳赳：《新闻语体中连续报道的互文分析》，《当代修辞学》2010 年第 3 期。

[33]吕叔湘：《吕叔湘全集》第 6 卷，沈阳，辽宁教育出版社，2002。

[34]吕叔湘：《吕叔湘全集》第 14 卷，沈阳，辽宁教育出版社，2002。

[35]吕叔湘：《语文杂记》，北京，生活·读书·新知三联书店，2014。

[36]罗婷：《论克里斯多娃的互文性理论》，《国外文学》2001 年第 4 期。

[37]马会娟：《当代西方翻译研究概况——兼谈 Maria Tymoczko 的翻译观》，《中国翻译》2001 年第 2 期。

[38]毛浩然、徐赳赳：《单一媒体与多元媒体话语互文分析——以"邓玉娇事件"新闻标题为例》，《当代修辞学》2010 年第 5 期。

[39]〔美〕卫真道：《篇章语言学》，徐赳赳译，北京，中国社会科学出版社，2002。

[40]帕提古丽：《从习俗文化差异看汉语词语的哈译》，《语言与翻译》2002 年第 3 期。

[41]潘文国：《汉英语对比纲要》，北京，北京语言大学出版社，1997。

[42]秦海鹰：《互文性理论的缘起与流变》，《外国文学评论》2004 年第 3 期。

[43]秦海鹰：《人与文，话语与文本——克里斯特瓦互文性理论与巴赫金对话理论的联系与区别》，《欧美文学论丛》2004 年第 0 期。

[44]秦文华：《翻译研究的互文性视角》，上海，上海译文出版社，2006。

[45]佘烨、夏高琴、佘协斌：《傅雷：二十世纪伟大的文学艺术翻译家——纪念傅雷先生诞辰 100 周年》，《解放军外国语学院学报》2008 年第 3 期。

[46]思果：《翻译新究》，北京，中国对外翻译出版公司，2001。

[47]孙志祥：《文本意识形态批评分析及其翻译研究》，北京，中国社会科学出版社，2009。

[48]王纪红：《训诂和互文性理论下的〈道德经〉第七十一章五种英译思辨》，《译林（学术版）》2012 年第 4 期。

[49]王克非：《英汉/汉英语句对应的语料库考察》，《外语教学与研究》2003 年第 6 期。

[50]王璐璐：《计算语言学探索机器翻译之术》，《中国社会科学报》2013 年 8 月 5 日。

[51]王婷：《论文学作品的复译现象》，《海外英语》2011 年第 12 期。

[52]王婉玲：《论翻译风格》，《无锡商业职业技术学院学报》2005 年第 3 期。

[53]王文忠：《互文性与信息接收》，《中国俄语教学》1999 年第 2 期。

[54]王正良：《回译研究》，大连，大连海事大学出版社，2007。

[55]辛斌：《语篇互文性的语用分析》，《外语研究》2000 年第 3 期。

[56]熊文华：《汉英应用对比概论》，北京，北京语言文化大学出版社，1997。

[57]徐赳赳、Jonathan J. Webstar：《复句研究和修辞结构理论》，《外语教学与研究》1999 年第 4 期。

[58]徐赳赳：《篇章中的段落分析》，《中国语文》1996 年第 2 期。

[59]徐赳赳：《现代汉语篇章语言学》，北京，商务印书馆，2010。

[60]徐赳赳：《叙述文中"他"的话语分析》，《中国语文》1990 年第 5 期。

[61]徐赳赳：《叙述文中直接引语分析》，《语言教学与研究》1996 年第 1 期。

[62]许钧：《关于风格再现——傅雷先生译文风格得失谈》，《南外学报》1986 年第 2 期。

[63]许康平：《论翻译者的个人风格》，《广西民族学院学报（哲学社会科学版）》2003 年第 4 期。

[64]许渊冲：《翻译的艺术》，北京，五洲传播出版社，2006。

[65]袁智敏：《导游翻译的互文性研究》，《浙江旅游职业学院学报》2008 年第 4 期。

[66]张今：《文学翻译原理》，开封，河南大学出版社，1987。

[67]张万防、黄宇浩：《翻译理论与实践简明教程》，武汉，华中科技大学出版社，2015。

[68]张小波、张映先：《从古籍英译分析意识形态对翻译的影响》，《中国科技翻译》2006 年第 1 期。

[69]中国对外翻译出版公司：《翻译理论与翻译技巧论文集》，北京，中国对外翻译出版公司，1985。

# 后 记

　　我从事篇章语言学研究已经三十年了，是我的硕士导师廖秋忠教授和陈平教授将我带入了这个充满神奇、活力和新奇的领域。从篇章回指开始，我一步步将研究领域扩大到篇章语言学的其他方面。几年前，在撰写《现代汉语篇章语言学》一书时，我阅读了德伯格兰德和德雷斯勒的专著，他们对篇章的定义给了我很大的启发。按照他们的观点，要满足七个因素才称得上"篇章"，其中一个因素就是"互文"，而在国内话语篇章研究中，互文研究恰恰是个薄弱环节。因此，这是我进行这项研究的主要原因。从那时起，我开始密切关注国内外互文研究的进展情况，一直在思考互文问题，还与毛浩然教授、娄开阳教授写过几篇探讨互文的文章。在《现代汉语篇章语言学》出版后，我正式开始撰写本书，经过三年的时间，终于完成了这本书稿。借此机会，我要感谢长期以来一直关心和支持我的身边人。

　　首先，要感谢我的导师陈平教授在学术上一路指导我。可以说，我所有的科研成果都包含着陈平教授的辛劳。在本书的写作过程中，陈平教授惠寄材料，通读全稿，提出具体修改意见，并为本书写序。

　　我要感谢中国社会科学院语言所领导刘丹青教授、刘春晖书记、蔡文兰教授、张伯江教授、曹广顺教授，所办公室白长茂主任，科研处张骅处长、华武老师，院科研局金朝霞老师对本项研究及其出版提供的各项便利。感谢研究室领导和同事沈家煊教授、顾曰国教授、胡建华教授、王伟教授、张丽娟老师、钱有用博士、张永伟博士、李芸博士给予的各种帮助，也感谢顾曰国教授和李爱军教授推荐本书出版。

　　我要感谢973项目首席科学家党建武教授把本项研究列入973研究课题，感谢973项目的同事李爱军教授、贾媛教授、黄河燕教授、于洪志教授、王宏安教授、吴熙宏教授、胡清华教授、刘宝林教授、徐波教授、周强教授、郑方教授对本书撰写提供的帮助。本书第九章是根据课题组成员冯卉教授、何瑞芳教授、郭凤羽博士、孟靖硕士的讨论意见撰写而成的。

　　还要感谢这几年来直接、间接对本研究提供帮助的学者：曹道根教授、陈光磊教授、管春林教授、郭兰英教授、花东帆教授、刘大为教授、鹿士义教授、卢植教授、马博森教授、齐沪杨教授、任海波教授、沈有年教授、孙德金教授、孙咏梅教授、王建勤教授、王文斌教授、王秀丽教授、许余龙教授、姚剑鹏教授、姚岚教授、袁洪庚教授、云贵彬教授、张一平教授、章汝雯教授、周士宏教授、祝克懿教授、张劲松教授。

还要特别感谢浙江师范大学蒋国俊教授、张先亮教授、张涌泉教授、李翔翔教授对本研究的大力支持。

《当代语言学》《当代修辞学》《语言科学》《福建师范大学学报(哲学社会科学版)》刊登了本项研究中的部分内容,一并致谢。

最后要感谢北京师范大学出版社周粟主任,责任编辑刘文丽老师、梁宏宇老师,感谢他们为本书的出版付出的辛勤劳动。

我在本书中采用了定量研究和个案分析相结合的方法,这得益于我的博士导师卫真道(Jonathan J. Webster)教授在我读书期间对我进行的严格的方法论训练。这种训练使我一生获益。

在任何时候,我都不会忘记太太刘梦、女儿徐梦加、女婿胡亮弈以及父亲母亲、岳父岳母的支持。亲人一直与我分担压力,分享我在学术上的每一点收获。亲人的全力支持永远是我进行语言研究的巨大动力。

徐赳赳

2018 年 6 月 6 日

于浙江师范大学丽泽花园

**图书在版编目(CIP)数据**

现代汉语互文研究/徐赳赳著. —北京：北京师范大学出版社，2018.11

国家社科基金后期资助项目

ISBN 978-7-303-23062-4

Ⅰ.①现… Ⅱ.①徐… Ⅲ.①现代汉语—研究

Ⅳ.①H109.4

中国版本图书馆 CIP 数据核字(2017)第 292140 号

营 销 中 心 电 话　010-58805072　58807651
北师大出版社高等教育与学术著作分社　http://xueda.bnup.com

XIANDAI HANYU HUWEN YANJIU

出版发行：北京师范大学出版社　www.bnup.com
　　　　　北京新街口外大街 19 号
　　　　　邮政编码：100875

印　　刷：北京京师印务有限公司
经　　销：全国新华书店
开　　本：730 mm×980 mm　1/16
印　　张：19
字　　数：330 千字
版　　次：2018 年 11 月第 1 版
印　　次：2018 年 11 月第 1 次印刷
定　　价：68.00 元

策划编辑：周　粟　　　　责任编辑：梁宏宇
美术编辑：王齐云　　　　装帧设计：毛　淳　王齐云
责任校对：李云虎　　　　责任印制：马　洁